光文社文庫

満月の泥枕

道尾秀介

光　文　社

もくじ

第一章　7
第二章　51
第三章　118
第四章　200
第五章　271
終　章　422
解説　タカザワケンジ　498

満月の泥枕

第一章

一

凸貝二美男が池之下町の交番へとんでもないことを報告に来たのは、三国祭りの翌日、海の日の朝のことだった。

「だから剛ちゃん、ほんとだってのに」

「いやいや」

二美男と同い年、今年で三十五歳になる巡査剛ノ宮とは、この交番の前を通りかかるたびあれこれ話しかけていたら、いつのまにか仲良しになった。仲良しのつもりでいるのは二美男のほうだけかもしれないが。

「あのね、俺だってさ、えっほんとですか！　なんてやりたいよ。本官はただちに現場へ向かいます！　なんてね。でも悪いけどぜんぜんそういう気にならない」

剛ノ宮は寄り目になって前髪をつまむ。人を苛立(いらだ)たせ、苛立っている人をもっと苛立たせる、この男の気取った癖だ。

「何でよ」

「あんた酒くさすぎるもん」

「だから、呑んでたんだよ。いまそう言ったろ、俺あそこで酔っ払って寝てたって。え何、酔っ払ってたから見間違えたっての？」

「いや見間違えたってぇか……まあほらたとえば、夢だったとか」

「んなことあるかよ！」

唾(つば)が泡になって制服の胸へ飛び、剛ノ宮は露骨に嫌な顔をしてデスクの上のティッシュペーパーを必要以上の枚数取った。

「あるから言ってんだよ。こないだもあんた、自分の姪っ子が変な女に連れ去られたっつって駆け込んできたろ？　そんで慌てて事情を訊いてみたら、なんか途中から話が変になってきて、どうもあんたが部屋で寝てから起きるまでのあいだに学校の前で姪っ子が連れ去られたのを見たみたいな話になって——」

「あれは夢だったじゃねえか」

「だから言ってんだよ」

剛ノ宮はティッシュペーパーで乱暴に制服をこする。白い屑(くず)がぱらぱらと股間に落ちる。

「いいか凸貝ちゃん、整理するぞ。あんたはゆうべ一人で酒を呑んで酔っ払って、真夜中に三国公園で寝てた。そんでふと目を覚ましたら、あんたがさっき言った〝とんでもないこと〟が起きた」

「まさにそのとおり」

じつは公園で寝ていたのは単に酔っ払っていたからというだけではなく、その直前にタコ殴りに遭っていたせいでもあるのだが、話がややこしくなるので黙っていた。

「なら訊くけどさ、夜中からいままで、あんたいったい何してたの？　いま何時だと思ってんの？」

剛ノ宮が指先を叩きつけた腕時計は、八時五十三分を指している。

「交番が二十四時間営業だってことくらい知ってんでしょ？　真夜中に〝とんでもないこと〟が起きたのに、何でいまごろ来たのよ？」

「あれ見たあと、また寝ちまって、ついさっき起きたんだよ。そんで、こりゃすぐ交番に行かねえとまずいって――」

「ほらおかしいだろうよ。人が殺されて池に放り込まれるところ見て、何で二度寝するのよ。しかもそんな長時間」

「疲れてたんだよ」

剛ノ宮はわざとらしく肩を揺らして笑い、ティッシュペーパーをデスクの下のゴミ箱に放り込む。

「そんなに疲れてんなら、そこにほら、昨日の祭りのあともらった栄養ドリンクがあるから持ってきな」

「いらねえよそんなの！　まあせっかくだから、あれしとくけど……」

二美男は栄養ドリンクをジーンズのポケットにねじ込みながら上目づかいに剛ノ宮を見た。

「俺、あれだよ。剛ちゃんが何もしてくれねえんなら、上の人に掛け合っちゃうよ？」

剛ノ宮は答えず、股間に散ったティッシュペーパーの屑を一つ一つつまんで集める。二美男はもっと何か言ってやりたかったが、敢えて我慢して待った。それがよかったらしく、やがて剛ノ宮は深々と溜息をついて顔を上げた。

「じゃあはい、わかりました。あとでその、池に放り込まれたっていう嶺岡先生の家まで確認に行ってきます」

「いま行けよ」

「ええぇ？　でも俺、いろいろ仕事があんだよ」

そう言いながら剛ノ宮がちらっと見たのは、デスクの上に伏せてある薄い冊子だった。対人関係の勉強でもしているのか、にこにこ笑った人々の絵の上に、『見つめられるしあわせ』というタイトル、帯には「あなたが本当に会いたい人を見つめさせてください」とまったく意味のわからないことが書いてある。

「あんたの仕事は何だよ！　え、剛ちゃんよ！」

けっきょくその後、二人は連れ立って嶺岡家へと出かけたのだった。

どうしてこんなことになったのかというと、もちろん五年前の悲劇やら、四年前の夜逃げやら、一年前の兄の死やら、二日前の泥酔とケンカやら、すべてが関係し合っているのだが、まずは昨日の午後のこと——。

二

「おい来た来た来た、カーテン閉めろ！」

汐子に指示を飛ばすと同時に、敷きっぱなしの布団へダイブする。煎餅布団は畳の感触をじかに背中へ伝え、うっとむせつつ、二美男は座卓の上を指さした。

「その勉強道具、どっか隠せ」

「何で隠すねん」

「だって看病しながら勉強してちゃおかしいだろうが」

「んなことあるかいな」

そう言いながらも汐子は教科書とノートと筆箱を手早くかき集めてランドセルに放り込む。

「アロエも見られたらまずいな、そのアロエも捨てちゃってくれ」

「えーもったいないやん」

「だって俺そんな毒みたいなの飲めねえよ」

同じアパートに住む老原のばあさんが、二日酔いにはアロエをおろして飲むといいわよと、ポリバケツに土を入れて育てているやつを、一本折って持ってきてくれたのだ。しかし、ためしにちょっとだけおろして舐めてみたら、猛烈に不味かった。

「捨てるのあれやし、このまま冷蔵庫に入れとくわ」

「何でもいいから」

「おいちゃん、毒飲んだことあるん？」

「ねえよ、早くしろよ」

アロエの葉をコップに突っ込み、汐子は冷蔵庫に入れた。玄関の向こうに足音が近づき、呼び鈴が鳴らされる。汐子が「はーい」と答えてドアを開けに行ったが、その「はーい」に親しみがこもってしまっていたので、二美男は頭を抱えた。これでは事前に相手の姿を窓ごしに確認していたことがばれてしまう。

「あら、大家さん。こんにちは。どないしはったんです？」

「学芸会じゃねえんだぞ馬鹿……」

汐子の演技は相変わらず下手くそだ。

「しーちゃん、こんにちは。叔父さんいるかい？」

アパートの大家、壺倉のやわらかい声。二美男は玄関まで届くボリュームで、苦しげな呼吸をした。

「おるのやけど……いまあれなんです」

「うん」

「あれなんです」

「うん」

「……なんやったっけ」

二美男は慌ててごほごほと咳をした。

「ひどい風邪ひかはって、寝とるんです」

風邪かあ、と壺倉は心配そうな声を返す。

「そいじゃ、また今度でいいや。叔父さんに、お大事にって伝えてくれるかい」

「えらいすんまへん」

勉強頑張るんだよみたいなことを言い、壺倉は去っていった。その足音が遠ざかり、玄関のドアが閉まった瞬間、二美男は布団から跳ね起きて部屋を飛び出した。何か言いかける汐子の脇を抜けて便所に飛び込み、和式便器に向かって首を突き出す。

「ぼええっ！」

咳をしたせいで、少しおさまっていた吐き気がまたこみ上げてきたのだ。

「おいちゃん、うそけみたいな吐きかたするねんな」

ドアの向こうで汐子が言う。

「吐いてねえよ。吐くもんなんて残ってねえ」

「どっちでもええけど……なあおいちゃん、あんなんして誤魔化しても、お家賃、いつか払わんならんのやろ？」

「当然だ」

「何ヶ月分やったっけ」

「三……じゃなくて四」

「そんなん払えるんかいな」

「払えねえから誤魔化してんだろ」

ほんまやな、と汐子は笑う。

「しっかし、いまどきお家賃手渡しっておもろいわ。昭和みたい」

「しー坊、昭和のことなんて知らねえくせに」

「平成十八年生まれやもんな、あたしもりくちゃんも」

えずきが止まった。

どうして、わざわざりくの名前を出したのだろう。

「ほんなら、ごゆっくり。あたし宿題のつづきやってんで」

二美男はそれからしばらく便所にいたが、けっきょく何も出てこなかった。こめかみを揉みながら部屋に戻ると、汐子は座卓に教科書とノートを広げてせっせと鉛筆を動かしている。

「お前……真面目だな」

「後れをとったら、転校生やからやて言われるやろ。そやから頑張ってるだけ」

二美男が布団に横たわると、汐子は座卓に向かったまま片手を伸ばし、扇風機の首振りをオンにしてくれた。

「転校生って、もう一年ちょっと経つだろ」

大阪で暮らしていた兄が死に、兄嫁から一人娘の汐子を預かったのは、去年の春、汐子が三年生になったばかりのことだった。

「こっちの学校、頭いい子多いねんもん。ところでおいちゃん、そんなへろへろでお祭り行けんのんかいな」

時刻は午後一時。三国通りはもう車両通行止めとなり、道の左右には露店がずらりと並んでいることだろう。三国公園の一角に広がる玉守池(たまもりいけ)のそばには、祭り用の特設ステージが組み上げられ、町のバンドや、ゲストで呼ばれた演歌歌手や、大道芸人や、同じこのアパートの住人であるモノマネ歌手のＲＹＵなどが、汗をかきかきリハーサルを行っているに違いない。

「行くに決まってる」

「二日酔いって、そんなにすぐ治るん?」

宵宮が行われた昨夜、三国公園のそばに設置された「三国祭り運営委員会」のテントで、二美男はうっかり飲みすぎてしまったのだ。

「治すんだよ。言っただろ、俺、今年はぜったい金玉男になるんだから」

「玉男やろ」

三国祭りのシンボルである龍神は、金の宝珠を持っていて、それを手に入れた男は玉男と呼ばれて賞賛されるのだ。

今日の午後四時から、池之下町を縦に貫く三国通りを、龍神は身をくねらせながら北上しはじめる。全長約二十メートル。金色のド派手な頭部が神輿になっていて、その後ろに木材が背骨のようにつながり合って長々とつづく。全身は乾燥させたスゲの茎で覆われ、それがちょうど鱗のように見える。龍神は大勢の地元民によって頭から尾の先までを担がれ、三国通りを蛇行しながら北上しつつ三国公園を目指す。

龍神が三国公園にたどり着いたとき、「飛猿」と呼ばれる一匹の猿が現れ、龍神に乗り上がる。飛猿は龍神の胴体の上を行ったり来たりし、龍神のほうは飛猿を背中に乗せたまま園内をめぐりはじめる。その後、飛猿が重要な役割を演じる。龍神の顎の下に隠されているバレーボール大の宝珠を摑み取り、放り投げるのだ。どこへ投げるのかは飛猿を演じる人物に一任されている。猿の面をかぶったその人物によって、金の宝珠は茂みに放り込まれるときもあれば、ひしめく人々のまっただ中に落とされることもある。飛猿が投げたその宝珠を、人々は我先に摑もうとする。二美男も毎年、人々の中でおしくらまんじゅうをしながら龍神を追いかけ、宝珠を狙ってきた。が、まだ触れたことさえない。

宝珠を手に入れた者は、男ならば玉男、女なら玉女となり、望むことすべてが叶うのだという。

「何でみんなそんなに玉がほしいのやろ」

「お前はまだこの町のルーキーだから、わかんねえんだ」

汐子は鉛筆を動かしながら唇を尖らせた。

「もう一年ちょっと経ったいうたり、ルーキーいうたり、どっちやねん」

宝珠の効果は、実際にある。たとえば学生が手に入れた場合は、町内や区内での就職活動が有利になったりするし、店の経営者が手に入れた場合は、飾ってある宝珠をひと目見ようと、客がたくさん来るようになる。そして玉男も玉女も、すごくモテるらしい。テレビや新聞などで取り上げられて有名人になるからだ。

「おいちゃんかて、ここ来てまだ四年なんやから、ベテランでも何でもないいやん」

「まあ準レギュラーみたいなもんかな。ああまだ気持ち悪い。俺ぎりぎりまで寝てるわ」

「何時に起こせばええ？」

「携帯で目覚ましかけるからいいよ。ええと、龍があれするのが四時からだ、か、ら……おん？」

枕元の携帯電話に「伝言メモ１件」と表示されている。再生してみると、三国祭りの運営委員長であり、町内で二百年以上つづく老舗(しにせ)石材店の社長である壬生川(みぶかわ)の声が聞こえてきた。

『……もしもし』

喋り方に特徴があるので、名乗らないでも壬生川だとすぐにわかる。一音一音に、「あ」の音がちょっとだけともなって、たとえば「もしもし」なら「まさまさ」、「どうも壬生川です」と言えば「だあまめばがわださ」というように聞こえる。

『あのね、凸貝さん、どうせあとになって憶えてないだろうから留守番電話に入れとくけどね、あんたいまとんでもなく酔っ払って、あれだよ』

壬生川は迷うような間を置いてから、『ひどいよ』とつづけた。その後ろでは、さっきからつづけざまに奇声が響いている。そして、どうやらそれは二美男の声だった。

『明日、祭りに来る前に、この留守電を聞いてくれると思うんだけどね、凸貝さん、はっきり言って来ないほうがいいと思う。運営委員の人たちのこと、あんたさっきから無茶苦茶に言ってるよ』

という声に被せて『どこ電話してんだブタガエルぁ！』という巻き舌の罵倒が聞こえた。

『じゃあ、そういうことだから』

という呟(つぶや)きを最後に、壬生川の声は途切れた。

「どうしたん？」

「うん？　どうもしてねえよ？」

昨夜の記憶が一気によみがえっていた。

「……なんか、やっぱり具合悪いから、俺、祭りは行けねえかも」

二美男は布団に腹ばいになり、枕に顔面を押しつけた。

「えー嘘や」

「いやほんと」

「そしたらあたし誰と行けばええのよ」

「老原のじいさんだってばあさんだって、能垣（のうがき）さんだっているじゃねえか。ＲＹＵでもいいし」

みんな、ここ「コーポ池之下」の住人だ。

「老原さんたちは歩くの遅いし、能垣さんは話むつかしいし、ＲＹＵさんはお祭りのステージで歌うのやろ」

「あそうか」

ＲＹＵこと宝川隆史（たからがわりゆうじ）は三十二歳のモノマネ歌手で、まあこのアパートに住んでいるくらいだから売れてはいないのだが、それでも地域の祭りや企業の宴会では、よくお座敷がかかる。二美男が知らない若い男性歌手から美空ひばりまで、レパートリーは広く、日本でかつてヒットしたナントカのナントカという韓流ドラマの主題歌を韓国語で歌ったりもする。三国祭りでRYUがモノマネショーを披露するのは毎年の恒例だ。

「じゃ壺ちゃんはどうだ？　あいつ、ほんとは金持ちだから、何でも買ってくれるだろ」

壺倉光司は、さっき家賃を取りに来た大家の息子で、金持ちのくせにこのアパートの一室に住み、趣味で貧乏暮らしをしている。

「あの人、何考えとるのかわからへんのやもん。あ、あたし菜々子さんと行こっかな。ねえ、菜々子さんと行ってきてもええ？」

「好きにしな」

「帰ってくるとき、ここに菜々子さん連れてきたろか」

「何で」

「おいちゃんが具合悪いうたら、おかゆとかつくってくれはるかもしれへんやろ」

「いいよ馬鹿」

ぐるんと身体を回して背中を向けた。

汐子がそれ以上何も言わないので、宿題に戻ったのかと思ったら、ぼこ、かちかち、と音がして、背中に風があたった。扇風機の首振りをオフにして、こっちに向けてくれたらしい。

「なあ、おいちゃん」

急に耳元で声がした。

「……何だよ」

「誰に謝っとけばええの？」

首をねじ曲げ、しばらく汐子の顔を見返してから、二美男はまたそっぽを向いた。

「何でわかんだよ」

「二人暮らしも一年ちょっとになりますからね。ほんで、誰に謝ればええの？」

「祭りの、運営委員会の……」

「うん」

「みんな」

「何て言うとく？」

「とても反省してましたって」

「オッケー」

汐子は立ち上がり、二美男の身体をぴょんとまたいで廊下に出た。冷蔵庫から麦茶のポットを取り出す音。グラスに氷が放り込まれ、とくとくとくと麦茶が注がれ、ぴきんと氷が鳴る。

「ええもん拾ったやろ？」

頭を起こして見ると、汐子は自分の鼻先に人差し指を向けて笑っていた。

三

二美男の顔を覗き込んでいた。

「おいちゃん、そろそろ行ってくるで」

汐子の声に目を開けると、西日で強烈に光るカーテンをバックに、浴衣（ゆかた）姿のシルエットが

「ん、おお」

眩（まぶ）しかったので、汗まみれの腕で両目を覆う。

「しー坊、浴衣なんて持ってたっけか？」

「持ってへんわ。あんな暑苦しいもん着るかいな」

その声は、いま浴衣姿のシルエットがあった場所とまったく違う方向から聞こえた。あれ、と思ってそちらを見ると、Tシャツ姿の汐子が、座卓に置いた鏡の前で髪の毛を直している。するとさっきのは誰だ。窓のほうを振り向いてみたら、布団の脇に正座していたのは菜々子だった。わっと叫んで二美男は布団から跳ね上がり、そのまま両足を折り畳んで正座の状態で着地した。

「ごめんなさい、凸貝さん……驚くからやめようって、わたし言ったんですけど」

「はっいやっ」

「玄関で汐子ちゃんがこうやって」

と菜々子は自分の唇に人差し指をあてる。

「さ、でけた。菜々子さん行こ」

立ち上がった汐子の髪は左右でちょこんと結ばれていた。ゴムにはそれぞれ小さな寄せ木細工のような菱形(ひしがた)の飾りがついている。

「可愛いやろこれ。菜々子さんがくれはってん」

右へ左へ一回ずつ、汐子は頭を振ってみせた。飾りが揺れ、髪の先がTシャツの肩をこすりながら跳ねた。

「ああ可愛いな」

「思ってへんやろ」

「思ってるよ。あそうだ、しー坊、小遣い」

二美男は押し入れの財布から千円札を二枚出して汐子に渡した。

「ありがとう。ほんなら行ってくるで」

「おう」

「じゃあ凸貝さん、行ってきます」

「あ、はいもう行ってらっしゃい!」

「態度違いすぎやろ」

菜々子と汐子は狭い台所を抜けて玄関に向かった。

「菜々子さん、浴衣とか着るんすね」

「あ、今年初めて買ったんです。あのほら、かっぱ橋通りの美濃屋さんで。太い二の腕が隠れてくれて助かります」

「えっ、ぜんぜん太くないじゃないですかぁ」

太いですよぉと菜々子は自分の腕を揉んでみせる。

「もともと筋肉つきやすいのに、前の仕事でかなりあれしたもんだから」

「まあ確かに、力仕事でしたからねえ。いえ太くないですけどぜんぜん」

菜々子は下駄を履き、汐子はスニーカーを履き、二美男は冷蔵庫を覗いた。

「キャベツしかねえな」

今日は祭りであれこれ食べる予定だったので、昨日から食材を買わないでおいたのだ。

「しー坊、帰りに食いもん買ってきてくれよ。焼きそばとか」

「ええよ」

「何か買って、一回帰ってきましょうか？」

菜々子が言ってくれたが、二美男が答える前に、ええてええてと汐子が断った。

「二日酔いのダメ男はほっとこ」

菜々子を押し出すようにして、汐子は玄関を出ていった。

二美男は冷蔵庫からキャベツを取り出して何枚か剝き、適当に切ってフライパンで炒めた。それに焼き肉のたれをかけて座卓で食べていると、老原のじいさんばあさんが歩いてくるのが網戸ごしに見えた。

「あれ、二人とも祭り行かねえの？」

「行ったんだけど、あんまり暑くってさあ」

老原のじいさんは、もう少しで乳首が見えそうなほど首があいたランニングシャツをぱたぱた引っ張ってみせる。夫と対照的にぽてっと肥った香苗さんが、エキゾチックな花柄のムームーに包まれて、隣で笑っている。この人はいつも笑っている。

「あたしね、RYUちゃんの歌がはじまるまでいようって言ったのよ。でも駄目、熱中症で運ばれるかもしれないからやめとこうって、この人が。あたしRYUちゃんのひばり聴きたかったのに。二美男ちゃんは、お祭り行かないの？」

「俺ほら、例の二日酔いがまだ」

「アロエ、効かなかった？」

「ちょっとは効いたけどなあ。けっきょく、じっとしてるしかねえんだよ」

二美男が笑うと、香苗さんも首の肉を揺らして笑った。その隣で、香苗さんよりずっと小柄なじいさんが、わかるわかるというように頷いた。

四

夜になってリモコンでテレビをつけたら浴衣姿の菜々子が映った。

「いっ」

がばりと起き直って四つん這いになった。菜々子は頬を赤らめ、照れ笑いをしながらマイクを向けられている。NHKの七時のニュースだ。インタビュアーが『ちょっと触ってみてもいいですか』と訊くと、彼女はどうぞどうぞと言って右手に持っていた金色の玉を持ち上げた。

「うへえ……菜々子さんが金玉女かよ」

インタビュアーが宝珠の重さについて『猫くらいでしょうか』とよくわからないことを言ったあと、画面はスタジオに切り替わった。地味な顔をした男女のアナウンサーが世間話じみたコメントをし、つぎのニュースに移ろうとしたとき、網戸の向こうから汐子と菜々子の声が聞こえてきた。

玄関のドアに鍵が差し込まれる。

「ただいまー」

「菜々子さん、すごいじゃないですか金玉じゃなくて玉玉――あれ」

汐子だけだ。

「菜々子さんは？」

「いまアパートの前でバイバイした」

「あそう……」

「あの人、テレビに映ってたやろ」

「映ってた映ってた、え、何で玄関まで来て帰っちゃったの？」

「汗でお化粧ぐちゃぐちゃやし、恥ずかしいって」

「気にしねえのに」

「向こうは気にするのやろ。ちゅうかおいちゃん、あたしが菜々子さん連れてこよかって訊いたとき、〝いいよ馬鹿〟ってそっぽ向いてたやん」

「玉タマ取ったんなら、おめでとうくらい言いたかったなと思って」

「嬉しそうやったで。そのへんにいたおっちゃん連中に、ものっそいチヤホヤされてた。カメラいっぱい向けられて、なんか芸能人みたいやったよ。――あ」

汐子は手のひらにぽてんと拳を落とした。この姪っ子は、たまにとても古くさいことをやる。

「菜々子さん、おいちゃんが玉男になりたがってたの知ってはったから、玉持ったままここ来るの申し訳ないと思ったんちゃうかな」

「そんな難しいこと考えるかよ」

「世の中の人は、そうやってけっこういろいろ考えてんねんで、言わないだけで。はいこれ、焼きそばとお好み焼きとビール」

「いくらだった？」

二美男が財布を出そうとしたら、両手で押しとどめられた。

「毎月小遣いもろてるし」

「だってお前、出がけに渡した二千円、ほとんどこれにあれしちゃうじゃんか」

ええてええてと汐子は年上の親戚みたいに笑いながら冷蔵庫を開ける。

「あー咽喉（のど）かわいた。麦茶麦茶……おいちゃん、このアロエ、けっきょく飲まへんの？」

「うん、いらね」

もったいないから飲むと言い、汐子はアロエの葉をおろし金でごしごしすってコップに入れた。緑色の大根おろしのようなものが、底から三センチほどまで溜まった。汐子はそれをすすり、「にっが」と顔を歪（ゆが）め、ぱっぱっと唇を鳴らした。

「運営委員会の人たちに謝っといたで。会えた人だけやけど」

「おお、あんがと」

「しあかちゃんま大変だなあやて」

「うはは、壬生川さんか」

窓際に寄せた座卓に並んで座ると、網戸から入る夜風が気持ちよかった。

汐子が眉根を寄せてちょっとずつアロエをすする様子は、まるで酒を呑んでいるようだ。二美男は焼きそばとお好み焼きを交互に食べながらビールを咽喉に流し込んだ。二日酔いのあと特有の、炭酸ばかり感じられる味だったが、それでもソースとよく合って美味い。祭りからの帰りだろうか、外から男の子の高い声が響き、それをたしなめる母親の声がする。言葉は聞き取れないのに、声の様子で母子だとわかるのは不思議なものだ。

「ゆうべ、マジックでなんや書いてくれって頼まれたのやて？」

急に言われた。

「……壬生川さんに聞いたのか？」

「そう。凸貝さん、なんか変やったいうて、首ひねっとったよ」

「はは、そりゃひねるだろうな」

なにしろちょっとした手伝いを頼んだだけなのに、それを頑なに断られたどころか、しまいにはテントの中でいきなり暴れ出したのだから。

昨夜、三国公園の入り口に設けられたテントでは、運営委員会の面々が酒を酌み交わしながら祭りの打ち合わせをしていた。二美男がそこにまじって酒だけ呑ませてもらっていたところ、壬生川からちょっとした手伝いを頼まれた。ただ酒ばかり呑んでいるのに気が引けはじめていた頃合いだったので、気軽に引き受けたのだが、

――それをね、大きく書き直してもらいたいんだ。

そう言って壬生川が顎で示したのは、テントの内側に貼られた、祭りの進行表だった。全体の進行予定と、運営委員会の面々それぞれの行動予定が書かれていた。

――そこに模造紙があるから、よろしく。

――あの。

――うん？

――なんか……別の手伝いないっすかね。

二美男が仕事を面倒くさがっていると、きっと思われたのだろう、壬生川は少し苛立った顔をした。

――凸貝さんにやってもらえるの、いまそれくらいしかないんだよ。

――じゃあその……申し訳ないけど、俺ちょっと、手伝えねえかも。

――何でよ。

――いえべつに何でってわけじゃ――。

――やってよ。

壬生川はマジックを胸元に近づけてきた。二美男が手に取らずにいると、太いほうのキャップを外し、相手の気分を害しても構わないという仕草で、ぐっと鼻先に突きつけた。ぷんとシンナーのにおいがした。

そのとき咄嗟に壬生川の手をはたいてしまったのがきっかけだった。もちろんそれほど強いはたきかたではなかったのだが、壬生川本人や、傍で見ていた山北さんが怒るほどには強かった。酒も入り、祭りで気分が昂まっていた看板屋の山北さんは、何か短く言いながら二美男の胸ぐらを掴んだ。二美男もうっかり掴み返した。山北さんは顔中に力を入れて首を突き出した。厨房機器屋の安藤ちゃんが素早くあいだに入って止めた。そのとき山北さんの正面に回り込んだ安藤ちゃんの左肘が、偶然にも二美男の側頭部にクリーンヒットした。いま同じ状況になっても絶対にそんなことは思わないだろうけど、二美男はそれをわざとに違いないと思い込み、案山子のように華奢な安藤ちゃんに夢中で飛びかかった。以前に安藤ちゃんが、学生時代からずっとキックボクシングをやっていると言っていたのを、飛びかかってから思い出したが遅かった。安藤ちゃんはすごく嫌そうな顔をしながら、たぶん周囲からばれないように、二美男の鳩尾にノーモーションで掌打を叩き込んだあと、瞬間移動のような動きで体を入れ替えた。テントの下は剥き出しのアスファルトで、気づいたときには二美男はそこへ仰向けになっていた。頭も少し打ったので、すぐには起き上がれなかった。アスファルトには昼間の熱が残っていた。安藤ちゃんと山北さんと、その他全員、驚いた顔をしながらも、哀れむような目で二美男を見下ろしていた。

　壬生川が二美男を助け起こし、怪我はないかと心のこもっていない声で訊いた。二美男はぼそぼそとみんなに謝り、その場はそれでおさまったのだが、いじけながらまた隅っこでちびちび呑み始めたら、いつのまにか手酌のペースがどんどん上がっていき、最終的にべろんべろんになったばかりか、罵倒の言葉を全方位的に喚きはじめてしまったのだ。

「ま、りくちゃんが死んだときの事情を知らんのやから、しゃあないやろ」

二美男は曖昧に頷いた。

死んだときの事情どころか、二美男にかつて娘がいたことさえ、町のみんなは知らない。彼らにとっていまだに二美男は、川の向こうでペンキ屋の商売に失敗して流れてきた、独身の新参者でしかない。あるいは、ぼろアパートで姪っ子と暮らしながら、日雇いの引っ越し作業でなんとか食いつないでいる貧乏人でしかない。りくのことを話した相手といえば、いまだに剛ノ宮くらいだ。

「いいよ、もう」

二美男はお好み焼きを齧り、隣で汐子も黙ってアロエをすすった。

暑い中、運営委員会の人たちに謝って回ったり、露店ではしゃいだりして、きっと疲れていたのだろう、やがて汐子は船を漕ぎはじめた。小さく声をかけると、眠ったままの顔で立ち上がって風呂に入ろうとしたので、明日は海の日で休みなんだから、朝に入ればいいと言って布団を敷いてやった。汐子は素直にそこへ寝転がり、すぐにいびきが聞こえてきた。寝ているからいいだろうと、二美男はその頭を軽く撫でた。熱があるわけでもなさそうなのに、自分の手よりもあたたかかった。

流し台の下から日本酒の瓶を引っ張り出し、台所の床に座って、つまみなしで呑んだ。肝臓がくたびれていたのか、酒のまわりはひどく早かった。立ち上がるのも面倒になり、四つん這いで部屋に戻って畳に寝転がったあと、網戸の向こうを何度か車が通り過ぎた。

…………。

……………。

……。

画家の能垣がキャンバスを抱えて部屋に入ってきた。

何の用だと訊くと、灰色の髭に埋もれた口をへの字に曲げて、不平そうな顔をする。

「あんたが呼んだんだろう」

「そだっけか？」

能垣は胡座をかいてキャンバスを畳に寝かせた。いつも着ている、黄ばみの浮いたワイシャツの袖をまくり、膝の上に木製のパレットをのせる。そのパレットに油絵の具をつぎつぎなすりつけていく。そうしてパレットや絵の具や筆など、持参してもいないものが現れはじめたあたりから、二美男はこれが夢だと理解していた。夢の中で、自分が夢を見ていることを理解できるようになったのは、りくが死んでからのことだ。理由はわからない。

右手に握った絵筆を、能垣は上下左右に素早く走らせる。小さな動物たちが雪原を駆けていくように、筆先がつぎつぎキャンバスをかすめていく。灰色の壁。その手前に積み重ねられていく、たくさんの一斗缶。やがてその一斗缶の左端に、床にうつぶせた小さな頭と、薄ピンク色をした長袖のシャツと、力なく伸ばされた左手が描かれた。

あの日、自宅の倉庫で、二美男の目に飛び込んだ光景だった。

二美男が見つけたとき、りくは動かなかった。でも、ちゃんと息をしていて、身体もあたたかくて、ただ眠っているのだと思った。だから二美男は、そばにあったペンキの缶に座り、りくを膝に抱き上げて頬を撫で、よくこんな場所で眠れるなあと笑った。その日のうちに永遠に息をしなくなるなんて思わなかった。

幼稚園の年中になったばかりだった。狭い自宅の庭にタンポポが咲き、その茎で水車をつくって見せてやった、翌日のことだった。

「……それ誰だ？」

倉庫の壁に、うすぼんやりとした輪郭で、坊主頭の老人の顔が描かれていた。曖昧な黒目で、横たわるりくをじっと見つめている。見たことのない、しょぼくれた顔の老人——。

「私にはわからんよ」

能垣は顔も上げずに答え、キャンバスを脇に放り出す。そしてすぐに別のキャンバスを取り出すと、ふたたび絵筆を走らせはじめた。

描かれたのは、りくが死ぬ四日前の光景だった。

狭い場所に、りくがしゃがみ込んでいる。唇を結んでいるが、その両端がいまにも持ち上がりそうで、黄色いTシャツの両肩が、わくわくと縮こまっている。りくの傍らには洗面器、その向こうに湯船がある。

自宅の風呂場でりくは、二美男がドアを開けて入ってくるのを、いまかいまかと待ち構えているのだ。夕方過ぎに仕事から帰ってきた父親が、肌についたペンキを落とすため、いつも真っ先に風呂に入ることを知っていて、驚かそうと思って。

「あんとき、俺が笑わなけりゃよかったんだよな」

能垣は答えなかった。

このあと二美男が帰宅する。上機嫌でキッチンを覗き、フライパンをゆすっている美佳に、りくは？　と訊く。美佳は横顔で笑いながら曖昧に首をひねる。あのときの美佳の笑いかたは、いまキャンバスの中で風呂場にしゃがみ込んでいるりくにそっくりだった。

——なに笑ってんだよ。

そう言って自分も笑いながら、二美男は脱衣所に入り、汗とペンキまみれの服を脱ぐ。それを仕事着専用の洗濯籠に放り込み、風呂のドアを開けると、すかさずりくが勢いよく立ち上がり、わっと大きな声を上げ、二美男はもっと大きな声を上げながら跳びすさり、壁に背中をぶつける。

そして、そのあと二人でげらげら笑ったのだ。息が吸い込めず、苦しくなるほど笑い、途中から美佳も来て、三人で笑った。

それが楽しかったのだろう。

だからりくは、四日後のあの日、自宅の半地下にあった倉庫に隠れ、二美男が入ってくるのを待っていたのだろう。仕事が休みの日曜日、午前中に、二美男が倉庫に入ってペンキの残りをチェックすることを知っていたから。

りくが倒れていたその隣には、蓋を開けられた状態の一斗缶があった。ペンキの溶剤に使う、シンナーの缶だった。最後に倉庫で作業をしたとき、自分がその蓋を閉めたかどうか、二美男は憶えていない。何度記憶をたどっても思い出せない。閉め忘れたのかもしれない。あるいはりくが——いや、四歳の子供には、きっとあれは開けられない。蓋を開けたまま放置したのは自分だ。そして、倉庫のドアに鍵をかけなかったのも自分だ。そういう習慣がなかったから。入っちゃ駄目だと注意しておけば、りくは言うことを聞くと思っていたから。何より、危ない場所だという認識が薄かったから。

あの日、救急車の中で、りくの呼吸は停まった。病院のベッドでは、もう処置は行われなかった。二美男と美佳がどんなに頼んでも無駄だった。両目を閉じたりくの肌は、まだらで、あちこちが暗い紫色に変わっていた。医者はそれを、窒息が原因で亡くなったときの特徴だと説明した。シンナーが人を窒息死させることを、そのとき二美男は初めて知った。高校を出たあと、同級生の親が経営するペンキ屋に勤めはじめ、二十五歳で独立し、合計十一年間も溶剤を扱っていながら、そんな簡単なことも知らなかったのだ。いや、ただ忘れてしまっていただけなのかもしれない。あるいは、親方に読めと言われて読みましたと嘘をついた冊子に、ちゃんと書いてあったのかもしれない。

五

「ば、か、で、す、ねえ……」

夢から醒めたあとは、眠れなかった。

アパートを出て、コンビニエンスストアで買ったトリスのボトルを片手に、深夜の商店街を歩いた。路傍に並んでいたはずの露店はすべて消え、通りには人けがなく、酔っぱらいさえ歩いていない。

それでも、祭りの余韻はまだそこここに残っていた。街灯から街灯へ渡された注連縄(しめなわ)もそのままだし、商店の名前が書かれた提灯(ちょうちん)もそこにぶら下がっている。ただし明かりはついていない。

三国通りを北に向かった。

通行止めはとっくに解除されていて、ときおりタクシーやトラックが追い越していく。道はやがて大きな丁字路に突き当たる。その丁字の横棒に沿って左右に延びる、小高く盛り上がった一帯が三国公園だ。

「……いねえよな」

ひょっとしたら公園の入り口に、運営委員会のテントがまだあって、中で壬生川や山北さんや安藤ちゃんたちが酒でも呑んでいるかと思ったが、さすがにもうテントはすっかり片付けられていた。

まばらに車が行き交う大通りの角に立ち、二美男は顎を上げた。

「満月」

だいぶ低くなった満月が、三国公園の木々のシルエットに重なっている。

「ふん、思い出すね」

猛スピードで沈んでいく満月を見たのは、四年前のことだ。

りくの弔いがすんだあと、二美男はペンキ屋の商売を畳んだ。溶剤のにおいが、目を閉じたりくの姿を鮮明によみがえらせ、そのことに耐えきれなかったのだ。請負中の仕事をすべて知り合いのペンキ屋に頼み、倉庫の中身は業者を呼んで処分した。業者とはすべて電話でやりとりし、処分作業の当日は家に帰らなかったので、りくを抱きかかえてドアを飛び出した日から、二美男はけっきょく一度もあの倉庫に入っていない。

それから毎日、酒ばかり飲んだ。

美佳がコンビニエンスストアのレジと飲み屋のホールを掛け持ちではじめたが、それだけでは家のローンと生活費をまかなうことができず、やがて貯金が尽きた。それぞれが掛けていた生命保険を解約し、還付金をもらったけれど、それさえ使い切った。自宅が競売にかけられることになった。不動産会社の担当者が家を査定に来る前日、それまではおそらく発破をかける手段として持ち出していた「離婚」という言葉を、美佳はテーブルごしに、初めて二美男の目を見て口にした。本当はそんなに酔っていなかったけれど、二美男は酔ったふりをして承諾した。美佳の顔から、電池が切れでもしたように力が抜けた。

家を売った金は、ローンの残額ととんとんだった。

狭いアパートに一人で引っ越してからも、二美男は新しい仕事を探さなかった。真っ暗で深い溝(みぞ)に身体を挟まれたようで、ときおりそこでもがいてみたけれど、もがくほどに身体は沈み、酒量と借金が増えた。町の消費者金融からはもう借りられず、闇金の世話になった。利子を合わせた総額がどんどん増えていき、ああもう自分の人生は終わりだなと思いはじめたとき、税務署からの葉書がアパートの郵便受けに入っていた。所得税の還付金の通知だった。

驚くほどの数字が、そこには印刷されていた。

借金の総額に、もう少しで足りるくらいの額面だった。

はじめは呆然(ぼうぜん)とするばかりだったが、やがて理解できた。二美男はペンキ屋の仕事をやめていたが、廃業手続きを怠(おこた)っていた。経理を任せていた美佳は、それをマイナス決算として税務署に申告していたのだ。「予定納税」の仕組みがあるため、個人事業主は毎年、働く前から所得税を支払う。「今年の収入も前年と同程度」という前提で、まだ一円も稼いでいないのに、「今年の分の所得税」を前もって税務署に払い込むのだ。しかしそこへもってきて、二美男が仕事をしなかったものだから、決算は大赤字となり、事前に払った所得税がほとんどそのまま返ってきたのだった。

美佳に連絡して、還付金のことを伝えた。

仕事はしているのかと訊かれたので、していないと正直に答えた。

――なら、そのお金でやり直して。

その言葉に、二美男は従うことにした。しかし、さあ今日から再出発だと決心したところで、もうどうにもならない状況に自分がはまり込んでいることも自覚していた。還付金の額も、借金を百パーセント返すには少し足りない。

逃げようと決めた。

まずやったのは、タウンページを捲って夜逃げ屋を探すことだった。すると「緊急の引っ越し」「秘密の引っ越し」などというそれらしい文句を掲げた業者がいくつも見つかり、連絡してみると、どこも慣れた様子で丁寧に対応してくれた。漠然と想像していた怪しげな雰囲気はまったくなく、普通の引っ越し業者と同じように、相見積もりをとって最も安いところを選ぶことさえできた。その、最も安いところというのが、菜々子が当時働いていた小菅運送だ。二美男はすぐに〝引っ越し〟を依頼し、引っ越し先はこの池之下町で見つけた「コーポ池之下」に決めた。

それが四年前の、春の終わりだった。

池之下町を新天地に選んだことに、深い理由はない。ぱっと浮かんだ場所が、幼い頃から大好きだった三国祭りの行われるこの町だったのだ。あまり頭を使って考えたくはなかった。昔から、頭を使えば使うほど、もっと頭のいい人に考えを読まれてしまうという、確信じみた思いがある。子供時代に兄とよく将棋をやったせいだろうか。

数日後の深夜、依頼した小菅運送のスタッフたちがやってきた。当時暮らしていたアパートの前に、2tトラックとセダンが停まり、エンジンを切るなりばらばらと降りてきた彼らは、二美男が梱包しておいた家財道具をトラックに、二美男本人をセダンの助手席に、素早く積み込んで出発した。

そのときセダンを運転していたのが菜々子だった。

後々聞いた話によると、彼女は中高大と陸上一筋だったが、大学卒業間際に、内定をもらっていた電子機器メーカーが倒産したらしい。同時期に父親が食道癌を患って治療生活に入り、彼女は「稼げる仕事」をしなければと、浅草の人力車の俥夫となった。日々様々な客を乗せて下町を走り回り、歩合でばりばり稼いでいたのだが、あるとき客として乗った男に「うちに来ないか」と誘われた。それが要するに、小菅運送の社長だったわけだ。

——夜逃げを依頼してくる人には、若い女性が意外と多いんです。

菜々子は社長に誘われたときのことをこう話した。

――大抵は離婚問題とか男女問題を抱えているんですけど、そういう人はどうしても、女性スタッフがいる業者を選ぶみたいで、当時は小菅運送は全員男性スタッフだったから、そのへんを改善したいんだって言ってました。

ばか高い基本給に惹かれ、菜々子は転職した。父親はけっきょく癌が悪化して翌年に亡くなってしまったが、彼女は社長によくしてもらったこともあり、そのまま小菅運送に勤めつづけた。そんなとき夜逃げを依頼してきた客の一人が、二美男だったわけだ。

菜々子の運転するセダンは、トラックを従えて夜道を走った。車通りの少ない真っ直ぐな国道を移動しながら、二美男は何も考えていなかった。心臓はバクバクもしなければドキドキもしなかった。いままでのことも、これからのことも、自分とまったく関係のない別世界の出来事のように思えた。

そのとき、ものすごい速さで沈んでいく満月を目撃したのだ。

助手席で、二美男はぽかんと口をあけて空を見るばかりだった。フロントガラスの向こうで、月が右下へ、右下へ、ぐんぐん動いていた。まるで吸い込まれていくようなスピードで。こんなに速く動いたら、昼と夜がものの数分で繰り返されてしまう。――しかし、そんな不可解な光景を眺めながらも二美男は、こういうこともあるのかなと思った。あんなに生きていた娘が、息をしなくなってしまったり、妻に見捨てられたり、借金まみれになったり、借金と同じほどの額が急に振り込まれたりするのだから、月が速く沈むことだって、ときにはあるかもしれない。そんな気分だった。

けっきょくそれは、走っていた道が、僅(わず)かに左へカーブしつつ、少し上り坂になっていただけだった。だから月がぐんぐん右手に沈んでいくように見えたのだ。馬鹿みたいな勘違いの、馬鹿みたいな種明かしだった。

「あれがほんとだったらねえ……」

どうなっていただろう。深夜の三国通りを歩きながら、二美男は考える。時間が何倍にも早送りされて、今頃はりくの記憶も少しくらい薄れていただろうか。壬生川にマジックのにおいを嗅がされても、その手をはたいたりしなかっただろうか。こんなふうに、真夜中に酒瓶片手に町を歩き回ることもなかっただろうか。

「まあ、ほんとじゃなかったけどね……」

菜々子と再会したのは去年、汐子を引き取ってしばらくした頃だった。プール開きの前に、こっちの学校指定の水着を買っておかねばと、汐子と二人で商店街のスポーツ用品店へ行ったときのことだ。ランニングシューズのコーナーで、見憶えのある若い女が椅子に座り、靴を試着していた。踵(かかと)をとんとん床にぶつけて具合を確かめながら、彼女はふとこちらを見た。目が合うのと同時に二美男は相手のことを思い出した。たぶん相手も気がついた。しかし、互いを見知った事情が事情だったので、そのときはどちらも声をかけなかった。

汐子の水着を買って店を出ると、彼女が待っていた。

桧川（ひかわ）菜々子という名前は、そのとき初めて知った。小菅運送はもうつぶれてしまい、いまは浅草のかっぱ橋にある、個人経営の梱包材店で事務員をやっているのだと彼女は言った。

――身体がなまっちゃうかと思って。

ランニングでもはじめようと、スポーツ用品店に来たのだという。

それからというもの菜々子は、貧乏暮らしの二美男や汐子を不憫（ふびん）がってか、ときどき手作りプリンやゼリーを持ってアパートへやってくる。老原夫妻や能垣、壺ちゃんやＲＹＵと顔見知りになってからは、持ってくるお菓子の数が増えて、なんだか申し訳ない。

「……っと」

何かに右足がぶつかった。土嚢（どのう）の感触に似ていた。土嚢は顔を歪めて立ち上がった。蹴飛ばしたのは、歩道に座り込んでいた若い男の背中だったらしい。

「申し訳ないっす」

虫の触角みたいな眉毛をした、茶色い短髪の男だった。区別がつかないくらい似たような男がもう一人、縁石に座り込んでいて、まるで自分もいっしょに蹴飛ばされたように、二美男を睨（にら）みつけながら腰を上げる。

「いまちょっと、前見てなくて」

喧嘩を売られたりしませんようにと願いながら、頭を下げて行き過ぎようとすると、喧嘩売ってんのかと言われた。蹴飛ばされたほうの男が正面に立ちふさがった。

「慰謝料」

手のひらを差し出す男の目は、無理やり引っ張られたように吊り上がっていた。二美男はへへへと笑いながら、その手に自分の手をちょんと押しつけた。

「はい、百万円」

「なめてんの?」

物心ついてから、たいていの局面で判断ミスをしてきた二美男だが、このときもそうだった。雰囲気を和ませようと、首を突き出して相手の顔をぺろんとなめる真似をしてみせたのだ。すると横からもう一人の男に胸ぐらを摑まれた。昨日は運営委員会のテント。今日はここ。二夜連続で胸ぐらを摑まれたのは、さすがに大人になってから初めてだった。

「悪気はなかったんだから、やめてよ」

Tシャツをねじり上げる男の手首を摑み、そっと引き離そうとしたが、相手が押し返してきたので、つい力を込めた。男が短く呻(うめ)き、それが合図だったように、正面に立っていたもう一人の男が二美男の肩を掌底で突いた。後ろによろけ、両手を回してバランスをとり、なんとか転倒をまぬがれたが、そのとき二美男は右手に酒瓶を持っていることをすっかり忘れていた。腕を回した勢いで中身が飛び出して二人の顔面に均等にかかった。つぎの瞬間、視界の中で男たちが大映しになり、腹にボウリングの玉でもぶつけられたような衝撃が走った。

六

コンビニエンスストアで買ったワンカップ酒を飲みながら、べそをかいて歩いた。垂れた鼻水をすするたび、血の味がして、それを洗い流すように、二美男はごくごく酒を飲んだ。

三国公園へつづく石階段を上る。途中で何度か足が上がりきらず、サンダルのつま先が階段に引っかかって転びそうになる。

やはり、祭りに行っておけばよかった。

そうすれば運営委員会の人たちに面と向かって謝ることだってできたし、もしかしたら玉男にだってなれていたかもしれないし、タコ殴りにされることもなかった。

たくさんの人で賑わっていたはずの三国公園には、もう木々のシルエットしか残っていない。そのシルエットがみんな、細かく上下左右に揺れているように、ぼやけて見えた。遊歩道の傍らにベンチを見つけたので、二美男はいったん身体を休めようとしたが、さっきから懸命に酒で誤魔化している思いが一気にふくらんでしまいそうで、わざと前ばかり睨みつけたまま、どんどん歩いた。

玉守池のほうへ向かうと、池のはたに知らない建物があった。あれは——ああそうか、祭り用の特設ステージだ。今夜はＲＹＵがあそこで歌ったはずだけど、誰のモノマネを披露したのだろう。そんなことを考えているうちに、暗い景色全体がいきなりぐんと上へ伸び上がり、両膝に鈍い痛みが走った。

気がつけば、二美男は地面に鼻先を突きつけていた。

ワンカップの瓶が横倒しになり、酒が砂利にじわじわ染み込んでいく。

一度倒れ込んでしまうと、プラグでも抜かれたように、もう立ち上がることができなかった。ワンカップ酒の瓶に、ためしに右のこめかみを載せてみたら、ちょうどいい枕になった。土のにおいに子供の頃を思い出した。小学校時代はよく友達と荒川の土手で土を掘ったり、石を引っ繰り返したりして遊んだ。いろんな虫が出てくるのが面白かった。いつかの新年、親に連れられて浅草寺に初詣に行ったときも、両親と兄がおみくじの行列に並んでいるあいだ、境内の玉砂利を円くどかして下を覗いていた。何もなかったので、また別の場所で玉砂利を円くどかし、やはり何もないのでまた別の場所を覗いていたら、警備員に叱られた。ちょうどそのとき両親が戻ってきて、警備員に謝り、二美男は両親からまた叱られた。その後ろで兄が眉毛をひくひく動かして二美男を笑わせようとしていた。叱られている真っ最中だったので、実際のところそんなに面白くはなかったのだが、何かそれが悪いような気がして、

二美男は笑いを堪えて神妙な顔をしているというふりをした。

うーんと蚊の羽音が耳元に近づいてきたので、ばちんとそこに手のひらを叩きつけた。羽音は消えたが、そのかわり世界がぐわんぐわんと回り、胃袋が身をよじらせはじめた。いま

目をつぶったら、もっと勢いよく世界が回り、気持ち悪くなって、吐いてしまうだろうなと思いながらも二美男は目をつぶった。幸いというべきか、吐き気がこみ上げる前に意識が遠のいた。

そのあと目を覚ましたのは、何のせいだったのだろう。

足音が聞こえたのかもしれないし、顔に相手の鼻息でもかかったのかもしれない。

ふと目を開けると、老人の顔がどアップになっていた。おそろしく鋭い目に、オールバックの白髪、カモメが飛んでいるような白い眉、鷲鼻（わしばな）の見本のような鼻——たしか知ってるじいさんだが、思い出せない。

じいさんの目は、鋭いくせに、哀しそうだった。それは、夢の中で能垣のキャンバスに描き添えられていた、あの坊主頭の老人の目を思い出させた。倉庫の壁にぼんやりと浮かび、床に倒れたりくをじっと見つめていた、あの老人。

顔がすうっと遠ざかっていく。

背筋を真っ直ぐに伸ばして立ったじいさんは、着物姿だった。その隣に、もう一つの人影がある。満月をバックにしていて、輪郭以外は判然としないが、こちらは着物ではないようだ。

男が低い声で何か言い、じいさんはそれに促されたように身体の向きを変えた。

二人は玉守池のほうへ向かっていく。こんな夜中に、剣道の師範がいったい……ああ思い出した、あれは嶺岡先生だ。浅草寺の裏をしばらく歩いたあたりで、大きな道場を経営している、剣道の師範。交番で剛ノ宮と喋っていたときに名前が出たこともある。警察でも剣道を教えていて……たしか剛ノ宮も習って……いや、以前に習っていたと言ったのだったか……。

二人の低い呟き声が、玉守池の方向から聞こえていた。

そうかと思うと突然、

——やめろ！

大きな声が響いた。

二美男は身を起こそうとしたが、無理だった。ぐるんぐるんと脳味噌が回っていた。いまのはたぶん嶺岡先生の声だ……地面を踏み鳴らす音……短い叫び声……驚きがまじったような……。

「ぼえっ」

口から胃の中身が飛び出し、耳鳴りが鼓膜の奥にきぃんと突き刺さった。全身がふくれ上がるような感覚とともに二度目の吐き気がこみ上げたとき、水音が響いた。何か大きなものが池に落ちたような、ずいぶん派手な水音だった。

「ぼえ……」

そのあとは、何も聞こえなくなった。

耳鳴りの奥で、自分の呼吸音ばかりが響いていた。蹴られた腹が痛い。二美男は身体を横にしたまま、胎児みたいに膝を抱えた。痛みは少しだけやわらいだ。脳味噌は相変わらず回りつづけ、しかし視覚だけは妙にはっきりしていて、右側に地面を、左側に木々のシルエットを見ているのだった。

人影が近づいてくる。嶺岡先生ではなく、もう一人の男。前屈(まえかが)みになり、両手で顔を覆うような恰好で、真っ直ぐにこちらへ歩いてくる。男はすぐそばまでやってくると、まるで見えない壁にでもぶつかったように足を止めた。どうやら二美男がそこにいたことを忘れていたらしい。

二美男がぼんやりと目を向けていると、男は両手で顔を覆ったまま、ばたばたと方向転換をして歩き去っていった。

第二章

一

池を縁取る植え込みからコオロギの鳴き声が聞こえていた。

乗っているボートは岸から二十メートルくらい離れているのに、コオロギというのはけっこう大きな声で鳴くもんだ。オールを回しながら二美男がそんなことを呟いていると、

「アオマツムシやんな」

汐子が菜々子に言う。

「わたしスズムシかと思ってた」

菜々子は頭にすっぽりかぶっていたパーカのフードから片耳を出し、虫の音に耳をすました。

近くで賑やかな声が上がる。別のボートに乗っている親子連れで、子供はちょうど汐子と

同じくらいの女の子だ。

「あたしらも家族に見えるんちゃう？」

「しー坊、馬鹿なこと言うんじゃねえ」

「うん、見えるかも」

「え、まじすか？」

暦ではまだ秋だが、玉守池の水面を渡っていく風には冬の硬さがまじっている。今日は日曜日なので、周囲には二美男たちが乗っているのと同じような手漕ぎボートや、目玉が色褪せたスワンボートがたくさん浮いていた。

「おいちゃん、いま何時？」

「十一時三十五分」

「そろそろボート返さなあかんな。方向転換して」

ボートを旋回させていくと、汐子と菜々子の頭ごしに寺の屋根が見えた。池の畔に建っている、あのなんとかという寺がもともとあって、その周りが公園になったのだと、いつだったか能垣が話していたのを憶えている。何代目だかの徳川将軍が、江戸城を護るため、丑寅の方角に大きな寺を建て、そこに巨大な将軍家の墓所をつくった。しかし明治時代の内戦で、一帯が焼け野原となり、やがて時代が落ち着くと、その焼け野原を整備して公園がつくられ、寺も同じ場所に再建されたのだとか。

この玉守池も、将軍家の墓があった場所ということで、もともとは霊守池と書いていたらしい。

三ヶ月前の深夜、二美男が地面にのびていたのは、ちょうどいま見えている、あの寺の近くだった。そして、例の人影が向かったのは、寺の裏手のほうだ。

「……久々に思い出したな」

「何をです？」

「剣道師範殺害事件やろ」

汐子が先に答える。

菜々子にも汐子にも、出来事の一部始終は話してあった。

あの翌朝、二美男は剛ノ宮とともに交番を出て浅草寺方面へ向かい、嶺岡道陣（どうじん）の剣道場を訪ねた。自分はこれから、重大事件の目撃者として重要な扱いを受けることになるに違いない。そう確信していたのだが——剛ノ宮と二人で道場に入った瞬間、あてが外れた。何かイレギュラーなことが起きたような雰囲気が、そこにはまったくなかったのだ。

年齢によってクラスが分けられているのか、道場生は全員老人だった。奥行きのある道場の手前と奥に、一列ずつ人が座っていて、そのあいだで防具をつけた二人が竹刀（しない）を持って向き合っていた。

練習中にすいませんと、剛ノ宮がそばにいた老人に話しかけた。小脇に面（めん）を抱えて正座をしていた小柄な老人は、姿勢を正したまま首だけ回してこちらを見た。

——あの、嶺岡先生は……。

老人はすっと片手を上げて目の前を示した。まるで、人のいる場所を教えるにも定められた所作があるといった様子だった。いつもならうっかり笑っていたかもしれないが、二日酔いと剣道場のにおいにやられて吐きそうだったので、笑わずにすんだ。老人が示したのは、竹刀を構えて向き合っているうちの一人で、明らかにほかの人とは違う剣道着と防具を身につけていた。いや、ほかのみんなが揃いのものを身につけていたわけではないのだが、一見して、何かが違っていたのだ。

——あれが嶺岡先生で？

剛ノ宮が訊くと、老人は大河ドラマの武士のように頷き、顔を正面に戻した。

——ほらな、凸貝ちゃん。

——ちゃんと生きてるかあ……。

——見間違いか、夢だったんだよ。あんたもう、酒やめたほうがいいね。

——見間違いじゃなくて、人違いだったたってのは考えられねえかな。俺が見たのは嶺岡先生じゃなくて、どっかのよく似た人で——。

未練がましく言うと、剛ノ宮にぽんぽん肩を叩かれた。

——まあ何にしてもさ、もしほんとに誰かの死体が池に——。

そばにいた老人たちがぞろりとこちらを見たので、剛ノ宮は二美男を道場の入り口まで引っ張っていった。

――誰かの死体が池に放り込まれるとするだろ？　しかもあんたの話みたいに、玉守池のはたでパッと殺してパッと突き落としたってんなら、重りも何もつけてないってことだろ？そういう場合、いずれ必ず死体は浮いてくるんだよ。

話しながら、剛ノ宮は両目を妙に見ひらいたまま笑っていた。なんだかんだ言いつつも、小説やドラマに出てくる刑事のようなことをしているのが嬉しかったのだろうか、近くで見ると、ちょっと気味が悪いくらいの笑顔だった。

――専門用語で申し訳ねえけど、腐敗ガスってのが身体ん中に溜まってな。

――そんくらい知ってるよ。

――だからま、待ってりゃそのうち浮いてくるってこった。たとえばあんたがさっき言ったように、嶺岡道陣さんじゃなくて別のじいさんがあれされたんだとしても、いずれ死体は浮いてきて、そうなりゃ警察が捜査するってもんよ。

――お巡りさんは警察じゃないんですか？

いきなりそばで子供の声がした。

二人で同時にそちらを見ると、汐子と同学年くらいだろうか、もやしが眼鏡をかけたような男の子がぽつんと立っていた。剣道場は嶺岡家の大きな住居と隣り合っており、そのあいだが駐車場になっていたのだが、少年が立っていたのはそこだった。

――なんだお前、ここん家の子か？

剛ノ宮が故意のように面倒くさそうな訊きかたをすると、少年は曖昧に首を振りながら背中を向け、半びらきになっていた小門を抜けて住居のほうへ歩いていってしまった。嶺岡家の玄関はツバキの植え込みに隠れて見えず、ドアを開閉する音だけが聞こえてきた。

その後、剛ノ宮とは嶺岡家の前で別れ、二美男はアパートへ帰り、交番でもらった栄養ドリンクを飲んで寝た。

以来、交番の前を通るたび剛ノ宮とは軽口を叩き合うが、あのときの話はとくにしていないし、玉守池に死体が浮かんでいたという話も聞かない。

「何だったんだろうなあ……」

「酔っぱらいが見たマボロシやて。ところでお昼どうしよ？」

「わたしじつはお弁当つくってきたの。ベンチとか芝生で食べたら楽しいかと思って」

「やっぱり！　その紙袋やろ？　お弁当ちゃうかなあって思っとったのやけど、違ったらあれやし、ずっと黙っててん。え、何弁当？」

「唐揚げつきステーキ弁当。最初は唐揚げをつくろうと思って鶏肉を買いに行ったんだけど、そしたらお店のおじさんが牛肉くれたの。宣伝しといて、なんて言って」

「さ、す、が、玉女やなあ……」

ボートの真ん中に座った汐子は、菜々子の全身をもっとよく見ようというように上体を引く。

三国祭りの日に玉女となった菜々子の身には、いいことばかり起きていた。勤めている梱包材店の顧客が増え、店長から特別ボーナスをもらったり、反物屋のチラシのモデルを頼まれて謝礼の二千円を手にしたり、町で子供から手を振られたり、ドラッグストアのポイントカードにスタンプを余計に捺してもらったり、テレビで見たよといって高校時代のクラスメイトが十年ぶりに電話をしてきたり——このクラスメイトというのは男で、あのころ俺ほんとはお前のこと好きだったんだぜというようなことを言われたらしいが、菜々子は笑って誤魔化したそうだ。しかしその話しぶりは、ちょっと嬉しそうだったと、菜々子から直接この話を聞いた汐子が言っていた。

いっぽう二美男は相変わらずの日々だった。家賃の滞納額は串団子式の増減を繰り返しながら、いまだに完納できていないし、運営委員会のテントでやらかした喧嘩のせいで商店街の連中とはまだギクシャクしているし、若者二人組から蹴られた膝が雨の日になると少し痛む。

ごん、という重たい衝撃とともに身体が後ろへ持っていかれた。振り向くと、いつの間にかボートは桟橋に到着していた。

「お帰んなさい」

奈良漬けみたいな顔をした麦わら帽子の老人が、ボートを桟橋に横付けし、汐子と菜々子の手をとって順番に降ろす。二美男は自分で降りた。

弁当を広げられる場所を探そうと、玉守池のへりを三人で歩く。行く手を鳩がうろうろし、池の水面では亀が鼻を出している。鳩も亀も、ずいぶんのんびりとした動きだ。

顔を上げると、前方からトレーナーにサンダル履きの男が歩いてくるのが見えた。どこかで見た気がするが、思い出せない。相手が軽く頷いたので、二美男は会釈を返したが、すぐに「おお」と声を上げた。

「何だ剛ちゃんか！　制服着てないからわかんなかったよ。しー坊、この人、お巡りさんなんだぞ。菜々子さん、夏に俺が剣道場に連れてった警官ってのがこれなんですよ」

「これじゃねえだろうよ」

剛ノ宮はバッグ一つ持っておらず、散歩かと訊くと、散歩だという。

「でも、あんたみたいにいっしょに歩いてくれる人がいなくてつまんねえから、もう帰るとこ」

「寂しいねえ、一人暮らしは」

二美男は剛ノ宮の肩をぱしんとやった。汐子と菜々子の手前、警察官と懇意だというところをなんとなく見せつけたかったのだ。

「うちのクラスにもゴウちゃんおるで。ゴウタロウくん。お巡りさんは何て名前なん？」

「いや、しー坊、剛ちゃんってのは苗字だ。剛ノ宮」

下の名前など知らない。

「剛ちゃんは剛ちゃんでいいんだよ。な、剛ちゃん?」

「ああ、まあ適当に頼むわ。この子あれ? 前に言ってた姪っ子?」

そそそと二美男は頷き、菜々子のことは近所の友達だと紹介した。

「いいなあおい、家族もいりゃ美人の友達もいて……ん」

「ん?」

「トカゲだ」

「どれ」

剛ノ宮の見ている植え込みの陰に目をやると、濡れたような光沢の身体がちょろっと落ち葉の奥へ消えた。微(かす)かに見えた尻尾の先は、猫にでもやられたのか、一度切れたらしく、丸まっていた。

「おいちゃんの仲間やんな」

汐子がよくわからないことを言う。

「うん?」

「夜逃げのときの話やて」

うはは、と剛ノ宮が口をあけて笑った。

「なるほどトカゲね」

「ああトカゲ！」

菜々子もぱちんと手を打ってから、すみませんと謝った。

やっと意味がわかった。

「しー坊お前、なかなか上手いこと言うじゃんか」

四年前に夜逃げしてきたとき、二美男は前の住処（すみか）にトカゲの尻尾を残してきたのだ。

あの異様な速さで沈んでいく満月を見た、すぐあとのことだった。2tトラックを先導するセダンの助手席で、二美男は右の手のひらを見下ろしていた。そこに何か漠然とした違和感があったのだ。しかしそのときはまだ違和感の正体には思い至らず、ただぼんやりと右手を見下ろすばかりだった。

――あ。

しばらくしてから、ようやく気づいた。

――茶筒。

銀行から所得税の還付金を下ろしたとき、二美男はその札束を封筒に入れ、中身の入っていない茶筒の中に丸めて突っ込んだ。万が一、闇金の連中が部屋に踏み込んできて家捜しでもされたときの用心だった。いよいよ夜逃げを決行するというとき、その茶筒を絶対に部屋に置き忘れたりしないよう、二美男は作業を手伝いながらも、右手にしっかり握っていた……はずなのに、持っていない。

急いで記憶をたどった。小菅運送のスタッフたちが荷物を運び出していくのを、最初のうち自分は部屋の隅に立って眺めていた。しかしすぐに、少しでも早く作業を終わらせようと、スタッフに手を貸しはじめた。菜々子が「力ありますね」などと褒めてくれたので、調子に乗ってますます動き、冷蔵庫を一人で担いでアパートの階段を下りたりもした。いったい自分は、あの茶筒をどうしたのか。

考えているうちに、決定的瞬間を思い出した。

——お茶は持っていかれますか？

冷蔵庫を運んでいるとき、菜々子に後ろから訊かれ、自分はこう答えたのではなかったか。

——あ、いいですいいです。

何かペットボトルに入ったお茶のようなやつを想像していたのだ。べつにそのとき飲みかけのものがあったわけでもないのだが、深く考えず、反射的にそう答えてしまった。

セダンの中で二美男が空っぽの右手を見つめていると、

——どうかしましたか？

ハンドルを握った菜々子が訊いた。

——部屋にちょっと……忘れ物を。

——引き返しますか？

菜々子は作業服の胸ポケットから素早く携帯電話を取り出した。後続のトラックに連絡を入れるつもりだったのだろう。しかし二美男は首を横に振った。

——いえ……もういいです。

茶筒に入ったあの金はどうなるだろうかと、二美男は考えた。アパートをあとにするとき、ドアには鍵をかけなかった。借金の取り立てに来る連中は毎日のように、呼び鈴をやたらと連打したり、ドアを和太鼓のように叩いたり、ノブをガチャガチャ鳴らしたりしていたが、自分がいなくなったあともそれがつづいてしまったら、アパートの人たちに申し訳ないと思ったのだ。だから、自分が逃げ出したことを早めに知ってもらいたくて、ドアの鍵は開けたままにしてきた。明日の朝にでも、きっとまた取り立ての人間がやってきて、ドアをガチャガチャやるだろう。すると、いつも鍵がかかっているそのドアが、すんなりとひらく。中はもぬけの殻だが、ぽつんと茶筒が一つきり置いてある。取り立て屋は、たぶんその茶筒を開けてみる。中には借金の総額に近い現金が入っている。

連中は、おそらくトカゲの尻尾だけで諦めてくれたのだろう。あれから両親や兄のもとに何食わぬ顔で連絡をしてみたが、取り立て屋が来たような雰囲気はなかった。

その後、実際にどうなったのか、二美男はいまだに知らない。新しい町へ向かう車の中で、自分があの茶筒を取りに戻ろうとしなかった理由も、よくわからないままだ。

「ま、凸貝ちゃん。おんなじようなこと二度とやんないように、頑張っていきなさいよ」

さっき二美男がやったように、剛ノ宮が背中をぱしんと叩いた。

「可愛い家族がいるんだからさ」

二美男の顔を見る剛ノ宮の目には、思わぬ優しさが込められていた。

「あんたに言われないでもわかってるよ」

「そんじゃ俺これで。姪っ子ちゃんも近所の友達ちゃんも、また」

片手を上げて、剛ノ宮は遊歩道を歩き去っていった。

剛ノ宮だけは、りくのことを知っている。この町で唯一、亡くした娘のことを話したのが剛ノ宮だ。年齢の近さだろうか。剛ノ宮と喋っていると、胸に仕舞い込んでいるものをぶちまけてしまいたいという気持ちに、ときおりかられるのだった。

後ろで汐子が呟く。

「二回も、家族言うとったな」

振り返ると、汐子は何もないところを見てぼんやりしていた。言葉を返そうとしたが、何か下手を打つ予感みたいなものがあって、二美男は軽く笑って頷きながら、遠ざかっていく剛ノ宮のほうへ目を戻した。剛ノ宮はいかにも散歩らしくぶらぶらと歩きながら、ボート小屋に置かれたゴミ箱に、手に持っていた紙くずを放り投げ、さっきの老人に嫌な顔をされていた。

「おいちゃん知ってる？　トカゲって、尻尾切られたあとにまた尻尾生えてくるけど、それって普通のよりか小さいのやて。ほんで、そういうオスはメスにもてへんのやて」

「あ、じゃあ人間でよかったな俺」

「人間かておんなしやろ、お金のない男はもてへんやん」

「こらこら」

と、いつもならここで二人して笑っておしまいになるのだが、汐子は笑わなかった。

「せめてクーラーつけるお金だけでも残しとけいうもんやわ。冬は服いっぱい着ればええけど、夏は地獄やもんな。大阪の家にいた頃は、あたし自分の部屋かてあってんで。クーラーもついてたし」

「んなもん……しょうがねえだろ。急に何だよ」

「甲斐性なしとの同居はつらいわ」

汐子はぶすっとしたまま、こちらを見ない。

「いろいろ頑張ってるよ、俺だって」

「そうは見えへんけど」

「いきなりそんな文句言い出して——」

「あたしそういうとこあんねん」

汐子は顔を前に向けたまま、こっちを見ない。

「おいちゃん、あたしのことよう知らんもんな」

「馬鹿言うな、よく知ってるよ」

何故かケンカ腰の汐子に、二美男もむっときた。

「いきなり不機嫌になって文句言い出す、扱いが難しい大阪弁の姪っ子だろ」

「べつに不機嫌ちゃうし。大阪弁かて、喋らんようにすることくらいできるし」

「見たことねえけどな」

「見せへんけど、簡単や。あたしアホちゃうねんで。テレビ番組も学校のせんせもクラスの子らも、みんな標準語で喋ってんねんで。あたし毎日それ聞いて生活してんねんで。喋ろうと思ったらいくらでも喋れるわ」

「喋ってみな」

「嫌や」

「何で」

「あたしはあたしやからや」

汐子が急に顔を向けた。

鼻先を突き出すようにして、汐子は二美男を真っ直ぐに見上げていた。その顔に浮かんでいた強い表情に面くらい、慌ててさっきまでの会話(やりとり)を頭の中でさらってみたが、何が汐子をこんなに怒らせたのか、見当もつかない。

「そりゃ、お前はお前だよ。わかってるよ」

「わかってへんやろ。わかってへんから、標準語で喋ってみろなんて言うのやろ」

「いや……そんなお前、俺、冗談言っただけじゃんか」

「あたしはあたしやから、よおく憶えといてな。あたしはりくちゃんちゃうのやから」

突然、汐子はその名前を出した。

「りくちゃん大人しかったし、きついこととか、意地悪いこととか、ぜんぜん言わへんかったけど、あたしはちゃうねん。昔っから口悪いし性格も悪いねん。それが嫌でも、もっと可愛らしい子のほうがよくても、自分が責任持って預かったのやったら辛抱してほしいねん」

「俺そんな……辛抱できないなんて言ってねえよ」

「言うてるようなもんや」

さっきまでと一転して、両目に弱々しい色が浮かんでいた。それを隠すように、汐子はそっぽを向く。

「あーあ……こんなんせんとけばよかった」

今日、菜々子と三人で遊びに行こうと言い出したのは汐子だった。寒くなる前に、どこかをぶらぶら歩きたい、でもおいちゃんと二人ではいまいち盛り上がらないから、誰かいっしょに行ってくれないだろうか、ああそうだ菜々子さんはどうだろう——そんな言い方だった。

「菜々子さん、ごめんなさい。あたし帰る」

汐子は回れ右して歩き出してしまう。

「そんなお前、帰ることねえじゃんか」

追いついて肩に手をかけたら、振られた女に追いすがろうとする男のように、素早くはたかれた。

「おいちゃん、ちょっと遅れてアパート帰ってきてな。一人でいろいろ考えたいから」

汐子はそのまま遊歩道をずんずん進み、脇道に入ってしまう。二美男はまた叩かれるのが怖くて追いかけられなかった。汐子が向かった先にはコンクリートの大きな滑り台や、砂場や、ロープでできたジャングルジムが設置された一帯があり、ほんの少しだけ二美男は期待したが、やはり汐子はすべて素通りして、さらに向こう側の遊歩道の先へと消えてしまった。

二

汐子に命じられたとおり、しばらく経ってから、二美男は帰った。

しばらくというのは、菜々子と二人でベンチに座り、りくのことを説明し、三国公園の前で別れてアパートへとトボトボ帰ってくるまでのあいだだった。

りくが死んだときの詳細は、話せなかった。ただ、自分の不注意で事故が起きてしまったのだと、二美男は説明した。菜々子は黙って話を聞いてくれた。

けっきょく蓋を開けられることがなかった唐揚げつきステーキ弁当は、持って帰って二人で食べてくれと言われたので、二美男は紙袋ごともらってコーポ池之下への路地をたどった。そうしながらずっと、考えていた。

かつて自分は、りくを育てながら自分も歳をとっていく将来を、いつも想像していた。小学校の入学式ではたくさん写真を撮ろう。もし桜が咲いていたら、その下では必ず一枚撮ろう。初めて悩みを相談されるのはいつだろう。自分はそれに、なるべく笑いながら答えてやって、言葉よりも、むしろその笑いで問題を解決してやろう。中学生くらいになると、やっぱり父親が嫌いになるかもしれない。しかし本当には嫌いにならないに決まっている。居間で家族三人でテレビを観ていて、美佳がトイレか何かに行き、二人きりになってしまったら、ふと変な空気が流れるかもしれない。たぶんりくは、テレビに夢中になっているふりをして、タレントが何か面白いことを言うと、少し大袈裟（おおげさ）に笑う。つられて父親も笑うかもしれないと思いながら。

そんな未来の想像が、すべて行き場を失くした。自分はもう永遠にりくが笑うところを見ない。永遠にりくの声を聞かない。りくが何かに成功して喜んだり、失敗して哀しんだり、中学校の制服に袖を通したり、髪型を迷ったりしているのを、いつまでも見ることはない。友達同士、初めて大人抜きで飲食店に入った日の、ぶっきらぼうな冒険談を聞くこともない。

一年半前、八歳の汐子を預かったとき、そんな思いのすべてを——あるいは一部でも——自分は汐子の上に載せようとはしなかったか。二人で暮らしながら、死んだ娘と姪っ子を重ねたことはなかったか。

「二美男ちゃん」

アパートの入り口で香苗さんに声をかけられた。老原のじいさんと二人で、どこかへ出かけるところらしい。

「おう、デートかい？」

んもう、と香苗さんはぶつ振りをし、二美男は大袈裟に笑った。自分の部屋が網戸になっているのが見えたからだ。こっちの声は、中にいる汐子に聞こえているだろう。

「買い物行くのよ、ね？」

「そう、じつは先月さ、競馬でちょっとあれしたもんだから」

老原のじいさんはウェストポーチをぽんと叩いてみせる。このウェストポーチはじいさんのトレードマークで、外出のときはいつも腰につけている。やせっぽなものだから、長袖のTシャツがぶかぶかで、腰にポーチを巻いていると、縛られた袋みたいに見える。

「アクセサリー買ってやるなんて、この人言うのよ。ご飯も、家じゃなくて外で食べようって。それでね、帰りにはRYUちゃんのショーを見てくるの。国際通りのほうに東洋クラブってあの、古いちっちゃな劇場あるでしょ。あそこでモノマネショーやるっていうから」

「買い物と外食とショーか。すげえな。やっぱしデートじゃんか」

「ただの女房孝行だよ……ん」

何か思い出したような顔で、老原のじいさんは唇を結んだ。

「んんん……」

「出るのか？」

「んんんーー♪」

声がハミングに変わる。ちょっと待ってろというように人差し指を立て、じいさんは真剣な顔で宙を睨み、そろそろ来るかというタイミングで高音のおならをした。尻上がりの音程で、ハミングもそれに合わせて尻上がった。

「おお、奇麗にハモったな」

おならと声をハモらせるのは、若いころ交響楽団に所属していた老原のじいさんの特技だった。はじめからじいさんで生まれてきたような老原のじいさんにも、ちゃんと若い頃があったのだ。

「おならが少し高かったわ」

若い頃からクラシックレコードを聴くのが趣味の香苗さんは、なかなか厳しい。

その昔、上野の文化会館のコンサートでバイオリンを弾いていた老原のじいさんに一目惚れし、ファンレターを送ったのが二人のなれそめらしい。リウマチで左手が上手く動かなくなったので、じいさんはもうバイオリンをやめた。香苗さんのほうは歳のせいで耳が悪くなり、最近レコードの高音がよく聞こえなくなったとぼやいている。

「じゃ、楽しんできなよ。ＲＹＵによろしく」

歩き去る夫婦を見送った。気の早い落ち葉が風に運ばれ、二人の足下を追い越していく。そういえば、老原のじいさんが賭け事をやるという話を、いままで聞いたことがあっただろうか。これだけ近い場所で暮らし、しょっちゅう顔を合わせていながら、まだまだ知らないことはたくさんあるらしい。

「さてと」

部屋に入ったら汐子に、まず何と言おう。二美男はアパートを回り込んで外廊下のほうへ歩いた。各部屋の玄関が並ぶこの廊下は、東側なので、午後は薄暗い。二美男と汐子の部屋は一番手前のドアだ。

「……おん？」

そのドアの前に、ぽつんと少年が立っていた。

「しー坊の友達か？」

少年はくるっとこちらを向き、小さく会釈をする。綿棒が眼鏡をかけたようなその少年は、どこかで見たことがある。

「こんにちは」

「おうこんにちは。しー坊いなかった？」

「呼び鈴を押したんですけど、誰も出ませんでした。でも僕は汐子さんに用があったわけじゃないんです」

「何だよあいつ窓開けたまま……え、じゃ誰に用？」

少年は茎みたいな腕で二美男の胸のあたりを指さす。二美男も自分を指して首を突き出した。相手は頷き、剣道場の入り口でお会いした者ですと言って馬鹿丁寧なお辞儀をする。

そうか思い出した。三国祭りの翌日、剛ノ宮と二人で嶺岡道陣の剣道場へ行ったときに会った子供だ。

「嶺岡道陣の孫の、嶺岡タケルといいます。あの出来事についてお話ができないかと思い、ここに来ました」

「あの出来事って？」

いちおう訊いてみた。

「玉守池でのことです。三国祭りのつぎの日、凸貝さんとお巡りさんが道場に来たじゃないですか。僕、後ろからそっと近づいて、こっそり話を聞いてたんです。べつに盗み聞きしたわけじゃないですけど」

普通そういうのを盗み聞きというのではないか。

「そんで？」

「聞こえてきたお話をいろいろ考え合わせると、なんか、僕のお祖父ちゃんが前の日の夜中に殺されて池に放り込まれたっていうふうに聞こえて――」

ああごめんごめんと二美男は謝った。

「俺、酔っ払っちゃっててさ。え何、祖父さん気にしてた？」

タケルは急に目を伏せ、しばし迷うような間を置いてから、またさっと顔を上げ、しかし声は下げた。

「ほんとかもしれないんです」

何が？

「何が？」

「道場生の方々にも、もちろん町の人たちにも秘密なんですけど、お祖父ちゃん、ずっといないんです。あの夜から帰ってこないんです。何の連絡もなくて、家族の誰も、どこに行ったか知らないんです」

二美男はわははははと笑った。

「いやいや、お前、嘘は駄目だぞ。だってあの朝、祖父さん、しっかり道場にいたじゃねえか」

「あれはお父さんです」

「うん？」

「お祖父ちゃんは今年の春に引退して、いまはお父さんが師範になって道場生を指導してるんです。凸貝さんとお巡りさんが道場で見たのは、僕のお父さんです」

「そうなの？」

あのとき、そばに座っていた老人に剛ノ宮は「嶺岡先生は？」と訊いた。老人が片手で示した人物を、うっかり嶺岡道陣だと思い込んでしまったが――。

「あれ親父さんか」

面をつけていたせいで勘違いしたらしい。

「詳しく、お話を聞かせてもらいたいんです」

「おお、うん聞かせるよ。いやびっくりしたな、じいさん行方不明かよ。あの夜、俺さ――」

タケルがさっと両手を上げ、遠慮がちにドアのほうを見る。

「できれば、中で」

「あそうか。じゃ、ちょっと入ってよ」

鍵を開けて部屋に入った。

麦茶をコップに注いで座卓に置くと、タケルはきちんと礼を言い、コップに吸いつくようにして半分ほど一気に飲んでから、こちらに向き直った。二美男の言葉を待つように姿勢を正す。座卓は窓際に寄せてあるので、二美男とタケルはその脇で向き合うかたちになった。

「あの夜、俺さ――」

三ヶ月前、交番で剛ノ宮にしたのと同じ話を、二美男はタケルに聞かせた。タケルは眼鏡の奥の両目を真剣に見ひらいて話を聞いた。そして二美男が話し終えると、自分の胸にあった悪い予感が当たってしまったというように、目をつぶって眉に力を込めるのだった。祖父ゆずりなのか、意外としっかりした眉だ。

「これを見てもらいたいんです」

斜めがけにしていた小さなポシェットの中を探り、2L判の写真を取り出す。法事の席か何かで撮られたのだろうか、写っている五、六人の人々はみんな喪服を着て、それぞれの前に、料理が載ったお膳が並んでいる。タケルが指さしたのは、写真の右のほうで胡座をかいている男だった。男はお膳の上のビールグラスを取ろうとしたところらしく、全体的に少しぶれていて、それほど鮮明に写っているわけではないのだが、お世辞にも親しみやすいとは言えない容貌をしている。両目がとにかく鋭い。

「お祖父ちゃんといっしょにいたの、この人じゃなかったですか？」

「ううん……」

写真を近づけたり遠ざけたりして、二美男は男の顔を眺めてみた。結論としては、よくわからなかった。わかったのは、その男がタケルにも顔立ちが少し似ているということくらいだ。ただし写真の男は角刈りで、タケルは綿棒の先を酢醤油につけたような、ちょっと茶色がかったさらさらの髪をしている。

「これ誰？」

「ショウゲンさんです」

タケルが写真を裏返すと、そこに子供の字で「将玄さん」と書いてあった。

「僕のお祖父ちゃんのお兄さんの息子です」

ぱっと聞いただけではよくわからなかったが、要するに、嶺岡道陣が二美男だとすると、将玄というのは汐子にあたるわけか。で、タケルは嶺岡道陣の孫だから、そのタケルから見た将玄は、二美男の孫から見た汐子で……。

「僕のいとこ伯父です」

「そんな呼び方があんだな」

「僕は伯父さんと呼んでますけど」

「じゃ伯父さんでいいか」

いいですとタケルは頷いた。

「将玄さんの写真、こんなのしかなくてすみません。あとは口で説明します。背はお祖父ちゃんより十センチくらい高くて、凸貝さんと同じくらいです。いつも何かを睨みつけてるみたいな目をしていて、怒ってるように見えて、ごつくないけど筋肉質で、手足とか胸とか、身体の毛は薄いです」

「夜中だったから毛なんて見てねえけど、うん、そんな感じだった気がするな。身長とか、その、雰囲気とか」

「やっぱり……」

正座した膝の上に写真を載せ、思い悩むように見つめる。トレーナーの襟元から伸びた首が細っこくて危なっかしい。

やがてタケルは写真をポシェットに仕舞い、すっと息を吸って顔を上げた。

「僕は伯父さんがお祖父ちゃんを殺したと思っています」

「うはは」

「本気なんです」

ぐっと顔を近づけてくる。

「いきなりそんなこと言われても……まずは説明してもらわねえと」

それを待っていたようにタケルはぴんと姿勢を正した。

「伯父さん——将玄さんとは、いっしょに住んでいるんです。将玄さんが八歳のときに、将玄さんの両親——つまり僕の大伯父と大伯母が交通事故で同時に亡くなったんです。二人で道を渡っているときに、信号無視のトラックに撥ねられたって聞いてます。それで、一人息子の伯父さんは、お祖父ちゃんの家に預けられて——」

「要するに、あれか。将玄さんは八歳のときに親が死んで、父親の弟に預けられたわけか」

「そうです」

どこかで聞いたような話だ。

「そんで、え、何でお前は伯父さんがお祖父ちゃんを殺したと思ってんの？」

「三国祭りの日の夜中、将玄さんがお祖父ちゃんを連れ出したのを知ってるんです。僕、見たんです。僕の部屋は二階なんですけど、夜中にトイレに起きたとき、下の玄関に明かりがついていて、将玄さんとお祖父ちゃんが二人で出ていきました。そのときお祖父ちゃん、将玄さんに、〝家では話せないことなのか？〟って訊いたんです」

話せないと、将玄は答えたのだという。

「それで、けっきょくそのまま二人で出ていきました。将玄さんはちゃんと服を着てましたけど、お祖父ちゃんは浴衣のままでした」

あの夜、道陣は着物を身につけているように見えたが、あれは浴衣だったのか。

「僕、すごく気になったんですけど、夜中だったし、外に出るのは怖かったし、そのまま寝ちゃったんです。そしたら、朝になって、お祖父ちゃんがどこにもいないってみんな言ってて——」

三ヶ月経ったいまも、消えたままなのだという。

「伯父さんは何て言ってんの？」

「それがですね」

タケルは膝を進めて接近してきた。

「将玄さん、夜中にお祖父ちゃんに起こされて、こんな話をされたって言うんです」

事情があって自分は長い旅に出るが、心配はいらない。道陣はそう言って家を出ていったと、将玄は説明したのだという。

「嘘ついたわけか」

「はい」

「お前、二人が出ていくところを見たって、みんなに話さなかったの？」

タケルは首を横に振る。

「将玄さんが怖いんです。あの朝、お祖父ちゃんがいなくなったって話をみんなでしてるとき、横からじっと僕のこと睨みつけて……たぶん、二階から見られてたことに勘づいたんだと思うんですけど……それで僕、何も言えなくなっちゃって……」

「でもさ、いっしょに住んでる伯父さんだろ？　それまでもずっと怖かったの？　そんな危ない感じの人なの？」

「前は違いました」

今年の春くらいから変わったのだという。

「春っていうのは、お祖父ちゃんが身体を悪くして、引退することを決めてからです。お祖父ちゃん、誰に道場を任せるかを悩んでたんですけど、けっきょく僕のお父さんに継がせることを決めて、それが伯父さんを変えちゃったんだと思います。前はもっと、明るくて優しい人だったんです。でもお祖父ちゃんがお父さんに道場を任せるって決めてから、いつも怖い顔して、家でもほとんど喋らなくなって……僕この半年くらい、ほんの何回かしか伯父さんと口をきいた憶えがありません」

「でも祖父さんは実の息子に道場を任せたわけだろ？　何で伯父さんがそんなふうになるんだよ」

「お父さんと伯父さんは、二人ともお祖父ちゃんの弟子だったんです。伯父さんが八歳のときにお祖父ちゃんに引き取られて、すぐに剣道をはじめて、ちょうど同じ時期にお父さんもお祖父ちゃんから剣道を習いはじめたんです。それからずっと二人は同じくらいの実力で、何かの大会に参加するときはうちの道場からどっちが出るかを練習試合で決めるんですけど、その勝ち負けもほとんど交互で」

「ライバルか」

タケルはちょっと考えてから頷いた。

「そうなんだと思います。僕は剣道をやらないし、あのかけ声が怖くて試合も見に行ったことがないからよくわからないんですけど」

「ははは」

笑うとタケルは心外そうな顔をしたが、二美男もべつに面白くて笑ったわけではなかった。三ヶ月前に自分が見たものが、じつは重大な出来事だったという可能性が、ここにきて急に高まってきたので、落ち着かなかったのだ。こういうとき、どうも勝手に笑ってしまう癖が、二美男にはある。今日、三国公園で汐子が一人で歩いていってしまったときも笑った。四年前、夜逃げ屋の荷物運びを手伝っていたときも、意味もなく笑っていた。一年半前に兄が、ずっと隠していた膵臓癌で命を失い、入院していたことさえ知らされない状態で病院からの訃を受けたときも、電話口で笑い声を洩らした。

　そんなことを思い出していたら、目の前にいるタケルの姿がぼやけて、兄嫁と汐子の顔が浮かんできた。

　兄の葬儀が終わってしばらく経った頃、兄嫁に話があると言われた。東京に来ると言うので、まだいろいろ忙しいだろうからと、二美男は僅かな貯金を下ろして大阪まで行った。駅のそばにある喫茶店に、兄嫁は汐子と二人でやってきた。自分で話があると言ったくせに、終始うつむいて、ほとんど言葉を発しなかった。

――はっきり言えばええんちゃうの。

　隣に座っていた汐子が、母親の顔を見ずに呟いた。

　それからしばらくして、兄嫁はようやく顔を上げ、汐子と暮らしてくれないかと二美男に懇願した。

――夫も、死に際に、もしものときはそうするようにと言っておりまして。

　死に際に言ったのなら、もしものときというのは、自分の死を意味した言葉ではなかったのだろう。それはきっと、兄嫁の気持ち、あるいは覚悟のことを言っていたのだろう。

兄嫁は、汐子の実の母親ではなかった。

兄の一美と二美男は足立区でともに育ったが、弟が高卒でペンキ屋になるいっぽう、兄はトップクラスの公立高校から京都大学へ進学し、そのまま関西で就職、さらには自分の会社を興した。半導体に使う金属を流通させる会社とのことだったが、二美男は半導体というのが何なのかさえ、いまだによく知らない。その後、兄は結婚し、妻とのあいだに汐子が生まれた。しかし、興した会社が軌道に乗る前は、苦しい生活がつづき、とうとう妻が耐えきれずに出ていった。それからは父と娘、二人の生活がはじまった。やがて会社は利益を出しはじめ、兄はどんどん金を儲けて、八歳年下の相手と再婚した。その相手というのが、汐子と暮らしてくれないかと二美男に頼んだ兄嫁だった。いや、もう兄嫁でも何でもないのだが。

「……聞いてますか？」

「聞いてるよ」

聞いてなかった。

「一応もう一回言いますけど、あの朝僕は、お祖父ちゃんがいなくなって心配だったから、外に出たり家に入ったり、ずっとうろうろしてたんです」

「ああなるほど。そしたら、俺と剛ちゃん——お巡りさんが剣道場に来て、あんな話をしてたと」

そうですとタケルは頷きながら、また接近してくる。両膝がもう、胡座をかいた二美男の足にくっつきそうだ。

「そのときまで僕、何が起きてるのかぜんぜんわからなかったんですけど、凸貝さんの話を聞いて、そうだったのかって驚いて」

「いやべつに、そうと決まったわけじゃねえだろうがよ」

「もちろん決まったわけではありません。わかってます。でも僕、本当のことが知りたいんです。僕のお父さんも、お母さんも、お祖母ちゃんも、帰ってこないお祖父ちゃんのことを毎日心配してます。僕、あれからずっと、剣道場で凸貝さんとお巡りさんが話してたことを何度も思い出して、夢にも見て、怖くて、不安で、どうしようもないんです。だけど、なかなか行動する勇気が出なくて……でも今日、やっと行動できたんです。こうして凸貝さんに会いに来ることができたんです」

「何で俺んとこ来たの？　普通は警察とか」

行けないんですとタケルは遮った。

「お父さんが、お祖父ちゃんの後任で、警察で剣道を教えているんです。僕が何か警察に相談したりしたら、きっとすぐに伝わっちゃいます。お父さんにだけ伝わるんなら何とかなるかもしれないですけど、お父さんから将玄さんに話がいったらと思うと、怖くてとても相談なんて」

「なるほどなあ……」

二美男は麦茶をごくりとやり、話を整理した。

「ええと、道場の跡継ぎのことで、お前のいとこ伯父の将玄さんは、お前の祖父ちゃんの道陣さんを恨んでいた。それで、こないだの三国祭りの日、夜中に道陣さんを玉守池まで連れ出して、殺して池に沈めて、それを、酔っ払ってぶっ倒れてた俺が、見たり聞いたりしたと」

「はい」

「ううん……」

嶺岡道陣が深夜に三国公園で殺され、玉守池に沈められたというのは、二美男自身が三ヶ月前に交番であれだけ主張していた事実なのに、人から聞かされると、どうも首をひねってしまう。あの朝、交番から嶺岡家の道場まで二美男に引っ張っていかれた剛ノ宮も、こんな気分だったのだろうか。しかも道陣を殺したのは、兄から預かっていっしょに暮らしていた子供——つまり道陣が二美男だとしたら汐子にあたる人物だというのだから、まったく現実的に聞こえない。

どうしたものかと考えながら、手のひらのつけ根で額を叩いていたら、急に思い出した。

「ないないないない」

タケルの細っこい肩を叩き、一語一語をゆっくりと区切りながら言ってやった。

「お前の、祖父さんが、殺されて、池に沈められたなんてことは、絶対にない」

「どうしてです？」

タケルはまつげの長い両目をぱちぱちさせる。

「お前もほら、あんとき剛ちゃんが説明してたの聞いてなかったか？　死体は水に沈んでも、そのうち必ず浮いてくるって話。玉守池に人間の死体が浮いてたなんて、お前あれから聞いた？　聞いてねえだろ？」

「聞いてませんけど、あれは嘘です」

「うん？」

「水に沈んだ死体が浮き上がってこないことはよくあります。お腹を刺されて殺されたときなんかは、腐敗ガスが身体の外に出ていくので、穴の開いた風船みたいになって、浮いてきません。エビとかカニみたいな水の中の生き物が死体のお腹に穴を開けたようなときも同じです。それと、これはあの池には当てはまりませんけど、たとえばグリーンランドとかそっちのほうだと水の温度がいつも零度以下なので、腐敗は起きないし、胃の中身も発酵しないから、沈んだ死体は二度と浮いてきません」

「お前……何でそんなこと知ってんの？」

「本で読みました。それに僕、死体が浮いてこないからこそ、将玄さんを疑ってるんです」

「どういうことよ？」

将玄は刀のコレクターなのだという。

「模造刀じゃなくて本物です。伯父さん、真剣をたくさん集めてるんです。さっき家で写真を撮ってきました」

そう言いながらタケルはポシェットからまた写真を取り出し、天地を直して二美男に見せた。

「うほぉ……」

板の間に、刀がたくさん並んでいる。木製、あるいは鹿の角が使われた刀掛けに飾られていて、鞘に収められているものもあれば、抜き身もある。ほとんどは鍔や握りがついているが、中にはそれらがついていない状態で飾られているものもあった。サイズもいくつかあり、時代劇で相手をばさばさ斬るときに使われるような、反り身になった長い刀、それよりも少し短く、あまり反り身になっていない刀、それが小型化したような刀。それぞれ太刀、打刀、脇差しと呼ぶのだと、タケルが畳に指で漢字を書いて教えてくれた。

「お前が真ん中に写ってんのは何で？」

刀剣コレクションをバックに、体育座りをしたタケルが生真面目な顔でカメラを見ているのだ。

「セルフタイマーで撮ったんです。いつも、危ないから入っちゃいけないって言われてる部屋なので……」

記念に撮ったのだという。

「なんかお前、ちょっと理解しにくいやつだな」

タケルが不安そうな顔になったので、べつにいいけどと言って二美男は写真を返した。

「要するにお前は、伯父さんの将玄さんが刀で道陣さんを刺したんじゃねえかって思ってんの？」

「そのとおりです。だから僕、お祖父ちゃんの死体が池に浮かんでこないせいで、余計に伯父さんを疑っちゃうんです」

いろいろと難しいことを知っているというのも、やっかいなものだ。

「で、どうしたいんだよ」

訊くと、とうとうこのときが来たというように、タケルはぐっと背筋を伸ばして正座の膝を心持ち広げた。剣道はやっていないとさっき言っていたが、それにしては妙にこうしたポーズが様になっているのは血筋のせいだろうか。

「証拠を見つけて、真実を知りたいと思っています」

「証拠」

「池をさらってお祖父ちゃんの死体を探すんです」

瞬きひとつせず、真っ直ぐこちらに向けられた両目に威圧され、二美男は思わず上体を引いた。

「じゃあほら、ボート小屋の反対側に建ってる、あの寺の裏あたりをさらってみりゃいいんじゃねえか？　何かが水に落ちる音が聞こえたの、そのへんだから」

「あの池は警備員がちょくちょく巡回しています。誰かが水に入らないよう見張っているんです。昔はそんなことなかったそうなんですけど、男の子が池に落ちて死んだ事故が起きてから、厳しくなったらしくて」

「そんな事故あったっけ」

「五年前の夏です。ニュースで見ませんでしたか？」

「見てねえな」

五年前の夏といえば、りくが死んだ直後だ。あの頃、二美男はテレビも見なければ新聞も読まず、酒ばかり飲んでいた。

「じゃ夜はどうだ？　警備員も、夜までは巡回してねえだろ？」

そんなに簡単にはいかないんですと、タケルは白い額に縦皺を刻んだ。

「あの池には水をきれいにする装置がついていて、池の底でいつもその機械が動いています。外からチューブで引っ張り込んだ空気を、水といっしょに吐き出してるんです。微生物が生きやすい環境にすることで水をきれいにするやりかただそうです。その装置があるせいで、池の水はいつも全体的に循環しているので、三ヶ月前にどこかに沈んでいたものが、いまも同じ場所にあるとは思えません。ですから池をさらうとしたら全体を相手にしなければならないんです。そうなると大人数が必要で、でも夜に大人数で池をさらってたりしたら一発で警察に通報されます」

「お前、何も見ないでよくそんなこと喋れるな」

公園のホームページを見たりしながら、何度も考えたのだという。

「池の面積は野球場くらいありますけど、深さに関しては全体的に大人の背が立つほどしかありません。ですから、ものすごい大人数で水の底をさらえば、お祖父ちゃんの死体は必ず見つかると思うんです」

「あればな」

「はい、あれば。でも、いま言ったとおり、そんなことをこっそりやるのは無理です」

「じゃ、無理だろ」

「僕もそう思っていました」

昨日までは、とタケルは両目に力を込める。

「だからこうして、ここへ来たんです」

タケルがさらににじり寄ってきたので、とうとう膝先が二美男の足にこつんとぶつかった。

「ある方法を考えついたんです。凸貝さんにそれをお手伝いしてもらって、真実を確かめたいんです」

二美男は尻をずらして後退した。

「どんな方法だか知らねえけど、手伝う義理なんてねえぞ」

「きちんと謝礼はお支払いします」

「うまい棒でも買ってくださいなんて言って、十円玉くれんのか？」

タケルはうっすらと産毛の生えた頬に手をあてて、しばらく思案した。

「うまい棒なら二十五万本くらいは買えるかと思います」

……？

後ろにずらした尻を、二美男はもとの位置に戻した。

「ためしに説明してみ」

「お祖父ちゃんは僕を受取人にした生命保険をかけています。よく冗談で言っていました
――私が死んだらなタケル、お前は五千万円もらえるんだぞ」

タケルは祖父の口調を真似たが、嶺岡道陣が喋っているのを見たことがないので似ているのかどうかはわからない。

「もしお祖父ちゃんの死体が本当に見つかったら、そのお金が僕の口座に振り込まれます。謝礼としてその五パーセントを凸貝さんに差し上げたとして、二百五十万円でいかがでしょう」

「いかがでしょうって、お前は馬鹿か。そんな金を小学生がどうやって動かすんだよ」

「ＡＴＭで下ろします。口座から大金が減っていることがあとでばれたときには、町で出会った悪い人に脅されて現金を持ってこいと言われたみたいな説明をします。嘘をつくのは得

意ですし、じっさい町で出会った悪い人にかつあげをされた経験も数回あります。あれは本当に、大した額でした」

何故か得意げなタケルの顔を見返しつつ、二美男は頭の中で二百五十万円−家賃×滞納分を暗算してみた。家賃が安いので、ほとんどそのまま余った。

「でもそれ……お前の祖父さんがほんとに池に沈んでたらの話だろ？　何も見つからなかった場合の、あれがねえじゃんかよ、保証が」

するとタケルは、わざとかもしれないが、意外そうな顔をした。

「もともと凸貝さんが言い出したことじゃないですか。お祖父ちゃんが殺されて池に沈められたって、凸貝さんが最初に言ったんですよね。それを確かめたかったんじゃないんですか？」

「いや、まあ、そりゃそうだけど……」

綿棒が眼鏡をかけたような小学生を相手に、二美男はどうしていいかわからなくなった。妙なことに巻き込まれるのは御免だ。しかしタケルがいま口にした金の話は魅力的だ。

言葉を探していると、タケルがふっと息をついた。

「……わかりました」

「え、ちょっと待てよ、俺まだ——」

「ジャンケンで決めましょう」

「へ？」

「僕がジャンケンで二十回連続で勝ったら、手伝ってください」

「二十回」

「二十回」

「真面目に言ってんの？」

「はい」

いろいろと小難しいことを知っているようだが、けっきょくのところこいつはただの子供で、しかもけっこう馬鹿だ。これでようやく追い返せるし、面倒なことに巻き込まれずにすむ。ほっとしつつ二美男は、小学生に金をちらつかされて心が動きかけた自分を、いまさらながら恥じた。

「よし、やろう」

相手の気が変わる前に片手を持ち上げた。

「いいんですか？」

「男に二言はねえ」

三

まさか負けるとは思わなかった。

「んんー……」

畳の上に仰向けになり、二美男はさっきから自分の右手をじっと眺めていた。

グーばかりとかチョキばかりとか、同じ手しか出さなかったわけではない。グーチョキパーの順番を決めて、そのとおりに出していたわけでもない。勝負のたび、よく考えたり、逆に何も考えなかったり、チョキを出そうとして直前でやっぱりパーを出してみたりもした。要するに、ただのジャンケンだった。ただのジャンケンに二美男は二十連敗したのだ。

作戦を決行するのは夏だという。

――夏が来たら、お祖父ちゃんが消えてから、ちょうど一年です。それまでに戻ってこなければ、玉守池をさらって、お祖父ちゃんを捜します。

作戦の中身については、もう少し細かいところを決めてから話すと言い、タケルは腰を上げた。

ドアロで、今日自分が話したことは誰にも喋らないでくれと頼まれたので、二美男はジャンケン二十連敗のショックからさめやらぬまま頷いた。

——汐子さんにも言わないでください。

——言わねえよ。

タケルはぺこんとお辞儀をすると、斜めがけのポシェットを揺らしながら去っていった。

「……ん」

そういえば、どうしてタケルは二美男や汐子のことを知っていたのだろう。三ヶ月前に剣道場の外で会っているので、顔を憶えているのはわかるし、あのとき剛ノ宮が「凸貝ちゃん」と呼んでいたので、苗字を把握しているのもわかる。しかし、何故二美男の家を知っていたのか。珍しい苗字なので、人に訊いたのかもしれないが……汐子の名前まで知っていたのはどういうわけか。

「ただいま」

玄関のドアが開いた。

「おう」

帰ってきた汐子は、脱いだ靴を揃えたり、スカートの皺を直したりする仕草にまぎらわせて、なかなかこっちに来ない。

「お前、窓開けたまま出かけちゃ不用心だろうが」

「三国公園行くときに、おいちゃんが閉め忘れたのやろ。あたし一回も帰ってきてへんもん」

「そうなの？」

汐子は台所の流しで手を洗う。

「家の鍵、持ってなかったから。ドアの前まで来てから気づいてんけど、公園まで戻ってもおいちゃんたち見つけられるかどうかわからへんし、しょうがないから、ずっとぶらぶら歩き回ってた。なんや、窓開いてたのやったら、窓から入ればよかった……」

「ほんとだよな」

公園での一件を切り出そうかどうしようか、二美男が迷っていると、キュッと汐子が蛇口を閉めて急に静かになったので、言えなくなった。

「いまそこで同級生と行き合うたわ」

「え」

もしかして。

「何てやつ？」

「知らん。男の子」

「名前は？」

「知らんて、クラス違うもん。さっきもべつに喋ってへんし。でも、なんや、もやしが眼鏡かけたみたいな――」

「おお！」

なるほど同級生か。それなら家を知っていても不思議じゃない。いまは個人情報保護法の影響で学級名簿はないらしいが、学校で誰かに訊けば、住んでいる場所くらい簡単にわかるだろう。

「もやしってお前、失礼なこと言うもんじゃねえぞ」

「口が悪くてすんませんね」

ケンカ腰というよりも、わざとそんな言い方をしているようだった。人の気持ちを忖度（そんたく）するのが得意ではない二美男だが、ここは自分の読みに賭け、はははははと笑ってみた。するとどうやら正解だったらしく、汐子も笑い返しながら、初めてこっちの顔を見た。上手くすればこのまま水に流せそうだったので、二美男は急いで言葉をつづけた。

「じつはな、しー坊。その同級生は、いままでここにいたんだ」

汐子は眉毛を互い違いにさせる。

「嶺岡タケルって名前でな、これがなんと、あの剣道場の家の孫！」

「へえ、そうなんや」

話のつづきを待つ感じで顔を見られたが、ここにきて二美男は初めて気がついた。あのことは喋らないと約束したのだ。

「ほんで、剣道場の孫が何しに来たん？」

「いや、なんか、近くに来たから寄ってみたとか、そんなあれだったみたい」

「なんやのそれ」

「でもさ、お前といいあいつといい、最近の小学生はみんなあんなにスラスラ喋んのかね。どうなの？」

「おいちゃん四年生のときスラスラ喋れなかったん？」

「いや、憶えてねえなあ。あそうだ、しー坊お前、お腹すいてんだろ。飯食お、飯。菜々子さんがこれ、弁当の残りくれたから」

二美男が弁当の蓋を開けると、汐子が横から覗き込んで、えっと驚いた。

「残りって、ぜんぜん食べてへんやん」

「だって、なんかそういう感じじゃなかったから」

汐子はかくんと肩を落として天井を仰ぐ。

「あーあ、ほんと菜々子さんに悪いことしたわ」

「気にしてねえだろ」

「んなわけあるかいな」

「大丈夫だよ。よし、食お」

麦茶を入れ、二人でいつものように座卓に並び、わざと下品にばくばく食べた。三人分の弁当を二人で平らげたので、食後は二美男も汐子も腹が苦しくなり、ごろごろしながら「笑点」を見た。互いに、ときどきあくびをしたり、げっぷをした。

「あたし、ときどき急にりくちゃんの話するときあるやろ？」

テレビに目を向けたまま汐子が言う。二美男も画面に目をやったまま声を返した。

「うん、あるな」

「あれ、何でやと思う？」

「何でだ？」

「わからへん」

山田くんが座布団を奪っていく。

「自分でも、わからへんねん。勝手にそうなってしまうねん。でもなんか、りくちゃんのこと話さんと、りくちゃんがどっか消えていきそうで、そしたらその消えてった分があたしのほうに入ってくるいうか、そんなふうになるみたいで嫌やねん」

最後のひと言に、自分が探していたものをやっと見つけたように、汐子はその単純な言葉をもう一度繰り返した。

「嫌やねん」

「……そっか」

汐子はこくんと頷き、今日はごめんなさいと謝った。

その後、順番に風呂に入り、またテレビを見ていたら、私服の警察官が二人アパートにやってきて老原のじいさんを連行していった。

四

「……窓、閉めようか」

部屋に集まった面々を代表するような気持ちだった。

「香苗さんだって、俺たちにずっと泣き声聞かれてんの、嫌だろうし」

能垣の部屋で車座になっているのは、寝間着姿の二美男と汐子、派手なステージ衣裳のRYU、ぼろTシャツとジーンズの壺ちゃん、そして絵の具で汚れたワイシャツを着た能垣。秋の夜とはいえ、狭い空間に人が集まると暑苦しく、窓は網戸にしてある。その網戸の向こうから、ときおり香苗さんの泣き声が聞こえてくる。そのたびみんな口をつぐみ、泣き声が途切れるのを待って話を再開するのだが、しばらくするとまた香苗さんは泣き出す。この部屋は二階で、老原夫妻は真下に住んでいる。泣き声というのは上に向かって響くものらしい。

「閉めますか」

壺ちゃんが膝を立て、長い足で汐子をまたぎながら窓を閉めた。大家の壺倉の一人息子、壺ちゃんは、ずんぐりむっくりの父親とぜんぜん体型が似ていない。ただし、はげやすい体質は遺伝しているようで、歳のわりに頭髪が薄く、それを本人はかなり気にしていた。

親に似ず背が高いのはきっと、成長期にいいものを食べたせいなのだろう。父親が経営する「壺倉商事」が六、七年前に不動産投資で大当たりし、壺倉家はそれまでも金持ちだったのに、もっと金持ちになった。が、跡継ぎの壺ちゃんは、大学を出たあとフリーターをやりながらこのコーポ池之下で暮らしている。本人曰く、「趣味の貧乏暮らし」らしいが、それが嫌味に聞こえないのは驚くべきことだ。

「でも、やっぱり不可解っすよね。何で老原さんが逮捕されるのか」

もとの場所に戻りながら壺ちゃんは、もうみんなでさんざん言い合ったことをまた言う。

「だって、お釣り間違えたのは店員さんでしょ？　おかしくないっすか？」

じいさんの容疑は、詐欺罪だった。

警察署から帰ってきた香苗さんが、涙ながらに説明したところによると、老原のじいさんは先月の朝早く、健康保険の払込用紙を持ってコンビニエンスストアに行った。二人分で、合計二万六千二百八十円。じいさんはレジの若い男性アルバイト店員に、払込用紙と、一万円札二枚、千円札六枚、百円玉三枚を手渡した。二万六千二百八十円に対して二万六千三百円だから、当然お釣りは二十円のはずだった。

——でもその店員さんがお釣りを間違えたの。あの人にお金を多く渡して——。

どのくらい多かったのかと訊くと、五万四千円だという。聞き違いではなかった。

店員が、じいさんが渡した千円札を一万円札だと勘違いし、レジに八万三百円と打ち込んだらしい。要するに老原のじいさんは、出した額よりもはるかに多い金を、お釣りとして受け取ったのだ。

早朝だったので、店員は徹夜明けだったのだろうか。あるいは、機械的にぼんやり仕事をこなしていると、そんな間違いも起きるものなのだろうか。

じいさんは、もちろん気がついた。気づかないほうがどうかしている。しかし何も言わなかった。そのままアパートに帰ってくると、普段どおりの顔で過ごした。香苗さんにも黙っていた。その後、コンビニエンスストアの売り上げとレジの金額が合わず、店長が確認したところ、払込の記録から老原のじいさんの名前がすぐに出てきた。そして、今日になってじいさんの部屋へ刑事が二人やってきたのだという。警察がのんびり動いていたのか、何か必要な手続きでもしていたのかはわからない。老原のじいさんは警察署で釣り銭のことを問われ、店員の間違いに最初から気づいていたことを認めた。そして詳しい経緯を訊かれ、そのまま逮捕されてしまった。

「釣り銭が多いことに気づいた時点で、老原のじいさんには申告義務というものが生じる」

能垣が半白(はんぱく)の髭を撫でながら、誰の顔も見ずに言う。

「間違いであることを、その場で相手に伝えなければならない。それを黙っていた場合は詐欺罪になる。そういう法律なんだ。小銭でも詐欺罪は適用されることがある上に、今回は額が額だからな」

「いや額が額だから、そのアルバイト店員にも責任はあるって話じゃないすか」

壺ちゃんが反論したが、能垣は首を横に振る。

「法的にはない」

「老原さん、どのくらいの罪になるんですか？」

RYUが訊いた。声は深刻なのだが、顔はステージ用のど派手なメイクのままで、ズボンもシャツもフリルがいっぱいついている。

「刑務所に入るようなことはないと思うがな。反省の態度は見せているのだろうし、前科もたぶんない。身元もはっきりしているし、金だって、香苗さんが今日警察に持っていって、きちんと返したんだろう？　通常の扱いであれば、四十八時間勾留されて、おそらくそのあと釈放になる」

喜ぶべきなのかどうか、誰もわからず、また気詰まりな沈黙が降りた。窓を閉めたせいで、部屋の中には絵の具のにおいがたちこめている。油絵の具と水彩絵の具、両方のにおいがまじっている。床の端には新聞紙が敷かれ、小さなキャンバスがいくつも壁に立てかけられていた。水彩画の描かれた画用紙も、二枚ほど寝かされている。キャンバスに描かれているのは、ススキのどアップやアサリのどアップなど、どアップシリーズとでもいうべき絵だった。どれも写真みたいに細密だが、何で時間をかけてこんなものを描くのか、いつもながら二美男にはわからない。水彩画のほうはもっと理解できず、一枚は、本のページのコピーが置いてあるのかと思ったら絵で、もう一枚は、キャンバスの切れ端が置いてあるのかと思ったら、これも絵だった。要するに活字を一つ一つ細密に描き写したり、キャンバスの布の様子を描き写したりしてあるのだ。

「でも、老原のじいさんなら、その場ですぐお金返しそうなもんっすよね。あんたこれ多すぎるよとか言って、笑って」

壺ちゃんがしきりに首をひねる。

「魔が差しちゃったんすかね」

「あるよ、そういうことは」

ＲＹＵが畳に向かって呟く。瞼の両脇が二重になっていて、まつげが生まれつきくりんと反っているせいで、三十を超しているくせに小学生みたいな顔をしている。

「僕も以前、北千住のパブでモノマネショーをやらせてもらったとき、お客さんが何人かチップをくれたんだけど、すごく酔っ払ったおじさんがいて、みんな千円札を出してる中で、その人だけ一万円を出しててさ。でも、明らかに間違いなんだよ。その人、千円札のつもりで僕に差し出してたの。これ、なかなか説明が難しいんだけど、顔を見ればわかるんだよね、千円札のつもりで出してるのか一万円札のつもりで出してるのか。チップってこう、縦に四つ折りにして渡すもんだから、まわりの人も気づいてなくて。僕、久保田利伸のモノマネしながらそれ受け取って、さっとシャツのポケットに入れちゃって」

いまもその一万円札がそこに入っているかのように、ＲＹＵはフリルのついた胸ポケットに手をやった。

「人間誰でも金には弱い」

能垣が重々しく顎を引く。

「金で買えないものがあると言うが、大抵のものは金がなければ買えないからな」

「能垣さん、ほんま嫌ぁな言い方しはるわ」

汐子の言葉を無視し、能垣は背後にある書棚から大判の画集を抜き出した。何も言わずにページをひらくと、そこにはモノクロの絵があった。

描かれているのは、奇妙な立体構造をもった建物と、宙に浮いた用水路のようなものだった。用水路はブロックでできていて、数本の柱に支えられながら、空中で何度か直角に折れ曲がっている。やがて用水路は急に途切れて滝となり、水が真っ直ぐに流れ落ち、下にあるのはまた同じ用水路で、水はふたたびそこを流れ、直角に曲がりながら、さっきの滝へと向かう。エッシャーの騙し絵だと、能垣は説明した。二美男はもちろんその画家を知らなかった。

「水が流れて滝となり、その水がまた滝になって落ちていく。何度も何度も永遠に落ちていく。人間も、こうなってしまうときがある」

「言いたいだけちゃうの」

二美男も思っていたことを汐子が言い、能垣はむっとした。

「その水の中から抜け出せばいいと、いまつづけようとしたんだ」

「絵で説明することないやん」

「わかりやすいと思ったんだよ」

むきになる能垣が広げた画集の中で、滝はいつまでも落ちつづけていた。

五

出汁を取る昆布を買い忘れていたので、汐子に五百円玉を渡してスーパーまで行ってもらった。そのあいだに二美男はネギや白菜や豆腐や鶏肉を切り、白滝を笊にあけて、もやしを洗った。

「ううぅ……」

ここのところ、水が驚くほど冷たくなった。かじかんだ指をわきの下であたためてから、流し台の下を探ってカセットコンロを取り出す。ガスボンベを振って中身を確かめてみると、満タンではないが、二人分の寄せ鍋をやるには十分だろう。コンロを座卓まで持っていき、適当に水を張った鍋を載せた。土鍋は持っていないので、把手がついた手鍋だ。

「お」

表の路地に老原のじいさんばあさんの背中が見えた。窓を開けると、ぴゅうっと冷たい風が吹き込んだ。

「どっか出かけんの？」

第九、と香苗さんが嬉しそうに答える。

「生涯学習センターのホールでコンサートがあるの。無料のやつだから混んじゃうと思って、ちょっと早めに行くところ」

「年末っていや第九だよな。何でか知らねえけど」

「昔、オーケストラの演奏者たちが貧乏だったせいなんですって」

香苗さんはそう言ってから、ふと表情を止めたが、けっきょくぎこちない物言いで最後までつづけた。

「収入がなくて、年を越せるかどうか危ない感じだったときに……第九って、絶対にお客さんが入る演目だったのよ。だから収入が見込めたの。それで年末にやるようになって、いつのまにか恒例になったんですって」

言い終わる前に、隣で黙って歯をほじくっていた老原のじいさんが、背中を向けて歩き出した。香苗さんは目だけで謝ってそれを追いかけた。二人が路地を遠ざかっていくのを、二美男は部屋の中から見送った。

老原のじいさんが逮捕された日から、二ヶ月が経つ。

コンビニエンスストア側が処罰を望まなかったので、じいさんは刑務所には入らなかった。

能垣が言ったとおり、逮捕されてから四十八時間後に釈放され、迎えに行った香苗さんと二人でアパートに帰ってきた。街灯の明かりの下を、二人で並んで歩いてくる姿は、普段とまったく変わらず、何も起きていないのではないかと思える光景だった。

——神様が、くれたと思ってよ。

お釣りのことを、老原のじいさんはそう話した。あの一件については、それ以来じいさんの口からは何も聞いていない。そもそもじいさんは、あれからあまりアパートの連中と喋らなくなった。玄関の外に出て、空き缶を灰皿に煙草を吸っているのをたまに見かけるが、こちらが声をかける前に、いつもシーっと歯のあいだからわざとのような音を立てて煙を吐き、煙草を揉み消して部屋に入ってしまう。おならとハミングのハーモニーも、あの日にアパートの前で聞かせてもらったのが最後だ。

最近、よく老原夫妻の部屋からバイオリンの音が聞こえてくる。リウマチのせいなのだろう、二美男が聴いても上手いとは思えない、つっかえつっかえの演奏だった。しかし、それがひどく陽気なメロディであることはわかった。以前に一度、昔使っていた楽器だと言って、老原のじいさんがバイオリンを見せてくれたことがある。きちんとケースに入れられ、ぴかぴか光り、子供の頃に見た外国映画のピストルのように高貴な雰囲気を持っていた。ときどき手入れだけはしているんだと言って、じいさんはそのバイオリンを、自慢の孫みたいに優しく撫でていた。

嶺岡タケルはあれ以来やってこない。気にはなったが、こちらから訪ねていって、あの件はどうなったかと訊くのもおかしいし、もし相手の気が変わり、やっぱり馬鹿なことをするのはやめようと考えるようになったのなら、もう下手に刺激しないほうがいい。嶺岡道陣はまだ家に戻ってきていないのだろうか。戻ってきたなら二美男のところへ伝えに来るぐらいはするだろうから、きっと行方不明のままなのだろう。何度か汐子に、学校でのタケルの様子をそれとなく訊いてみたが、クラスが違うので顔を合わせることはほとんどないらしい。ただ、タケルを「猛流」と書くらしいことは、廊下に張り出してあった習字の紙を見て知ったようで、教えてくれた。嶺岡猛流。名前と見た目がここまで違うやつも珍しい。

「お肉、お魚、ちくわに白滝、何でも何でもグツグツグツ、ほーら美味しい……」

スーパーで流れていた寄せ鍋の歌を口ずさみつつ食材を皿に盛っていると、玄関の呼び鈴が鳴った。ちょうど猛流のことを考えていたので、ドアの前にあの綿棒少年が立っているのではあるまいかと、二美男はそおっとドアスコープを覗いた。

が、立っていたのは女だった。

どこかで見た気がするが、レンズが顔を下ぶくれにしていて、よくわからない。

「はいはい」

しかし、ドアを開けた瞬間、二美男は相手が誰であるかを思い出した。

「ご無沙汰しております」

名前はたしか、晴海だった。

苗字は、いまは何だろう。

「……ども」

へこりと頭を下げたあと、言葉をつづけられずにいると、晴海は右手で持っていた高価そうなハンドバッグを両手で身体の前に持ち替え、丁寧なお辞儀をした。顔を上げると、薄い茶色に染められた髪が、整った顔の左右をさらさらと流れてから、コートの肩に落ち着いた。

「え、何でここを……？」

業者を使ったのだという。

その瞬間、この来訪は自分にとっていい意味を持つものではないと確信した。いつもの悪い癖が出て、二美男がはははと笑うと、相手は不審げに眉を寄せた。

「何でまた……そんな？」

「お会いしなければと思いまして」

「え、俺に……じゃなくて、あの」

二美男は背後を振り返った。もちろん汐子が出かけたことを忘れていたわけではなかったが。

「あいつ、いまちょっと出てますけど」

そうですか、と晴海はどこかほっとしたような表情を浮かべた。

「でもあの、俺がこんなこと言うのもあれだけど、おたく、しー坊とはもう――」

「会わないという話を、あの人としました」

「ですよね」

「でも、事情が変わりましたので」

晴海は、兄の最初の妻で、汐子の実の母親だった。兄が大阪で興した会社が軌道に乗らず、小さな汐子を抱えて苦労しているときに、逃げ出した女だった。

「まあそりゃ事情はね、いろいろ変わりましたけど」

あれから兄は再婚し、膵臓癌に侵されて死に、残された二人目の妻は、血のつながらない娘の子育てを早々にギブアップし、その娘はいま二美男とここで暮らしている。

「んで、用件は?」

家に上げるつもりはなかった。二美男は片手でドアを押さえながら、身体で室内を隠すように立った。晴海は自分がやってきた目的を相手が察しているかどうかをためすように、二美男の顔を真っ直ぐに見ていた。二美男は何も顔に出すまいと、顎に力をこめた。

「わたしが引き取るべきだと思いまして」

「ははは」

真面目なお話ですと晴海は言った。

「でも、いまさらね」

「いまさらと思われるなら、それでも構いません。でもわたしは、あの人が亡くなったという話を聞いて、すぐに飛んできたんです」

「昨日今日死んだわけじゃないすけど」

「つい先日、共通の知人から聞くまで知りませんでした」

「誰もわざわざ連絡しなかったんでしょうね」

短く堪えるように、晴海は黙った。

「俺、しー坊と上手くやってるし、あいつも幸せそうだし、悪いけどあんたの出る幕はねえんじゃねえかな……」

二美男は相手の目を見ず、そのかわり、胸元できらきら光る、たぶんダイヤモンドのネックレスや、皺まで高級そうなコートの生地を見ていた。左手の薬指には、これもたぶんダイヤモンドの指輪が光っている。

「三年前に再婚したんです」

晴海が二美男の視線を敏感に追った。

「京都で、子供向けの遊具をつくっている会社をやっています」

へえ、と二美男は頷きながら、鼻の穴に指を突っ込んだ。

「汐子はどこに……？」

晴海は首を倒して部屋の中を覗く。

「買い物」

「何の買い物ですか？」

「晩飯の。寄せ鍋でも食ってわいわいやろうって話になって、財布渡して、足りないもんをいろいろあれしに行ってもらって」

晴海は首を倒したまま、室内の一点を見ていた。ちらっと振り返ると、座卓の上に置いたカセットコンロと、その上の手鍋が見えた。

「土鍋もちょうど割れちゃって、ついでに買ってくるように頼んだんです。だから、しばらく帰ってこないっすね」

そうですかと晴海は頷いたが、その顔にはうっすらと笑みが浮かんでいた。

胸の奥から握り拳のような感情が咽喉を通って突き上げた。

「あいつたぶん驚いちゃうんで、帰ってもらっていいすか。俺もいろいろやることあるし」

予想に反して晴海はすんなりと、笑みを浮かべたままの顔で頷いた。

「あの子に、わたしが来たことだけ――」

「言っときます」

言うつもりなどなかった。

「これ、わたしの電話番号です」

ハンドバッグから小さなメモ紙を出し、二美男に渡す。

最後に頭を下げ、晴海は立ち去った。その背中を目で追いもせず、二美男はすぐにドアを閉めた。湿気で塗装が浮いたドアの内側を見つめながら、下腹が冷たくなっていく感覚ばかりを意識していた。晴海から渡されたメモ紙を手の中で握り潰し、握った拳をドアに叩きつけようとしたが、すんでのところで堪えて、自分の太腿に振り下ろした。そのままねじ込むように拳を押しつけていると、ずっと昔の光景が脳裡に浮かんだ。

「選び取り」の日の光景だった。

全国的な風習なのかどうかは知らないが、赤ん坊が一歳になったときに行う「選び取り」では、床に絵筆、算盤、現金などを並べて置き、そこに赤ん坊を這わせて、最初に掴んだもので人生を占う。たとえば筆なら画才があり、算盤なら商売人向きで、現金を掴んだら生涯金に困らない、といった具合だった。九年前、荒川の土手沿いにある両親のボロ家で、りくと汐子の「選び取り」をやった。床に並べたのは、筆と、算盤と、封筒に入れた現金と、箸、万年筆、近所の子供から借りてきたサッカーボールだった。

りくは汐子よりも一ヶ月お姉さんだったが、二人の選び取りは同じ日にまとめてやった。先にチャレンジしたりくは、真っ直ぐに絵筆へと向かい、それを握った。握りかたがなんだか自信に満ちた感じだったので、これは絵描きか漫画家になるかもしれないぞと、みんなでわいわい盛り上がった。美佳がりくを抱き上げ、絵筆を床に戻そうとしても、りくはなかなか離さず、しまいには泣き出した。なだめてもあやしても、りくは絵筆を握ったままわあわあ泣いていたが、そのうち泣き疲れて眠ってしまい、ようやく汐子の番になった。

兄が、抱いていた汐子を床に降ろして手を離した。汐子はしばらく畳のほつれを引っ掻いたり、その手を口に入れてちゅぱちゅぱやったりしていたが、やがてずりずりと這い進み、箸のほうへ向かった。箸を摑んだ赤ん坊は、食うのに困らない人生を送るという。見物していた者たちはみんな、うんうんそれが一番だなどと気ままなことを言いながら汐子の不器用なハイハイを見守った。ところが汐子は箸の上を行き過ぎた。その先にはたまたま二美男が立っていた。汐子は二美男のジーンズの裾を摑み、不思議そうに眺めてから、顔を上げて笑った。

汐子といっしょに暮らすようになってから、そのことを一度くらい思い出しそうなものなのに、いままでずっと忘れていた。二美男はドアに背中をもたれさせ、狭い部屋と、壁に寄せられた座卓と、その上に載っているカセットコンロと、みじめったらしい手鍋を見た。

六

翌日の午後、二美男は小学校の前に立っていた。

校門の斜め向かいにある文房具店の脇、自動販売機の陰から、片目だけを出していた。校門からぱらぱらぱらとランドセル姿の子供たちが出てくるのを見ていたのだが、

「つと」

校門に汐子の姿が現れたので、慌てて身を引いた。

汐子の赤いランドセルが路地の先に遠ざかっていくのを見送っていると、いきなり男の子の声が聞こえた。

「おっぱい！」

「品のねえ餓鬼（がき）だな……」

三人組の男の子が並んで歩きながら、汐子の後ろ姿を見て笑っている。背丈がばらばらの三人のうち、一番小さなやつが、さっきと同じ声で言った。

「おっぱい！」

そのときになって初めて「おっぱい」が「凸貝」と同じイントネーションだと気がついた。汐子は振り返らなかったが、意識してそうしていることが、背中の様子からわかった。二美男はもう少しで自動販売機の陰から飛び出しそうになったが、その気持ちをぐっとねじ伏せた。クソ餓鬼どもは、振り返らない汐子を顎で示して何か言い合いながら、やがて同じやつがまた声を飛ばす。

「塩コショー！」

今度も汐子は振り返らなかった。意識して無視していることのほかに、もう一つ、その背中から見て取れるものがあった。それは、汐子がこういったからかいに慣れているということだった。

やがて汐子は、アパートの方向へ角を曲がって消えた。クソ餓鬼どもは最後に声を合わせて叫んだ。

「特別快速！」

軽く笑い合ってから、物足りなそうな顔で反対方向へ歩き去っていく。

「ああ……特快」

ふんと鼻で笑ってみたが、胸がしんと冷たかった。汐子を追いかけ、たまたま会ったふりをして、何か下品な話でもして笑わせてやりたい衝動にかられ、二美男は思わず自動販売機の陰から飛び出したが、

「いやいや」

ここへ来た目的を思い出し、すぐに引っ込んだ。しかし耐えきれずにまた飛び出し、考え直してふたたび引っ込んだ。そうして前後に独特のステップを踏みつづける二美男を、もし町の知り合いが見かけたら、ついに来るべきときが来たかと思っただろうが、何回目かに飛び出したとき、校門の向こうから嶺岡猛流が現れた。二美男が急いで前に回り込むと、猛流はそれほど驚いた様子もなく立ち止まり、こんにちはと礼儀正しく挨拶をした。

「あの話、まだ乗れんだろ？」

猛流は二美男の顔を見上げて首をひねった。

「乗れるというか……そういう約束だったと思いますけど」

「あれから連絡ねえから心配だったんだよ」

「ですから、夏まではお祖父ちゃんの帰りを待つつもりなんです。いま作戦の細かい部分を練っているところなので、もうしばらくしたらご連絡しようと思っていました」

「金の約束は、ちゃんと守るんだろうな」

二美男が急に乗り気になったことが不思議だったのかもしれない。猛流は軽く眉を寄せて二美男の顔を見つめていたが、やがてこくんと細い首で頷いた。

第三章

一

「話してないんすよ」

二美男の言葉に晴海はテーブルの向こうで目を剝いた。口紅の色が濃いので、その顔はア、ヒル、の、コ、ッ、ク、さ、ん、に似ていた。

「いままで――」

「ぜんぶ嘘っす。俺、あんたのこと汐子に話してません」

「あなた――」

へへへへと笑いながら二美男は背もたれの許すかぎり身を引いた。テーブルごしの晴海の目がどんどん広がって、ちょっと怖かったのだ。日曜日の喫茶店で過ごす人々の視線が、いくつかこちらに向けられているのがわかる。小声で話していたのだが、どうやら緊迫感というのは周囲に伝わるものらしい。

年末に突然訪ねてきてから、晴海はこの三ヶ月のあいだに二度、アパートへやってきた。二美男のほうは、いつやってくるかと常に身構えていて、汐子が家にいるときは、風呂もトイレも超特急ですませ、呼び鈴が鳴るたびいち早く立ち上がってドアスコープを覗いた。レンズの向こう側で顔を下ぶくれにさせて立っていたのは、新聞の勧誘員だったり、宅配便の配達員だったり、缶ビールとスルメを持った壺ちゃんだったりしたが、一月半ばの夕方に鳴った呼び鈴は大当たりで、晴海だった。二美男はテレビを見ていた汐子を振り返り、ちょっと出かけてくると言って素早くドアの外に出ると、彼女を近くの児童公園まで連れていった。

——主人が、とても子供好きなんです。

ベンチの端に、尻のごく一部だけを載せて、晴海は座った。前回とは違うコートに、違うバッグ、違うネックレスをして、両手は黒い皮手袋の中だった。

——ああ、子供がいるんすね。

——いえ、いません。難しいだろうとお医者さんに言われているので、今後もできないと思います。

主人の身体のほうに問題がありましてと晴海はつけ加えた。

——あーなるほど、それで。

何もかもわかったという言い方を、わざとした。かなり思い切った嫌味を言ったつもりだったのだが、晴海はあっさり頷いて、くるっと二美男に顔を向けた。

——経済的に余裕もありますし、汐子にとっても、それがいいという話になりまして。

彼女の口から汐子の名前が出ることが、耐えがたかった。

が、娘の名前は夫婦で考えて決めたと、汐子が生まれたときに兄が話していたのを憶えている。きっと「晴海」という名前がなければ「汐子」という名前もなかったのだろう。

——会いたくないって言ってるんすよ。

嘘をついた。

——あいつの気持ち、尊重してやってください。

冬の日はとっくに暮れ、公園の真ん中にぽつんと丸い電灯が浮いていた。たったいまついた嘘のせいで、二美男は相手の顔を見ることができず、満月みたいなその光を黙って見上げていた。

——また来ます。

立ち上がった晴海の顔に、短く視線を投げた。

——平日は毎日塾に行かせてるんで、あいつ七時過ぎないと帰ってこないっすよ。今日はたまたま、あれでしたけど。

また嘘をついた。引っ越し屋のバイトをしている日は、七時頃まで帰れず、それまでアパートには汐子が一人きりでいる。その時間帯に晴海がやってこないための用心だった。

いつ来るとも言わず、晴海は帰っていった。

部屋に戻ると汐子に訊かれた。ちょっとした知り合いだと答えたら、汐子はしばらく二美男の横顔をじっと見つめてから妙なことを言った。

——ま、おいちゃんも男やしな。

なにやら上手いこと誤解してくれたらしい。

つぎに晴海がやってきたのは二月の半ば、平日の七時過ぎのことだ。前回とも前々回とも違うコートと違うバッグ、違うネックレスの晴海を、二美男はまた素早く公園まで連れて行き、汐子は会いたがっていないのだと、同じ話をした。そのときの晴海は、かなり苛立っている様子で、いまにも何か思いきった行動を起こしそうに見えた。たとえば二美男が留守のときに訪ねてきたり、朝、学校に向かう汐子のあとをつけたり、あるいは放課後に待ち伏せしたり。そういった突発的な行動が、二美男は怖かった。そもそも、こちらの電話番号を訊くこともなく、いつもいきなりアパートを訪ねてくるところからして普通じゃない。もしかしたらそれは、二美男の許可なく汐子に会うことはできないと理解しつつ、偶然会うことを期待しての行動なのかもしれないが、とにかく二美男は晴海という人間に対して恐怖を感じていた。ただし、そのときはまだ、それが彼女の人格に対する恐怖だと思い込んでいた。

——今度、ちゃんと会わせますから。

一時しのぎの誤魔化しだった。しかし晴海は、ようやくこのときが来たかとばかりに目を光らせ、いつですかと訊いた。一ヶ月後はどうかと二美男は答えた。それよりも長い時期を答えると、晴海が我慢できずに行動を起こしてしまうのではないかと思えたのだ。

その「一ヶ月後」が、今日だった。

別れ際に晴海が指定した時間と場所に従い、二美男は日曜日の午後、こうして地下鉄浅草駅近くの喫茶店で晴海と向き合っている。ただし、連れてくると約束した汐子は隣にいない。娘を捨てて逃げ出しておいて、いまさらのこのこ現れたことが許せない——というのではなかった。それならば、二美男ははっきりと相手にそう言える。

汐子をとられるのが怖いのだ。最初から、怖かったのは晴海の人格などではなく、彼女の存在そのものだった。「選び取り」で汐子は、何もわからず二美男のズボンを摑んだけれど、いまは自分が摑むものを決められる。実の母親と裕福に暮らせるのならそのほうがいいと言うかもしれない。言わなかったとしても、思うかもしれない。もし晴海が現れたことを知ってしまったら、これから先ずっと汐子は、「あったかもしれない未来」を胸の片隅に置いたまま、貧乏暮らしをつづけていくかもしれない。そんな状態に、自分は耐えられる自信がない。

三国公園で汐子が自分を睨みつけたときのことが思い出された。あのときの汐子の気持ちが、ようやく本当にわかった気がした。りくとの「あったかもしれない未来」は、胸の底に釘付けされて、いまも二美男の中にある。力まかせに剝がして棄てることなんて、きっといつまでもできない。そんな二美男といっしょに汐子は生活している。たったいま二美男が耐えられる自信がないと感じた状況の中で、ずっと暮らしている。二美男と晴海のどちらかを選べるとしたら、汐子はどうするだろう――二美男がそれを考えるのと同じように、汐子も考えることがあるかもしれない。りくと汐子、どちらと暮らせるかを、もし二美男が選べるとしたら。もしいまりくが生きていたら。

生きていたら。

テーブルごしに晴海に睨みつけられながら、周囲のざわめきが遠くなり、忘れていた出来事が不意に思い出された。あれはりくが死に、美佳がパートを掛け持ちしながら働き、二美男が酒浸りの生活を送っている時期のことだった。昼間に呼び鈴が鳴った。出てみると、背の低い中年の女が立っていた。どこで知ったのか、女は唐突に二美男への悔やみを述べて深々と頭を下げた。

――まなざしの会と申します。

顔を上げ、ひどくゆっくりと一回呼吸をしてから、女はそう言った。

――会のほうに、助けて差し上げたい方がいらっしゃるとの報告があり、こうしてお訪ねいたしました。

女はバッグの中からモノクロ印刷の紙を取り出し、そこには人間の顔だけが、墨書(すみが)きで大きく描かれていた。

――このふを差し上げるように申しつかって参りました。

〝ふ〟は、〝符〟だったのだろうか。

――このまなざしが死者の哀しみを見つめ、その力が死者を再生へと……――

女は児童書でも朗読するように抑揚(よくよう)のついた声で語りつづけた。死んだ人間が別の人間として生まれ変わるという主旨の、長い説明だった。

――お亡くなりになった方の、心が残されたその場所に、これをお貼りください。

紙に描かれていた顔については、全体的な輪郭と坊主頭と、ひどく哀しげな目をしていたことだけを憶えているが、それ以外は記憶にない。女が紙を差し出したのとほぼ同時に、二美男がそれをはたき落としたからだ。

もしあのとき紙を受け取っていたら、自分はりくの生まれ変わりと出会えていただろうか。そんな馬鹿げたことを、いまになって二美男は思う。りくの心が残された場所とは、どこだろう。あの倉庫だろうか。父親がやってくるのを、いまかいまかとわくわく待ちながら、理由もわからず身体が動かなくなっていった、あの場所だろうか。

「……そっか」

思わず声を洩らすと、晴海がテーブルの向こうで身構えた。

「いや、こっちのこと」

ようやく思い出したのだ。去年の三国祭りの夜、夢の中で能垣が描いた、倉庫の壁に浮かぶ坊主頭の老人の顔。どこかで見たことがあるような顔。あれは、女が差し出した紙に描かれていた、墨書きの顔だった。嶺岡道陣も、玉守池の脇でぶっ倒れていた二美男を覗き込んだとき、何故か同じような目をしていた。ついでに言えばそれは、洗面所の鏡や、電車の窓で、何度も見たことのある目でもあった。

「とにかく」

無意味な記憶を追いやって晴海の顔を見返した。

「俺はあんたのことをあいつに話す気はないです。最初からなかったんです」

相手の心の中心めがけて言葉をつづけた。

「あいつはあんたを憎んでます。嫌ってます」

そう言いながら二美男は、自分はあとでこの嘘を思い出し、情けなくて、恥ずかしくてたまらなくなるだろうと確信した。それでも嘘を吐き出しつづけた。

「この二年近く、ずっといっしょに暮らしながら、毎日のようにあいつ、あんたを恨んでるって、嫌ってるって言ってました。ぜったい許さないって。だからあいつには会わないでください。もともと会う資格なんてないでしょ。常識で考えて、会ったら駄目でしょ」

晴海は上半身を固まらせて二美男の顔を見返したまま黙っていた。やがてその唇が動き、何か言葉を発し、しかし咽喉に引っかかってかすれた。晴海はもどかしげに咳払いをして、「だったら」と同じ言葉を言い直した。

「なおさら話をしなければいけないと思います。あの子とちゃんと話をして、当時の事情を説明――」

「事情なんてあるかよ！」

それが自分の声だという認識が、一瞬遅れてやってきたときには、周囲の視線が集まっていた。店内は静まり返り、高い天井に据えられたスピーカーから流れるピアノ曲だけが聞こえていた。

「……子供捨てんのに、事情なんてあるかよ」

晴海の顔は真っ白になっていた。顎が深く引かれ、左右の黒目が、上瞼からぶら下がったしずくみたいに震えていた。その顔をテーブルごしに見返し、蟻が頭を這い回るような感覚に耐えながら、二美男は自分自身の声を胸の中に聞いていた。どうして怒鳴った。腹が立ったからか。しかし、汐子を捨てた晴海に怒鳴ったのなら、自分はどうなのだ。実の娘をうっかり殺してしまったのは誰だ。捨てるのと殺すのと、どちらが酷いのだ。

「とにかく、そういうこと」

立ち上がり、千円札をテーブルに投げた。

「お釣り、いらねえから」

精一杯の強がりがこれかと思うと情けなかったが、二美男はその情けなさから逃げるようにテーブルを離れ、肩でドアを押して路地へ出た。

日盛りの、眩しい景色だった。

日曜日の浅草は、たったいま喫茶店の中で起きた出来事とあまりにかけ離れていた。賑やかしい浅草寺の仲見世を通り、途中で脇道に入ると、小さな店がたくさん並んでいた。汐子とここを初めて歩いたときのことが思い出された。一年と少し前の冬で、どの店に入っても、汐子はひどく珍しがった。その頃はもう二人で暮らしはじめて何ヶ月か経っていて、汐子が一人で仲見世のほうまで買い物や散歩に行くこともあったので、脇道にあるそれらの店を見たことがないのが意外だった。訊いてみると、方向音痴なので、迷子になるのが心配で、いつも仲見世を往復したり、わかりやすい大通りを歩くだけなのだという。そのとき二美男は汐子に、小さいころ兄から聞いた、迷路をクリアする方法を教えてやった。いつも右手を壁につきながら進んでいけば、確実に出口にたどり着けるという方法だった。迷路の切れ目は入り口と出口の二箇所しかないので、ずっと壁沿いに進んでいくことで、最終的に必ずもう一つの切れ目である出口に行き着く。

もちろん実際の街では役に立たない方法だけどなと、二美男はつけ加えた。

——町は、外側が壁で囲まれてるわけじゃねえからさ。

それから何日か経った夜、汐子がアパートに帰ってこなかった。

七時を過ぎ、七時半を過ぎた。近所を探し回ったが、どこにもいなかった。いったん部屋に戻ってみると、もう八時になろうとしていた。交番へ行って剛ノ宮に相談しようと二美男が決めたとき、玄関のドアが開いて汐子が帰ってきた。

——いっやー迷ったわ。

浅草寺の仲見世から知らない路地へ入り、あれこれ店を覗きまくっていたのだという。もし道に迷ってしまっても、あの迷路の必勝法を実践すればいつでも知っている場所まで戻れるからと安心して。

——そしたら、どこがどこやかまったくわからんようになってしまってん。あの方法、ぜんぜん役に立たへんやん。子供に嘘教えたらあかんでほんま。

——だから、本物の街じゃ役に立たねえって言ったろうが。

さわってみると、顔も手も氷みたいに冷たかった。

——言うてへんよ。

——言ったっての。

しばらくやりとりしているうちに、あのとき汐子が、周囲の賑わいのせいで二美男の言葉を聞き逃していたことがわかった。

——今度から、大事なことはおっきい声で喋ってな。

まるで二美男の失敗を大目に見てやるというような言い方をして、さぶさぶさぶ、と汐子は風呂場に入っていった。むかっ腹が立ったが、その場はなんとか堪え、二美男は舌打ちしたり溜息をついたりしながら汐子のパジャマを出し、もっと早い時間に食べるはずだったカレーを温め直した。すると、風呂場でシャワーの音がやけに長くつづいているのに気がついた。

――もったいねえから止めろよ。

返事がないので、二美男はまた舌打ちをして、脱衣場のドアに近づいた。しかし、もう一度声をかけることはできなかった。水音にまじって、ひっ……ひっ……と汐子の微かな息遣いが聞こえてきたからだ。

しばらくして風呂から出てきた汐子は、まるで酒でも飲んだように楽しそうで、ちょっとしたことにも声を上げて大笑いした。あのとき汐子が何に泣いて、どうしてあんなに陽気になったのかは、なんとなくわかる気がしたけれど、二美男は何も訊かなかったし、いまだに訊いていない。

そんなことを思い出しながら雷門（かみなりもん）のほうへ歩いていくと、赤い大提灯の下に、地味なセーターを着た猛流が立っていた。

「わり」

「いえ、まだ待ち合わせ時間前ですから」

「イベントって何時からだっけ？」

「三時です」

二美男は猛流の細っこい腕を摑み、デジタル時計を覗いた。

「ちょっと家まで付き合ってくれよ。汐子と先に合流して、それから秋葉原に行けばちょうどいいだろ」

「そうですね」

今日のイベントには、はじめは猛流と二人で行くつもりだった。しかし、汐子をアパートに一人で残しておくと、晴海がやってきて呼び鈴を押す可能性があるので、いっしょに行こうと考え直したのだ。だから猛流には事前に整理券を三枚取ってもらっていた。

「ジャンケンの調子はどうだ?」

「いつもどおりだと思います」

「ちょっとやってみるか。最初はグー、じゃんけん——」

パーを出したらチョキを出された。つぎにグーを出すとパーを出された。

「おお、いいじゃねえか」

これからアイドルグループのイベントに向かい、ジャンケン大会に参加して、サイン入り生写真と使用済みのステージ衣裳を手に入れなければならないのだ。

二

「うへえ……」

地下にあるイベントスペースの雰囲気は、それまで一度も目にしたことのないもので、何か謎の宗教団体の施設にでも忍び込んだような気分だった。客が一様に手にしたネオン棒が、暗がり全体に散らばっている。ホールの端のほうでたくさんの光が同調しながら素早い動きを見せているのは、集まって踊りの練習をしているらしい。ステージ両脇にあるスピーカーからローボリュームで曲が流れ、彼らの動きは機械のようにそのリズムとシンクロしていた。ここでイベントを開催する「ねじ式サクラボール」というアイドルグループは、そんなに有名なのだろうか。

「いえ、ほとんどの日本人はたぶん知りません」

猛流は言う。

「でも、これみんなファンなんだろ?」

「ある人たちには、ものすごく人気なんです。きっと世の中に知られていないこと自体が魅力の一つなんだと思います。自分から動いて、彼女たちのことをいろいろ知って好きになっていく、というところに楽しさがあるんじゃないかと」

さっきから二美男は屈み込み、猛流は背伸びをし、互いに耳打ちするかたちで会話していた。何故かというと、いっしょにいる汐子には、ここに来る本当の理由を話していないからだ。猛流がねじ式サクラボールのファンで、イベントに参加して生写真やステージ衣裳を手に入れたがっているのだが、一人では恥ずかしいから同行を頼まれた、ということになっている。

「自分自身で情報を集めていくうちに、熱心なファンになるんだと思います。僕もインターネットであれこれ調べながら、ちょっといいなと思ったりしました」

「お前もそういうとこあんだな」

「大好きになったわけではないです」

「べつに大好きだっていいだろうよ」

「……何で二人そんなに仲ええのん？」

隣で汐子が眉を互い違いにして二美男たちを見比べる。

「いやほら話しただろ？　前にうちに世間話をしに来て、いろいろ喋ったあと、道で会ったりしてるうちに仲良くなってさ」

ふうん、と汐子は納得のいかない顔だ。

「お友達でけてよかったな、おいちゃん」

「そう、俺たちお友達」

猛流の肩を抱き寄せると、ススキにヘッドロックでもかけたような手応えのなさだった。

会場にはどんどん人が増えている。スペースに余裕がなくなってきたので、二美男たちは互いに少しずつ近づき合って立った。

「これ、お客さんの数すごいやん。ジャンケン大会で勝った人が写真とか衣裳とかもらえる言うてたけど、ここにいる全員がいっぺんにジャンケンするん？」

「お客さん同士がジャンケンするわけじゃないよ」

猛流が説明する。

「ステージで、ねじ式サクラボールのセンターの人がジャンケンをして、それに勝った人が残っていくシステム。最後の五人くらいになったら、その人たちがステージに上がって、そこで初めてお客さん同士でジャンケンする」

説明の途中から、汐子は呆れたような顔になっていた。

「こんなたくさんおったら絶対残れへんやん」

いや、と二美男は人差し指を立てた。

「猛流はジャンケンの達人だから問題ねえ」

「でもジャンケンって、要は運やろ」

「ところがな」

ふっふっふっ。

「運じゃねえんだ」

今回のアイデアをひねり出したのは猛流だった。玉守池での作戦を決行するために、ある程度の金が必要だとわかり、何か資金を調達する方法はないかと考え、こんなイベントを見つけてきたのだ。

――手に入れたサイン入り生写真と衣裳は、すぐに転売します。どちらもネットオークションでかなり高く売れるようです。僕は十八歳未満なので、出品するときは凸貝さんの名義でＩＤ登録しますのでよろしくお願いします。

その登録は、すでにすませてある。

今日のイベントに参加すると決めてから、二美男と猛流は何度もジャンケンの実験をした。猛流は絶対に負けなかった。本人曰く、相手の出す手が直感でわかってしまうのだという。しかし、あれこれ方法を変えて実験しているうちに、あることが判明した。目をつぶると猛流は勝てないのだ。といってもべつに全敗するわけではなく、半分くらいは勝つ。要するに普通の人と同じ勝率になってしまう。そして、目をひらいてふたたびジャンケンをしてみると、やはり全勝するのだった。そこまでわかったとき、二美男は何かヒントを摑んだ気がして、実験現場の片隅でじっと考えた。実験現場というのは近所の児童公園だ。

――お前、昔から負けなかったの？

ベンチに隣り合って座った猛流に訊くと、一昨年（おととし）からだという。

——三年生になって少し経ってから、急にこうなりました。

——やけに具体的じゃねえか。

——その頃から学校で、ちょっと嫌なことが起きるようになって、その時期と重なっていたので、憶えているんです。クラスの係を決めるときのジャンケンでも、体育の時間にドッジボールのポジションを決めるジャンケンでも、何故か絶対に負けないようになりました。

——嫌なことって？

まあよくある問題ですと猛流は無表情に答えた。

——叩かれたり蹴られたり、そういう。

——ああ……なるほど。

猛流の全身をちらっと見たが、どこかに怪我をしているような様子はなかった。傷が治ったような痕もない。二美男は少しだけほっとした。

——あんまりひどくなるようだったら、相談しろよ。俺がぶっとばしてやるから。一人で我慢すんじゃねえぞ。

——身体にはダメージを受けないようにしているので平気です。

——どうやってんだよ。

よけるのだという。

——でもあまり完璧によけると相手を怒らせてしまうので、痛くない場所とか、傷が残らない服の上とかに、相手の手や足が来るようにしています。

——囲まれるようなことはないのか？

——まあ、ときには五、六人に囲まれて一斉にやられることもありますが。

——それもぜんぶ上手いことかわすわけか。

——はい。

——ふうん。

猛流があまりに平然としていたので、自分がとんでもない話を聞いていることに、二美男は十秒ほど経ってからようやく気がついた。

——……まじか？

猛流のジャンケンの秘密に気づいたのは、そのときのことだ。

いや、最初はただ可能性に思い至っただけで、べつに確信したわけではなく、そんなことがありうるだろうか、という疑いのほうがまだ強かった。猛流の横顔を眺めながら二美男は、試してみるのが早いと思い、地面から砂利を一粒つまみ上げた。

——おい。

——はい？

こちらを向いた猛流の顔めがけて親指の爪で小石を弾き飛ばした。その瞬間、猛流の顔が消えた。いや、二美男の目が追いつかないほどのスピードで脇へ動いたのだ。小石は顔がもともとあった場所を通過し、そのまま見えなくなった。

二美男は自分の考えが正しかったことを確信した。

――お前、後出しジャンケンしてんだよ。

猛流は意味がわかっていないようだった。

――動体視力って知ってるか？

いまだに、これは仮説でしかない。しかし、おそらくこういうことなのだろう。猛流は超人的な動体視力により、相手の手の動きからグー、チョキ、パーのどれが出されるのかを瞬時に判断し、それに勝つ手を出していたのだ。だから、厳密に言えば後出しジャンケンなのだが、普通の人はそれに気づかない。

嶺岡道陣の孫という、遺伝的なものもあるのだろうか。そしてその遺伝的な才能が、クラスメイトから叩かれたり蹴られたりしはじめたとき、妙なかたちで開花したのだろうか。とにかく常識外れの能力だった。ひょっとしたら世の中で超能力などと言われているものは、案外みんなこんなふうに種明かしができるのかもしれない。

「はじまるみたいやね」

司会者がステージの袖からマイクを持って飛び出してきた。チアガールが持っているポンポンのようなオレンジ色の物体を、ミッキーマウスの耳状につけた、スーツ姿の肥(ふと)った中年男だ。常連客には馴染(なじ)みなのだろう、あちこちから「えごぴー！」と野太い声が響いた。えごぴーは慣れた口調で、ほとんど息継ぎもせず、来てくれた客たちへのお礼と、ねじ式サクラボールのメンバーがずっと会いたがっていたことと、今日はもしかしたら新曲を歌うかもしれないこと、終演後のジャンケン大会を楽しみにしていてほしいこと、そしてマナーを守ってほしいことを伝えた。彼が言葉を切ると同時に、それまで小さな音で流れていた曲がぴたっと止まった。

鼓膜が震えるのをやめたような静けさのあと、

「みんなー！」

スピーカーから少女の声が響き渡った。

「来てくれてありがとー！」

という声とともにステージの両袖から大量の少女たちが押し寄せ、えごぴーはステージの後ろに逃げ、ズカカズカカズカカズカカズカと曲のイントロが流れ、少女たちはマイク片手に歌いはじめた。出会いたかったのよ、出会いたかったのよ、出会いたかったのよ、あなたに——。

曲の合間合間にお喋りを交えながら、彼女たちはどんどん歌い、がんがん踊った。客席のネオン棒は右へ左へ上へ下へ揺れ、振り付けを練習していたさっきの一団のあたりでは、機械的な素速さと正確さで棒状の光が動き回った。彼女たちは、昔のアイドルとはずいぶん違っていた。ものすごく奇麗な子や歌が上手な子がいるわけではないのに、全体として何だかすごいパワーを持っていて、しかしどこか危なっかしく、愛でるというよりも応援したい衝動にかられる少女たちだった。二美男にはやはり完全には理解できなかったが、汐子はどうやら気に入ったようで、一時間半ほどのステージが終わる頃には、ほかの客と一緒になってジャンプしていた。

その後のジャンケン大会で、猛流は「メンバー二十四人全員分の生写真詰め合わせ（サイン入り）」と、何度か真ん中で歌っていた、なんとかという女の子のステージ衣裳を手に入れた。各メンバーの個別の生写真や、別の女の子の衣裳も狙えたのだが、あまりやりすぎると八百長を疑われそうだと考え、それらのジャンケンには参加しなかったのだ。

後日、猛流から電話があり、ネットオークションに出した衣裳と写真が全部で八万五千円になったと報告を受けた。

三

四月になった。

「おう」

その日、仕事を終えてアパートに戻ると、汐子が部屋の真ん中で胡座をかいて腕を組んでいた。こちらに顔も向けず、じっと畳ばかり睨んでいるので、二美男は部屋の入り口でぴたっと足を止めた。

まずいことが起きたのが、ひと目でわかった。

「……誰か、来たか？」

まさかと思って訊いてみると、汐子は畳を睨んだまま、こくんと頷いた。

喫茶店で会ったあの日から二週間ほど経つが、晴海は一度もやってこなかった。呼び鈴が鳴るたび、相変わらず二美男は素早く立ち上がって玄関のドアスコープを覗くのだが、いずれも彼女ではなかった。喫茶店での一件が、汐子から手を引かせたのかもしれない――勝手にそう思うようになった。だから安心して、汐子の春休み中も、二美男が仕事で家を空けている時間も、警戒を怠っていたのだ。

「家に来たわけやなくて……いまさっき、そこで会うてん。あたし、トイレットペーパー頼まれてたやろ。でも買うの忘れてて、スーパー行こうとしたら、アパートのそばに立っててん」

「そっか……」

「そっかやないやろ！」

汐子は初めて顔を上げ、しかし二美男は顔を伏せた。汐子の視線が針のように額のあたりを刺した。

「いままでも二人で会うてたん？」

もう嘘をついても仕方がない。

「……何度か」

「いったい何なん？　二人でどんな話してたん？」

すぐに答えられず、二美男は汐子のそばに膝をついた。

「何か、言われたか？」

汐子はかぶりを振る。

「言われたどころか、なんにも言わへん」

「……そっか」

ならば晴海は何をしに来たのだろう。

「でも、自分が誰なのかくらいは説明しただろ？」

兄は生前、汐子がものごころつく前に、晴海が写っている写真やビデオをすべて処分したと言っていた。だから汐子は母親の顔を知らなかったはずだ。

「何でいまさらそんなこと説明すんねん」

「え」

「おいちゃんアホになったんちゃう？　先月も三人でいっしょに秋葉原行ったやん」

猛流のことだった。

ああびっくりした。危なく、もう少しで晴海のことをこっちから口に出すところだった。

きっと猛流は、例の作戦の件で二美男に何か話があって、仕事から帰ってくるのを待っていたのだろう。そこに汐子が現れて、見つかったというわけだ。

「いや違うよ、そういう意味じゃねえよ。言ってもほら、お前あいつの名前と、剣道場の孫だってことくらいしか知らねえだろ？　だから、あらためて自分がどんな人間か、説明したりなんかしたんじゃねえかと思って」

「だから、なんも言わへんのやて。明らかにおいちゃんの帰りを待ってて、あたしに見つかった瞬間、さり気なく逃げようとしたから、あたし捕まえてん。ほんで、なんか前々から怪しい怪しいと思っとったから、おいちゃんと二人でいったい何を企んどるのか、襟首摑んで訊いてん。ほんでもあいつ、言わへんねん」

「お前、駄目だよ暴力は」

「ま、明日また学校で絞ってやるつもりやけどな。おいちゃんが喋らへんのやったら猛流くんが絞られるから、憶えといてな」

「わざわざ別のクラスまで行って絞るのも大変だろうから、やめといたほうが――」

「いいえ昨日からクラスメイトです」

「そうなの？」

昨日が始業式で、汐子は五年生になった。

「さ、どうする？　正直に話す？　それとも猛流くんに怖い思いさせる？」

かなるだろう。

「俺は話さねえ」

二美男はきっぱりと答えた。学校で汐子にがんがんやられても、猛流の動体視力でなんとかなるだろう。

「話すことなんてねえもん。だって俺たちただの友達だし」

「小学生の友達なんておかしいやん。おいちゃん自分のこといくつやと思てんのよ」

「おかしかねえよ。俺の精神年齢考えろよ」

はあぁぁと汐子は天井に向かって息を吐く。

「こないだのイベントも、なーんか変やったもんな。昨日教室でねじ式サクラボールの新曲の話したら、あいつ知らんかったし……だって先週やで、発表になったの。イベント行くほどのファンが、新曲知らんことなんてあるかいな」

汐子はあれ以来ちょっとねじ式サクラボールに興味を持ったらしく、夜中に目覚まし時計をセットして彼女たちが出る深夜番組を観たりしている。

「あるだろ。じゃ俺ちょっと出てくるから」

「どこ行くねん」

「RYUのとこ」

「何しに」

「うん、野暮用」

今度はRYUさんかいな、と汐子はまた溜息をついた。

四

「な、RYU。RYUちゃんよ」

汐子には黙っていてほしいと前置きをし、二美男はRYUに事の次第を説明して協力を仰いだ。しかしRYUは、当たり前だが、首を縦には振ってくれなかった。同じ間取りの同じ場所に、汐子と同じように胡座をかいて腕を組んでいるRYUの前で、二美男はさっきから両手をついて頭を下げていた。隙間風でも吹き込んでいるのか、部屋はやけに寒い。

「いますぐじゃねえんだ。七月の話なんだよ。それまでに気が変わったら、やめりゃいいだろ?」

「そんなふうに言って、いっぺん引き入れちゃえばこっちのもんだとか思ってるんじゃないんですか?」

「思ってねえよ!」

思っていた。

「馬鹿にするなよ!」

両目を大きく広げてみせると、RYUはハッとして顔を伏せた。

「……すんません」

「いや……こっちも、でかい声出して悪かった」

二美男は小さく息をついて身を起こし、哀しみが心を通り抜けてくれるのを待つような間を置いてから、ＲＹＵの目を真っ直ぐに見た。

「俺……猛流と男同士の約束しちまったんだよ」

その約束をさせたのが、反則の代表格ともいえる後出しジャンケンだとわかっているいま、それを理由に断ることだってできるのだが、もはや二美男の中に、後に引くという考えはなかった。理由は二つ。一つは猛流自身に反則の自覚がなかったこと、もう一つは――。

「上手くいけば、けっこうな金が手に入るんだよ。手伝ってくれたら、もちろんＲＹＵにもいくらかやるからさ」

「そのおじいさんの死体が見つかった場合の話でしょ？　僕そんなの嫌ですよ。人の不幸で金をもらうなんて」

「あ、お前、葬儀業者とか坊さんとか馬鹿にするつもり？」

「してないですよ」

「いっぺん引き入れたらこっちのもんだと思ってるとか、俺のこともそんなふうに見てたしさ……なんか俺、ちょっと残念だよ。ＲＹＵのこと買いかぶりすぎてたのかもしれねえ」

「だから、そんな――」

「手伝ってくれたら、前に聞いたあのチップの話、誰にも言わずにおこうと思ってたんだけどな。あのほら、客が酔っ払ってるのをいいことに、千円で充分だったはずのチップを一万円も巻き上げた話」

「巻き上げてなんか――」

RYUは反射的に怒ってから、さっと驚いた顔になった。

「え、何ですかいまの。誰にも言わずにおこうと思ってたって」

「いやべつに」

RYUは化け物を見るような目で二美男の顔を凝視した。

二美男はポケットから携帯電話を取り出して操作し、聞いてくれというジェスチャーとともに差し出した。RYUは眉根を寄せ、電話機を耳にあてる。『もしもし……』と声が漏れ聞こえてくる。

『あのね、凸貝さん、どうせあとになって憶えてないだろうから留守番電話に入れとくけどね、あんたいまとんでもなく酔っ払って――』

「な？　真似しやすいだろ？」

三国祭りの前夜、壬生川が伝言メモに残した声だ。

「この声で喋ってくれればいいんだよ。特徴的だから、美空ひばりとかより練習しなくてよさそうだろ？」

「ううん……」

芸人魂を刺激されたのか、RYUは電話機を耳にしっかりと押しつけ、じっと聞き入っている。ここがチャンスと二美男は一気に攻め込んだ。

「思い切ったことしようぜ、RYU。今回の真剣勝負は、きっとお前のモノマネ人生の糧になるよ。あとで絶対、あのときやっておいてよかったって思える日が来るよ。それに俺、やっぱりお前のモノマネが好きなんだよ。聞きたいんだよ」

という二美男の言葉が効果を発揮したのかどうかはわからないが、けっきょくRYUは、その後二分ほどで協力を承諾してくれたのだった。

もちろん不承不承ではあったが。

「じゃ、よろしくー」

詳細が決まったらまた連絡すると言い、二美男はドアを出た。RYUは部屋の真ん中に胡座をかいたまま、「たっかいさんなはかなわないなあ」と、早くもほぼ完璧な状態になっている壬生川のモノマネをして苦笑した。いいねいいねと指でOKサインを出しながらドアを閉めると、

「そういうことやったんやね」

すぐそばに汐子が立っていた。

「そこ開けて聴き耳立ててたの、気づいてなかったやろ」

たのか。

汐子はドアの新聞受けを顎で示す。やけに部屋が寒いと思ったら、これを外から開けてい

汐子は顔をうつむけて後頭部を掻き、溜息まじりの声を洩らした。

「死体が見つかったらお金もらえるとか……生命保険から小学生にお金払わせるとか……なんかもう、ほんまに……」

五

「いますぐじゃねえんだ。七月の話なんだよ。それまでに気が変わったら、やめりゃいいだろ?」

懇願する二美男の隣で汐子がすぐさま援護射撃をした。

「ええやん、壺ちゃん。ほら壺ちゃん若いし、身体すっごい引き締まってるし、ぜったい力あるやろ。そういう人、あたしら壺ちゃんしか知らへんし、たとえ知ってても壺ちゃんにやってもらいたいねん」

「いや自分無理っすよ……べつに引き締まってるんじゃなくて肉がないだけだし、だいたいそんな、池から死体見つけるなんて」

「死体なんて出てきやしねえって。そんなもんありゃしねえよ。俺たちはただ、剣道場の孫

の目を覚まさせてやりてえんだ。池の底に死体なんてないってことがわかりゃ、祖父さんは何か事情があって家を出ていったんだって納得して、勉強にも身が入るってもんだろ?」

というのは、ついさっき汐子にアドバイスされた説得の仕方だった。壺ちゃんは本当は金持ちなので、「死体が見つかったら保険金の一部をもらえる」という理由では動かないのではないかというのだ。

「出てこないんなら、なおさら手伝わないっすよ」

「え」

汐子と二人で同時に口をあけた。

「だって、会ったこともない小学生が勉強しようがしまいが自分には関係ないし……お金をもらえる可能性が高いってんなら、そりゃ考えますけど」

「え、え、だって壺ちゃんの家、ものっそいお金あるやん」

自分の見当が外れ、汐子は慌てていた。

「家にあっても意味ないんだよ。それが面白くないから、ここでこうやって暮らしてるんじゃんか」

「あらぁ……」

「どうしても手伝ってくれねえってのか、壺ちゃん」

「無理っすね」

「こんなに頼んでも駄目か」

「駄目っすね」

「そうか……わかったよ」

二美男が睨みつけると、壺ちゃんはちょっと驚いた顔をした。

「汐子。お前、外出てろ」

「何で?」

「ちょっとお前には……」

ぐっと握った右の拳を見下ろした。

「見せたくないことをするかもしれねえ」

壺ちゃんはぎょくんと背筋を伸ばす。

「え……何すか凸貝さん……」

「外出てるのはええけど、危ないことだけはせんといてな」

「それはこいつ次第だ」

「やめてくださいよ凸貝さん、そういうの」

汐子が立ち上がって玄関に向かい、壺ちゃんは背面歩きでぎくしゃくと後退した。ガチャリと玄関のドアが閉まると同時に、二美男は壺ちゃんにすり寄った。

「さっきの話だけどさ、あれ汐子に言われて喋ったんだよ。俺だって実際のところ、あの餓鬼の勉強のことなんてどうでもいいんだよ」

「……そうなんすか？」

「そう。ほんとはな、今回の作戦では、金が手に入る可能性がかなり高えんだ。そりゃ、何パーセントの勝率だとか、そういうことはわかんねえよ。わかんねえけど、俺としてはかなりの高確率で金が入ってくると踏んでる。実際ほら、さっき話したけど、嶺岡道陣が消えた夜、俺は三国公園でその嶺岡道陣と嶺岡将玄が玉守池のほうに歩いていくのを見てるわけだし、〝やめろ〟なんていう声も、人間を池に突き落としたような水音も聞いてるわけだし。死体はあるよ。絶対ある。まあ確実とは言えねえけどさ、でも、考えてみたらこんなすげえギャンブルねえだろ？　こういうのぞくぞくしねえ？」

自分がぞくぞくしているかどうかを確認するように、壺ちゃんは小首を傾げ、身体の中に聴き耳を立てる顔をした。そして何か微かな物音を聞いたらしく、ふっと両目を広げた。その反応を見て二美男は、まだまだ汐子より俺のほうが人間観察に長けているなと思った。

「じゃ、詳しいことが決まったら、また連絡するから」

翻意される前にと、立ち上がってさっさと部屋を出た。壺ちゃんが何か引き留めるようなことを言いかけたので、二美男は素早く振り返って満面の笑みを見せた。

「ありがとな、壺ちゃん」

外廊下では汐子が寒そうに足踏みしながら、トレーナーの両肩を抱き込んで立っていた。

「作戦変更して、お金が手に入る可能性が高いなんて言うたのやろ」

「言うかよ」

「ほんで、こんなすごいギャンブルないぞとか何とか、適当なこと喋ったんちゃうん」

「喋るか馬鹿。はいつぎ、能垣さんのとこ行くぞ」

二美男と汐子は階段を上って二階へ向かったが、能垣は留守らしく、呼び鈴に応えなかった。ドアの脇の小窓も暗く、どうやら出かけているようだ。仕方なく、また今度にしようということで、引き返して階段を下りた。

「老原さん夫婦にも手伝ってもらうん？」

「いや、それは考えてねえ」

「でも、やろうとしとること考えると、頭数は多いほうがええやろ？」

「だってあそこはほら、じいさんがこの前」

二美男は手首を上向きに揃えてみせた。

「今回は巻き込まねえほうがいいだろ」

「まあ、猛流くんが考えた作戦って、よく考えたら犯罪やもんな」

「よく考えなくたって犯罪だよ。だからお前を巻き込みたくなかったんだよ」

「万一のことがあったとしても、唯一の身内が警察に捕まるより、二人でいっしょに捕まったほうがましやわ」

「おまえは餓鬼だから、叱られておしまいだろ」

二人して両手をこすり合わせながら部屋に戻った。

六

土曜日の午後、二美男の部屋に猛流がやってきて、汐子と三人で作戦会議をひらいた。

「なんかごめんな、汐子に学校でけっこうやられたんだろ?」

汐子が三人分のお茶を淹れに台所へ行った隙に、二美男は猛流の耳元で囁いた。

「休み時間にしばいたったわ、とかあいつ言ってたけど」

作戦がばれた翌日、学校から帰ってきた汐子がそう言っていたのだ。

「え、ぜんぜんしばかれてませんよ。休み時間に、自分も参加することになったからよろしくみたいなことを言われて、ああそうなんだって……」

「おり?」

「汐子さん、嬉しそうでした」

「猛流くん、お茶濃いめ? 薄め?」

汐子が台所から声を飛ばす。

「あ、できれば薄めで」

そやろな、と納得したように言う。

「あいつ何で嘘ついたんだろ」

「さあ」

汐子が盆に湯呑みを三つ載せ、黒のかりんとうを添えて持ってきた。二美男は汐子が着ている紺色のシャツの裾を引っ張った。

「これ、けっきょく出したんだな」

「何がやねん」

「さっきスカートに入れるか入れねえか迷ってたじゃんか」

「べつに迷ってへんわ」

「え、迷ってただろうよ、これ出すのと入れるのどっちがええ？　とか言って」

「は？　言うてへんけど？」

尖った横目で二美男を睨みつけ、台所に戻っていく。

「やってねえことをやったって言ったり、やったことをやってねえって言ったり、なんだよあいつ」

食器戸棚を開けたり閉じたり、流し台の上を布巾で軽く拭いたり、べつにいましないでもいいようなことをしてから汐子は戻ってきた。お茶をすすってかりんとうをポリポリやりながら、さっそく三人で作戦会議を開始した。

「で、その菜々子さんっていう人には、作戦のことは喋らないんですよね？」

「ああ。もし協力してもらえたら、けっこうな力になるかもしれねえんだけどな。前に人力車を引いてたことがあったり、夜逃げ屋で荷物運んだりしてたから。でも、なにせ女だし、危ない目に遭わせるのは申し訳ねえだろ」

「あたしも女ですけど」

「お前は自分からやりたいって言ったんじゃねえか」

「菜々子さんかて、もし話聞いたら、やりたい言うと思うで。あの人、そういう人やもん」

「そうかあ？　まあ、だったらなおさら喋らねえほうがいいな。あの人を危ない目に遭わせるのはとにかく反対だ」

「ほかの三人は男性なんですね？」

猛流が訊く。

「そう男。俺のほかにRYUっていう、祭りの運営委員長の声を真似してもらうやつと、壺ちゃんっていう、ここの大家の息子と、それからほら、例の絵を描いてもらう、能垣さんって人。理屈っぽいけど頭いいし、なにより絵が上手い。ぜんぜん売れてねえけど、いちおう画家だからな」

能垣についてはあの翌日、汐子とともに部屋を訪問し、事の次第を説明して協力を頼んだのだが、驚いたことに、わりと簡単に承諾してくれた。

──上手に絵ぇ描ける人なんて能垣さんくらいしか知らへんし、たとえ知ってても能垣さんにやってもらいたいねん。

いつも能垣にきついことばかり言う汐子が、そうやって頭を下げたのが効果的だったのかもしれない。

──しかし……難しいぞ。

参加を承諾したあと、能垣は「西洋の格言」を持ち出して、作戦の難しさを強調した。

──一人の愚か者が池に投げた石は、十人の賢者が集まっても取り返せないという言葉がある。あの広い池からたった一つの死体を見つけ出すのは、いくら大人数で挑んでも簡単にはいかないだろう。

能垣の部屋を出たあと、あの格言の使い方は間違っていたんじゃないかと汐子が言ったが、どうせいつものように、ただ言いたかっただけなのだろう。

いずれにしても、能垣が言っていたことは正しい。今回の作戦を成功させるためには大勢の協力が必要だ。そして、その人数を一人でも増やすための、今日の作戦会議なのだった。

「では、菜々子さんには話さない、と」

作戦のためのメモ帳なのか、猛流は大学ノートの赤ん坊みたいなやつに、シャープペンシルで小さな字を書き込んだ。

「お訊きしたいのですが、玉女になってからの菜々子さんの身辺に、いまのところ何かいいことは起きていますか？」

「起きてる起きてる。俺も驚いたんだけどさ、肉屋でステーキ肉をもらったこともあったし、勤めてる店で臨時ボーナスが出たり、反物屋のチラシのモデルを頼まれたり、薬屋でスタンプカードに余計にハンコ捺してもらったり、昔の男友達が十年ぶりに電話してきたりしてるらしいよ。まあ最後のやつはべつに、いいことじゃねえだろうけど」

「もっと必要ですね」

二美男の言葉を手早くメモしていた猛流が、シャープペンシルの頭を唇に押しつけて難しい顔をする。

「もっともっと菜々子さんの身に〝いいこと〟が起きてくれないと、大勢の人間を動かすことはできません」

「で、これから起こすのやろ？　その〝いいこと〟を」

汐子がわくわくした顔を近づける。

「こないだの、ねじ式サクラボールのイベントでお金稼いだんも、そのためやったんやもんね」

二美男と猛流は同時に頷いた。

玉女である菜々子の身に、〝いいこと〟をたくさん起こし、それを喧伝する。そうすることで何が起きるかというと、やっぱり玉女はすごいということになる。すると三国祭りの日、龍神の上から飛猿が放り投げる宝珠をなんとしてでも手に入れてやろうという人間が増える。だがしかし、今年の宝珠は絶対に誰も手にすることができない。かわりに、宝珠を求める人々のうちの一人が、嶺岡道陣の頭蓋骨を摑み上げて悲鳴を上げることになる。

というのが、猛流が考えた作戦だった。

通常、龍神はこの池之下町から三国通りを北上して三国公園へと入ったあと、木々のあいだを抜け、最終的には公園中央の広場へと向かう。そこで龍の背に乗った飛猿が、宝珠をどこかへ放り投げ、人々はそれに向かって殺到する。しかし、今年の龍神は力尽くの誘導によって玉守池へと向かう。そして宝珠は、二美男が化けた飛猿により、池の中へと投げられる。人々はつぎつぎ水の中へ入っていき、水中に沈んだ宝珠を我先に見つけようとするが、誰も見つけることはできない。何故なら宝珠は焼きメレンゲでできていて、水の中ですぐに溶け、跡形もなくなってしまうからだ。焼きメレンゲの作り方はまだ調べていないが、香苗さんあたりに訊けば、きっと知っているだろう。近くの洋菓子屋に注文することも考えたが、それでは作戦終了後に足がついてしまう可能性があるので、自分たちでつくることに決めていた。

焼きメレンゲの宝珠は、非常にもろいに違いなく、ある程度の骨格が必要だと思われた。その骨格についても準備はできている。十年以上前からアパートの裏に置いてある謎のボロ自転車のタイヤからスポークを外し、そのスポークをすべてV字状に折り曲げて、角の部分を互いに噛ませるかたちで組み合わせ、セロハンテープで固定したのだ。これに内側からちょっとずつメレンゲをつけて焼いて、つけて焼いて、つけて焼いてとやっていけば、大きな焼きメレンゲボールができあがってくれるに違いない。それを池に投げ込めば、メレンゲ部分が溶け消え、骨格部分だけが残って水底に沈む。ニセ宝珠の大きさや色は、なにしろ菜々子が本物を持っているので、何か理由をつけて貸してもらえば、それを参考にできるだろう。

三国祭りまであと三ヶ月。

準備は着実に進みつつあった。

七

「中学時代に、憧れの女優がいた」

いつから絵が上手くなったのかと訊くと、能垣は絵筆を動かしながらそう言った。

「もう引退したのか、あるいは仕事が少なくなってしまったのか、とんと見なくなったがな」

その女優の名前を能垣は教えてくれたが、汐子はもちろん二美男も知らなかった。

「彼女が座長をつとめる演劇が、私が中学二年生のとき、浅草演芸場で上演された。どうしても観に行きたかったんだが、父親がその頃やっていた喫茶店の中で、少々変わった鳥が鳴きつづけていたものだから、私は小遣いというものをもらえず、けっきょく行くのを諦めた」

「変わった鳥って何やの？」

能垣は絵筆を止めて振り返り、閑古鳥だと答えた。汐子は口の動きだけで「めんどくさ」と呟いた。

「私は劇場の前に立ったまま、客の行列をただ眺め、その行列が劇場に吸い込まれてからは、ひたすら看板を見つめていた。当時の看板は手描きでな。世の中には絵の上手い人がいるもんだと、つくづく感心したものだ」

長い時間、能垣はそうして看板の前に立っていたのだという。やがて客が劇場から吐き出され、町の中に消えていった。しかし能垣はそこに立ち尽くし、手描きの看板を眺めていた。いつまでも。いつまでも。

「ほんで能垣さんは、いつかそういう看板を描けるような絵の上手い人になりたいと思たんやね」

「思わない」

言下に否定し、能垣は絵筆にパレットの絵の具をなすりつける。

「暗くなりかけた頃、一座が劇場から出てきた。私はきをつけをしながら、彼らを見ていた。すると一座の中にいたあの人が、私に気づいた」

顔つきから、ファンだということがわかったのか、彼女はすっと一団を離れて近づいてきた。

「劇を観てくれましたかと訊かれたので、観ていないと正直に答えた。答えた瞬間に涙がこみ上げた。たぶん、恥ずかしかったのだろう」

いつか観てくださいねと彼女は言った。中学生の能垣は力強く頷いた。すると憧れの女優は「ルノワールが描いたジャンヌ・サマリーのように」頬笑んで右手を差し出した。そして能垣はその「月光がこごって手のかたちをなしたかのような彼女の右手」を、そっと握り返した。

「以後の一年間、私は右手を一切使わず、洗いもしなかった。あの人のぬくもりと香りを消したくない一心で、箸も鉛筆も歯ブラシも左手で使い、美術の時間にも左手で絵筆を握った」

いったいここから話がどうつづくのかと、二美男と汐子はじっと待った。しかし能垣は「そのせいだろうな」と、よくわからない言葉で話を終わらせた。

「……え、何がそのせいなん？」

「左手を使うことで右脳が発達し、空間的情報処理能力が磨かれたのだろう」

ほんまかいな、と汐子が鼻に皺を寄せた。二美男も思わず苦笑したが、まったく馬鹿馬鹿しいと思ったわけではなかった。そういうことも、世の中にはあるのかもしれない。そんな気分にさせられたのはたぶん、猛流のジャンケンによって人間の不思議を思い知らされたせいだろう。

「その女優を描いた、いまでも完璧と思える絵がある。ああ、見せてやろう。あれは生涯の傑作といってもいい出来だ」

能垣は急に立ち上がり、背を屈めて部屋のあっちの隅、こっちの隅と移動し、キャンバスをひっくり返したり段ボールを開けたりして、その絵を探した。こっちが漠然と予想していたよりも長いこと探しつづけていたが、けっきょく見つからなかった。能垣はくたくたのスラックスを心持ちひらいて立ち尽くし、途方に暮れたような目で、しばらく床を見つめたあと、またもとの場所に戻り、何も言わずに描きかけの絵に筆を入れはじめた。

「ほんまにそんな絵あるんかいな」

汐子が耳打ちする。曖昧に首をひねると、畳の隅に置かれた一冊の画集が目に入った。

なんとなく手に取ってみたら、ひらき癖のついたページが広がった。モノクロで描かれた龍の絵だ。千切れ雲をまとった一匹の龍が、長い身体を勢いよくくねらせながら、はるか向こうから迫ってくる。大きく見ひらかれた両目の真ん中に、ほとんど点のような黒目が一つずつ描かれ、どの角度から眺めても、こちらを睨み返しているように見えた。鉤型に曲がった右の三本指がしっかりと握っているのは、冷たく光る宝珠だ。龍は宝珠の存在を誇示しているようにも、それを隠したがっているようにも見える。

「能垣さんよ……龍の宝珠って何なんだ？」

訊くと、諸説あるがと前置きをしてから能垣は説明した。

「どんな望みも叶えてくれる珠だ。龍はその珠を使い、雨を降らしたり雷を落としたりすることもできれば、世界中の宝を集めることだってできる。ニョイ宝珠というのが正式な名前で、ニョイは〝意の如し〟、つまりすべて思い通りという意味だ」

能垣はキャンバスの白い部分に絵筆で「如意宝珠」と書き、すぐに上から塗りつぶした。

「英語で言うとドラゴンボールやろ」

汐子の言葉に、驚いた顔で振り返る。

「何でそんなことを知ってる？」

「え、だって龍の珠いうたらドラゴンボールやん」

能垣は「そうか」と頷いたが、まだよくわかっていないような顔で、キャンバスに向き直った。

「ただし、この如意宝珠は煩悩の象徴でもある。叶える力があれば、欲も生じる。すべてが叶えられるとなれば、欲望には限りがない。龍はこの如意宝珠を手放すことさえできれば、すぐにでも悟りをひらけるのだが、それがどうしてもできずに天空で怒り狂っているとも言われている。……さて、こんなものか」

能垣が絵筆の尻で頭を掻きながら、ぐっと上体を引いてキャンバスを見た。

「上出来だよ、能垣さん」

背中をばしんと叩くと、嫌な顔をされた。

畳一畳ほどもある大きなキャンバスの中には、どアップになった龍神の横顔があった。

八

はじめは真っ白なシュークリームのような、ぽこんと盛り上がった小さな塊だった。それがみるみるうちにふくらんで巨大化し、気がつけば立派な入道雲になっていた。どこかの部屋で蚊取り線香を焚いているらしく、網戸の外からふわりとにおいが流れてくる。

「猛流くん、つくるのおっそいな。あたしもう四個目やで」

汐子と猛流は畳に胡座をかき、さっきからてるてる坊主を量産していた。

「僕あんまりつくったことがなくて」

「あたしかて人生で数回しかないわ。はい、おいちゃん」

「おうよ」

出来上がったものを二美男が受け取り、窓辺に吊るしていく。

「……あと一週間だな」

三国祭りはいよいよ来週だ。しかし、もし雨が降って祭りが中止になってしまったら、これまでの仕込みがすべて無駄になってしまうので、こうしててるてる坊主をたくさんつくって窓辺に吊るしているのだった。

ちりんとベルの音が聞こえた。網戸の向こうで、自転車を引いた菜々子が、手びさしをして立っている。

「あ、どうも菜々子さん。おい、菜々子さん来たぞ」

「うわ、けっこうな荷物やん」

「そうなのよ。宝珠がまず大きいし、それと、これ見て、電動のハンドミキサー買ってきちやった」

「えっ、そうなんですか。じゃあ俺、代金――」

「いえいえ、いいです、もともと欲しかったから」

菜々子に作戦のことを打ち明けたのは、つい昨日のことだった。

いや、打ち明けたというか、ばれてしまったのだ。

昨日は汐子と二人で台所に立ち、焼きメレンゲのニセ宝珠をつくろうと頑張っていたのだが、ためしにまず普通のメレンゲをつくろうとした時点で上手くいかなかった。卵白がまったく固まってくれないのだ。老原のばあさんに訊いても洋菓子のことはよくわからないと言うので、二美男と汐子は困り果てた。

――あたし菜々子さんに訊いてみよか？

たしかに菜々子なら、手作りのプリンやゼリーを持ってきてくれることがあるので、何かコツを知っているかもしれない。焼き菓子のつくりかたを訊くだけだから、べつに怪しまれることはないだろうと、二美男は汐子に携帯電話を渡したのだが、その読みが甘かった。汐子はしばらく電話口で菜々子と喋ったあと、「ああ砂糖入れないと固まらへんの」と、これまでの失敗の原因を早々に突き止めたが、その瞬間、菜々子は不自然さを感じたらしい。食い物をつくるわけではないので、二美男たちは砂糖を入れずにメレンゲをつくろうとしていたのだが、お菓子づくりに慣れた菜々子にとってはそれが不可解だったようで、電話口であれこれと質問してきた。もともとお菓子づくりなど何も知らなかった汐子はしどろもどろになりながら、「いや、味はべつに……」とか「バレーボールくらい……」とか答えているうちに、「ほんなら、ちょっと待って」と言って二美男に携帯電話を差し出した。二美男は汐子以上にしどろもどろで、やがて菜々子の声に苛立ちがまじってきたことで慌ててしまい、とうとう「じつは金玉をつくるんです」と告白してしまったのだ。もちろんすぐに正式名称で言い直したが。

告白した直後はまだ、たとえば憧れの宝珠を自宅に飾りたいのだとか、三国祭りが大好きな友達に宝珠のかたちのお菓子をつくってプレゼントしたいのだとか、そんな言い訳でなんとかなるかもしれないと思っていた。しかし前者では焼きメレンゲでつくる意味がわからないし、後者では味がどうでもいいというのはおかしい。どうすればいいのかわからず混乱しているあいだに菜々子が電話口で矢継ぎ早に質問してきて、最初は「はい」とか「いいえ」で誤魔化していたのだが、彼女が「いったい何を隠してるんですか？」と詰問口調になったので、とうとう隣で耳を寄せて聞いていた汐子が二美男の肩に手を載せ、話そ、と呟いたのだ。

そしていま、すべての事情を知った菜々子が、やる気満々でここにいる。

「菜々子さん、これが例のほら、剣道場の孫」

部屋に入ってきた菜々子に猛流を紹介した。

「噂の指揮官ですね。こんにちは」

「こんにちは」

二人は礼儀正しく頭を下げ合い、菜々子が右手を差し出すと、猛流はそれをそっと握った。

「いまさらですけど、おかしいと思ってましたよ、あんなにいいことばっかり起きて。特別ボーナスとか牛肉とかポイントカードのおまけはまだしも、ここ一ヶ月くらいのやつは、ちょっとわたし怖かったくらいですもん」

「うはは、やりすぎましたかね」

この一ヶ月ほどのあいだ、菜々子の身には数々の〝いいこと〟が起きていた。自宅近くの路地に五千円札が落ちていたのがはじまりだった。その数日後、能垣が菜々子に一枚のタオルを見せ、「風で飛んできてドアノブに引っかかっていたのだが、興味がないので私には必要ない」と言った。なんとそれは、ずっと前に彼女の自宅アパートのベランダから風で吹き飛ばされて悔しがっていた、大好きなサッカー選手のサイン入りタオルだった。さらに数日経つと、彼女の財布の中から洋服店「ファッションたかむら」のポイントカードが出てきて、見ればポイントが満タンまで貯まっていた。菜々子は「わたしすっかり忘れてたみたい」と喜び、そのポイントで服を買った。それから一週間後、彼女は汐子と二美男がこんな会話をしているのを聞いた。「あたしカブト虫ほしい」「高いから駄目だ」「ほしいわあ」「駄目だって言っているだろ」――その夜、なんと彼女は自宅アパートの外廊下をカブト虫が歩いているのを発見したのだ。

五千円札についてはもちろん二美男が菜々子の仕事帰りを待ち伏せて路地に置いたものだし、タオルについてはチーム公式のものを能垣と二美男がわざわざ千葉まで買いに行き、能垣がその場で見て記憶したサインをあとで書きつけた。「ファッションたかむら」のポイントカードは、二美男とRYUと壺ちゃんがそれぞれ所持していた各自のポイントを、店員にお願いして一枚にまとめてもらったら満タンになった。それを、菜々子が部屋に遊びに来ているときに、汐子がこっそり財布に入れておいたのだ。カブト虫は二美男が三国公園でひと晩かかって捕まえてきたやつを、菜々子の帰宅に合わせてアパートの外廊下に這わせておいた。念のため二匹捕まえておいたのだが、案の定、片方がどこかへ飛んでいってしまったようで、菜々子が見つけたのは一匹だった。菜々子はそれをすぐにパイナップルの空き缶に入れて二美男たちの部屋まで持ってきてくれ、汐子は跳び上がって大喜びしてみせたが、実際けっこう気に入ったらしく、虫かごに移して腐葉土を入れ、たまにキュウリやバナナをやりながらいまも飼っている。

そうした仕込みと同時に、二美男はRYUに頼み込み、モノマネショーをやるたびMCでそれらの出来事を言いふらしてもらった。菜々子がスーパーで買い物をしているとき、顔見知りのレジ係に「すごい大金拾ったんですって？」と訊かれたらしいので、どうやら噂には尾ひれがついてくれているようだ。いや、五千円は実際に大金だが。

「お金、これ返しときますね」

菜々子が財布から五千円札を取り出して二美男に差し出す。

「え、でもまだあのお金って菜々子さんのものになってないんすよね」

路地で拾った二美男の五千円札は、菜々子が交番に届け、剛ノ宮が何か書類を書き、六ヶ月経っても落とし主が現れなかったら彼女のものになると言われたらしい。

「いいですよ、あと五ヶ月ですし」

「じゃあ、遠慮なく」

「でもあれやな、考えてみれば、どうせこうやって菜々子さんと仲間になるんなら、わざわざ道にお金置いたりカブト虫捕まえてきたりせんと、最初から菜々子さんに、あることないこと言いふらしてもらえばよかったかもしれへんな。百万円拾ったとか、なんかほら、町で助けたおばあさんが菜々子さんを遺産の相続人にしてくれたとか」

なるほどたしかにそのとおりだと思ったが、菜々子を見ると、ちょっと嫌そうな顔をしていたので、二美男は汐子を睨みつけた。

「馬鹿、それじゃ嘘じゃねえか」

「どうせ嘘やん」

「まるっきりの嘘なんて、けっこう誰も信じねえもんだよ。今回の作戦みてえに、ほんとの中に嘘をまぜなきゃ駄目なんだ。だよな、猛流？」

「そのとおりだと思います」

「ところで菜々子さん、それ本物の宝珠が入ってるんすよね」

菜々子が床に置いたスポーツバッグは、妊婦のように真ん中がぽっこりふくらんでいる。

「そうです、見ますか？」

菜々子はバッグのファスナーを開け、一年前に手に入れた宝珠を取り出した。

「うほう！」

と感動の声を上げてみたものの、初めて間近で目にする宝珠は、ちょっと想像と違っていた。

「なんか……意外と普通のボールですね」

「そうなんですよ。色もけっこうむらがあるし」

「スプレーペンキ吹き付けただけだなこれ。素材は……なんだろ」

宝珠を右手に載せ、ぽんぽん弾ませてみせた。どうやら発泡スチロールの玉に、ちょっとした重りが入っているだけのようだ。毎年こんなもの欲しさに自分を含めた大勢の人間が群がるのかと思うと、なにやら馬鹿らしいような気がしないでもなかったが、今年はこの宝珠どころか、これの贋物に対して多くの人が殺到する予定なのだ。

「じゃ、凸貝さん、さっそくニセ宝珠を作成しましょう」

菜々子がハンドミキサーの箱を開け、まずは説明書を取り出した。それを丹念に読む彼女のまわりに、三人で集まる。菜々子が持参したスーパーのレジ袋には、卵二パックと砂糖一袋、クッキングシートなどが入っている。

「凸貝さん、先に卵を割って、白身だけ集めてもらっていいですか？」

「白身ですね、わかりました。汐子、猛流、お前たちも手伝え」

「オッケー」

「僕やったことないんですけど」

「教えてやるから、まず手を洗え。あ、いいかべつに洗わないで。食うわけじゃねえもんな。ちょっと待ってろ、いま容れ物持ってくるから」

居間からプラスチックのバケツを持ってきた。香苗さんが以前にこの中で栽培していたアロエを、外廊下の脇の花壇に植え替えたというので、ゆうべ借りてきて洗っておいたのだ。

「菜々子さん、卵を混ぜる容れ物、これでいいすよね？」

「なんか抵抗あるけど、いいと思います。オーブンは？」

「そこ、冷蔵庫の上に」

「えっ、これトースターですよね。上手く焼けるかな……」

「たとえば半分ずつつくって、あとでくっつければいいかと思って」

「ええ、サイズは問題ないんですけど、これだと温度調節が上手くできるかどうか」

話し合った末、ニセ宝珠はわたしの家でつくったほうがいいんじゃないでしょうかと菜々子が提案し、二美男は二秒ほどじっくり考えてから賛成した。

「そうしましょう。行きましょう」

「卵を割る前でよかったですね」

「じゃ、俺ちょっと、窓だけ閉めてきます」

二美男が居間のほうを見たとき、窓の端に何かがすっと引っ込んで消えた。——気がした。一瞬のことだったのでよくわからなかったが、どうも、部屋の中を覗かれていたらしい。

「誰だよ……」

網戸に近づいて外を見た。誰もいない。玄関でサンダルをつっかけて路地まで出てみたが、やはり誰もいなかった。

九

三国公園から大通りを挟んだ反対側に、公衆電話の生き残りが一台ある。

その公衆電話の受話器を、さっきからRYUが耳に押しあて、さらにそこへ後ろから二美男が耳を押しあてていた。RYUは短パンにジーンズ姿。夕方から三国公園でモノマネショーを行うが、まだ時間があるので、ステージ衣裳には着替えていない。二美男は事前に用意しておいた三国祭りの半被（はっぴ）を身につけ、背後には、やはり半被を着た壺ちゃん、能垣、菜々子、普段着の汐子と猛流が立っていた。能垣は集合時から嫌がっていた自分の半被姿がまだ気になるらしく、ときおり不機嫌そうに眉根を寄せて短パンの裾を下へ引っ張っている。

三国祭りの当日だった。

ざわめきが町全体を包んでいる。その向こうから、三国公園で鳴いている油蟬（あぶらぜみ）の声がやかましく響いている。

「まさまさ」

RYUが受話器に向かってそう言った瞬間、作戦が開始された。

「だあまめばがわださ」

完璧だ。二美男は指で輪をつくってRYUの顔の前に突き出した。RYUは硬い表情で二美男の手を押しのけ、受話器の向こう側に話しかける。電話の相手は三国祭りの運営委員会の一人、看板屋の山北だ。

「ちゃったまんだいがおけてね――」

ちょっと問題が起きて龍神のスタートを予定より少し遅らせなければならない。飛猿役の桃山（ももやま）さんには、特別に用意した場所で、それまで待機していてほしい。誰か桃山さんをそこへ連れていってくれないか。そのときは飛猿の衣裳を忘れずに。場所はこれこれここの路地を入ってここを曲がれば、そこに案内係が立っている。ではそういうわけで――。

「だあま、やらしか」

ＲＹＵは受話器を戻した。何かに耐えるように、しばらくそのままじっとうつむいていたが、やがて大きく息をつき、こちらを振り返ってニコッと笑う。

「完全に信じてました」

「さすが！」

二美男はＲＹＵの背中をばしんと叩き、ほかの五人は後ろで一斉に拍手をした。

いまから五分ほど前、運営委員長の壬生川がテントを離れ、玉守池のはたに組まれた特設ステージのほうへと向かった。二美男たちは、それを待って山北に電話をかけたのだ。壬生川をはじめ、運営委員会の面々の行動予定については完璧に把握できている。宵宮が行われた昨夜、二美男が運営委員会のテントへ行き、去年は酔っ払ってケンカして申し訳なかったですなどと言いながら、そのケンカのもとになった進行予定表を携帯電話で写真に撮ってきたのだ。

「あ、さっそく動きはじめたで」

汐子が大通りの向こうを指さす。運営委員会のテントでは、山北が携帯電話をまだ片手に持ったまま、ほかのみんなに何か言っている。しかし、行き交う車のせいでよく見えない。公園へとつづく三国通りは朝から車両通行止めだが、公園沿いの大通りは普段どおりなのだ。

腕時計を覗くと、午後三時二十一分。龍神はいま、ここから三国通りを五百メートルほど南下した場所にある「生涯学習センター」の駐輪場で、渦巻きをつくって待機しているはずだ。四時になると、その頭部が担ぎ手たちによって持ち上げられ、龍神は三国通りへ顔を向ける。そして頭部が徐々に前進していくのに合わせ、首、胴体、尾が大勢の担ぎ手たちによって持ち上げられ、渦巻きがだんだんと解かれていく。やがて真っ直ぐに身体を伸ばした龍神は、ゆっくりと三国通りを北上しはじめる。そして三国公園の入り口までたどり着くと、待機していた飛猿がその頭部に乗り上がり、身体の上をぴょんぴょん行ったり来たりしはじめる。体長二十メートルほどの龍神は、飛猿を乗せたまま石階段を上って公園内をめぐり、最後には中央にある広場へと行き着く。そこで飛猿が、龍の顎の下に隠された宝珠を盗み、宝珠投げが行われる。

「RYU、ご苦労さん。あとは壬生川さんのチェックよろしくな」

モノマネショーのリハーサルがあるので、これからRYUは玉守池のほうへ移動する。そこで壬生川の動きをチェックしてもらい、もし壬生川が運営委員会のテントのほうへ戻ってきそうな様子を見せたら、すぐ二美男に連絡するよう打ち合わせてあった。

「しー坊、変装道具」

「オッケー」

汐子が紙袋を広げ、二美男と菜々子と壺ちゃんと能垣に、それぞれカツラとダテ眼鏡をセットで手渡す。蓬髪の二美男と能垣と壺ちゃん、茶髪の菜々子。全員眼鏡。能垣はもともと眼鏡をかけていたが、いつもの黒縁から黄土色のものに取り替えてもらった。ダテ眼鏡なので度は入っていないが、龍神の頭を担ぐだけだから、よく見えなくても問題ないだろう。

「能垣さん、まったく別人に見えますね」

壺ちゃんの声が昂揚しているのは、作戦決行の興奮からかもしれないし、頭に毛があるのが嬉しいのかもしれない。

「あ、出ていくで」

看板屋の山北が、猫背の中年男性といっしょにテントを離れ、歩道を右へ進んでいく。あの中年男性が、飛猿役の桃山に違いない。アロハシャツに短パン。ボストンバッグを片手に提げているが、おそらくあそこに飛猿のコスチュームが入っているのだろう。

「俺たちも動くぞ」

二美男は肩にかけたニセ宝珠入りのスポーツバッグを背負い直した。しかし、背後の五人を振り返った瞬間、誰かの顔が建物の陰に隠れた——気がした。

「……またかよ」

「どないしたん？」

気がかりではあったが、もたもたしているわけにはいかない。

「どうもしねえ。よし、みんなよろしく！」

菜々子と能垣と壺ちゃん、汐子と猛流は、打ち合わせどおり三国通りを南下していった。龍神が待機している、生涯学習センターの駐輪場へと向かったのだ。二美男のほうは路地に駆け込み、さっきRYUが電話で「案内係が立っている」と伝えた場所へ急いだ。そこへたどり着くと、スポーツバッグの中に用意していたマスクを装着し、きをつけの姿勢で、山北と桃山が現れるのを待つ。半被姿にマスクは不自然だろうが、仕方がない。どうもお疲れ様でございます、ああどうもお疲れ様でございます——何度か発声練習をしているうちに、山北と桃山がきょろきょろしながらやってきた。

「ああどうもお疲れ様でございます。運営委員の山北さんと、飛猿役の桃山さんでございますね」

「はい。なんだかトラブルがあったとかで？　こっちで待機してるようにって壬生川さんが」

山北はまったく疑っていないようだ。いっぽうで、彼の後ろからこちらを覗き込むようにして立っている桃山は、いかにも疑わしいという顔をしている。二美男は早くも鳩尾のあたりがぐっと重たくなった。

こちらです、と道の奥へ二美男が先導すると、山北が後ろから訊いた。

「トラブルってのは、その——」

「じつは少々トラブルが発生いたしまして」

台詞を丸暗記してきたせいで、向こうから先に切り出されると会話がちぐはぐになってしまう。アドリブを交えて進めるより、あらかじめ台詞をすべて用意しておこうというのは汐子の発案で、理由は二美男が嘘をつくことがど下手だからとのことだった。

「龍神の頭部に破損が認められたのです。これから急遽、修理をしなければなりません。その修理を、これからお連れする場所で行うことになっておるのですが、お二人にはそこで待機していただき、修理が終わりしだい、テントのほうへ戻っていただくことになっています」

「破損って、どんな？」

「頭部はすでに運び終えております。いまのところ龍神の出発は一時間押しで、五時の予定ですので宜しくお願いします」

「いえあの破損ってのは」

「すぐに確認させていただきます」

最後の台詞は、何か質問されたときのために用意した言葉だった。

「こちらです」

「え、ここ?」

「中へどうぞ」

到着したのは、コーポ池之下よりもさらにぼろいアパートだった。壺ちゃんが用意してくれた場所だ。ここも父親が所有している建物なのだが、建て替えのため近々取り壊す予定で、すでにほとんどの住人が退去している。壺ちゃんが言うには、これから使う101号室には、じいさんが一人で住んでいたのだという。退去時の引っ越し作業中に、じいさんは玄関の鍵を失くしてしまい、そのことを貸主である壺倉商事に電話で伝えた。電話を受けた事務員が社長の壺倉にそれを伝えたところ、どうせ取り壊すのだからべつにいいだろうと適当に答え、けっきょくそのまま、施錠もされずに放置されているらしい。どうしてそんなことを壺ちゃんが知っていたのかと訊くと、何故か言葉を濁されたが、とにかく安心して使える場所だった。

101号室のドアを開けて中に入る。室内は事前に掃除をして、不自然ではない程度に奇麗にしてあった。山北と桃山もあとから入ってくる。クーラーなどはもちろんないが、陽当たりが極端に悪いおかげで、暑さはそれほどでもない。

「そちらの座布団にお座りになっていてください。いま冷たいものをお出ししますので」

奥の部屋に二人を通すと、キッチンに用意しておいたクーラーボックスから、冷えた缶ビールと缶酎ハイを取り出し、いかくんの袋といっしょに持っていった。

「龍神の頭部は、そちらに運んできてあります」

網戸の向こうにはちょっとした庭があり、草の中に龍神の頭部が置かれている。山北と桃山はどちらも庭に視線を向けた。桃山のほうがひどく疑わしげな目をしているのが、やはり気になった。

「いま修理に必要な材料を取りに行っているところです」

龍神の頭部には上からブルーシートがかけられ、横顔の一部が見えている。片目と、頬のあたりだけだ。いや、実際のところ、その部分しか存在しない。能垣に頼んで描いてもらった絵を、後ろから段ボール箱で支え、全体にブルーシートをかけてあるのだ。網戸をわざと掃除せずにおいたので、龍神の絵は上手いことぼやけ、本物っぽく見えた。——いや。

「……もう少し、ちゃんとシートかけとこうかな。雨なんか降ってくるとあれだし」

「雨——？」

山北が背をこごめ、網戸ごしに空を見る。

「ええ、念のために」

二美男は素早く網戸を開け閉めし、裸足（はだし）のまま外へ飛び出した。暑さで油絵の具が溶け、龍の横顔に不気味な縦縞(たてじま)が生じていたのだ。ブルーシートを引っ張り下ろし、二美男は龍神の顔を急いで隠した。せっかく描いてくれた能垣に申し訳ないが、いったんは役に立ったのだからいいだろう。

「先ほど申し上げたように、およそ一時間押しで龍神がスタートするので、それまでこちらでお待ちください。どうぞこれを飲んで、食べていただいて」

山北がひょこりと頭を下げて缶酎ハイを手に取った。

「じゃまあ、一本だけ」

隣で桃山は相変わらず疑わしげな顔をしていたが、その顔のまま、何のためらいもなく缶ビールに手を伸ばし、ぷしゅっとプルタブを開けて咽喉に流し込んだ。疑わしげな目つきをしていると思っていたが、どうやらもともとそういう顔をしているだけだったらしい。いかくんの袋を開け、五、六枚いっしょに取り出して口に入れると、予想よりも甲高い声で話しかけてくる。

「そちらさんは、運営委員会とか壬生川さんとは、どういうあれなんです?」

「すぐに確認させていただきます。……あ、電話が」

スポーツバッグのポケットで携帯電話が鳴った。ディスプレイに「壬生川さん」と表示されているのを、二人にそれとなく見せてから、二美男は通話ボタンを押した。

「はいもしもし、お疲れ様です。はい、ええ。いま、ええ。え? あ、じゃあちょっと代わります。山北さん、壬生川さんからです」

「もしもし……はい、お疲れ様です」

電話はRYUからだった。公衆電話の前で解散してから十分後に、この電話をかけるよう打ち合わせてあったのだ。山北は何の疑いも持っていない様子でRYUとやりとりし、しばらく話したあと「では待機してます」と言って電話を切り、二美男に返した。二美男はそれを受け取ると、桃山が持ってきたショルダーバッグを手で示した。

「そちらの飛猿のお衣裳は、私のほうで運営委員会のテントまで運んでおきます。ここからテントまで、猿の恰好で移動するわけにもいきませんでしょうから」

「ええ、お願いします」

「では、と」

バッグに手をかけると、急に心臓の鼓動が速まった。

「後ほど私が呼びに来ますので。それまでここを動かないでいただくよう、お願いします。飲み物は、まだそちらに用意してありますから、どうぞご自由に。キンキンに冷えてます」

桃山のショルダーバッグと自分のスポーツバッグを抱え、二美男は玄関のドアを出た。その瞬間、周囲の景色に驚いた。さっきからものの数分しか経っていないのに、異様に暗い。慌てて空を見上げると、入道雲を乗り越えるようにして、嫌な灰色をした雲が、こちらに向かって身体を伸ばしている。

「龍神さんが怒っちまってんのかね……」

三国通りへと移動し、浴衣やTシャツや半被姿の男女のあいだを縫って、ぐんぐん南下していく。広島焼き、タコ焼き、イカ焼き、あんず飴、綿あめ、チョコバナナ。周囲の賑わいにまじつて、リズミカルな声が聞こえてくる。龍神を運ぶかけ声だ。道を埋める人々は、首を伸ばし、あるいは振り返り、そちらを気にしている。かけ声はどんどん大きくなる。やがて人の波の向こうに、ちらりと龍神の顔が覗いた。さらに進んでいくと、それを担ぐ半被姿の人々が見えた。

「おいおいおい」

二美男は思わず立ち止まった。

こちらに向かって進んでくる龍神の頭部を中心に、三国通りが人間で埋め尽くされている。

「すげえぞこれ……」

それは、宝珠を手に入れようと、龍神に従う人々だった。玉女の菜々子に〝いいこと〟が起きたという話が、予想以上に広まってくれたのだろう。とにかく人数が尋常ではない。広い道路の幅いっぱい、コンクリートがスローモーションで流れてくるように、大量の人間がこちらへ迫ってくる。その先頭付近に汐子と猛流の姿を見つけたので、二美男は急いで駆け寄った。

「異常ねえか?」

二人は同時に指で輪っかをつくってみせる。汐子と猛流は背丈が足りず龍神を担げないので、この位置で周囲に目を配り、何か不測の事態が起きたとき二美男に連絡する係をまかせてあった。

「えっらい人数やで」

「頭の担ぎ手にも、みんな上手く潜り込めました」

猛流はそう言ったが、龍神の頭部を担いでいる十人ほどの人々の中に、壺ちゃんや能垣、菜々子の姿はない。いや、変装していることを忘れていた。三人とも、しっかりと頭部を担ぎ、みんなといっしょにせい、せい、と声を上げている。たった三人の力で龍神を玉守池まで連れていくのは無理なのではないかという声もあったが、基本的に龍神は胴体を担ぐ人々の力で前進していて、頭が身体を引っ張っているわけではない。つまり頭の役割は舵取りだけで、頭が振られた方向に身体が勝手についてきてくれるので、進行方向のコントロールは比較的容易に違いないということで意見がまとまっていた。

「なんかあったらすぐ連絡くれ」

二美男は踵を返して人々のあいだを抜け、スーパー「いさみや」に飛び込んだ。店の一階は混み合い、三つあるレジすべてに行列ができている。露店で売られているビールやつまみは高いので、こうしてスーパーに買いに来る人が多いのだ。二美男は階段を駆け上がって二階の雑貨売り場へ向かい、事前に場所をチェックしておいたトイレに飛び込んだ。個室に入って中から鍵をかけ、汗だくになった半被を脱ぐと、店の冷房がすーっと肌を冷やした。桃山のショルダーバッグを開け、中から飛猿の衣裳を引っ張り出して身につける。黒い股引(ももひき)と腹掛け、そして、昔の猟師が身につけていたような、茶色い毛の生えたベスト。さらにその上から、さっきまで着ていた半被を重ねて着ると、バッグの中には飛猿の面だけが残った。これは張り子だろうか。さわってみると、やはり紙を貼り重ねて固めたような感触だ。表面に描かれた顔は、狂言面(きょうげんめん)を思わせ、いかにも重要なものといった印象だった。緊張がさらに高まり、にわかに尿意を催したが、時間がないので諦めた。

スーパーを飛び出すと、じわじわと北上していく龍神の頭部がすぐそこまで迫っていた。危なかった。もし追い越されたら、人の波にのまれ、追い越し返すのが難しくなってしまう。

ふたたび走り出し、運営委員会のテントを目指す。空はどんどん暗さを増している。大通りの向こう側にテントが見えた。歩行者用信号が点滅し、交通整理をしている警察官の笛が響き、人々が横断歩道のあちらとこちらに分かれていく。二美男は全速力で道を渡りきった。

人々にまぎれてテントを覗く。運営委員会の面々に、変わった様子は見られない。二美男は半被を脱いでバッグに突っ込み、飛猿の面を取り出して装着した。

「ああ桃山さん」

テントに入っていくと、去年の宵宮で取っ組み合いのケンカをした厨房機器屋の安藤ちゃんが笑いかけてきた。二美男は桃山の猫背を思い出し、ぐっと背中を曲げた。桃山の身長が自分より低かったことも思い出して、さらに曲げた。

「お一人ですか？　山北さんは？」

無言で首をひねり、テントの隅に移動してしゃがみ込む。右手でとんとんと左胸を叩き、大きく深呼吸をする。大役を前に緊張している桃山さん、という演技なのだが、実際に二美男の心臓は暴れていた。それを見て安藤ちゃんが笑う。

「大丈夫ですよ。一時間押しだから、まだ龍神は来ません。こっちで冷たいお茶かなんか飲んで——あれ」

安藤ちゃんは三国通りのほうへ顔を向けた。

人混みの先に、龍神の頭が見えている。

「何で来てんだ？」

腕時計を確認しつつ、安藤ちゃんはほかの運営委員の顔を振り返り、みんなそれぞれ時計を見て首をひねる。それほど慌てた様子の者がいないのは、これがもともとの予定通りだからだろう。

「修理しなかったのかな。誰か壬生川さんに確認……あいいや、俺がかけよ」

携帯電話を取り出そうとしたので、二美男は猿のように跳びすがった。驚く安藤ちゃんの顔の前で、急いでバッグから携帯電話を出し、「壬生川さん」のメモリーを呼び出してディスプレイを見せる。

「あ、かけてくれるんすか。すいません」

発信ボタンを押し、猿の面をつけたまま電話機を耳に押しつける。コール音がつづく。RYUはショーのリハーサル中だろうか。しかし、出ないなら出ないで、べつに構わない。少なくとも二美男がこうしてコールしているかぎり、ほかの誰かが壬生川に電話しようとすることは防げるだろう。――コール音が途切れた。

『まさまさ』

「俺だ。いま安藤ちゃんに代わるから、これから言うことを喋ってくれ。龍神の修理が意外とすぐに終わったから、やっぱり予定通りの進行でいくことになった」

『わかりました』

二美男は安藤ちゃんに電話機を渡した。安藤ちゃんはええ、はい、と相槌を打ち、オッケーでーすと言って電話を切った。その電話を受け取ってスポーツバッグに押し込んだときにはもう、龍神は大通りの向かい側まで近づいていた。警察官が笛を鳴らしながら左右の車輛を止める。二美男はニセ宝珠が入ったスポーツバッグを身体の前に抱きかかえつつ、鼻と口で面を動かして目の位置をしっかり合わせた。

「じゃ、桃山さん、よろしくお願いしますね」

安藤ちゃんがぱしんと肩を叩いてくる。

「打ち合わせでさんざん言われてると思いますけど、龍神が道を渡り終えて、頭がこっち側の歩道に行き着いたあたりでバッと飛び出してください。龍神の頭に乗り上がるとき、もし上手くいかなくても、担ぎ手の人たちが手伝ってくれますから心配いりません。あとは落ちないようにだけ気をつけてもらって――わっ」

言葉の途中で二美男は飛び出した。龍神の上に乗っかってしまえばもうバレないという思いがあった。車輌の進行が止められた大通りを、龍神が大勢の人々とともに渡ってくる。二美男は全速力でそこへ向かって走る。龍神の前を行く汐子と猛流のあいだを抜け、頭部を担ぐ菜々子や壺ちゃんや能垣の顔を視界の中心におさめながら、両足をぐんぐん動かす。菜々子が両腕をこちらに差し出した。二美男はその腕に素早くバッグをトスすると同時に地面を蹴り、一気に頭部へ乗り上がった。バッグを渡したのは、飛猿が荷物を持っているわけにはいかないからだ。歓声とどよめきが入りまじって空気をひずませる。龍神の頭は予想をはるかに超えた乱暴さで上下に暴れ、落ちないようにしがみつくだけで精一杯だったが、やがて二美男は膝の使い方を覚え、上体を起こすことに成功した。無数の目が、ヒーローを見るように自分へ向けられている。ためしに片手の拳を上げてみると、さらに大きな歓声とどよめきが起こり、数えきれないほどの拳が同じように突き上げられた。まずい、と二美男は思った。

「気持ちいい……！」

これは何というか、あまりにも――。

龍神の背中に足を踏み出す。太い角材が背骨状に連なり、それが上下するのに合わせ、鱗を模したスゲがわさわさと左右で波打つ。両膝で揺れを殺しつつ、人々の視線を一身に浴びながら、二美男は龍の背を駆けた。足場が下がるタイミングに合わせて、軽くジャンプしてみる。足場の落差の分だけ両足は高く宙に浮き、着地すると、さっきまでよりもトーンの高い歓声が前後左右から押し寄せ、タワシでこすられたような興奮が全身を駆け上がった。今度は足場が持ち上がる瞬間に跳んでみた。身体がぐんと上へ飛ばされ、下半身が消えたかと思うような感覚だった。危ういバランスで着地した瞬間、首の後ろにぽつんと冷たいものが落ちた。雨粒だった。

二美男は我に返って背後を見た。空はいつのまにか真っ暗だ。これは降る。確実に降る。龍神の頭部が石段を上りはじめ、首と胴体がそれにつづいた。足場が斜めに傾いだので、二美男は身体を横に向けて両手を持ち上げ、バランスをとった。石段も端から端まで群衆で埋め尽くされている。

その群衆の中に、見知った顔があった。

「何やってんだおい……」

ランニングシャツ姿の、老原のじいさんだ。その顔は遠くからでもわかるほど興奮に満ち、二美男に向けられた両目がまん丸に見ひらかれている。じいさんは何か大きな声を上げながら右手でガッツポーズをつくった。声はよく聞こえなかったが、口はどうやら「二美男ちゃん」と動いたようだ。

「アホじじい――」

協力するぜといった様子で、老原のじいさんは人のあいだに無理やり割って入ると、少しずつ、少しずつ龍神の頭に近づいてくる。飛猿の面を被っているのが二美男であると知っているということは、この計画自体を知っているということだ。しかし二美男はもちろん、誰も老原のじいさんには喋っていない。去年の「お釣りネコババ事件」のことがあるので、老原夫妻を巻き込むのはやめようと決めていたのだ。いったい誰が――と、そこまで考えて気がついた。アパートの窓から覗いていた顔。さっき路地の奥に隠れた顔。なるほど、あれはどちらも老原のじいさんだったらしい。二美男たちがこの祭りに乗じて何かを企んでいるのを嗅ぎつけ、こっそり探っていたに違いない。

「つくしょう、下手打った」

こんなことになるのなら最初から話しておけばよかった。老原のじいさんが今回の作戦の内容を中途半端に――あるいはちょっとだけ知っているのは明らかだった。何故なら、もしきちんと把握していれば、この状況で二美男の名前を大声で呼んだりするはずがないからだ。二美男は知らんぷりして顔をそらし、しかし横目でじいさんのほうを見ずにはいられなかった。待て、知っている顔がもう一つある。じいさんの後ろに香苗さんがつづいている。

「ダブルかよ……」

そのとき、だしぬけに雨が降り出した。強い雨が、周囲の景色をみるみる縦の線で細切りにしていく。龍神がここから玉守池にたどり着くまでは、まだしばらくかかる。最短距離で向かうとなると木々のあいだを抜けて行くことになるのだが、そのルートを龍神の巨体が無事に進めるとは思えないので、迂回（うかい）して安全な道をたどらせる計画なのだ。時間がかかる分だけ、あのぼろアパートで足止めさせている山北や桃山が外部と連絡を取る可能性が高くなってしまうが、龍神が木々の中で立ち往生するよりはましだろうということで相談がまとまっていた。しかし、雨はまずい。もし菜々子が持っているスポーツバッグの中に染み込んでしまったら、焼きメレンゲのニセ宝珠が溶けてしまう。玉守池に放り込む前に消えてしまっては元も子もない。

　龍神の頭が石段を上りきって消えた。ジェットコースターがフォールにさしかかろうとするときのように、胴体も、首もとから順々に消えていく。やがて自分が立っている部分が石段の上へ出た。視界がひらけたその瞬間、二美男はぎょっとした。龍神の頭が、左手の、立ち並ぶ木々の中に入り込もうとしている。いや、すでに頭を突っ込んでいる。先頭のあたりに集まっていた群衆は、戸惑いつつも、木をよけながら龍神に離れずついていく。

　菜々子や能垣や壺ちゃんが、最短ルートを選んだのだ。

　焼きメレンゲが雨にやられる前に、玉守池にたどり着こうとしているのだろう。

　どこ行くんだ、というような声が足下の担ぎ手たちから上がるのが聞こえた。しかし身体は頭についていくしかない。龍神は左右に首を振りながら、スゲの鱗を揺らして進んでいく。

雨はますます強まっている。せい、せい、というかけ声を雨音が包み込み、さらに、木々の葉を打つ雨滴(あましだり)の荒々しい音が頭上で響く。龍神は立ち並ぶ木をぎりぎりでよけ、いや、ときには頭や身体を幹にこすりつけ、あるいは打ちつけて、ぐんぐん前進していく。必死に胴体を支える担ぎ手たちは、ヒステリックにかけ声を高めている。龍神と群衆は決壊した川のように木々の中を突き進む。二美男は龍神の首もとへと走った。いや足が滑った。雨に濡れた木材が足袋(たび)を空回りさせてしまう。危ういところで胴体にしがみつき、その体勢のまま足袋を脱ぎ捨てた。すると何を思ったのか、その足袋に人々が群がって奪い合った。ぞっとする思いでその様子を見下ろしていると、龍神の身体ががくんと大きく揺れた。二美男は屁(へ)っ放(ぴ)り腰で木材を抱え込んだ。あまりの揺れの大きさに、もう立ち上がることはできず、枝の上で跳ねるカエルのように、二美男はぴょんぴょん前進し、周囲で笑いが起きた。やがて龍神の頭部へとたどり着くと、ふたたび立ち上がろうとしたが、頭部の揺れは胴体よりもさらに激しく、全身が上下左右に大きく振られた。目に映る景色がぐわんぐわんと揺れ、その中に一瞬、二美男はとんでもないものを見た気がした。まさかと思って見直してみると、そのまさかだった。

「やべ……」

群衆の中を、何か声を上げながら必死で龍神のほうへ——もっと言えば二美男のほうへ近づこうとしているのは、山北と桃山だった。ばれた。二美男は龍神の鼻っ面にしがみつき、上半身を下へ突き出した。頭部を担ぐ菜々子の顔が、二美男の顔からほんの数センチのところにあった。

「玉！」

菜々子は龍神の頭部から手を離し、肩にかけていたスポーツバッグを素早く開けた。中にニセ宝珠が覗く。どうやら雨はまだそれほどバッグに染み込んでいないようで、宝珠は無事だ。本物の宝珠は、龍神の顎の下に木材で設けられた四角いスペースに嵌(は)まっていて、それを飛猿が摑み出し、宝珠投げが行われることになっている。しかし今回は、そこから取り出すふりをして、実際にはバッグからニセモノを取り出すのだ。二美男は龍神の鼻っ面を両足で抱え込みながら、菜々子が掲げたバッグに手を伸ばそうとした。

が、できなかった。

周囲の人々や、頭部の担ぎ手たちが、みんな二美男の動きに注目している。当たり前のことだ。べつに飛猿の正体を疑ったり、小細工を見破ろうとしているわけではなくても、いまとうとう宝珠が摑み出されるという段になれば、当然それに注目する。二美男は両手を中途半端な位置に浮かせたまま素早く周囲を窺(うかが)った。人々の視線は集まるばかりだ。これではバッグの中からニセ宝珠を取り出すことができない。

どこからか陽気なメロディが聞こえた。

さっと音のするほうを見ると、龍神の前方、ふくれあがった群衆の中に、異様に背の高い人物がいる。その人物は老原のじいさんと同じ顔をして、バイオリンを弾いていた。いや、股ぐらにもう一つ顔が見える。あれは香苗さんだ。疑問の声や笑い声が上がり、それはしだいに数を増して広がり、ほんの一瞬、周囲の人々の目が二人に向けられた。二美男は両手を伸ばしてスポーツバッグの中からニセ宝珠を摑み出し、高々と掲げた。その瞬間、わっと人々の声が響き渡った。香苗さんが老原のじいさんを地面に下ろし、小柄なじいさんは人々の中に消える。アドリブなのか何なのか、とにかく老原夫妻のファインプレイだった。じいさんが弾いていたのは、いつか見せてくれた、あのぴかぴかに手入れしているバイオリンだったのだろう。そして、きっと雨に濡れてひどく傷(いた)んでしまったことだろう。

木々の先に玉守池が見えた。真正面ではない。どうやら進んできた方向が僅かにずれていたらしく、暗い水面は右手前方に広がっている。いっぽう正面にあるのは何かというと、売店だった。龍神の頭が慌てた動きで右へぶれ、二美男はニセ宝珠を腹に抱え込みながら頭部にしがみついた。龍神は上手いこと急カーブを切ったが、周囲に群がる人々はそれについてこられず、売店のほうへふくらんだ。売店の前には防水布の庇(ひさし)が張り出され、その下にアイスボックスや、飲み物の冷蔵庫や、ひと休みするためのテーブルや椅子や、パンダのお面が置かれた売台や、傘立てなどがごたごたと並んでいた。わあああああああと声を上げながら人々の波がそれをのみ込む瞬間を、二美男は見なかった。自分のすぐそばで、もっと大きな叫び声がいっせいに上がったからだ。予定では、龍神は池を囲む植え込みの手前で止まり、そこから二美男がニセ宝珠を投げる段取りになっていた。しかし龍神に止まる気配はない。止まれないのだ。胴体が後ろから押しているかぎり、頭部の力だけではとても止まれないという、簡単な理屈だった。頭部の担ぎ手たちは絶叫を放ちながら植え込みに踏み入り、踏み越え、池の中へとつぎつぎ押し出されていく。激しい雨の中、龍神の全身はがくがくと発作のように痙攣(けいれん)しながら、玉守池の水を跳ね散らして突進していく。人々の声はまじり合い、絡まり合い、二美男は自分も叫びながら背後を見た。とんでもない数の人間が、混乱しつつも二美男の動きに注目している。宝珠が投げられる瞬間を待っている。特設ステージのほうから傘を放り出して走ってくるのは壬生川だ。

「ちくしょう!」

池の奥へと入り込んでいく龍神の上で、二美男はニセ宝珠を右手に持ち替えた。雨のせいで、焼きメレンゲのあちこちが溶け、手が金色に染まっていく。その右手を大きく振りかぶり、左足をぐんと前に伸ばし、全身をしならせて力のかぎり腕を振る。濡れて脆(もろ)くなった宝珠の表面に、五本の指がめり込む。宝珠は真っ直ぐに飛び、飛び、飛び、やがて物理の法則に従って弧を描き、黒く波打つ水面に音もなく着水すると、ほんの一瞬だけそこへとどまったあと、すぐに沈んだ。何か巨大なものが、うねりながら自分を追いかけてくるように、無数の荒々しい声が二美男の背中に襲いかかった。振り返ると、龍神を追いかけてきた人々はみんな、池のはたで足を止めている。表情は見えない。その人々の中から、二つの人影が飛び出して池へと飛び込む。汐子と猛流だった。池に入ることに二の足を踏む人々への、呼び水になるよう、二人が真っ先に飛び込む手はずになっていたのだ。そしてその目論見は成功した。一人、また一人、龍神を追いかけてきた人々が池に入り込んでくる。十人、二十人、いや――。

「まじか……」

とんでもない数の人間が、いまや我先に池の中へと入り込み、両手を振り回して水を後ろへ押しやりながら、左右から龍神を追い抜いていく。一人一人が呼び水となり、みるみる数を増して池を埋めていく。両目を見ひらきながら、あるいはげらげら笑いながら、際限なく流れ込んでくる。もちろん植え込みの手前で立ち往生している者たちも大勢いる。しかし彼らを掻き分けるようにして、つぎつぎ人がなだれ込んでくるのだった。雨はもはや豪雨となり、無数の水滴が強烈に池を打ちながら、景色を不鮮明にしていた。龍神はいつのまにか前進をやめ、胴体を奇妙にくねらせた恰好で、力尽きたように静止している。人々の群れは、餌に群がる空腹の鯉のように水面を波打たせ、ニセ宝珠が落下したあたりを目指してぐんぐん突き進む。しかし雨のせいで、確かな場所がわからなかったのだろう、やがて人々はてんでの方向に動き回りはじめた。二美男はまじり気のない恐怖を感じた。取り憑かれたように宝珠を求める人々の姿も恐ろしいが、何より、自分がそれを引き起こしてしまったことが怖かった。こんな光景を自分は想像していただろうか。もちろん、こうなることを目論んで、自分たちは作戦を進めてきた。しかし、本気でこれを思い描いていただろうか。両足が震えた。膝が萎えて力が入らなかった。まずい、まずい、まずい、という声だけが胸の中で響きつづけ——。

「早く！」

声とともに右の足首が掴まれた。菜々子だ。二美男は自分がやるべきことを思い出し、すぐさま横に転がるようにして水面に落ち込んだ。水中で息を止め、菜々子の足にしがみついて身体が浮かないようにしつつ、猿の面と衣裳を脱ぎ捨てる。水中を泳いで移動し、離れた場所でざぶりと顔を出す。宝珠を探して水底をさらう人々は、いつのまにか最初の場所からかなり周囲へと広がっている。宝珠がどこにも見つからないので、大勢で探しているうちに、そもそもどこに落ちたのかわからなくなっているのだ。これもまさに狙いどおりなのだが、やはりその光景を目にして二美男が感じたのは恐怖だった。逃げ出したいという気持ちが全身を支配し、気づけば二美男は両手で水を掻いて身体を反転させていた。

が、つぎの瞬間、動けなくなった。

池に胸まで浸かった状態で、二美男は立ちすくんだ。真っ正面。無数の雨滴の向こう。池のはたに立ち並ぶ群衆の中。その人物の姿は、まるで風景写真にあとから貼りつけたように、鮮明に浮かんでいた。黒い傘をさした和装の人物。一年前の深夜、この池のそばで昏倒していた二美男を、哀しげな目で覗き込んだ老人。

「何で……」

龍神が池に身体を突っ込んだ場所の、すぐ右側に、嶺岡道陣は立っていた。自分たちは何をしていた――猛流に頼まれてこの作戦を実行し、嶺岡道陣の遺体を見つけようとしていたのではなかったか。

そのときすぐそばで声が響いた。呻(うな)るような声を洩らしたのは中年の男だった。両手で何か丸いものを掴み上げている。その男が水の中から宝珠を見つけ出したのだと、二美男は錯覚した。

しかし、ありえない。自分が投げた焼きメレンゲは、いま頃すっかり溶けきって姿を消しているはずだ。知らず二美男は呼吸を止めていた。男が両手で掴み上げているのは、灰色がかった丸い物体だ。男の両手はまるで、それを放そうとしつつも、抵抗しきれない力で相手に引っ張られているように、細かくぶれていた。丸くて灰色がかったものには二つの穴があり、さらにその穴と逆三角形をなすように、もう一つの穴が開いている。視界の端で、嶺岡道陣が和服をひるがえして人々の向こうへ消える。そして一瞬後――本当に一瞬と呼んでもいいほどの速さでふたたび姿を現すと、植え込みを飛び越えて池へ向かって走り込み、龍神の背に跳び乗った。左手には閉じた傘が握られ、顔はパンダだった。和装のパンダは、前方に突き出した首で空気を突き破るようにして、龍神の背を駆けてくる。ぐんぐん近づいてくる。もうすぐそこにいる。つぎの瞬間、その右足が二美男のほうへ飛んできて側頭部を捉えた。パンダは二美男の頭を踏み台にして、手にした傘の先端を矢のような速さで突き出し、先ほどの男が捧げ持った頭蓋骨の眼窩を刺し貫いた。傘が上へ振り上げられ、頭蓋骨は回転しながら宙を飛び、パンダはそれを素早く摑んで胸にたくし込むと、身体を急旋回させて龍神の背を走り去っていく——何が起きた——何が起きている。

「逃げるぞ……」

自分自身の声が、二美男を混乱から引き戻した。

「逃げるぞ！」

声をかぎりに叫びながら、両腕を我武者羅に水面に打ちつけて水を後ろへ押しやる。

「しー坊！　猛流！」

岸へ向かって自分の身体を押し出そうとするが、生乾きのコンクリートに埋まったように、前へ進んでくれない。進んだかと思えば泥が両足を捕まえてくる。夢中で水を掻きながら背後を見ると、龍神が暗い水の中にずぶずぶと身体を沈めていくところだった。

第四章

一

「……そんで？」

二美男が訊くと、剛ノ宮は椅子を回してこちらへ身体を向ける。

「そんでって？」

「いや、だから、それでどうなった……のかなと思って」

剛ノ宮はいかにも面倒くさそうに、二美男が来たときに読んでいた冊子を閉じてデスクの上に放り投げた。ちょっと迷うような間を置いてから、それをデスクの下のゴミ箱に突っ込み、さらにそのゴミ箱を靴先で奥へ蹴り込む。

「知らねえよ、俺べつに刑事じゃねえもん」

三国祭りの翌朝だった。時間も場所も立ち位置も、一年前とそっくり同じで、さらには剛ノ宮が読んでいた冊子まで号違いの同じものだったが、大きく違っている点があった。去年は話を聞かせにここへ来たけれど、今年は話を聞き出しに来ている。

いまのところ聞き出せた内容は、こうだ。

昨日、あれから玉守池での騒ぎはつづき、やがて運営本部の連絡で警察がやってきて、池の中にいた人々に岸へ上がるよう拡声器で呼びかけた。人々は大人しく従ったが、そうしているうちに豪雨による三国祭りの中止がアナウンスされ、けっきょく誰も宝珠を見つけられないまま祭りは終わった。ＲＹＵも出るはずだったステージでの演目もすべて中止となり、路上のテキ屋も大慌てで店を畳み、三国通りは大混乱となった。池に沈んだ龍神に関しては、素人が動かすのは危険だという判断から、そのまま放置され、区が依頼した業者が今朝早くから引き上げ作業を行っているらしい。そして二美男たちが実行した作戦についてはというと――。

「じゃあつまり」

たったいま剛ノ宮から聞いた話を、二美男は繰り返した。

「誰かが運営委員会の山北さんと、そいから飛猿役の桃山さんを騙して、ぼろアパートに連れていって、酒だのつまみだの出して足止めして、そのあいだに自分が飛猿になったと」

「まあ、連れてったのと飛猿になったのが同じやつかどうかはわからないけどな」

「あそっか。で、偽者の飛猿を乗せた龍神は、公園の中に入ったあと、何でか知らねえけど道なき道を進んでって、無理やり玉守池に向かって顔面から水に突っ込んだと思ったら、飛猿が水の中に金玉を投げて……？」

試みに、二美男は言葉を切ってみた。さっきはここまでしか説明を聞かなかったのだが、ひょっとしたらまだ少しくらいつづきがあるかもしれないと思ったのだ。

「だから、それだけだよ」

剛ノ宮はこめかみを揉んで目をしょぼつかせる。昨日は三国公園の警備に駆り出され、夕刻に例の大混乱が起き、それがおさまったあとは交番に詰めているので、ほとんど寝ていないのだという。

「それだけか、なるほど。そういや話は変わるけど、去年のあれはまいったな。ほらちょうど一年前、嶺岡道陣さんが殺されたとかなんとか俺が勘違いして、剛ちゃんに剣道場まで付き合ってもらってさ」

「ああ？……ああ、そんなことあったっけ」

剛ノ宮はとくに言葉をつづけない。

「そんで話は戻るけど、龍神とか飛猿とか、いったい誰が何のためにやったんだろうなあ……」

二美男はふたたび黙ってみたが、返ってきたのはあくびだけだった。

よくもばれなかったものだ。

昨日の夜、壺ちゃんが適当な理由をつけて実家へ行ったところ、警察が来ていたらしい。会社が所有しているアパートの空き部屋がよからぬことに使われた可能性があるのだが、鍵はどうなっているのかというようなことを、父親に訊いていたのだという。入居していた老人が引っ越しの際に鍵を失くして云々と父親が説明すると、警察はそれ以上は追及せず、帰っていったとか。

「でも剛ちゃんよ、宝珠は見つかんなかったけど、何かほら、あれだけでかい池だから、変なもんが出てきたりしなかったのかね？」

さっきからずっと訊きたかったことを、思い切って訊いた。

「変なもん？」

「うん」

「べつに何もねえよ」

「そっか」

あの一瞬の頭蓋骨はいったい何だったのか。そして、あれからどうなったのか。

「まあ、岸の近くに自転車が沈んでたのをついでに引き上げたり、ワニガメが見つかったりはしたけどな」

「うん？」

「ワニガメ。鰐みたいな亀。あのほら、人間の指とか、骨ごといっちゃうやつ」

今朝、業者が龍神の引き上げ作業をしに行ったところ、龍の背中にぽつんと乗っているのを見つけたのだという。

「誰かが逃がして、池に棲み着いてたんだろうなあ」

二美男はぞっとした。汐子や猛流も含め、自分は大勢の人々をそんな危険な場所に飛び込ませてしまったのか。

「そのカメ……どうなったんだ？」

「あれって法律で指定された特定動物でさ、処分したくてもできないらしいんだよ。だから拾得物扱いになって、うちの署で預かってる。普通の落とし物と同じで六ヶ月間は預からなきゃならねえんだけど、なにせ世話が難しいから、いまちゃんとした預け先を探してるとこなんだと。ちらっと見てきたら、のんびりソーセージ食ってやがったよ」

「そんで？　カメと自転車が見つかって、あとは？」

「あとはまあ頭蓋骨が沈んでたって話くらいだな」

「ああ頭蓋骨な……」

と言ったあとで心臓が止まりそうになった。

しかし剛ノ宮は無頓着だった。

「頭蓋骨だぜ……まいっちゃうよ」

「頭蓋骨かあ……まいっちゃうな」

二美男は剛ノ宮の言葉を待った。

「去年のあんたと同じだよ。酔っ払って見間違えたらしいんだ。あのおっさん——頭蓋骨を見たって言ってたの、おっさんなんだけど、その人がさ、俺といっしょに応援に行ったオガタって警官つかまえて、水ん中から頭が出てきたとか、人間の髑髏だったとか、それがいきなりぱっと消えたとか言ってたんだけど、喋るな馬鹿って言いたくなるくらい酒くせえし、呂律はぜんぜん回ってねえし、まあ何かの間違いだろうなと思ったよ最初から。そのおっさんもけっきょく、ものの一分くらいで納得してたしな。ああやっぱし見間違えかぁなんて言って……あ……ぉ……」

剛ノ宮はまたあくびをした。

「……うぅ、いい迷惑だよほんと」

「酔っぱらいってのは駄目だな、見てもいないもんを見たとか言い出すからな」

剛ノ宮は何か言おうとしたようだが、けっきょくただ面倒くさそうに帽子の中に指を突っ込んで頭を掻いた。

「じゃ、俺このへんで」

あまり長居してボロが出てはまずいし、これから大事な用がある。二美男は退散しようとしたが、後ろから剛ノ宮に呼び止められた。

「そういやさ」

振り返ると、珍しくためらいがちな目で二美男を見ている。

「凸貝ちゃん、あんた、まなざしの会って聞いたことないか？」

「うん？」

あるような、ないような――。

「いや、ある」

あれは六年前、りくが死んだあと、二美男が酒浸りの生活を送っていた時期のことだ。

――まなざしの会と申します。

唐突に自宅を訪ねてきた、背の低い中年の女が、二美男への悔やみを述べ、確かにその団体を名乗った。

――会のほうに、助けて差し上げたい方がいらっしゃるとの報告があり、こうしてお訪ねいたしました。

「え、何で？」

剛ノ宮はすぐには答えず、二美男の目をしばらく見つめていた。

「いや、ちょっと心配だったっていうか……あれ、要は宗教団体なんだけど、会員は全員、死んだ誰かの遺族か、友達とか恋人とかでな。つまりまあ、大事な誰かを亡くした人んとこ行っちゃあ、会員にしてるわけよ。そんで会員になったら、ほかの宗教団体のご多分に洩れず、なんのかんのと金をとられるわけ。本部は三国公園を越えたあたりにあって、一時期は会員が減って消滅しかけたんだけど、ここ数年でまた会員を増やしてきてんだ。そんで、最近このへんで、その団体にえらいたくさん金払って、貯金全部なくしちまったって人の話を聞いたからさ、あんたもほら、その……」

剛ノ宮は口をへの字に曲げて言い淀んでから、急に鼻を鳴らして苦笑した。

「でもまあ、関わってねえんならよかった」

「払う金なんてねえから安心してくれ」

…………。

……。

というのがじつは三十分ほど前の話で、二美男はいま嶺岡家の玄関前に立っている。

一人ではない。汐子と菜々子、能垣と壺ちゃんとRYU、そして老原のじいさんばあさんがいっしょだ。昨日とはうってかわったかんかん照りで、脳天に突き刺さる日差しは暑いというよりも痛いほどだったが、そんなことは誰も気にしていない。

「ですからね、話したいことがあるんですよ」

さっきから二美男は玄関口で喋りつづけていた。突然やってきた八人の前で、困惑しきっている猛流の母親に、ドアを閉めさせないためだった。

「ちょっとだけでいいから猛流くんと会わせてもらいたいんです」

「ですからそれはわかったんですけど、ご用件を――」

「込み入ったあれがあって、ここだとちょっとあれなんですって」

こうしてさっきから二美男が用件を濁しつづけているせいで、母親は猛流を呼び出してくれないのだ。

「あたしが会うのも駄目ですか？」

言葉が途切れた間を埋めようと、汐子も口をひらく。

「同級生なんやし、ちょっとだけ喋らしてください」

「明日、学校でお話しするんじゃ駄目なの？」

「いま話したいんです」

「どうして？」

助けを求める目で汐子は二美男を見る。しかし二美男のほうも、もう打つ手がなかった。なにしろ昨日のことを説明するわけにはいかないし、そもそもいったい何がどうなっているのか、まるでわかっていない。

「あの子が何かしたんですか？」

母親が不安げに訊く。

「した……かもしれません」

彼女がはっと息を吸い込んだので二美男は慌ててつづけた。

「してないかもしれません」

二美男たち八人の顔を見比べながら、母親はますます困惑するばかりだった。こんなにたくさん連れてくるんじゃなかったと、二美男はじつのところさっきから後悔していた。汐子と二人だったら、ここまで警戒されなかっただろう。しかし、来てしまったのだから仕方がない。

昨日、玉守池から逃げ出した二美男たちは、一刻も早く三国公園を出ようと、豪雨の中を必死に走った。途中で老原夫妻も合流し、公園を出たあとは、人けのない場所を求めて路地をでたらめに駆けた。やがてたどり着いた古い雑居ビルのエントランスで、二美男が髑髏や嶺岡道陣のことを話すと、全員が声を上げて驚いた。誰も、中年男性が水の中から髑髏を摑み上げたところや、それを奪い去った嶺岡道陣の姿を見ていなかったのだ。老原夫妻は池のそばにいなかったし、菜々子や能垣や壺ちゃんは龍神の頭部を支えるのに精一杯だったし、汐子は池をさらう人々の中でもみくちゃになっていたし、猛流は——猛流は——。

猛流は？　と二美男は訊いた。それぞれが落とし物でも探すようにきょろきょろと周囲を見たが、どこにもいなかった。汐子の話を聞いてみると、玉守池から逃げ出すときは猛流といっしょだったが、そのあとは人のあいだを縫って夢中で走っていたので、いつ消えたのかわからないという。

以後、猛流とは連絡がとれていない。二美男が携帯電話から猛流のパソコンに何度かメールを送ってみたが、返信はなかった。

「……何なんだ？」

低い声がした。ぎくっとして顔を上げると、猛流の母親の肩ごしに、訝しげにこちらを見ている男がいる。知っている顔だ。嶺岡道陣に似た鋭い目。猛流が見せてくれた写真に写っていた人物。嶺岡将玄だった。八歳のときに道陣が引き取った、兄の息子。一年前の三国祭りのあと、道陣とともに深夜の玉守池に現れた男。この男が道陣を殺したに違いないと猛流は主張していたが——。

「この人たちは？」

「それが、何だかよくわからなくて……」

その先は小声になったので聞き取れなかった。二人はぼそぼそと話しながら、「猛流が」とか「猛流が？」とか言い合っていたが、そのときからすでに二美男は違和感をおぼえはじめていた。猛流という名前に対する、彼らの距離感が同じ、とでも言うのだろうか。嶺岡将玄にとって猛流は、いとこの息子にあたるはずなのだが、まるで我が子の話をしているような様子なのだ。同じ家で暮らしていると、そんなふうになるものなのだろうか。などと考えているうちに二人がこちらに顔を向けた。

「息子が何か？」

そう訊かれた。

「……息子？」

思わず首を突き出し、相手の顔を指さした。

「将玄さんですよね？」

すると、二美男が知らない言葉でも喋ったかというように眉をひそめられた。

「将玄は私のいとこの名前ですが」

「……へ？」

「私は猛流の父です」

そのとき相手の顔の向こうに別の顔が現れた。いや、その下にも小さな顔がある。嶺岡道陣と猛流だった。猛流は顔をうつむけ、和服姿の道陣もまたじっと視線を下げている。

やがて道陣のほうが顔を上げて口をひらいた。

「……入りなさい」

二

人間の頭蓋骨を間近で見るのは初めてのことだった。

「でも昨日、池で見たのやろ？」

「いや、昨日はあっという間にこの人が——」

と言って二美男は座卓の向こうに座っている道陣に目をやったが、その顔面の迫力に気圧されて口を閉じた。道陣は和服の腕を組み、白い眉を寄せる。

「これが本物の人骨であるかどうかは、まだわからん。それだけは憶えておいてくれ」

なにしろ見るのが初めてなので、確かに精巧な贋物だと言われれば否定できないが、道陣がそれを最初に強調する理由が、まだ二美男にはわからなかった。

道陣の隣には猛流が、いつもよりさらに小さくなって座っている。座卓を挟んでこちら側には、二美男と汐子を真ん中に、右には能垣と菜々子とRYU、左には老原のじいさんばあさんと壺ちゃんがぎゅうぎゅう詰めで正座していた。座卓の上には白い風呂敷が敷かれ、そこに頭蓋骨がぽんと置かれている。

嶺岡家の二階にある和室だった。ちょっとした宴会場ほどの広さのその部屋は、誰かが身じろぎしただけでも衣擦れの音が聞こえるほど、静けさに包まれていた。

おほっと道陣が咳払いをし、二美男は小さくのけぞった。つぎの瞬間、道陣がカッと目を見ひらいて両手を左右に持ち上げたので、本能的に膝を立てて逃げ出せる体勢をとったが、道陣はその両手を畳に打ちつけ、座卓の向こうでひれ伏した。

「このたびは孫が迷惑をおかけして、大変申し訳ないことをした」

二美男は座り直したが、道陣がサッと顔を上げたので、また身構えた。

「猛流からすべてを聞いた。昨日の騒ぎは、すべてこの孫息子がお前さんがたをそそのかして起こさせたものだったそうだな」

お前さんという呼び方を実際に耳にしたのは初めてだった。道陣は低頭したまま顔を上げ、ちょうど座卓に首だけが置いてあるように見えた。

「凸貝二美男というのは――」

鋭い目がサーチライトのようにスライドし、最後にぴたりと二美男に向けられる。

「お前さんだな？」

二美男は慌てて「あへ」と答えたが、道陣は顔色ひとつ変えなかった。

「では、お前さんが一年前、あの公園の地面に倒れていた酔っぱらいというわけか」

頭を下げながらも道陣の物言いは高圧的で、言葉のチョイスも侮蔑的だった。

「顔を憶えておらず申し訳ない。なにしろ深夜のことだったのでな」

「いえ、はい」

「あの夜、お前さんが見たものに関して、うちの孫息子が妙な説明をしたと聞いている。何だ、私といっしょにいたのは甥の将玄で、その将玄が私を刺し殺して池に放り込んだとか？」

「そう……っすね、ええ」

「そしてあの池に私の死体が沈んでいるかもしれないので、それを見つけるのを手伝ってほしいと、お前さんに頼んだのだな？　三国祭りの宝珠投げを利用して玉守池の底を大勢の人間にさらわせ、私の死体を見つけさせたいのだと」

二美男が頷くと、道陣はまたバッと ひれ伏した。

「真っ赤な嘘を信じ込ませてしまい申し訳ない。一年前の深夜、私とともに玉守池にいたのは、甥の将玄ではなく、息子の武志――この猛流の父親だ」

「なんかさっき玄関で……はい」

「そして行方不明になっているのは私ではなく、甥の将玄だ」

何なんだ。

「そしてもちろん、これは私の頭蓋骨ではない」

道陣は頭を下げたままぎろりと頭蓋骨を睨む。

「説明しよう。一年前の三国祭りの夜、私が武志とともに三国公園へ向かったのは、行方不明になった将玄の遺体を探すためだった。それをお前さんが見たというわけだ」

一気に言われたが、

「あの……」

二美男はいったん左右の面々を見てから、正直に言った。

「よくわからないんすけど」

わからんだろうな、と道陣は頷きながら身を起こす。

「順を追って話す必要がある。そしてお前さんがたには、それを聞く権利がある。事の起こりは去年の春。私はかねてから体力の限界を意識し、道場での指導から身を引くことを考えていた。——何だ？」

「あ、いえ」

昨日の超人的な身のこなしを思い出し、つい疑うような顔をしてしまったのだ。

「体力の限界が来ているようには見えないと言いたいのか？」

「正直、はい」

「武道を甘くみるなっ！」

鋭く声を飛ばしてから、はっと慌てて口許を押さえる。

「申し訳ない」

道陣は威儀(いぎ)を正し、あらためて説明をはじめた。

「事の起こりは昨年の春——」

話しているあいだ、道陣の口調や顔つきは常に役者のように大仰で、ふざけているのかと思えるほどだったが、本人は大真面目のようだった。もちろん、こんな内容を語りながら不真面目でいられるわけもない。

去年の四月、道陣は指導者としての引退を決意した。そして道場の後継者を誰にするかで頭を悩ませた。候補は二人。すなわち武志と将玄だった。武志は実の息子。そして将玄は、死んだ兄から八歳のときに引き取った甥。

「私は将玄を、血を分けた息子である武志と分け隔てなく育ててきた」

将玄は道陣のもとへやってきた直後に剣道をはじめ、同じ時期に武志もまた父親の指導を受けるようになった。以後、二人はライバルとして互いを磨き合い、実力は常に拮抗し、個人選手権への出場実績も、優勝回数も同等のレベルを保ってきた。このあたりは猛流から聞いたとおりだ。

「ところが長じてからは二人のあいだに差が出はじめ、将玄の力が僅かに武志を上回るようになった。才能は同じ——いや、武志のほうがむしろ優れたものを持っているに違いないと私は思うのだが、おおかた嫁を娶ったことで要らぬ余裕が」

「お茶です」

襖の向こうから聞こえた声に道陣はぎくっと背筋を伸ばし、両手をわたわた持ち上げたあと、目の前の頭蓋骨を掴んで素早く座卓の下に押し込んだ。

「ああ、芳恵さん、ありがとう」

入ってきたのは、先ほど最初に玄関へ出てきた猛流の母親だった。

「すみません、お義父さん。人数が多かったから遅くなってしまって」

芳恵が抱えたお盆には、湯気が立つ湯呑みが八つと、ストローつきのオレンジジュースのコップが二つ載っている。

「ねえ猛流、あんた何かやったの？」

「やっとらん」

急いで答えたのは道陣だ。

「何もやっとらんよ。大丈夫大丈夫」

「でも、この人たちがそんなようなこと——」

「えええ？」

道陣は目と口を同時にひらいた。

「ああ、それは口実だよ芳恵さん、口実」

「口実？」

「けっきょく何だ、この者たちはあれだ、私にいろいろと指導を仰ぎたいのだそうだ。剣道とか、そういうね。猛流がどうのこうのと玄関先で言っていたのはまあ、そのための口実だったというわけだよハハハハハ」

「あ、ならよかった」

驚くほど簡単に納得し、芳恵はお盆を座卓の端に置いて下がっていった。襖が閉じると同時に道陣はぺろっと舌を出し、足下からまた頭蓋骨を取り出したが、隠しやすいほうがいいと思ったのか、今度は自分の脇に置く。二美男たちは端から湯呑みとコップを回した。

「私は悩んだ末、息子の武志に道場を任せることに決めた。そして武志と将玄、また道場生たちにその旨を伝えた。もちろんそれまでと変わらず、将玄にも道場生たちの指導を行ってはもらうが、全体の指導方針や道場の経営については武志に一任するつもりであることを話した」

それから数日経った深夜、武志と将玄の話し声を聞いたのだという。

「この家は便所が一階にしかないのでな、私は夜中に尿意で目を覚まし、階段を下りようとしたところだった。すると下からぼそぼそと声が聞こえてきた。内容は聞き取れんかったが、何やら内密のことを話しておるのは声の調子でわかった。私は音を立てないよう注意しながら階段を下りた」

下りている途中で、

「家では話せないことなのか？」

武志がそう訊いた。

「話せないと将玄は答えた」

猛流に聞かされた話と同じようで、少し違う。まず時期は、去年の四月だというから、三国祭りよりも三ヶ月ほど前だ。そして登場人物に関しても、猛流が道陣、道陣が武志に変わっている。これまで聞かされていた話では、夜中に目を覚ましたのは猛流で、階下で道陣が「家では話せないことなのか？」と訊き、将玄が「話せない」と答えたことになっていた。

「やがて武志と将玄が、連れ立って玄関を出ていくのが見えた」

気になった道陣は、しばらく迷った後に二人のあとを追ってドアを出た。

「声をかけずにあとを追った理由は、数日前からの、将玄の様子が気になっていたからだ。あいつは、私が道場の後継者について皆に話をした日以降、様子がおかしくなっていた。家でほとんど口を利かず、常に何かを睨みつけるような目をしておった」

そこは猛流の話と同じだ。

道陣は将玄と武志のあとをつけ、深夜の路地を歩いた。二人は三国公園へ入ると、玉守池へと向かい、寺の裏手に回った。

「そこで二人は、何事か低い声で話し合っておった。私は暗がりから耳を澄ましていたが、言葉は聞き取れんかった。だがそのとき――」

押し殺したような短い悲鳴が聞こえた。

「どちらが発した声だったのかはわからん。私が咄嗟に二人のもとへ向かおうとすると、何か大きなものが水に落ち込む音が聞こえてきた」

そして、武志だけが、ひどく取り乱した様子で戻ってきたのだという。彼は暗がりにひそむ父親の姿に気づかず、すぐそばを行き過ぎて闇の向こうに消えた。

「俺が見たのとそっくりだな……」

道陣の話を聞きながらますます奇妙だったのは、それが猛流の話と共通点を持ちつつ、二美男が見聞きしたものともまた似通っていることだった。いま道陣が話した出来事から三ヶ月ほど後、三国祭りの夜、二美男はそっくりな場面に出くわしている。ただし二美男が見たのは寺の裏手に向かう武志と道陣で、水音のあと武志だけが取り乱した様子で戻ってきて、道陣のほうは戻ってこなかった。駄目だ、頭が混乱する。何がどうなっているのだ。

「立ち去った武志の様子があまりに妙だったので、私はその場から飛び出し、寺の裏手へと向かった。いったい何事が起きたのか、そこにいる将玄を問い質すつもりだった」

しかし。

「誰もおらんかった」

そして。

「真っ暗な水の中に、何か……白いものが見えた」

それは人間の手のようなかたちをしていたのだという。

「私は必死に目を凝らした。だがすぐに底のほうへ消えてしまい……二度と見えんかった」

そのあと、道陣は急いで家に戻った。すると、武志が暗い台所の隅で日本酒の瓶を片手に座り込んでいた。道陣は明かりをつけ、自分が二人のあとをつけていたことを説明した上で、いったい何があったのかと武志を問い質した。はじめのうち、武志は必死に動揺を隠している様子で口を閉ざしていたが――。

「将玄は事情があって遠くへ旅に出たと、武志は言いおった」

それきり武志は何も喋らなかった。

そして、その夜以来、将玄は帰ってこないのだという。

「自分が水の中に人間の手のようなものを見たという事実を、私は武志の前でついに言い出すことができんかった。あまりに恐ろしく、どうしても口に出すことができんかったのだ」

以来ずっと道陣はそのことを胸に仕舞ってきた。

「武志は……息子は、何年も前から道楽で真剣を集めている。いまではかなりの本数を所有しており、それ専用の部屋もあるくらいだ。あの夜以降、私は布団に入って目を閉じると、暗い水の中に沈んでいく人間の手と、武志が握る真剣の切っ先が、瞼の裏に鮮明に浮かぶ。すべては何かの勘違いであり、自分の見間違いであると考えようとしても、浮かんでしまうのだ……」

道陣は額に深い縦皺を刻んで首を垂れた。

猛流が写真で見せた真剣のコレクションも、どうやら将玄のものではなく武志のものだったらしい。猛流から聞いた話と人物が入れ替わっていて、さらに自分が見聞きした出来事とも似通っているせいで、二美男はすっかり混乱していた。しかし、いったん猛流の話を忘れ、自分の体験を脇へ置き、いま道陣から聞かされた出来事だけを復習ってみると、何が起きたのかは二美男にもわかる。

「じゃ、要するに、それは将玄さんのものってことですか？」

頭蓋骨を指さして言ってみた。

「そんなはずがあるか！」

怒鳴られた。

「息子が人を殺すはずがない。それも、子供の頃からともに剣道を学んできた、兄弟ともいえる家族を」

言葉は断定的だが、両目からさっきまでの鋭さが消えていた。吊り上がっていた白い眉も、八の字とまではいかないが、力を失くして垂れている。

「私は武志の言葉を信じておる。将玄は何かやむにやまれぬ事情があり、この家を出て、どこかへ旅立ったのだろう。すまんが禁煙だ」

ウェストポーチから煙草のパックを出した老原のじいさんを、道陣は一瞥した。じいさんは叱られた子供のようにへこっと頭を下げて煙草をポーチに戻し、かわりに仁丹を一粒取り出してぺろっと口に入れた。

ところで、少々遅まきながら、このあたりから二美男は奇妙に思いはじめていた。

い、い、い、い、い、い、い、い、い、い、い、い、
どうして道陣はこんなに重要な話を自分たちにするのだろう。

「ほかの家族の人には、将玄さんのことは……？」

訊くと、顔を見られるのを嫌うように道陣はぷいと顎をねじった。

「武志が私に伝えたとおりに、家族には説明した。妻の松代にも、芳恵さんにも、この猛流にもな」

「つまり、将玄さんは何か事情があって、武志さんだけに別れを告げて、遠くへ旅に出た

と」

「ああ。妻なんぞは、将玄がいなくなった当初こそあたふたしておったが、ひと月も経つとけろりとして、あの子はどこかで元気でやっているかしらねえなどとぬかしおる。女というのはどうして……いや、芳恵さんは心配しとるようだが……」

嫁に聞かれていないかを確かめるように、道陣は入り口の襖をちらっと見た。

いったいここからどう話が進むのか。そしていま目の前にあるこの頭蓋骨は、いったい誰のものなのか。二美男は腕を組んで考え込んだ。いまのが去年の春の話で、その三ヶ月ほど後の深夜、二美男は道陣が話したのと似たような体験をすることになる。玉守池に二人の人影が現れ、くぐもった男の声が聞こえ、大きなものが落ちるような水音が響く。そして一人の男が取り乱した様子で立ち去る。二美男はそれを、何者かが嶺岡道陣を殺したのではないかと考えて、交番に駆け込んだ。

その三ヶ月後、猛流がいきなりアパートに現れて、祖父が三国祭りの翌朝から行方不明だという話を聞かせた。そして、二美男が深夜に見た、道陣といっしょにいた人物は将玄であり、彼が道陣を殺して池に放り込んだ可能性があるのだと説明した。しかしそのとき猛流が「将玄さんです」と言って見せた写真は、じつは父親である武志のもので、将玄はというと去年の春から行方不明で――。

「駄目だ、ぜんぜんわかんねえ」

二美男が早々にギブアップするのと同時に、あっと汐子が隣で膝を叩いた。

「もしかして去年の三国祭りの日、何か見つかるかもしれへん思て、玉守池に入ったんやないですか？　たとえば、そういうやつが見つかるんやないかと思て」

汐子が頭蓋骨を指さすと、いかにも、と道陣は頷いた。

「隠さず言うと私は当初、百パーセントではないが、七十……いや八十……いや九十三パーセントほどは武志を疑っておった。あの春の夜、将玄が武志を玉守池まで連れ出し、そこで何らかのいざこざが起きたのではないか。そして武志が将玄をこ……将玄が武志にこ……武志が将玄に、その、何らかの危害を加え、将玄は池に沈んだのではないかと。道場の後継者問題という、何というか、火種になりそうな出来事もあったことだしな」

その疑いをどうにかして消し去りたかったのだという。

「決して何かを見つけに行ったわけではない。何も見つからないことを確かめに行ったのだ。自分の手で池の底をさらってみれば、納得ができると思った。あの春の夜に見た、人間の手のようなものは、何かの見間違いだったのだと。その考えは、三国祭りのしばらく前から浮かんではいたのだが、なかなか決心がつかんかった。しかしあの夜は、町を包む祭りの空気のせいか、将玄が消えて以降一度も呑んでいなかった酒を久方ぶりに口にしてな。その酒が私を駆り立てた。私は深夜に意を決し、玉守池の底を探るため家を出ようとした」

しかし、トイレに行くため二階から下りてきた武志に見つかった。

「私は何も説明せんかった。しかし武志には気づくものがあったのやもしれん。来るなと言っても聞かず、私のあとから玄関を出て、後ろをついてきた。帰れと言っても帰らず、道々あれこれと、行き先や理由を私に訊ねつづけた。しかし私は頑として答えんかった」

けっきょく道陣は武志とともに玉守池のほとりに立った。

「祭りの余韻も消え、あたりには誰もおらず、酔っぱらいが一人寝ておるだけだった」

すいませんと二美男は謝った。

「池のはたに立ったとき、武志は私に訊ねた。もしや水の中を探るつもりなのかと。私は正直に、そうだと答えた」

汐子が腕を組んでうんうんと首を揺らす。

「ほんなら、道陣さんが自分の話を疑っとるいうことを、武志さんは感じてはったんやね。だって、そやないと、池のはたに立ったくらいで、水に飛び込むなんて思わへんもんな」

「いや、それは違う。あいつがそう考えたのは、私が素っ裸になったからだ。何のために池に入るのか、私は語りはしなかったし、武志も訊かんかった。だがおそらく……まあ、そうだな。あいつは私の疑いを感じていたのかもしれん。否定してすまなかった」

池に飛び込もうとする道陣を、武志は必死で止めようとした。

「そうして止められれば止められるほど、池の中に何かがあるように思え、私はあとに引かなかった。そこで少々押し問答があり——」

「もしかしてそのとき〝やめろ〟って言いました？」

訊いてみると、道陣は宙を睨んでしばらく考えた。

「言ったかもしれん」

なるほど、その道陣の声を二美男が聞いたらしい。

「けっきょく私は武志の制止を振り切って池に飛び込んだ。そして武志には、家に帰るよう命じた。翌日は朝から道場でシニアクラスの指導が入っておったのでな、少々打算的ではあるが、私はそれに言及した。道場の責任者となったばかりの武志は反論できず、言われたとおりに帰らざるをえなかった」

これでようやく、去年の三国祭りの深夜に二美男が見たものが何だったのかがわかった。あとは、猛流の話と道陣の話だ。

「武志が立ち去ったあと、私は長い時間をかけて、三ヶ月前に人間の手らしきものを見たあたりを探った。丹念に、丹念に探った」

道陣は両手を空中に泳がせて臨場感を添えた。そして眉根を寄せて目をつぶると、しばし黙り込んだ。

「んで、なんか見つかったんすか？」

壺ちゃんが呑気(のんき)にお茶をすすりながら訊く。いつの間にか足をくずしていて、ハーフパンツの裾から、山芋(やまいも)のようにまばらに毛の生えた足が座卓の下に伸びている。その足に絆創膏(ばんそうこう)

がいくつも貼られているのは、昨日の騒ぎの最中、あちこち切ったり擦り剝いたりしたからだ。もっとも壺ちゃんだけでなく、二美男を含め、みんなちょこちょこと小さな傷を負っていた。

道陣は首を横に振る。

「何も見つからん。そこで私はようやく納得することができたのだ。やはりすべては自分の想像だったのだと。三ヶ月前、将玄が武志を深夜にあの池へ呼び出したのは、自分がある事情のもと家を出ていかねばならないことを告げるためであり、何かが落ち込むような水音も、水の中に見た人間の手のようなものも、聞き違いや見間違い以外の何ものでもなかったのだとな」

ところが、とつづけてから、道陣はぴたっと唇を結んだ。

和服の腕を組み、細長い鬼瓦のような顔で頭蓋骨を睨む。

道陣が何とつづけようとしたのかは明らかだった。去年の三国祭りの夜、道陣は自らを納得させるために玉守池の底を探った。その結果、何も見つからず、すべては自分の勘違いだったのだと納得することができた。そして武志に対する疑いはようやく消え去った。ところが昨日、玉守池からこの頭蓋骨が出てきてしまった。

結局のところ、どういうことなのか。やはり道陣の疑いが正しかったのだろうか。この頭蓋骨は将玄のものであり、去年の春、武志が将玄を玉守池のほとりで殺して池に沈めたのだろうか。

「行方不明になってる将玄さんは、携帯電話とか持ってなかったんすか？」

訊いてみた。

「持っておったが、どうも解約されておるらしい。何度かけてみても、使われていない番号だという声ばかりが流れる」

「この家にあった、本人の荷物とかは？」

「財布や預金通帳などが消えておった。家具などはもちろん置きっ放しだが、そうした大事なものがどこにも見当たらん」

するとやはり、自分の意思で出ていったように思えるが。

「ついでに訊きますけど、昨日、池の中から見つかったその頭蓋骨を、道陣さんがパンダになってかっさらっていったのは、やっぱりあれですか？　将玄さんの頭蓋骨だと思ったからなんですか？」

「えええ、パンダ？」

道陣は両目を盛大に広げた。

「なんと、あれはパンダだったのか。夢中だったので気づかなんだ。そうかパンダか」

パンダでしたと二美男は答え、そのまま待った。すると数秒後、道陣は観念して鼻息を洩らした。

「まあ……そうだな。身体が咄嗟に動いたというのが正直なところだが、見つかってはまずいというような気持ちが、あるいは働いていたのかもしれん。私があの場におったのは、単に宝珠投げを見物するためだった。しかし飛猿が玉守池に宝珠を投げ入れ、大勢の人々がそれを求めて池の底をさらいはじめたのを目にしたとき、頭が真っ白になった。真っ白になったので何を考えていたのかはわからんが、いまお前さんが言ったようなことを考えていた可能性は、まあ、どちらかというと、あるかもしれん」

「じゃあですね、いよいよここで大事なことを訊きたいんすけど——お前」

と二美男は道陣の隣で小さくなっている猛流に顔を向けた。

「何のために嘘ついたの？」

猛流はおずおずと、確認するように道陣を見た。道陣はその視線を受け止めて頷く。

「自分で話しなさい」

ここへ来てから初めて耳にする、とても優しい、まさに孫に対する祖父の声だった。猛流はこちらに向き直って口をひらいたが、言葉が出てこず、道陣は勇気づけるようにその背中に手をやった。

「お前は、将玄がいなくなった理由を知りたかったんだな、猛流？」

猛流はこくんと頷くが、相変わらず喋らない。かわりに道陣がこちらに向き直って説明した。

な存在だった」

「将玄は猛流のことをとても可愛がっておってな、猛流にとっては、もう一人の父親のような存在だった」

隣で猛流がまた頷く。頷くだけだ。いい加減苛々して、二美男が何かぴしゃっとしたことを言ってやろうかと思ったとき、菜々子が優しく猛流の顔を覗き込んだ。

「猛流くんは、どうしてあんな嘘をついちゃったの?」

「僕、伯父さんのことが心配だったんです」

いきなり喋り出した。

「ちょっと事情があって長い旅行に出かけたって、みんな言うんですけど、伯父さんが僕に何も言わないで出ていくなんて変だと思いました。それで一人で悩んでいたんです。でもそのうち、お父さんとお祖父ちゃんの様子がなんか引っかかるなと思って……それで僕……僕あの……」

電池が切れたように、猛流はまた口を閉ざしてうつむいてしまう。

「話しなさい」

道陣が諭(さと)すが、顔を上げない。

「猛流くん、それで?」

菜々子が訊くと猛流は顔を上げた。

「誰も教えてくれないなら自分で調べてみようと思ったんです。だから、お祖父ちゃんの日記を見ました」

　隣で道陣が顎を引く。

「私は長年日記をつけておってな、いま話したようなことも、すべて書いてあった。それを猛流が見たらしいのだ」

「全部じゃないんです」

　猛流は何故か菜々子の顔を見てつづける。

「伯父さんがいなくなった日のあたりと、凸貝さんがお巡りさんといっしょに道場に来た日のあたりだけです」

「そしたら、いまお祖父さんがお話ししてくれたようなことが書いてあったのね？」

「はい、書いてありました。それで僕、いろいろわかったんです。伯父さんがいなくなった夜に何があったのかも、凸貝さんとお巡りさんが道場に来た理由も、凸貝さんが何をどう勘違いして、お祖父ちゃんが殺されたとか池に投げ込まれたとか、そういう話をしてたのかも」

「それがな」

　道陣が急に身を乗り出す。

「私は、自分が何を考えたか、何をどう疑ったかなどということは一切書かず、ただ起きた出来事だけを装飾なしに書き綴(つづ)っておったのだよ。昔から日記についてはそういう書き方しかせんのだ。しかも難しい漢字だってたくさん使っておった。にもかかわらず、それを読んで事態をすっかり把握したというのは大したものだ、なあ？」

道陣は自慢げに猛流を眺め、猛流も誇らしげに頰を上気させた。

「なに二人して喜んでんねん」

汐子がちゅーっと音を立ててオレンジジュースを飲む。

「ほんで何？　あんたもお祖父さんとおんなしように考えたん？　春にあんたのお父さんが伯父さんを殺して池に放り込んだんちゃうかって」

猛流がぐっと唇を結んで黙ったので、汐子は小さく舌打ちをした。

「菜々子さん頼むわ」

「猛流くん、そうなの？」

そうですと猛流は答えた。

「もちろん、絶対にそうだと思ったわけじゃありません。でも、お祖父ちゃんの部屋に入って何べんも日記を読み返しているうちに、そうかもしれないっていう考えがだんだん大きくなっていって——」

「そやから、おいちゃんの勘違いを上手いこと利用して、あない大袈裟な嘘ついてあたしら騙して、大勢の人に池の底をさらわせたいうわけやね。ほんまのところを知りたくて」

猛流は眉を垂らしてうつむいた。

「菜々子さん、よろしく」

「猛流くん、そうなの？」

「はい、そうです。ああいう嘘をついて相談したら、凸貝さんは協力してくれるんじゃないかって考えました。理由は、お祖父ちゃんが殺されて池に放り込まれたかもしれないっていうのが、そもそも凸貝さんが言い出したことだったからです」

「でもよ、わざわざそんな嘘つかねえで、正直に相談してくれりゃよかったじゃねえか。俺、これでけっこう親切だぜ？」

二美男が自分の胸を叩いてみせると、猛流はえっと意外そうな顔をした。

「僕が正直にいまの話をしたら、協力してくれてましたか？」

考えるまでもなかった。

「……しねえ」

「ですよね」

要するに猛流の作戦は見事に成功したというわけだ。

「まだちょっとわかんねえことがあるんだけどさ、親父さんの写真を、伯父さんだって言って俺に見せたのは何でなんだ？」

「だって、凸貝さんが実際に見たのはお父さんだったから」

「あそっか。でも、そもそも何で俺が見たのを伯父さんだって言ったんだよ。そこはべつに嘘つく必要なくねえか？　お父さんがお祖父さんを殺したのかもしれませんって言って、お父さんの写真を見せてもよかったじゃんか」

喋りながらどんどんこんがらがってくる。

「お父さんと凸貝さんは、学校の行事とかで会っちゃうかもしれないじゃないですか。そういうときに凸貝さんが、玉守池での出来事やお祖父ちゃんについて、お父さんに直接何か言ったり訊いたりしちゃったら、ぜんぶ台無しになるかもしれないって考えたんです。凸貝さんについた嘘がぜんぶばれちゃうって。その点、伯父さんなら行方不明だし会うことは絶対にないと思って……それで僕、凸貝さんが見たのは伯父さんだって言ったんです。でもそこで伯父さんの写真を見せちゃったら、〝池のそばで見たのはこんな人じゃなかった〟ってなりますよね。お父さんと伯父さん、顔つきも身体つきもぜんぜん違うから」

「あ、そうなんだ」

「はい。だから僕、お父さんの写真を用意して、伯父さんだって嘘をつきました。そうするしかなかったんです。あんまりはっきり写ってないやつを選んだのは、どこかで凸貝さんがお父さんと会ってしまったとき、〝あ、写真の人だ〟ってならないための用心です」

「へえ……」

と頷いたものの、理解するまでにはしばらくかかった。

が、なるほど。二美男が見たのは将玄だと言っておけば、たまたま学校などで武志と会ってしまったときに〝猛流くんのお祖父さんが行方不明だそうですね〟とはならない。なにしろ二美男は金目当てに猛流の計画に手を貸そうとしていた上、祖父が行方不明になっているのは家族だけの秘密にしてあると聞いていたので、自分がそれを知っていることを洩らすわけにはいかない。さらに、二美男に不鮮明な写真を見せておけば、もし二美男が武志と会ったとしても、〝さすがにいとこ同士は顔立ちが似ているなあ〟くらいに思っていたことだろう。

「嘘をついた理由はこれでぜんぶわかったけど――」

二美男は道陣の隣に座った小学五年生の顔をしげしげと見た。

「お前、よくそんなことパッと考えられたな」

「パッと考えてなんていません」

猛流は心外そうに唇を尖らす。

「僕、何日もかけて一生懸命考えたんです」

「そうか、悪い」

「なに謝っとんねん」

汐子が横から二美男の膝を殴り、道陣に訊いた。

「さっきからずっと気になってたんですけど、将玄さんってどんな人やったなんですか?」

言葉がおかしくなったのは、過去形を慌てて修正したせいだろう。

将玄は真っ直ぐな男だったと、道陣は答えた。

「愚直と言ってもいいかもしれん。朝は一番に起きて剣道場を掃除し、竹刀を握って素振りをし、松代と芳恵さんが朝食を用意すると同時に食卓につき、米の一粒も残さず平らげると、日中は道場生を真摯に指導しつつ、空いた時間を見つけては竹刀の素振りをし、夜は部屋でときおりブロックをいじるなどしておった」

「真面目な人やったんですね……」

と汐子は頷いたあと、「ブロック?」と訊き返した。

「四角く小さなブロックだ。表面にいぼのようなものが整然と並んでおった」

「レゴやね」

わからん、と答えて道陣は腕組みをする。

「この家へやってきた当初から、将玄は年齢のわりには幼い玩具で遊んでおった。武志が飽きて放り出したものを手にしていたというのもあるのだろう。私や松代が何か新しいものを買ってやろうと言っても首を横に振り、いつも手垢で汚れたミニカーや、小さなゴムの人形や、引き金を引くと光る銃や、いま話したブロックで遊んでおった」

自分を引き取ってくれたこの家に対する、遠慮があったのだろうか。

「もちろん中学生や高校生になっても玩具でばかり遊んでおったわけではないが、ブロックだけは大人になってもときおり触れていたのを憶えておる。真っ直ぐな人間は四角いものを好むのやもしれん」

それぞれ曖昧に頷いた。

その後しばらくのあいだ、みんなして黙り込み、窓の外で鳴きはじめた油蟬の声だけが聞こえていた。しかし、やがて全員の視線が自然と集まったのは、やはり道陣の脇に置かれた頭蓋骨だ。

「それで、道陣さん……けっきょくどうするつもりなんです？　この頭蓋骨、警察に届けないんすか？」

と訊いてみたものの、届けることはできないのだろうと、二美男にもわかっていた。さっき道陣本人が言ったように、この頭蓋骨は将玄のものであるかもしれず、その場合、殺したのは武志である可能性が高いのだ。警察を関わらせるわけにはいかない。そして、それを思うと、先ほどの疑問が二美男の中でまたふくらんでくる。どうして道陣はこんなに重要な話を自分たちにするのだろう。

「じつは、こうして長々と話をさせてもらったのには、わけがある」

疑問に答えるように道陣が口をひらき、ずっと前から考えていたことを切り出す口調で言った。

「今回のことは、すべて忘れてもらいたいのだ。いま私から聞いた話も、昨日、玉守池でこの頭蓋骨が見つかったことも。警察にはもちろん、誰にも話さないことを約束してほしい」

道陣は全員に視線をめぐらせたあと、目の大きさを互い違いにして二美男を見据えた。

「これは頼みごとではなく、交渉だと思ってくれ」

言いたいことはわかるだろうというように眉を揺らすが、さっぱりわからない。

「交渉って……何すか」

「私はお前さんがたが昨日やったことを知っている。しかし誰にもそれを喋らないと約束する」

自分の声が二美男の脳味噌の隅々まで行き渡るのを待つように、道陣は間を置いた。

「こちらが一方的にお前さんがたのしでかした行為を知っているのは卑怯だと考え、正々堂々、こちらの事情もすべて話させてもらった次第だ」

「そんな……」

ようやく二美男は理解した。

猛流に乗せられたとはいえ、二美男たちは昨日とんでもないことをやらかした。それを黙っていてやるかわりに、自分たちの事情も黙っていてくれということなのだろう。が、そもそも猛流が大嘘をついて二美男たちを騙したのだから、そんな交渉を持ちかけられるいわれはない。

「そんなの納得できるわけないじゃないですか！　俺たちはあんたの孫に騙されてあんなことしたんですよ？　金をもらえるっていうからやったんですよ？　そんで時間と労力をつぎ

込んで、なんとかぜんぶ成功さして、それなのにいまさら忘れてくれなんて、そんな馬鹿な話があるかってんだよ！」というような言葉が咽喉もとまで迫り上がったが、二美男はそれをなんとか呑み込んで、じっと考えた。

そして。

「んんん」

この交渉には乗るべきなのではないかという結論に達した。

何故といえば、昨日の作戦には汐子も巻き込んでしまったからだ。なにしろ晴海のことがある。もし彼女がこれを知ってしまったら、汐子を二美男から遠ざけるための恰好の理由となってしまうだろう。もちろん、この件に関して気になることはいくらでもある。玉守池から出てきた頭蓋骨は誰のものなのか。武志は本当に将玄を殺したのか。武志と将玄のあいだにいったい何があったのか。しかし、昨日の一件が人に——とくに晴海に知られることを防げるのであれば、二美男としてはそちらを優先させたかった。

「俺は構わないすよ」

二美男が言った瞬間、道陣の額に刻まれていた縦皺がすっと消えた。両目もきらきら輝きはじめ、なんだか若返ったように見えた。

「ほかのみんなも、まあ巻き込んじまった俺が言うのは変だけど、それぞれ立場があるだろうし、昨日のことは黙っておいてもらったほうがいいだろ？　この頭蓋骨だって、本物かどうかわかりゃしねえんだしさ」

うんうんとみんな同意してくれると予想したが、それは少々楽観的すぎた。

「金はどうなるんすか、金は」

壺ちゃんが顎を突き出して二美男を睨む。

「池からこのおじいさんの死体が見つかったら保険金が入って、俺らにも分け前くれるって言ったじゃないすか」

この、の部分で壺ちゃんは道陣に人差し指を突きつけたが、道陣は気づいてもいないようにそっぽを向いた。

「俺に言うなよ、猛流に騙されたんだから。それに、見つかったのは道陣さんの死体じゃねえだろ」

「誰か責任とってくださいよ。この人に責任とってもらえないんすか？」

壺ちゃんはまた道陣をびしっと指さすが、そのくせ本人を見ようとはしない。

「無理言うなって。道陣さん、無理っすよね」

「無理だ」

「ほら」

「かああ、出た、凸貝さん出た。いつもそうやってコロコロ態度変えて、上手いことやるんだから」

壺ちゃんは眉を吊り上げてさらに文句を言いつづけたが、二美男はそのまま押し通した。今度埋め合わせするとか、借りは必ず返すからとか、それらしいことを言っているうちに壺ちゃんの態度は軟化し、最後には舌打ちをして溜息をついた。

「じゃあもう……わかりましたよ」

「わかったそうです」

すぐさま言うと、道陣の隣で猛流がほっと息を洩らした。

「でも猛流、お前はちゃんと反省しろよ。善良な大人たちを騙して、とんでもないことやったんだからな。じゃ、道陣さん、交渉成立ということで、俺たちはこのへんで」

「えー、こんなん中途半端やん」

汐子が両足を投げ出して抗議の姿勢をとったが、二美男は構わず立ち上がった。戸惑い気味に腰を上げずにいたほかの面々も、少し経つとばらばらに立ち上がりはじめ、しまいには汐子も諦めて、オレンジジュースの残りをわざとのようにガラガラ音をさせて吸い込むと、膝を立てた。が、壺ちゃんだけが、畳に尻をつけたまま座卓の下でごそごそ足を揉んでいた。

「あー足しびれた。立てないかも」

「お前、ずっと足くずしてたじゃんか」

「しびれるときはしびれますよ」

あちこちに小さな傷が覗いている両足を、壺ちゃんはしばらく曲げたり伸ばしたりしていたが、全員に黙って見つめられているうちに、やっと立ち上がった。このときの壺ちゃんの行動が、自分たちをさらにとんでもない出来事に巻き込むことになるとは、まだ誰も思っていなかった。

三

汐子と菜々子と三人で、座卓に向かって餃子(ぎょうざ)を包んでいた。

「餃子なんて最後につくったのいつだっけか」

「意外と準備が大変なんですよね」

「ほんま、誰の頭蓋骨なんやろなあ……」

みんなに迷惑をかけてしまった上に何の見返りもなかったので、せめて晩飯でもご馳走しようと、餃子パーティの準備をしているのだ。ホットプレートは菜々子が家から持ってきてくれた。

「俺、フォークで皮を押さえて閉じるなんて知らなかったな」

「貝みたいになって可愛いですよね」

「やっぱり将玄さんの頭蓋骨なんかな……」

「菜々子さん、皮、足ります?」

「ううん、ちょっとアンをつくりすぎたかも」

「将玄さんの頭蓋骨やなかったとしたら誰の頭蓋骨やっちゅう話やねん……」

「皮が足りなくなったらハンバーグみたいにして焼きましょうか。中身だけ」

「あれって意外と美味しいですよね」

「たまたま別人の頭蓋骨が池に沈んでたんかいな……」

二美男はとうとうフォークを皿に投げ出した。

「うるせえぞ汐子。頭蓋骨頭蓋骨ってお前、餃子が不味くなるだろうが」

「味なんか変わるかいな。うわ、おいちゃんの餃子なにそれ？　ハリセンボンみたい」

「いやこれ、どうしてもフォークを強く押しつけちゃうもんだから皮が千切れて……あれ」

二美男は窓のほうへ首を伸ばした。

「おーい、どっか行くのか？」

壺ちゃんの細長い背中が、路地の端でぴたりと止まった。

振り返るまでに何秒かかかった。

「……ええ、まあ」

「餃子パーティは？」

「参加します。すぐ戻ってきますんで」

「どこ行くんだよ？」

なんとなく訊いただけなのに、あちょ、あちょ、と壺ちゃんは目を泳がせた。

「あちょっと忘れ物を」

「嶺岡家に？」

こくりと頷く。

「猛流にメールしといてやろうか？」

「いやいやいや必要ないっす、ぜんぜん結構です」

「忘れ物って、携帯電話とかか？」

これもなんとなく訊いただけなのに、何故か壺ちゃんの両目がぐっと広がる。

「……何故そんなことを？」

「いや、忘れ物の代表格だから。何だよその顔」

「何でもないっす」

何でもないっすともう一度言いながら背中を向け、壺ちゃんはそのまま去っていった。

「相変わらず、わかんねえやつだな……」

けっきょく壺ちゃんは餃子パーティがはじまっても部屋にやってこなかった。

四

「おー、今回はこれ、また奇麗にハモったじゃんか」

二美男がお世辞抜きで言うと、老原のじいさんは苦笑いで謙遜した。

「若い頃の音は、取り戻せねえよ」

「いや、ほんま奇麗やったで。今日一番ちゃう?」

汐子も腕を組んで称賛の目を向ける。餃子パーティがはじまってから三度目の、ハミングとおならのハーモニーだった。

「そういえば、壺倉さん遅いですね」

菜々子がホットプレートにじゃーっと水をかけて蓋をする。壁の時計を見ると、パーティ開始時刻からすでに三十分が経ち、針は六時半を指していた。

「ほっときましょうよ。あいつやせの大食いだから、いないほうがいいですよ。香苗さん、柚子胡椒(ゆずこしょう)もうちょっともらっていい?」

「いくらでも使ってちょうだい」

二美男は香苗さん手製の柚子胡椒をスプーンですくって小皿になすりつけた。柚子胡椒がこんなに餃子に合うとは、ついさっきまで知らなかった。

「しっかし、あの玉守池で殺人事件たあな」

缶ビールを片手に老原のじいさんが話を蒸し返す。

「昔ぁさ、玉守池っていやあ、大人も子供も、みんながばしゃばしゃ入って遊ぶ場所で、俺なんかも四(よ)つ手網(であみ)で小魚とったりしてたんだぜ。人が入らなくなると、いろんなことが起きるもんだなあ」

「じいさん、まだ殺人事件って決まったわけじゃねえよ」

二美男は餃子を頬張りながら訂正した。

「そういや、人が入らなくなった理由ってのを猛流に聞いたんだけどさ、なんか六年くらい前に、子供が死んだ事故があったとかで……？」

「ああ、それから厳しくなったんだ」

その子供は何歳くらいだったのかと、二美男は訊いてみた。老原のじいさんは憶えておらず、みんなも曖昧に首を振る。

「四歳だったって聞きました」

菜々子が憶えていた。

「わたし人力車の俥夫をやってたときだったから、三国公園のほうを通ると、お客さんがよくその話をしていて」

六年前に四歳。

どうやら二美男と同じ時期に、同じ歳の子供を亡くした親がいたらしい。

「あ！　もしかして池で見つかった頭蓋骨、その子のやったんちゃう？」

汐子が大発見のように言ったが、能垣がここぞとばかりに否定した。

「大人と子供では頭蓋骨の大きさがまったく違う。子供の脳は大人の脳とほぼ同じ機能を備えているから、頭蓋骨の大きさは身長ほどの差があるわけではないとしても、見ればわかる。四歳児の頭蓋骨を見て大人の頭蓋骨だと勘違いすることなどありえない。そもそも事故に遭った少年の遺体は発見されている」

「ああそうですか」

そのやりとりの途中から、ＲＹＵが窓のほうをじっと見つめながら、座卓ごしに首を伸ばしていた。何かと思って視線の先を追ってみると、暗い網戸の向こうに、青白い、人の顔のようなものが浮かんでいる。みんなもそれに気づき、それぞれに身構えた。

「……俺です」

壺ちゃんだった。

「これから皆さんを驚かせることになるので、その前に驚かしておこうと思いまして」

よくわからないことを言い、壺ちゃんは窓辺から消え、玄関に回り込んできた。ドアを入ってくると、丁寧に後ろ向きに靴を揃えてから部屋に上がり、ハーフパンツのポケットからスマートフォンを取り出す。

「おお、見つかったんだな。それ、嶺岡家に忘れてきたって言ってた携帯だろ？」

訊くと、壺ちゃんは首を横に振った。

「あれは嘘でした。俺、帰り際に座卓の下にこれを貼りつけてきたんです。足に貼ってた絆創膏を剝がしてテープにして」

一同、驚愕して壺ちゃんの顔を見直した。そういえば嶺岡家に入ったとき、壺ちゃんの足には絆創膏が何枚も貼られていたが、部屋を出るときには肌の傷が見えていたような。

「俺、どうしても気になったんです」

「何がだよ」

驚いた顔のまま二美男が訊くと、壺ちゃんはいきなり上瞼を吊り上げた。

「真実がですよ。だって、昨日あれだけのことを手伝ったのに、期待してたお金ももらえなければ、ぜんぶ忘れてほしいみたいなこと言われて、凸貝さん簡単にそれを承知しちゃって、あのままじゃさすがに嫌で、せめてほんとのことが知りたかったんですよ」

「……そんで？」

「あのあと絶対、何か話すと思ったんです。俺たちが帰ったあと、道陣さんとか猛流くんとかが。それで俺、寝言録音アプリを起動させて、スマホを座卓の裏に貼りつけてきたんです。そのアプリなら、音とか声が聞こえたときだけ、自動で録音されるから」

「犯罪やん」

あっけにとられた顔の汐子に、壺ちゃんはあっさり頷いた。

「いまからみなさんに録音を聞いてもらいます」

畳に正座し、スマートフォンを操作して座卓の端に置く。はじめはホワイトノイズの中に微かな物音が混じるだけだったが、やがてスピーカーから人の声が聞こえてきた。

《抜ける……》

それは、苦しげな、哀しげな声だった。

《抜ける……髪……》

「わっ」

壺ちゃんは慌ててスマートフォンを操作し直した。どうやらいまのは自分の寝言だったらしい。

「こっちです」

《お祖父ちゃん……ごめんなさい》

猛流の声。

《その話はもういい。充分に話したからな。疲れただろう、芳恵さんに頼んで、スイカでも切ってもらおう》

《うん》

「こんなのがしばらくつづいていくだけなんで、ちょっと飛ばしますね」

壺ちゃんは早送りボタンらしきものをちょんちょんとタップしていった。

「このあと道陣さんと猛流くんが二人でスイカを食べて、学校はどうだみたいな話をして、凸貝さんのことを変な人だとか言って——いや、俺が言ったわけじゃないっすよ。あ、このへんからです。いいですか、みなさんよく聞いてくださいよ」

まず聞こえたのは、男の声だった。

《父さん、いいかな》

嶺岡家の玄関で会った、武志の声だ。道陣の息子で猛流の父。そして去年の春に三国公園で将玄を殺し、その遺体を玉守池に沈めたかもしれない人物。

《どうした》

道陣の声につづき、襖が開け閉てされる音。

《父さんに、話さなきゃならないことがある》

《猛流、お前は向こうへ行っておいで》

しかし、武志がそれを止めた。

《いや、猛流にもいてもらったほうがいい》

まず最初に謝らせてほしいと、武志は硬い声で言った。いったい何のことだと道陣が訊ねると、なんと、いままでの会話をすべて聞いていたのだという。

《あの者たちとの会話をか？》

《襖の向こうで……申し訳ない》
「ひでえな盗み聞きかよ」
しっと汐子に口を押さえられた。

五

録音の再生が終わったあとは、しばらく誰も口を利けなかった。

しかしやがて、ホットプレートの上で餃子が猛烈に焦げていたことに香苗さんが気づき、急いで木べらでこそげ取って皿に移すと、それをきっかけに一同は言葉を交わしはじめ、やがて口数が増えていき、しまいには大騒ぎになった。

「いやびっくりやわ、まさか将玄さんが——おいちゃん、どないするん？」

「わかんねえよ、どうすんだよ壺ちゃん！」

「凸貝さんが巻き込んだんですから、凸貝さんが決めてくださいよ！」

「俺もうやだよ、関わりたくねえよ。だって、まさかあの頭蓋骨が——」

「じゃ、このまま何もなかったことにするんすか？」

「いや……うん、そうだ、そうしよう」

「でも俺、自分たちが何に巻き込まれたのか、気になりますよ」

「そりゃそうだけどよ……」

二美男は突っ立ったまま腕を組んだりほどいたり、頭を掻いたり顎をさすったり、小皿に残っていたもやしを食べてみたりしたが、そのあいだずっと、あるひと言が耳の奥で繰り返されていた。それは、いま壺ちゃんに聞かされた音声の中で、道陣が武志に対して口にした言葉だった。

——あいつの育った環境に問題があったと言うのか？

甥の将玄についてだ。

最初にこの部屋で猛流から説明されたときから気づいていたのだが、将玄の境遇は汐子ととてもよく似ている。どちらも八歳のとき叔父の家に預けられ、育てられることになった。男女の違いはあるし、向こうは二美男と汐子のように二人きりの家族ではないけれど、両親と別れたことや、父親の弟の家に引き取られたところはそっくりだ。

「……え、なんやの？」

「いや」

首を振って汐子から目をそらし、缶ビールをごくりとやった。ホットプレートのそばに置いておいたせいで熱くなっていた。まずいことになった。自分たちはとんでもないことに巻き込まれていたらしい。逃げ出したいし、何も知らなかったことにしたい。

しかし二美男の口からは、なまぬるいげっぷにつづいて、こんな言葉が勝手に洩れ出てくのだ。

何度も児童公園のベンチで作戦の打ち合わせをしたり、ねじ式サクラボールのライブに潜入したり、てるてる坊主を量産したりしているうちに、いつのまにか単なる姪っ子の同級生ではなく、歳の離れた仲間になっていた。二美男の精神年齢の問題なのかもしれないが、はっきり言って友達だった。

さらに、猛流のことも心配だった。あいつには確かに一杯も二杯も食わされたけれど、何

汐子と似た境遇の、将玄のことが気になって仕方がなかった

「もうちょっと……巻き込まれてみるか」

るのだった。

「……みんなはどうだ？」

全員が頷いた。

「こんなん聞いておきながら知らんぷりしろいうたって、不可能やろ」

「そのかわり汐子、お前、このこと絶対言うなよ」

「誰に？」

「誰にもだ。いいか、いままわりにいる人だけじゃなくて、今後会う人にもだぞ」

晴海が知ってしまったら、もうお終いだ。

「うん、わかった。言わへん」

絶対だぞと二美男は念を押した。

「しかし二美男ちゃんよ、もうちょっと巻き込まれるったって、いったいどうやるんだ？」

老原のじいさんが単純な質問をする。

「ええと、まず、いま録音で聞いたことを道陣さんに話して――」

「盗聴したって言うのかよ」

そうか。

「あ！　推理したって言えばええんちゃう？」

「うん？」

「今日の話について、あとでよーく考えたら、こんな推理を思いついたのやいうて、道陣さんに言うたらええんちゃうかな。ほんで、いま聞いた話を推理仕立てにして喋んねん。そしたら壺ちゃんが盗聴器仕掛けたことも誤魔化せるやろ」

「盗聴器じゃないよ汐子ちゃん」

「いっしょやて。なあ、そうしよ。誰が探偵役やる？　道陣さんの前で、いま聞いたことを喋る役。推理っぽく」

みんなが互いの顔を探り合い、最初に壺ちゃんが辞退した。

「俺ほら、今日このスマホを取りに行ったじゃないですか。そのあと〝推理〟をぺらぺら喋ったりしたら、一発で盗聴を疑われちゃうだろうから」

疑われるどころか事実そのものだったので、これには誰もが同意した。

「俺も駄目だ、ぜんぶそらで喋れる自信がねえ」

二美男も早々に遠慮した。

「よしわかった、俺がやる」

手を挙げたのは老原のじいさんだったが、あなたも長い話を憶えるのは無理だと香苗さんに言われて諦めた。

「RYUさんどうやの？　モノマネやっとるから演技上手いんちゃう？」

「無理だよ、地声で演技したことなんてないもん」

「ためしにさっきの話、ちょっと探偵役で喋ってみて。あたしが道陣さんやとして、はい」

汐子は胡座をかいて腕を組み、道陣を真似て眉に力を込めた。RYUはしばらくもじもじしていたが、やがて小さく咳払いをし、蚊の鳴くような声で喋った。

「僕は、推理をしまして……あの頭蓋骨はですね、将玄さんのものではなく……将玄さんが去年……去年の春に……」

これは駄目だ。

「しゃあない、あたしが探偵役やるわ」

汐子が不承不承といった感じで言ったが、もちろん全員に却下された。

「ほんなら菜々子さんどうやの？　前に菜々子さん、人力車を引く人やってたやん。あれって、あちこち回りながらお客さんにいろいろ説明せなあかんのやろ？　あっこのビルは何々で、あっこの寺はどうのこうのとか。喋るの得意ちゃうん?」

「あの道陣さんの前でスラスラ喋るのなんて無理……」

「そしたら能垣さんは? いっつも難しい話をしてみんなに適当に流されてるけど、じっくり聞いてもらえるチャンスかもしれへんで」

むっとするかと思ったら、能垣は両目を輝かせた。

「準備さえ念入りにできれば問題ない」

・

六

日曜日の昼。

嶺岡家の二階にて、二美男たちはふたたび座卓の前に並んでいた。ただし今回は、真ん中に座っているのは二美男ではなく、探偵役の能垣だ。座卓の向かい側には道陣、その隣に猛流がちょこんと正座している。

あれから二美男が猛流にメールを送り、例の頭蓋骨の件で能垣さんがどうしても道陣さんと話がしたいらしいと書き、何度かのやりとりの末、今日のアポを取った。探偵役を演じる能垣は、平日のうちに壺ちゃんのスマートフォンの録音を繰り返し聞き込み、蟻のように細かい字で独自のメモをつくり、二美男や老原のじいさんや汐子を相手役に、飽くことなく練習を重ねてきた。

もともと何かについて理路整然と語るのは能垣が得意中の得意とするところで、今朝の最終リハーサルでは、誰もが「完璧」の太鼓判を捺すほどの仕上がりだった。完璧な探偵役が、横一列になった二美男たちの真ん中に、いま座っているのだ。

が、誰も予想していなかった衝撃の事実があった。

「……お前さんの言っておることが、さっぱりわからんのだが」

能垣が極端に本番に弱いタイプだったのだ。

「ですから、その頭蓋骨が……いや、そのじゃなくて、あの……将玄さんのものではなく……」

全身に結露でも生じたかのように汗だくになった能垣は、言葉が支離滅裂で、いまや二美男にさえ何を喋ろうとしているのかわからなかった。これはまずい。何とか助け船を出そうとしたそのとき――。

「道陣さん」

突如として口をひらいたのは菜々子だった。

「あなたは息子さんにすっかり騙されましたね」

菜々子は道陣を真っ直ぐに見据えた。

「何？」

道陣が彼女を睨み返す。

「いえ、騙されたという言葉は適当ではなかったかもしれません。武志さんはただ、子供の頃から剣道の技を磨き合い、ともに成長しながら育ってきた将玄さんとの約束を守っただけだったのですから」

はっと道陣の顔が固まった。ついで、乾いた唇が半びらきになり、二重に見えるほど激しく震え出し、それを見た菜々子の唇の端が不敵に持ち上がった。——動揺しているのは道陣だけではなかった。二美男たちもまた驚愕して彼女の顔を見つめていた。しかし、そのことが場の空気をよりそれらしいものにし、道陣はその空気に呑まれたのか、ますます表情を強張らせる。

「これからわたしの推理をお聞かせします」

ピンチヒッター菜々子はすっと立ち上がった。

「もし間違っている箇所があれば、訂正してください」

彼女は二美男たちの背後をゆっくりと左右に歩きはじめる。道陣は見ひらいた両目でその動きを追っていたが、彼女がだしぬけに顔を向けると、さっと身構えた。

「まず、あの頭蓋骨は将玄さんのものではありません」

えっと声を上げたのは壺ちゃんだ。これは事前に相談して決めていたとおりのリアクションで、スマートフォンで盗聴したのではないかと疑わせないための作戦だ。もっとも語り手が能垣から菜々子に変わってはいたが。

「わたしはあれからじっくりと考えてみたんです。一年数ヶ月前の春の夜——将玄さんが武志さんを家から連れ出し、道陣さんがそのあとをつけた夜に、いったい何があったのか」

菜々子はふたたび左右に歩きはじめる。

「あなたはご自身が見聞きしたものから、こう想像しました。将玄さんが武志さんを玉守池まで連れ出し、そこで何らかのいざこざが起こったのではないか。そしてそのいざこざの中で、武志さんが将玄さんを殺害し、遺体を池に放り込んだのではないか」

何か言いかける道陣を、菜々子は鋭い目で制した。

「これはご自身でおっしゃったことです。道場の後継者問題という、争いの火種になりそうな出来事もあったので、百パーセントではないけれど、九十三パーセントほどは武志さんを疑っていたと。道陣さん、そうおっしゃいましたよね？」

道陣はぐっと堪えるような顔で何も言葉を返さず、尖った喉仏だけが生き物のように上下した。

「しかしそう考えるには、一つおかしな点があることに、わたしは後に気がつきました。道陣さんのご説明によると、その夜、将玄さんと武志さんは玉守池へと向かい、寺の裏手に回った。そしてそこで何事かを低い声で話し合っていた。やがて、どちらのものかはわからないけれど悲鳴が響き、そのあと何か大きなものが水に落ち込む音がした。その際の悲鳴について、道陣さん、あなたはこうおっしゃいました。押し殺したような短い悲鳴だったと」

道陣の顎が微かに引かれる。

「しかし、武志さんが将玄さんを殺害したのだとすると、それは不自然です。悲鳴が将玄さんのものだったと仮定した場合、彼は殺される瞬間に〝押し殺したような悲鳴〟を上げたことになる。では武志さんの悲鳴だったのかというと、加害者が〝押し殺したような悲鳴〟を上げるというのもおかしな話です」

こんな詳細までは打ち合わせしていなかったのだが、菜々子はいったいいつ考えたのだろう。

「あなたは、武志さんがただならぬ様子でその場を去ったあと、寺の裏手に回って現場を確認しました。すると暗い水の中に、人間の手のようなものが沈んでいくのを見た。二引く一は一残るで、その場には将玄さんが残っているはずだったのに、どこにもいない。そのことからあなたは、水底に向かって沈んでいったのは将玄さんだと思い込んだ。しかし、こう考えてみたらどうでしょう。そのとき将玄さんは、あなたがやってくる足音を聞いて咄嗟にどこかへ身を隠した」

自分の言葉がじっくりと道陣の中に染み込んでいくのを待つように、菜々子はしばらく黙った。

「ここで話を武志さんのほうに移します。その夜、道陣さんが問い質した際の武志さんの様子から考えるに、彼は確実に何かを隠しています。それが、自分が将玄さんを殺したという事実でないとすると、ではいったい何なのか。武志さんはどんな秘密を、誰のために守っているのか。後者をまず考えてみたとき、いまのところ関係している人物は、武志さんと将玄さんのお二人だけなので、ここでも二引く一は一残るで、将玄さんであると仮定されます。では武志さんは将玄さんにまつわるどんな秘密を守っているのか。そこで関連づけざるをえないのが、玉守池の底へ沈んでいった人間の遺体のようなもの、そして先週発見された、あの頭蓋骨です」

菜々子は両目にぐっと力を込めた。

「遺体。そして武志さんが隠している将玄さんの秘密。さらに将玄さんの行方不明」

おわかりですね、と菜々子は囁くような声で言った。

「そうです、一年数ヶ月前の春、人を殺して池に沈めたのは将玄さんであり、あの頭蓋骨は彼が殺害した人物のものだったのです」

横一列に並んだ二美男たちの中に、打ち合わせどおりのどよめきが走った。いや、菜々子のせいでかなりプラスアルファだった。

「もしわたしの推理に間違いがあるとお思いでしたら、道陣さん、どうぞおっしゃってください」

道陣は黙ったままでいる。何も言えないのは当然だ。いま菜々子が喋った事実はすべて、壺ちゃんのスマートフォンに録音されていた会話の中にあったもので、彼女の〝推理〟に間違いがあるはずがないのだ。

《話さなきゃならないことがある》

壺ちゃんのスマートフォンに録音されていたのは、武志の告白だった。

あのとき武志は、父親と息子に、一年数ヶ月前の出来事のすべてを打ち明けた。彼の声は終始硬く、ときおり苦しげに呻くような調子になったり、そうかと思えば感情が昂ぶって裏声になったりしながらつづき、そのあいだ道陣はほとんど声を発さず、猛流にいたっては完全に無言だった。

武志が息子の猛流をその場にいさせた気持ちは、漠然とだが二美男にも想像できた。実の息子に殺人犯かもしれないと思われていることが、耐えがたかったのだろう。だから本当の話を猛流にも聞かせようと決心したのだろう。

去年の春。

深夜に起きた出来事。

《寝ていた俺を、あいつが部屋に来ていきなり起こしたんだ。揺り起こすような感じじゃなくて、肩をこう、摑んで――》

無理やり武志を布団から引っ張り出した将玄は、何も理由を言わず、話があるから自分といっしょに来てくれと言った。その様子が尋常ではなかったので、武志はわけがわからずも慌てて身支度をした。家では話せないことだと言い、将玄はそのまま武志を外へ連れ出した。道々、武志は何度も理由を訊いた。しかし将玄は答えず、迷いのない足取りで三国公園へ向かうと、玉守池のほとりにある、あの寺の裏手へ入っていったのだという。

そこで将玄は武志に、驚くべき告白をした。

《自分は人を殺したと……あいつは言ったんだ》

いったい誰を殺したのか。

その人物について、将玄は池のほとりで武志に話し、それを武志は道陣と猛流の前で説明し、その音声を壺ちゃんのスマートフォンで二美男たちが聞いた。

しかし、それをここで菜々子が説明するわけにはいかない。そこまで〝推理〟してしまったら、さすがに盗聴を疑われてしまうからだ。

「将玄さんがいったい誰を殺してしまったのかまでは、わたしにはわかりません」

菜々子は白い額に縦皺を刻む。

「でもきっと、深い事情があったのだと思います。もちろん事情があれば人を殺していいというわけではありませんが、将玄さんは道陣さんという立派な人物のもとで育てられ、武道を学んだ人です。その場の衝動や、短絡的な理由で誰かの命を奪うようなことをするはずがありません。そうですよね道陣さん？」

「そのと……」

言いかけて道陣は口をつぐんだが、菜々子は構わずたたみかけた。

「よもやあなたは武道を通じて将玄さんによからぬことを教えてはいませんよね、道陣さん。それともあなたは将玄さんに対してそのような教え方をされたんですか？　親の仇であれば手にかけていいとでも教えたんですか？」

「教えるはずがない！　だから私は武志の話を聞いたとき――」

道陣ははっと顔を強張らせた。

「……語るに落ちましたね」

いまのはブラフでしたと菜々子は謝った。二美男はその言葉を知らなかったが、なんとなく意味はわかった。

「漠然と思い描いてはいましたが……本当にそうだとは思いませんでした。やはり将玄さんが殺害したのは親の仇だったんですね」

道陣は唇を横一文字に結んで歯を食いしばり、菜々子を睨み上げる。

「わたしは将玄さんにお目にかかったことはありません。でも、先ほども申し上げたように、道陣さんという立派な師範のもとで武道を学んだ人が、誰かをその手にかけるのには、相当な理由があったに違いないと考えました。そしてその理由について頭を悩ませました。そこで思い出したのが、彼のご両親のことです。二人は将玄さんが八歳のとき、道路を横断中、信号を無視したトラックに撥ねられて亡くなったそうですね。加害者に対してはさぞ強い恨みを抱いていたことでしょう。ですからわたしははじめに、こう考えました。将玄さんは幼い頃から胸に抱えて生きてきたその恨みを、とうとう晴らしたのではないかと。つまり、彼は交通事故の加害者を、その手にかけたのではないかと。でも、道陣さんによって立派に育てられた将玄さんですから、やはり殺人の動機にはなりえないように思えたのです。そこでわたしの中に、ある仮定が浮かびました。――もし将玄さんのご両親が亡くなった出来事が、事故じゃなかったとしたら」

　道陣の顔が苦しげに歪む。

「事故ではなく意図的なもの――つまり殺人であったなら、将玄さんにとっても殺人の動機にもなりうる。わたしはそう考えました」

《親を殺した連中の一人だと、あいつは言っていた》

　録音の中で、武志はそう話した。

《伯父さんと伯母さん――あいつの両親が死んだのは、本当は交通事故なんかじゃなくて、二人は殺されたんだって。自分は長年かかってその事実をとうとう突き止めて、犯人を探り出したんだって。そこまで話したあと、あいつは俺に、絶対に大声を上げたりするなと約束させて――》

　寺の裏手の、高床式になっている部分から、何か大きな重たいものを引っ張り出したのだという。

《男の死体だった》

暗がりで様子を窺っていた道陣が聞いた〝押し殺したような悲鳴〟は、おそらくそのとき武志が洩らしたものだったのだろう。

暗かったので、はっきりとはわからなかったらしいが、その男は蓬髪で、痩せ形、歳の頃は五十代に見え、白いTシャツに、だぼついたズボンを穿いていた。そしてTシャツの胸が赤黒く染まっていた。

《あいつは、その男の死体を池のはたまで引っ張っていって、突き落とした》

男の身体は、大きな音を立てて水を割った。

《自分は今日で家を出る。後継者がお前に決まった以上、自分は道場を去ることができる。道場と関係がなくなれば、今後何があっても、嶺岡家に迷惑をかけることはない。……あいつは俺に、そう言った》

そして。

「その後、将玄さんは姿を消しました。その理由については、二通りの考え方ができます。人を殺めてしまったことで、いつ警察の手が自分に伸びてくるかしれないと思い、逃亡した。あるいは——」

菜々子は短く間を置いた。

「彼にはまだやることが残っていた」

もうこれ以上広がると思わなかった道陣の両目が、ぐんと大きくなり、菜々子がつぎの台詞を話すあいだ、さらに広がりつづけた。

「わたしはこう考えています。親の仇は一人ではなかったのではないか。将玄さんの両親を事故に見せかけて殺した人間は、複数人いたのではないか。そして彼は、残る仇を討つためにどこかへ向かったのではないか」

それが、壺ちゃんのスマートフォンに録音されていた武志の告白の、最後の部分だった。

《親の仇はすべて特定できているらしい。自分はこれからその連中がいる場所へ向かうつもりだと、あいつは話した。それで、俺には家に帰るように言ったんだ。家族には、自分は事情があって遠くへ旅に出たとだけ伝えてくれって。だから俺は、そのとおりにして――》

《どうして将玄を行かせた！》

録音の中で、道陣の怒号は震えていた。

《俺だって後悔してる！　でも、わかってくれ。人の死体を見たのなんて生まれて初めてだったんだ。言葉が出なくて……とにかく逃げ出したかった。だからあいつに言われたとおり、その場から離れて、気がついたら夢中で公園を駆け出ていた》

《何故いままで私に話さなかった！》

《話してどうなる？》

抑えていた感情が一気に咽喉を割って飛び出したように、武志はひと息にまくし立てた。

《いいか、父さん、あいつは人を殺したんだぞ。いきなりそれを打ち明けられて、おまけに死体まで見せられて、そのことを簡単に父さんに喋れると思うか？　喋ったところで、父さんはどうするんだ？　警察に連絡するのか？》

道陣はただ唸り声を洩らすばかりだった。

それから二人は黙り込んだ。しかし、互いの呼吸が異常に荒くなっていたため、その沈黙さえも録音されていた。

《将玄が……将玄が人を……》

呼吸の合間に、苦悩に満ちた道陣の声が聞こえてきた。

《あいつは、捻れちまったんだ……》

疲れ切ったように、武志が呟いた。

《親に死なれて、この家に預けられて――》

そのとき二美男は、道陣が発した、あの言葉を聞いたのだ。

《あいつの育った環境に問題があったと言うのか？》

悲痛な怒鳴り声を上げた道陣に対し、武志はジェスチャーで答えたのだろうか。それとも何も答えなかったのだろうか。とにかく二人とも、その後は無言で、ふたたび息遣いだけが録音されていた。

やがて武志が猛流を促し、二人で部屋を出ていった。部屋に一人残った道陣は、ううう、おおお、あああ、と素早くつづけざまに声を発し、それはまるで、あまりのショックで呼吸困難でも起こしたかのように聞こえたが、単に無音の部分が録音されていないだけだった。道陣は何度も何度も、一人きりで呻いた。しばらくすると呼び鈴が鳴り、近づいてくる足音と、襖のひらく音と、すみませーん失礼しまーすという壺ちゃんの声が聞こえた。そして、道陣とのぎこちないやりとりや、部屋を歩き回る音、ごそごそとスマートフォンを座卓の裏から回収する音がつづき、最後に壺ちゃんの高い声が録音されていた。

《あっれ、ポッケに入ってた。すみません道陣さん、ポッケに入ってました》

調度類の少ない部屋だったので、スマートフォンが置き忘れられていることに家の人が気づかないのは不自然だと思い、壺ちゃんはそう言ったらしい。

道陣はぞんざいに低い声を返しただけで、疑っている様子はなかった。いや、武志の告白が頭を埋めつくしていて、ものを考える余裕がなかったのだろう。

「わたしの推理は以上です」

そう言うと、菜々子はもとの場所にゆっくりと腰を下ろした。

その後、道陣は長いこと無言でいた。二美男たちも口を利かなかった。猛流は道陣の隣で、耐えるように、祈るように顔をうつむけていた。

「……どうしろというのだ」

やがて道陣が、ほとんど唇を動かさずにそう呟いた。

「今後、なんかわかったら、ぜんぶ教えてほしいんすよ」

二美男が代表して答えた。みんなで相談して用意してきた台詞(せりふ)だが、まぎれもない全員の本心だった。

「むちゃくちゃ気になるもんで」

第五章

一

「……何で持ってくるんすか」

目の前にある松坂屋(まつざかや)デパートの紙袋が気になって仕方がなかった。

「こんなものを家に置いておけんだろうが」

和服姿の道陣は、向かいのシートで憮然(ぶぜん)として腕を組む。

「腕なんて組まないで、ちゃんとそれ押さえててくださいよ、落ちたらどうするんすか」

「胆(きも)の小さい男だな……」

紙袋の中には、風呂敷に包まれてあの頭蓋骨が入れられているのだ。

「人の頭蓋骨をそんなカジュアルに扱えるほうが、どうかしてるんすよ」

新幹線の中だった。名古屋についたら東海道本線に乗り換え、岐阜方面へ向かうことになっている。二人掛けの席を反転させ、二美男と汐子、道陣と猛流が向かい合わせに座り、通路を挟んで反対側では、三人掛けの席をやはり反転させて、菜々子とRYUと壺ちゃん、老原夫妻と武志が、ぎこちない雰囲気を崩せないまま黙り込んでいた。あぶれた能垣はちょうど二美男と背中合わせに、ほかの乗客たちにまじって座り、たぶん本を読んでいるのだろう、ちょっとわざとらしいようなページを捲る音がときおり聞こえてきた。

武志とはあの日に玄関先で行き合ったきりだったが、こうしてじっくり見てみると、道陣に水分補給したような顔立ちをしていた。菜々子は膝の上に文庫本を置いているが、気を遣っているのだろう、ひらかれてはいない。

——ミステリー小説が好きなんです。

あの日、嶺岡家からの帰り道、菜々子はすっかりいつもの彼女に戻ってそう言った。

——引っ越しの仕事をしてたときも、待機時間が長いから、よく車の中で読んでました。こんなちっちゃい、クリップになった、一人用の読書灯つけて。

——完璧でしたよ菜々子さん、まさに小説に出てくる名探偵って感じでした。

小説なんて読んだことがないので定かではないが。

「しかし、まさか奥さんが連絡とってたとは……びっくりですよね道陣さん」

「ああ、まだ怒りがおさまらん」

いま向かっている場所のことを教えてくれたのは、道陣の妻、松代だった。

「将玄さんから手紙が来てたの、奥さん、ずっと隠してたんすね」

「将玄からではない、山田和子だ」

「ああそうか」

将玄はその偽名を使い、松代に手紙を送っていたのだという。

最初の手紙が届いたのは、行方不明になったひと月後のことだった。詳細は何も説明されていなかったが、とにかく心配するようなことはない、自分はちゃんと元気でやっているからと書かれていたらしい。いなくなった理由はいずれ必ず説明するので、それまで誰にも手紙のことは話さないでくれと、これは二度も繰り返して書いてあったという。松代は将玄との約束を守りつつ、これまで何度か手紙をやりとりし、段ボールに食べ物を詰めて送ったことも二度ほどあったとか。

「将玄さん、岐阜で何やってんすかね」

「知らん」

道陣は白い眉を互い違いにして宙を睨んだ。

「だが、間もなくわかる……本人を問い質せばな」

手紙のことを道陣が知った経緯はこうだ。二美男たちが二度も家に押しかけてごたごたやっていたのが気になり、道陣や武志、猛流の様子もおかしかったので、松代は道陣に、いったい何の騒ぎなのかと訊ねた。道陣はその場では答えなかったが、しばらくしてから松代が、何か将玄に関係のあることなのかと訊いた。道陣はただ頷き、詳細は語らなかった。すると松代はじっと黙り込み、その沈黙の不自然さが道陣は気になった。将玄について何か知っているのだろうかと疑った。そこでためしに訊いてみたところ、彼女は〝何か〟どころではなく、将玄の消息や、手紙のやりとりのことを打ち明けたのだという。そのことを道陣は、約束だからといって二美男に電話で伝えた。

そしていま、二美男たちはこうして朝から岐阜へ向かっている。汐子と猛流の小学校は、今日から夏休みだ。

「手紙をもらってたから、奥さん、心配してなかったんですね。前に道陣さん言ってたじゃないですか、将玄さんが消えたあと、一ヶ月もしたら松代さんはけろっとしてたって」

道陣は大きく頷いた。頭というより顎を上下させているように見えた。

「安心させたいのは女親だけというわけだ」

「奥さんがもっと早く教えてくれてれば、道陣さんも変な疑いを持たずにすんだんですけどね。武志さんが将玄さんを殺したなんていう」

「まったくだ。松代から手紙の話を聞いたときは、はらわたが煮えくりかえった。私は沸き上がった怒りをどうすることもできず……」

思い出したくない光景を遮断するように、道陣は目を閉じた。しかし言葉はつづいた。

「気がつけば木刀を持ち出していた」

えっと二美男は驚き、猛流に「ほんと?」と口の動きだけで訊いた。猛流はこくんと頷く。

「そのとき、お祖父ちゃんとお祖母ちゃんは居間にいて……僕は二人が何の話をしてるのかわからなかったんですけど、急にお祖父ちゃんが飛び出してきたと思ったら、自分の部屋から木刀を取ってきて、こう――」

猛流は木刀を大きく振り下ろす仕草をしてみせた。

「……祖母さんを?」

素振りだと道陣が訂正する。

「庭に出て、妻と将玄に対する自らの怒りをつづけざまに両断し、その両断したものをさらに打ち砕いた」

「凸貝さん、お祖父ちゃんは昔、世界選手権で決勝まで行ったことがあるんです。木刀で人を打ったりしたら取り返しのつかないことになります」

「お前が紛らわしい言い方したんじゃねえか。でも……へえ、決勝戦か」

「お弁当がアタらなくて、その決勝戦に出られていれば、優勝していたと思います。大事な日で、しかも夏なのに、お祖母ちゃんがお弁当に生ものを入れて――」

「お祖母ちゃんのことをそんなふうに言うんじゃない。食べた私が悪いのだ」

道陣が低い声でたしなめ、猛流はしゅんと肩を丸めた。

「ほんで、その、猛流くんのお祖母さんが手紙をやりとりしてた住所に、いまから行くいうわけやね」

汐子はさっき買ってやったカチンコチンのアイスクリームにスプーンを突き刺そうと苦労していた。

「ああ」

道陣は窓の外に視線を延ばす。さっき見えていた富士山が、もうどこにもない。

「飛騨(ひだ)の鉱山博物館にな」

そこが、〝山田和子〟からの手紙の送り元だった。何度かの手紙のやり取りの中で、松代があれこれと訊ねても、将玄は具体的な自分の生活のことや、岐阜県にいる理由や目的などについては一切書かず、ただ手紙の送り先はそこにしてくれと頼み、松代はそのとおりにしていたらしい。

「将玄さん、その博物館で働いてはるんやろか」

「馬鹿を言うな！」

道陣は顔面に力を込めたが、その口からはつづく言葉が出てこなかった。

「僕たちが東京を離れているあいだに、警察が玉守池を捜索したりしないでしょうか」

猛流が頭蓋骨の入った紙袋に不安げな目を向けたが、その心配はないと二美男は請け負った。

「俺、さっき上野駅に集まる前に、交番に寄ってきたんだよ。知り合いの警察官に、岐阜の鉱山博物館まで行ってくるんだけどお土産いるか？　なんて適当に話しかけて、またいろいろ訊き出してみたんだけどさ、酔っぱらいが頭蓋骨を見たって例の話は、もう警察じゃ誰も気にかけてないらしい」

「そうですか」

「そのかわり、例のほら、ワニガメのほうがけっこうな問題になってんだと。池の周りに看板立てて、危険だから絶対に入るなって注意してるとか。ボートも当面使用禁止になったって言ってたな」

「でもそれ……むしろ心配ですよね」

「え何で？」

「だって、ワニガメを探すのに、池をさらうことになるかもしれないじゃないですか」

なるほど、そうか。あの池には、いまここにある頭蓋骨の、本体というか、首から下の骨がまだ沈んでいる。きっとばらばらになっているから、池を総ざらいでもしはじめたら、おそらくあっという間に一つ二つ見つかってしまうだろう。すると、警察はすぐさま全身の骨を探しはじめ、しかし頭だけがどうしても見つからない。いったい頭はどこだという話になり、三国祭りの日に酔っぱらいが見たという頭蓋骨や、パンダの面を被って現れた人物のことが話題に出る可能性がある。そうなってしまったら、警察が道陣のもとへやってくるまで、おそらくそう長くはかからないだろう。

「しかしまあ、それに関しちゃ俺たちは何もできねえからなあ……」

いまできるのは、将玄に会うための唯一の手がかりである、手紙の住所に向かうことだけだ。

それにしても、岐阜だの鉱山博物館だのに、いったい何があるというのか。将玄が言う〝親の仇〟が、その施設と関係のある人物なのだろうか。あるいは博物館の内部に、誰か将玄の仲間になっている人間がいるのだろうか。山田和子という人物は実際のところ、単に将玄が松代との手紙のやり取りのためにつくった名前なのだろうか。しかし、そうであった場合、実在しない人物宛の郵便物が、どうやって将玄の手元に届いているのだろう。男性名であれば、将玄がその偽名を使って暮らしていることも考えられるが、山田和子では難しい。

道陣によると、これから向かう場所は、将玄がかつて暮らしていた町のすぐ近くなのだという。その町は、江戸時代から進められてきた大規模な鉱山開発にともなって人口が爆発的に増え、かつてはかなりの賑わいを呈していたのだが、鉱山の閉鎖とともに衰退し、いまではすっかり静かな町になっているらしい。鉱山博物館というのは、その鉱山の跡地に建てられた施設なのだとか。

鉱山開発の最盛期、昭和三十年代半ばに、将玄の父親、道陣の兄である玄陣は、東京からその町に移り住み、作業員として働きはじめた。やがてそこで結婚をして将玄が生まれ、将玄は鉱山の町で幼少期を過ごしたが、八歳の春に両親が交通事故で命を落としたことから、東京で暮らす道陣に引き取られた。

「将玄さんのお父さんは、剣道まったくやらなかったんすか？」

嶺岡家は先祖代々つづく剣術家一族で、江戸時代には武士たちにも指導を行っていたらしい。しかし玄陣はその道場を飛び出し、鉱山町に移り住んで働くことを選んだ。そして弟の道陣が道場を継ぎ、いまにいたる。

「やっておらん。兄は、幼い頃から父と折り合いが悪かったのでな。父は何度も兄に、自分の下(もと)で剣道を習うよう諭したのだが、けっきょく一度も竹刀を握ろうとはせなんだ。そのまま高校を出ると、事前にろくな説明もせずに家を飛び出し、飛騨で鉱山夫になった」

自分自身で何かを成し遂げたかったのかしらん、と道陣は窓に目を移した。

「うちの兄貴も、大阪に出ていって、そこで結婚して子供つくったんすよ。子供ってこいつですけど」

二美男が言うと、道陣は汐子に目をやった。

「似ておるな」

「似てますよね。どっちも東京から出ていって、いきなり死んで、八歳の子供を弟にまかせて……ん、どした？」

二人の会話など耳に入っていないように、汐子は通路に上体を突き出して前方を見ている。

「いま誰か……隠れたような気がしてん」

二美男も汐子の背中に重なるようにして、そちらを覗いてみた。

「ドアに窓あるやろ、あっこにな、なんか頭が引っ込んだように見えてん」

「前にもあったな……」

三国祭りの一週間前、アパートの部屋を覗いていた人影。そして祭りの当日、人混みにまぎれて二美男たちを見ていた人影。

「いや、あれは老原のじいさんだったか……どれ」

二美男はシートを滑り出て、ドアの前まで行って開けてみた。さっき汐子のアイスクリームを買った、車内販売の女性が、屈み込んでワゴンの商品を整理している。この人の顔が見え隠れしていたのだろうか。気がかりがすっかり消えたわけではなかったが、二美男はそのまま席に戻った。全員が報告を待つ顔でこっちを見ていた。車内販売員のことを言うと、みんな曖昧に納得し、しかし老原のじいさんがとぼけたことを訊いてくる。

「なんかさっき、俺がどうしたとか言ってなかったか？」

「こないだの話だよ。じいさん、窓から俺の部屋覗いたり、祭りの日に、人にまぎれて俺たちのこと盗み見てたりしただろ」

「してねえよ」

「してたじゃんかよ」

「してねえって」

「じゃ、何で俺たちの作戦のこと知ってたんだよ」

「こいつに聞いたんだよ。なんかみんなして隠しごとしてるみてえだったからさ」

じいさんに指さされた壷ちゃんが、悪戯を見つかった子供のように首を縮める。

「だって老原さん、喋らないと絶交するって……」

「え、なんだよじいさん、あんた作戦のことぜんぶ知ってたのか？」

「おおよ」

「じゃ、何で俺が飛猿やってるとき、俺の名前呼んでガッツポーズすんだよ」

「気持ちがこう、盛り上がっちまってさ」

その盛り上がりを表現するため、じいさんは両目を見ひらき、肩口で両手を上に向けてわなわな震わせてみせる。

「勘弁してくれよ……」

と二美男は頭を掻き、みんなは笑ったが、全員の頭に同じ疑問があるのは明らかだった。

二美男の部屋を覗いたり、祭りの日、人混みにまぎれてこちらを見ていたのは、いったい誰だったのだろう。

「……ここか」

松坂屋の紙袋を片手に、道陣は用心深い目で周囲を睨め回す。

「……ここっすね」

二美男はアーチを見上げた。アーチには鉱、山、博、物、館、と別々の金属プレートに文字が浮き彫りにされていて、そのプレートの種類も茶色と暗い銀色の二色があり、交互に使われている。茶色いのは銅で、暗い銀色のほうは……トタン板に色が似ているから、亜鉛だろうか。

二

二美男たちは名古屋から東海道本線に乗り換え、途中駅でさらに私鉄に乗り換えた。たどり着いたのは、とても小さな町だった。人けのないロータリーには「歓迎」と書かれた四角いポールが侘しく立っていて、駅のまわりには薬局が一軒、不動産屋が一軒、靴屋が一軒、その靴屋の脇に郵便ポストが一つ。それくらいしか思い出せないが、郵便ポストを憶えているくらいだから、ほかに大したものはなかったのだろう。「こっからバスっすね」と壺ちゃんがスマートフォンを見ながら教えてくれ、二美男が停留所で時刻表を確認したところ、バスが来るのは十分後だったので、みんなで並んで待った。ところがバスは十分待っても来なかった。十五分待っても来なかった。かんとした晴天で、午後の太陽が針みたいに肌を刺した。靴裏が溶けて地面にくっつきそうなその場所で、三十分近く待った頃、ようやくバスは道の先からのろのろ現れた。そのときには二美男はすでに、自分が時刻表を見間違え、土日の欄を確認してしまったという事実に気づいていたが、口にはせず、バスの遅れを田舎の気質のせいにした。誰もそれを疑わないような、町の風景と、バスの外観と、運転手の風貌だった。

そのバスに乗って目的地を目指した。将玄が両親とともに八歳まで暮らしていたという町は、石富町（いしとみちょう）という、字面がそのまま場所の特色を示した単純なネーミングだった。もっとも二美男たちが暮らす池之下町も、単純さではチョボチョボのところだが。

バスは幹線道路をしばらく進んだあと、片側一車線の脇道に入った。やがて道の左右に広がったのは、疲れたような町の風景だった。色の少ない絵の具で描いたような町で、道陣によると、将玄が両親とともに暮らしていたのは、バス通りからほどちかい社宅だったらしい。バスはすぐに市街地から離れて山道へそれ、危なっかしい橋を渡って川を越えた。そこからカタツムリの殻に沿うように、上り勾配の道を進んでいくと、ほどなく道が平坦になった。そして民家や小さな酒屋や郵便局がぽつぽつ現れはじめ、うらぶれた景色の先に、大きな駐車場を持つこの施設が見えたのだ。

「いよいよこの博物館の中で将玄さんを見つけ出すのね？」

香苗さんは宝探しでもはじめるように浮き浮きしている。

「いるんなら、でかい声で呼びゃあ聞こえそうだな」

老原のじいさんが言うとおり、鉱山博物館は想像していたよりもずっと小さく、アーチの先に一本道、その先に、山の斜面を背にして、豆腐みたいな四角い建物がぽつんとあるだけだ。人けはなく、建物の周りには金属のオブジェがいくつか、太陽を跳ね返しながら、しんと静止している。

「あそこに何か書いてありますね」

菜々子がアーチの先にある看板を指さした。白く塗られた板が斜めに立っていて、そこに赤い字で「採鉱アドベンチャー／は展示室の奥！←」と書いてある。手作りの看板で、字はあまり上手くない。展示室というのは正面に見えているあの四角い建物のことだろうか。ほかに建物はないので、たぶんそうだろうということで、みんなで入り口まで移動した。

自動ドアがひらいた瞬間、冷えた空気がすーっと身体を包んだ。

「いらっしゃいませ」

左手に受付があり、ガラスの向こうに事務服を着た中年女性が座っている。ちょうどいいサイズの制服がなかったのか、あるいは制服を支給されてから肥ったのか、少し窮屈そうだ。

「こちらでチケットをお求めください」

訛（なま）りのある言葉とともに笑顔を向けられ、どうしたものかと二美男たちが迷っていると、道陣が進み出て窓口に立った。

「大人九人と子供二人だ」

「あと二人いたら団体割引できたんですけどねえ」

残念そうに笑いながらチケットを出して数える。

「私が出しておこう」

道陣は古い革財布の中から一万円札と保険証を出して事務員に渡した。保険証により道陣にシルバー割引が適用され、合計三千六百円のところ三千五百円になった。

建物は展示スペースがほぼ全体を占めていた。客がおらず、閑散としている光景を想像してきたが、意外に人がいる。夏休みだからだろう、そのほとんどが小中学生か、その家族や親戚らしい大人たちだった。自分たちも、はたからすると親戚一同みたいに見えているかもしれない。

「で、どうします？」

「まずは内部の様子を確認せねばなるまい」

というわけで、ばらけて展示室の中をめぐった。

四方を囲むガラスの向こう側で、汚れた服を着た作業員の人形が、ツルハシを振るったり、掘削機(くっさくき)を構えたり、金槌(かなづち)で鑿(のみ)の頭を叩いたり、ダイナマイトを仕掛けたり、モッコで石を運んだり、しゃがみ込んで鉄瓶の水を飲んだりしている。服装や道具の時代がばらばらなのは、わざとだろうか。ほっかむりにモンペ姿の女性たちは、石を選り分ける作業をし、中には赤ん坊を背負っている女性もいる。

展示室には、人形のほかにも、実際に持ち上げられる岩石の塊が置いてあったり、短いビデオを流す部屋があったり、火花を出せる火打ち石が置いてあったりした。壺ちゃんが珍しがり、あちこちの説明書きを、いちいちそのとおりに口を動かして読み、またスマートフォンでカシャカシャ写真も撮っていたが、どうやら撮影禁止だったらしく、つるつる頭の老人にたしなめられた。壺ちゃんが謝ると、老人は連れていた孫らしい少年に、どうだという顔を向けた。

さっきの看板に書かれていた「採鉱アドベンチャー」というのは、一番奥にあった。作り物の洞窟がぽっかりと口をあけ、遊園地のアトラクションみたいに見える。入るには別料金がかかるようだ。この建物は山の斜面を背にしているので、ひょっとしてあそこから本当に山の中へと穴がつづいているのだろうか。

最初の受付の前に、ひとまずみんなで再集合した。

「何すりゃいいかわかんねえな」

二美男が言うと、みんな頷く。

「僕、将玄さんの写真を持ってきているんです」

猛流がリュックサックの中を探った。

「これをまずここの人に見せて、知っているかどうか訊いてみるのはどうでしょう」

「なるほど写真か！」

道陣が両目を見ひらき、猛流の手からL判の写真を預かった。

「よく思いついたな、猛流。誰か将玄の顔を見かけたことがあるやもしれん。よし、さっそく見せてみよう」

道陣は受付のほうへ歩いていく。

「少々訊ねたいことがあるのだが、よろしいか」

先ほどの、事務服をきつそうに着ている女性に話しかけ、道陣は写真の天地を直してカウンターに置いた。二美男はその写真を後ろから覗いてみた。いまさらながら初めて見る、将玄の本当の顔だった。

写真の中で、将玄は剣道着と防具を身につけていた。ちょうど面を外したところなのだろうか、顔は汗だくで、頭に白いタオルが巻かれている。嶺岡家の道場で撮られた写真ではないようだ。背景にはぼやけた観客席が写り、人がたくさん並んでいる。不意に声をかけられて、こちらを向いた瞬間にシャッターを切られでもしたのか、将玄はまったく無防備な表情をしていた。眉が太く、顔は四角く、鼻は平たく、「いかつい男」という言葉がぴったりくるが、意外だったのは、道陣や武志と違って、目に鋭さがない点だ。ひどく素直そうな――幼い、と言ってもいいような目で、彼はカメラを振り返っている。

「この人物を見たことが、おありではないかな？」

道陣が訊ねると、受付の女性は丸い頬に手をあて、首を右へ倒したり左へ倒したりしていたかと思うと、急に大声を上げた。

「トワコさん！」

彼女の背後にあるドアがひらき、食べかけの煎餅を持った、もう一人の事務員が出てきた。受付に座った女性と違い、顔も手足も痩せて骨張っている。襟元や尻のあたりで事務服が余っているが、二人は互いに間違えて相手の服を着てしまったのだろうか。

「この人を知っとらんかって」

「どれ……さあ、どやろ。あんた知っとる？」

「知らんから呼んだんよ」

「剣道やっとる人なんてねえ……あたし心当たりないねえ……」

そう言いながらトワコさんは右手に持った分厚い煎餅をひと口齧(かじ)った。彼女の事務服の胸には、「山田」というネームプレートがついている。

「山田……トワコ……」

思わず二美男が呟くと、彼女は口の中をぼりぼり鳴らしながら不思議そうにこちらを見た。

「あの、トワコって……もしかして、十に和太鼓の和に子供の子っすか？」

彼女は煎餅を咀嚼(そしゃく)するのをやめ、唇を舐めながら頷く。

そのとき汐子がぱちんと手を叩いた。

「もしかして将玄さんが使てた名前って、この人の名前を一文字変えたんちゃう？」

「そうかも！」

菜々子が胸の前で両手を握り合わせる。

「すごい汐子ちゃん！」

「わたしの名前？　え、何？」

「山田さん、あなた宛てに、名前の一文字が足りない手紙が来ることはないですか？」

菜々子が訊くと、ありますよと十和子さんは答えた。

「でもそれ、わざとなんやけどねえ」

「ああショウちゃんに渡す手紙のこと？」

制服がきついほうの事務員が、何でもないような顔で訊く。

「失礼だがショウちゃんとは？」

勢い込んだ道陣の問いに、彼女は平然とした顔で「嶺岡さんって人です」と答え、十和子さんが「嶺岡将玄さん」とつづけた。二美男たちが面食らっているうちに、十和子さんじゃないほうの事務員がぱちんと二重顎の前で手を打った。

「なんや、これ将ちゃんやないの！」

十和子さんも隣から写真を覗き込んだかと思うと、口の中の煎餅がこぼれないようにしながら笑った。

「あらやだほんと。これ将ちゃんやわ。変な恰好しとるからわからんかった。すんごい痩せとるし」

「将玄を知っとるのか！」

ここで働いてますよおと彼女たちは異口同音に答え、そのことが可笑しかったようで、身体をぶつけ合うようにしてげらげら笑った。ひとしきり笑ってから、十和子さんじゃないほうが涙を拭きながら言う。

「嶺岡将玄さんのこと知っとるかって、最初から訊かはったらよかったのに」

あはははほほほほと二人はまたひとしきり笑う。

「……将玄はどこに？」

あっこ、と十和子さんが展示室の奥、「採鉱アドベンチャー」があるあたりを指さした。

三

作り物の岩のアーチを全員で抜けた。

薄暗いその場所には教卓みたいな机が置かれていて、いかにもそこに受付係が立っていそうだが、いない。机の前側にはパウチした紙が画鋲（がびょう）で留めてあり、「所要時間は一回約三十分です。次回の出発は　　となります。」と印刷されていた。空欄の部分にホワイトボード用のマーカーか何かで、パウチフィルムの上から「14:45」と書いてある。

「いま……二時四十六分か」

二美男は腕時計を見た。

「過ぎてんじゃねえか」

そのとき通路の奥から声が聞こえた。男の子だ。抑揚ばかりが響いてきて、何を言っているのかは聞き取れないが、ひどく興奮していることはわかる。――と、それを掻き消すようにして、いきなり野太い笑い声が響いた。

「うははははは！　ダイヤモンドなんて出てきたら、お金持ちになっちゃうなあ！」

将玄だ、と武志が鋭く囁く。

「まじすか――」

ここにいると十和子さんに言われたから来たのに、実際に相手が現れてみると、知らず身体に力が入った。親を殺した人物を殺害して池に沈めた男。まだ残っている仇を討つため、この地へやってきた男。しかし、聞こえてきた声は、やけに明るく、二美男にはそのチグハグさがむしろ不気味だった。

「そしたら、おじちゃんに何か買ってくれよぉ」

「いいよ、何ほしい？」

「やっぱり現金！」

「えー！」

「うはははははははははは――」

ぴたりと笑い声が止まった。

薄暗い通路の先に、嶺岡将玄が立っている。彼が急に足を止めたせいで、背後にいた五人――小学校低学年くらいの少年と、たぶんその両親と祖父母も、つんのめるようにして立ち止まった。将玄はカーキ色のつなぎに、作業用ブーツのようなものを履き、頭にはヘルメットとヘッドライトを装着している。写真で見たよりも、確かに少し肥っているようだ。

将玄の目は、真っ直ぐ道陣に向けられていた。ついでその視線は素早く武志へと向けられ、それから二美男たちの顔を曖昧に上滑りして、最後に猛流の顔の上で止まった。

「……将玄」

道陣が低く呼びかける。

行方不明になってから一年三ヶ月ぶりに、育ての親と視線を合わせた将玄は、そのまましばらく動かなかった。しかしやがて、まるで一時停止の解除ボタンでも押されたように、ふたたびこちらに向かって歩き出し、後ろにいた家族たちも、戸惑った顔でついてくる。

「じゃ、これで終わりですんでね、どうもありがとうございました。よかったら、また来てください」

家族連れはそれぞれ将玄に頭を下げると、二美男たちにも軽く会釈をして、背後の展示室へ出ていった。将玄はその背中を見送っていたが、やがて目だけをこちらへ向け、嶺岡家の三世代と二美男たちを見た。

「久しぶりだな、将玄」

道陣が一歩進み出た。将玄は動かない。さっきまで両目を満たしていた驚きは、いまはもう消え、そこにあるのは力ない諦めの色だった。

「……叔母さんが話したのか」

客と話していたときとは別人のような低い声は、口というよりも、胸から響いてくるように聞こえた。

道陣は頷き、相手と同じような低い声を返した。

「そう、松代から聞いた。そして、家を出た理由も武志からすべて聞いておる」

将玄の目がさっと武志に向けられた。

「お前――」

言葉を返そうとした武志を、道陣が素早く制する。

「武志はすべてを話さざるをえなかったのだ。ここに入っているもののせいでな」

道陣は松坂屋の紙袋を相手に向かって突き出した。

「……中身は？」

「この場所では話せん」

「いっしょにいる連中は何者だ」

「それもおいおい話そう。じつのところ彼らも事情を知っておる。いや待て将玄……私や武志が話したわけではない。彼らはすべてを言い当ててみせたのだ。まったく舌を巻く洞察力と推理力であった」

将玄は道陣の顔と紙袋を交互に睨みながら、唇をひらき、また結び、けっきょく相手の言葉を待つように顎をそらした。

「経緯を説明するには、場所と時間が必要だ」

道陣は将玄の背後につづく通路を顎で示した。

「どうやら恰好の場所があるようだが」

四

幅二間ほどの、天井の低い廊下を進んだ。真っ直ぐ二十メートルほど行ったところに金属製のラックがあり、ヘッドライトつきのヘルメットがたくさん置かれている。決まりだからということで、それを全員かぶらされ、将玄を先頭に、二列縦隊で奥へと歩き出す。しばらく進むと廊下は唐突に終わり、そこから先は、同じ幅、同じ高さの坑道(こうどう)に接続していた。

「切って、つなげたみたいやね……」

まさに汐子の言うとおり、その光景はまるで、古い坑道の端をすぱっと切断して、その断面に新品の廊下をつなげたように見えた。いや、実際そうなのだろう。坑道には細い金属製のパイプが左右に一本ずつ、太いパイプが膝の下あたりに一本走っていたが、その先端は奇麗に切断され、こちらに断面を向けている。坑道の真ん中にはトロッコ用の線路が敷かれているが、その線路も同じところでぷつんと切れていた。まるでこの場所を境に、向こうとこっちで別世界のようだ。

ここから先は本物の坑道なのだと将玄が説明した。

「閉山になって、もう二十年くらい経つ。俺が町を出た頃が末期だった」

将玄は前方を見据えたまま話したが、口調から推して、言葉は嶺岡家の三世代に向けられているようだ。

「市街地にあった選鉱所も、この近くの製錬所も、親父とお袋といっしょに暮らしていた社宅も……みんななくなっていた」

二列縦隊のまま、線路の枕木に足を取られないよう注意して進む。坑道は漠然と思い描いていたような、岩が剥き出しの洞窟ではなく、アーチ形の天井と壁が、マス目状のコンクリートで覆われていた。将玄の指示でみんなヘッドライトのスイッチを入れていたが、どうやらそれは光源というよりも臨場感を出すための小道具的な役割が大きいらしい。天井を這う電源コードから、五メートルに一つほどの間隔で裸電球がぶら下がっていて、その光だけで充分に視界は利いた。

「通常の案内と同じように、奥までひと回りさせてもらう。監視カメラがいくつかあるからな。誰が映像をチェックしているわけでもないんだが」

真っ直ぐにつづく坑道を歩いていくと、やがて赤さびの浮いた線路の上に、石をたくさん積んだトロッコが現れた。積まれた石は、みんな本物だ。石の表面には、ところどころに何か金属らしい物質が露出している。中には、霜柱のような白い結晶が埋まっている石もあるが、これは水晶だろうか。盗まれないようにするためか、あるいはもともとそうやって運ぶものだったのか、石は上から頑丈そうな網でぎゅっと固定してある。

「しかし……こんなに早く居場所がばれちまうとはな」

「答えてもらうぞ、将玄」

和服にヘルメットをかぶった道陣の姿はひどく滑稽ではあったが、その横顔は、裸電球に上から照らされて、いつもの二倍増しで迫力があった。

「お前は何故こんな場所にいる。お前が武志に話した〝親の仇〟というのはいったい何者だ。兄夫婦に——お前の両親に、二十五年前、いったい何があった」

「その前に、こっちから訊きたいことがある」

道は平坦で、起伏はないが、だんだんと左へ向かってカーブしていく。ときおり壁際に、ツルハシや猫車やシャベルが置かれているのは、おそらく雰囲気を出すためだろう。

「叔父さんはさっき、その袋に入っているもののせいで、武志が俺の秘密を話さざるをえなかったと言ったな」

「いかにも」

「中身は何だ」

先ほどと同じ質問だったが、今度は道陣ははっきりと答えた。

「お前が殺した男の頭蓋骨だ」

見えない手に後ろ襟を摑まれたように、将玄の足が止まる。やがてその顔が、秒針くらいの速度で、斜め後ろに立っている道陣のほうへ向かってじわじわと回った。目深にかぶったヘルメットのせいで表情はよく見えず、完全に振り向いてからも、唇が少し隙間をあけているとしかわからない。

「その頭蓋骨を何故、私が持っているのかと訊きたいのだろう」

将玄は答えない。

「そもそものきっかけは猛流だった」

「猛流……？」

「少々長くなるが、聞かせよう」

将玄の顔を真っ直ぐに見据えたまま、道陣は今日までのいきさつを話した。長くなると自分で言っていたし、実際そうなるだろうと二美男も思ったが、これまでの経緯を何度も自分の中で反芻してきたのか、淀みのない、まるで講釈師のような説明ぶりで、短時間で非常にわかりやすく話し終えた。

「そして、ここへやってくるのに、この重大な罪の証しを家に置いておくわけにはいかず、こうして持参した次第だ」

説明を聞き終えた将玄は、しばらく言葉を探すように沈黙した。

「……頭だけ、玉守池から見つかったのか」

乾ききった、絞り出したような声だった。

「いまのところはな」

「身体は」

「見つかっとらん」

「警察は――」

道陣は答えず、二美男のほうへ視線をよこす。

「あ、俺の知り合いの警察官から聞いたんすけど、そいつの口ぶりだと、池から頭蓋骨が出たってのは、いまのところその、酔っぱらいが見間違えたってことになっていて、とくに問題にはされてないみたいです」

将玄は顔を伏せた。言葉は発せず、その呼吸だけが、だんだんと激しくなっていく。歯のあいだから息を吸う音が、しだいにペースを上げていき、やがて呼気に微かな声がまじりはじめたかと思うと、その声が言葉になって聞こえてきた。

「死体が……池から……」

そして将玄は、譫言のように呟いた。

「でもあれは……冬じゃ……」

そう聞こえた。

ピピッと電子音が鳴り、将玄がはっと腕時計を顔の前に持っていった。二美男も自分の腕時計を確認してみると、三時ちょうどだ。

「……歩こう」

将玄につづき、一行はふたたび薄暗い坑道を進みはじめた。やがてトロッコの線路は二叉に分かれ、トの字形に右後ろへ分岐する線路のはるか先に、白い外光が見えた。

「あそこにも出口があるのねえ」

これまでの会話をまるで聞いていなかったかのような、呑気な香苗さんの声だった。

「何もない場所に出るだけです。以前は飯場やなんかがあったそうですが」

将玄は答えたが、その声には心がまるでこもっていない。分岐した先に、何か注意書きの看板でも立ててあるのか、光の真ん中に縦長の黒い影があり、まるで光全体が巨大な猫の片目のようだ。

そこを過ぎてしばらく進むと、今度は二両編成のトロッコが現れた。こちらには石が積まれておらず、鉄製の箱の底には、さっき石を固定していたのと同じ網がぽつんと寝かされている。

やがて床や天井に張られていたコンクリートが消え、岩盤が剥き出しになったエリアへと入り込んだ。天井が若干高くなり、幅は歪な広がりを見せ、ちょっとした袋のようになっている。ちょうど、蟻の巣の中にある女王部屋のような場所だ。壁際にはやはりシャベルやツルハシが転がっている。裸電球も天井からぶら下がっていたが、隅々までを明るく照らしているわけではなかった。一歩ごとに足下で砂利が音を立てる。大人数で歩いているので、どれが誰の足音だかわからない。いや、これは反響のせいもあるようだ。足音の主どころか、聞こえてくる方向も、上下左右すべてからといった感じだった。

と、そのとき将玄が急に立ち止まった。

「……ヘッドライトを消してくれ」

誰に言ったのだろう。よくわからなかったので、そのまま突っ立っていたら、将玄はちらりとこちらを振り向いた。どうやら全員に言ったらしい。みんな言われたとおりにし、それを見届けてから、将玄も自分のヘッドライトのスイッチを切った。しかし周囲は天井の裸電球で照らされているので、べつに真っ暗になるわけではない。

将玄はその場を離れ、一方の壁のほうへ歩いていった。壁際には折りたたみ式の椅子が置かれ、その上に何かが載っているが、将玄の身体の陰になって、よく見えない。天井から椅子の上まで、一本の電源コードがぶら下がっている。その先端にあるスイッチボックスのようなものに将玄が手を伸ばした瞬間——。

突如としてあたりが完璧な暗闇になった。

「将玄っ……！」

道陣が鋭く声を飛ばし、その声が四方八方から跳ね返ってくる。

「大きな声は出さないでくれ」

将玄の低い声も無数に増殖して響いた。視界はまったく利かず、天井に並んでいた裸電球の残像だけが、目の動きについてくる。

「俺だって、こんなことしたくない」

何に対して身構えればいいのかわからなかったが、とにかく二美男は身構えた。

「だが、仕方がない」

暗闇で咄嗟に汐子を探そうとしたら、誰かの手が二美男の右腕を強く摑んだ。いや、何も見えなくても、それが汐子の手であることがわかった。二美男はそれを強く握った。

つぎの瞬間、カチッと音がした。電気機器のボタンを押した音のように聞こえた。

気づけば二美男たちの周囲に微かな変化が現れていた。

しかし、それがいったい何なのか——何が変わったのか、すぐには気づけなかった。

「何やあれ！」

汐子が声を上げた。どこを見て言ったのかがわからなかったので、二美男は両目を見ひらいて上下左右に頭を振った。あっと香苗さんの声が響いた。能垣が低く呻いたのも聞こえた。そのときにはもう二美男もそれを見つけていた。——天井に浮き出した、真っ青な光。小さく角切りにした豆腐を寄せ集めたような。

「めっちゃ奇麗……」

汐子が夢見るような声を洩らし、道陣が正反対の声を発した。

「何のつもりだ、将玄！」

「この場所では、これをやることになっているんだ。カメラがついてるから仕方がない。説明を聞いてもらう」

あれは蛍石（ほたるいし）ですと、将玄は心ここにあらずといった声で話しはじめた。

「蛍石の結晶は、通常の状態でも青くて奇麗ですが、紫外線を受けるとこうして発光します。いま私がつけているのはブラックライトです」

監視カメラというのは声まで録音するものなのだろうかと、二美男は内心で首をひねった。将玄がわざわざそうした説明をはじめた理由を、そのときはまだわかっていなかったのだ。

「ここから奥へ向かって坑道が広く伸びていて、壁と天井からこのように蛍石がたくさん顔を出している場所などもあるのですが、残念ながら立ち入り禁止です。崩落の危険があるのと、素掘りの場所など非常に狭い道が多く、また空気が薄かったり、硫酸銅が流れている場所などもあるので、現在は入れなくなっています。江戸時代からのもの、また明治や昭和に掘られた部分を合わせ、坑道は山の下で縦横に広がっていて、正確な計測データはありませんが、全体では野球場くらいの広さがあると言われています。映像をご覧になりたいかたは、展示室にビデオや写真集がありますので、是非どうぞ」

口調にまったくそぐわない丁寧な説明が終わり、天井の電球がふたたび灯された。それほど明るい光ではなかったが、目が慣れるまでしばらくかかった。そのときになって二美男はようやく、自分が手を取り合っていたのが汐子ではなく猛流だったと気づき、急いで手を離した。

将玄が背を向けて歩き出す。袋のように広がったその場所を、右手の壁に沿って遠ざかる。普段客を案内するのと同じ動きをしているのだろうか、壁際をゆっくりと回っていく。しかし、道陣や武志がついていかなかったので、二美男たちも動かなかった。エリアの右奥に、大人の背丈ぎりぎりくらいの高さの、暗い穴が開いていて、赤い三角コーンが立てられているのが見える。あの先がさっき言っていた、立ち入り禁止エリアだろうか。

将玄の動きを目で追っていた道陣が、しびれを切らしたように口をひらいた。

「こちらが聞きたい説明を、してもらおうか」

将玄が足を止め、ヘルメットの奥の目を道陣に向ける。

「持久戦に持ち込んで相手の隙を待つという作戦は、格下の相手にしか通用せん。何度も指導したはずだが、どうやら最後まで身についていなかったらしいな」

将玄の顔に一瞬、子供じみた悔しさのようなものが浮かんだ。どうやら道陣は、家族であり教え子であった将玄の心中を、見事に言い当てたようだ。なるほど、先ほど坑道の説明をしたり、いまこうして壁沿いにゆっくりと歩いたりしているのは、単なる時間稼ぎだったのか。

道陣が将玄に詰め寄る。

「まずは、お前がここにいる理由からだ」

ここ、と言うときに道陣は足下の地面を突くように指さした。

「俺は……叔父さんに指導されたことを身につけたまでだ」

「私の指導を？」

「昔から、いつも叔父さんは言っていただろう。強い相手と戦うときは、待っていては絶対に勝てない。間合いを壊して懐に飛び込まなければ絶対に倒せない」

将玄は顔を上げ、ヘッドライトの光を道陣の顔にあびせた。

「俺は敵の懐に飛び込んだんだ」

五

鉱山博物館からほど近い場所に「道の駅いしとみ」があり、将玄のアパートはその裏手に位置していた。コーポ池之下とまではいかないが、かなりの年代物で、部屋も狭く、土地柄を考えたら家賃は半分くらいかもしれない。

その古くて狭い場所に、大人十人と子供二人が座り込み、「道の駅いしとみ」で買ってきた地元産のキュウリやトマトやパン、おにぎりやハムや飛騨牛ジャーキーや飛騨牛じゃがりこを食べていた。冬はコタツになるらしいテーブルを囲んでいるのは、道陣と武志と将玄、そして二美男。あとの面々は畳の上に座り込み、壺ちゃんとＲＹＵにいたっては台所にはみ出している。

けっきょく将玄は、あれ以上何も喋らなかった。

あの頭蓋骨は誰のものなのか。一年三ヶ月前、玉守池に沈めた男は何者だったのか。〝親の仇〟とはいったいどういうことなのか。どうして将玄はこの町の鉱山博物館で働いているのか。炭鉱の中でいくら訊き出そうとしても、頑として口を割らず、わかったことはけっきょく、

――俺は敵の懐に飛び込んだんだ。

それだけだった。

いくら育ての親であり剣道の師匠である道陣でも、相手の口をこじ開けて心の中を探ることまではできず、けっきょく二美男たちは、そのまま将玄に先導されて「採鉱アドベンチャー」の入り口まで戻った。そこにはつぎの客が待っていた。

——仕事が終わるのは何時だ。

道陣が訊いたが、将玄は答えなかった。

——何時だ。

もう一度、今度は叔父ではなく師範の口調で道陣は訊いた。具体的にどこがどう違うのかはよくわからないが、とにかく声の調子が変わっていて、将玄はその声に反応したように、五時ですと小声で答えた。答えたあとで苦々しい顔をした。

——それまで近くで待っている。

道陣が言うと、将玄は、順番を待っている客たちのほうを気にしながら、不承不承に頷いた。

将玄が待ち合わせ場所に指定したのが、鉱山博物館の近くにある「道の駅いしとみ」だった。

店内には地元の肉野菜、穀物、地酒、「のぼり鮎（あゆ）」という鮎のかたちのお菓子、「さるぼぼ」という、岐阜県で古くからつくられているらしい、そんなに可愛くない御守り人形などが売られており、店の外に、飲食スペースというか、会議用テーブルの左右にベンチが置いてある場所があった。二美男たちは売店でソフトクリームや五平餅(ごへいもち)やかき氷やジュースを買い、そこで将玄を待った。日射しを遮るものがなく、あまりに暑かったので、道陣と武志以外は代わりばんこに店に入ってお土産を選ぶふりをした。二人だけは直射日光の下でじっと虚空を見つめ、ときおりぼそりと、互いにしか聞こえない声で言葉を交わしながら時間が経つのを待っていた。

　やがて仕事を終えた将玄が、道の駅いしとみに現れた。道陣はその場でしばらく話した後、すぐ近くにあるという将玄のアパートへ行って話をするということで相手を説き伏せ、二美男たちはそれに便乗するかたちで、半ば無理やりついてきたのだ。ついてこなければ、わざわざこうして岐阜県まで来た意味がない。

　とはいえ、はたして実際に意味があったのかというと、まだ何とも言えなかった。なにしろ将玄が、一連の出来事についてまったく喋らないのだ。

「山田十和子嬢とは、どういった関係なのだ？　彼女は、お前が隠していることと何か関わりがあるのか？」

　この質問に対しては、将玄は即座に首を横に振った。

「あの人は、俺に手紙を渡してくれていただけだ。事情は何も知らない。ただ俺は、〝山田和子〟という、十の字が抜けた宛名で手紙が来たときは、開封せず俺に渡してくれるよう、あの人にお願いした。まったく関係ない偽名を使ってしまうと、宛先不明で郵便局に戻されてしまう可能性があるし……かといって俺の名前宛で叔母さんが手紙を送ったら、投函する前に家の中で誰かに見つかってしまうかもしれないからな」

なるほど。その点〝山田和子〟宛ならば、まず確実に山田十和子さんのもとへ届くというわけか。

「この町へ来てから、お前はずっとあの施設にいるのか？」

外堀を埋めていくように、道陣は質問を重ねる。

「ああ、まあ……そうだな。ずっとあそこにいる」

目を四分がたほど合わせながら将玄は、言っていいことと悪いことを吟味しながら喋っている印象だった。

「仕事は毎日か」

道陣が訊くと、木曜日は施設の定休日だという。

「ほう、木曜日といえば明日だな。どうやらちょうどいいときに来たらしい」

早く話してしまったほうが楽だぞという含みを持たせた言い方だった。将玄は返事をせず、テーブルの上の飛驒牛ジャーキーを摑んで齧った。

「お前に会う前に、受付にいた二人と話をした。山田十和子嬢と、もう一人の女性と」

「ああ、聞いたよ」

「なかなか仲良くやっとるようだな」

そう言いながらも、道陣は油断なく相手の表情を観察していた。しかし将玄は意外にも素直な様子で頷く。

「昔からそうだったけど、この町は、いい人ばかりだ。俺のことも信頼してくれて、まだあそこで働いて一年と少しだってのに、鍵も預けてくれている。外にあった採鉱アドベンチャーの看板をつくるときも、俺に頼んでくれた」

「伯父さん」

猛流が急に声を挟んだ。

「博物館の鍵って、やっぱり石でできてるの？」

将玄は眉を寄せて首を突き出したが、猛流が言い直す前に声を上げて笑った。将玄が笑うところを見たのは、それが初めてだった。

「馬鹿言うな、普通の鍵だ」

「ほんと？」

「ああ」

テレビ台の上に置いてあった、さるぼぼのキーホルダーがついた鍵を取り、将玄は猛流に見せる。確かにごく普通の鍵だ。猛流は納得した顔で頷くと、いっしょに座っていた汐子のほうに向き直り、二人で食べていた飛騨牛じゃがりこをまたつまみはじめ、そのまま何も言わない。

「そうか、あの看板はお前がつくったのか」

道陣は頓着せずにつづける。

「なかなかよくできていたぞ。誰もが目にする看板の製作を頼まれるほど、お前はあの施設の人々に認められているというわけだ。もっともあそこがお前の親の仇と関係している場所だとは、みんな知らんのだろうがな」

この鎌かけに、しかし将玄はまったく引っかからず、完璧に無視した。道陣の表情が、フラッシュに浮かび上がったかのように一瞬だけ険しくなった。しかし、すぐに柔和なつくり笑顔がまた浮かぶ。

「受付にいたあの二人は、どちらもなかなかの美人だな、ええ？」

相手の口をほぐそうとするあまりか、道陣の言うことはよくわからなくなっていた。将玄はただ困ったような顔をして、適当に首を揺らしたが、ふとその目が道陣の背後に向けられ──そのまま静止した。道陣はそれには気づかず、山田十和子さんの持つ秘められた色気がどうのと話しつづけている。二美男は将玄の視線を追ってみた。そして驚愕した。汐子と猛流がとんでもないことをはじめていたのだ。いつのまにか紙袋から頭蓋骨を取り出しているばかりか、いったいどこから持ってきたのだろう、粘土をぺたぺた貼りつけている。二美男は慌てて口の動きだけで止めようとしたが、二人ともこちらを見ておらず気づかない。立ち上がろうとしたら、武志が将玄に訊いた。

「酒をやめているのか」

将玄はなおも数秒のあいだ、汐子と猛流のほうを見て静止していたが、ようやく話しかけられていることに気づき、武志が顎で示したコーラの缶を見た。

「いや、そういうわけじゃない」

飲め、と道陣がテーブルの上にあった未開栓の缶ビールを相手のほうへ滑らせる。

「飲んで、腹を割って話し合おうじゃないか」

「けっこうだ」

「そう言うな」

「運転がある」

「これからか」

「原付バイクだけどな」

「ほう、そんなものを持っておったのか。それに乗って、いったいどこへ行くつもりだ?」

「叔父さんには関係のない場所だ」

「では何と関係がある。もしや私が持ってきたあのずが――」

と道陣は頭蓋骨のほうを振り返り、がくんと顎を落とした。

「何をしておる!」

汐子と猛流はびくんと肩を持ち上げた。

「そんなもので遊ぶんじゃない！」

「あたしたち、遊んでたんやないんです」

汐子が慌てて言う。その先を猛流が説明してくれると思ったのか、汐子はそっちを見たが、何も言わずにうつむいてしまったので、自分でつづけた。

「この頭蓋骨、あ、頭蓋骨やなくてこの人、生きてはるときはどんな感じやったのかなと思て、粘土で顔をつくろうとしてたんです」

「……顔を？」

「猛流くんがこっち来る前に思いついたんや言うて、文房具屋で粘土買てきはって、それでいま二人で――」

「なるほど顔か！」

道陣は首を突き出して声を上げた。

「なかなかよい考えだぞ猛流。顔がわかることで何か進捗があるやもしれん」

「顔なら俺が直接見た」

苦々しげに眉を寄せたのは、将玄に池のはたで死体を見せられたという武志だ。

「思い出したくないが、必要なら似顔絵を描いてもいい」

「いや、お前は私に似て絵の才能は皆無だ。粘土でつくったほうがいいに決まっている」

「でも素人がそんな――」

「つくってみてくれ」

勢い込んでそう言ったのは、意外なことに、将玄だった。

「やってみてくれ」

全員、ぽかんと将玄の顔に注目していた。そのことに本人も気づき、誤魔化すようにテーブルへ手を伸ばし、飛騨牛ジャーキーを摑んで口に入れる。しばらくのあいだ、しんと静まり返った部屋に、将玄が必要以上に顎を動かしながらジャーキーを嚙む音だけが聞こえていた。

「ほんなら遠慮なく……」

きょとんとしながらも、汐子は頭蓋骨に向き直る。

「仕方がない、手伝おう」

誰も頼んでいないのに能垣が立ち上がった。

「美大時代に塑像をつくっていたので、粘土の扱いには慣れている」

「わたしもフクガンって一度やってみたかったんです」

菜々子も食べかけのおにぎりを口に詰め込んで頭蓋骨のほうへ移動した。ＲＹＵと壺ちゃんも興味津々の顔で近づいていき、老原のじいさんばあさんは珍しい出し物でも見るように、そちらに身体を向けて座り直すと、自分たちの前におつまみを集めた。じいさんにいたってはさらに靴下を脱いでくつろいだ。あとで菜々子が教えてくれたところによると、こういう作業は復顔というらしい。

どうして将玄は、「つくってみてくれ」と言ったのだろう。二美男には将玄の考えていることがまったくわからなかった。一年三ヶ月前に自分が殺し、玉守池に沈めた男――武志いわく、年の頃は五十代、痩せ型で蓬髪の男。その人物の顔を、どうしていまこの場で復元したいと思ったのだろう。

頭蓋骨を囲んだ面々は、さっそく粘土を貼りつけはじめている。頭蓋骨はみるみる肥っていき、やがて二つの眼窩が粘土で塞がれ、頬肉がつき、鼻がつくられ、気づけばそこには正体不明のデスマスクが生まれていた。二美男は無言でそれを眺め、テーブルを囲む道陣、武志、将玄の三人も黙り込んでその顔に注目していた。

やがて二美男は、あることに気づいた。

あの顔を、自分はどこかで見たことがある。そんなふうに感じたのだ。誰かに似ている気がしてならない。しかし、いつ、どこで見たのだったか。

六

旅館「狸穴荘」は、道の駅いしとみから国道を十分ほど歩いた場所にあった。

午後、道の駅いしとみで将玄を待っているあいだに見つけておいた宿だった。壺ちゃんとRYUと菜々子がそれぞれのスマートフォンで最安値の宿を検索したところ、壺ちゃん以外の二人が同じこの狸穴荘を見つけたので、すぐに電話をして部屋をとった。朝食つきで一人千八百円という驚きの安さ。部屋は二階の大部屋で、全員がそこに寝なければならないが、誰も文句は言わなかった。

嶺岡家の三世代は、ここにはいない。道陣が無理やり将玄を説得し、アパートに居座ることを決めたので、そちらに泊まっているのだ。

宿の名前は立地条件に由来するのだろうか。木々の枝葉に埋もれるようにして、狸穴荘は建っている。そこへたどり着くまでの道も、左右から木の枝が頭上に迫り出し、まるで洞窟のようだった。経営者は狸(たぬき)が化けたようなしわくちゃのばあさんで、短い会話のうちに四度も「死んだ主人が」という言葉を口にした。

「ああいうの、小説では読んだことがあったんですけど、実際にやってみると難しいものなんですね」

風呂上がりの菜々子が悔しげに言うと、慰めるように、香苗さんが彼女の肩をぽんぽん叩いた。

「頭蓋骨にどうやってお肉がついていたのかなんて、わからないのが普通よ。見ていて面白かったんだから、もういいじゃない」

将玄のアパートで行われた、素人集団による復顔作業は、けっきょく無意味に終わった。粘土をどんどん貼り、目鼻をあれこれいじっているうちに、顔は異様に大きく不気味な面相となり、途中から汐子が、目撃者である武志の指示を仰いだ。武志は記憶をたどりながら、もう少し唇が厚かったとか、鼻の穴が大きかったとか言い、やがて出来上がってきたものを、腕に憶えのある能垣が、割り箸や爪楊枝を使って整えていった。しかし、そんなことをしているうちに肝心の武志の記憶が曖昧になってきてしまい、けっきょく完成したその顔を見ても、

――似ているような気がする。

というほとんど無意味な感想が出てきておしまいだった。その頃には二美男も、どこかで見たことがあるというあの奇妙な感覚はすっかり薄れ、見知らぬその顔を、ただ首をひねりながら眺めるばかりだった。将玄はテーブルの向こうから、そうして顔面が出来上がっていくところをじっと見つめていたが、何も言葉は発さず、道陣が何度しつこく促しても、一連の出来事に関係することは最後までまったく喋らなかった。

時刻は九時半。

やることがないので、もう全員布団を敷き終えていた。それぞれ自分の布団の上に座り、あるいは寝そべり、喋ったり文庫本を読んだりして思い思いに過ごしている。部屋には、本当に動くのかどうか怪しい扇風機が備え付けてあったが、使っていなかった。網戸から木々

のにおいのする風が入ってきて、これだけ人がいても涼しいのだ。網戸には無数の小さな蛾や、油蟬や、カブト虫の雌一匹が外からしがみついていた。汐子はそれを見て、アパートに残してきた自分のカブト虫はちゃんと生きてるだろうかと心配した。例の作戦で菜々子に発見させ、そのあと飼っているやつのことだ。

「おいちゃん、明日はどうするのん？」

「さあ、どうすんだろな」

二美男は首をひねり、うつぶせに寝っ転がった。

「とにかく将玄さんが話をしてくれねえことには……くっせえ！」

跳ね起きて枕を睨みつけた。

「あのばあさん、枕カバー洗濯してねえなこれ」

汐子も自分の枕を嗅ぐ。

「くっさ！」

それを見て、ほかの面々もそれぞれの枕に鼻を近づけ、動物園だとか古い畳だとか足だとか言い合った。

「……ん」

二美男は首をひねり、もう一度枕を嗅いでみた。

「おいちゃん、におい気に入ったん？」

「いや、これ嗅いでたら……なんか思い出しちゃって」

「何をやねん」

「お前が来る前のこと」

五年前、コーポ池之下のあの部屋に一人で暮らしていた時分の映像が、まるで誰かが再生ボタンでも押したように、鮮明に浮かんでいたのだ。

「あの頃おいちゃん、布団カバーも枕カバーもぜんぜん洗濯してへんかったもんな。畳も埃(ほこり)だらけやったし、お風呂場の排水孔に髪の毛めっちゃ詰まってたし、トイレなんて……おえ」

「お前にぎゃあぎゃあ言われて、ちゃんと掃除とか洗濯とかするようになったじゃんか。しかし、枕カバー嗅いで昔のこと思い出すってのも嫌なもんだな」

「ほんまやな。情緒がないわ」

枕に鼻をうずめたまま、二美男はしばし思い出にふけってみた。

あの頃の自分は、いまとずいぶん違った。まわりのみんなは、そうは思わないだろうけれど。

はじめは全部演技だったのだ。夜逃げしてきた池之下町で、どうにか人生の再出発をしたかった。新しく出会ったアパートの連中とも上手くやりたかった。だから二美男はあの頃、実際に陽気であることなんて二の次で、陽気であるという印象を与えることにばかり腐心していた。アパートの外廊下を口笛を吹きながら歩いていても、部屋に入ってドアを閉めた瞬間から、もう口笛なんて吹かなかった。近所で誰かと行き合えば、わざと大きな声で喋ったり笑ったりしたあと、ひょこひょこと滑稽な立ち去りかたをした。しかし角を曲がれば、やはりただ背中を丸めて歩いていたのだ。

変わったのは、汐子を引き取ってからのことだった。二人で文句を言い合ったり、本当の馬鹿笑いをしながら暮らしているうちに、いつの間にか演技が要らなくなっていた。

もし汐子がいなくなったら、また自分はもとに戻ってしまうだろうか。

晴海の顔が浮かんだ。彼女が身につけていた高級そうな服やバッグやアクセサリーが思い出された。

もしいつか、汐子がいなくなったとしても、いまさらアパートの連中に本当の自分を見せるわけにはいかない。みんなにはりくのことを話していないし、これからも話すつもりはない。もし自分がもとに戻ってしまったとしたら、たぶんまた演技をしながら暮らすことになるだろう。一度できたことなのだから、また上手くできるかもしれないけれど、今度はその演技に終わりは来てくれそうにない。

「くっさいもん嗅ぎながらこっち見んといてや」

汐子の舌打ちを聞きながら、絶対に手放したくないという思いが、これまでで一番強く胸にこみ上げた。しかしそれと同時に、二美男は考える。汐子といっしょに暮らしていたいというこの思いは、自分のためのものなのだろうか。昔の自分に戻ってしまうのが嫌で、怖くて、汐子をこんなでたらめな毎日に付き合わせているのだろうか。

「嗅覚の情報は大脳辺縁系に直接伝わる」

能垣がさっきまで読んでいた文庫本を布団の上に伏せ、急に意味のわからないことを言った。

「五感のうち視覚と聴覚と触覚と味覚は視床下部を通過して大脳辺縁系に到達するが、嗅覚だけは直接そこに伝わって情報が処理される。大脳辺縁系というのは海馬や扁桃体で構成される、感情を司る脳だ。においの情報はそこで直接処理されるので、そういった現象が起きる」

という説明がいったい何のことなのか、二美男は考えようとしたが、すぐに諦めた。

「どういうことだよ」

「だから、いま説明しただろう」

能垣はものすごく驚いた顔をしたが、もちろんわざとに決まっている。

「あんな、能垣さん。相手が理解できひんかったから自分の勝ちやいう顔するけど、それ能垣さんの悪い癖やで」

「勝ちだなんて思ってない」

でもたぶん思っていたのだろう、能垣はそっぽを向いた。

「まあ、わかりやすく説明し直すと、人はにおいによって過去の記憶や感情を呼び起こされやすいということだ。いま枕のにおいで昔を思い出したのもそうだし、溶剤のにおいのせいで商売ができなくなったのも、去年あんたが壬生川さんの手をはたいたのも同じ理屈だ」

「ああなるほど……そういうことな」

難しい単語をはぶいて説明されれば、二美男にも理解できた。去年の三国祭りの前夜を思い出してみる。運営委員の行動予定表を書き直してくれと、壬生川がマジックのキャップを取ってこちらに差し出してきたとき、二美男は意識する前に、相手の手を払いのけていた。そのせいでケンカになったのだが、あのとき自分は確かに、壬生川の手を払いのけるというよりも、過去の光景を払いのけるような感覚だった。りくが倒れていた倉庫の光景が、押し寄せるようにやってきて、それを夢中で自分から遠ざけたのだ。

という二美男の回想は、ある疑問によって中断された。

「ん」

まず、個人的な沈黙が降りた。

直後、部屋全体が沈黙に包まれ、能垣がはっと目を広げてこちらを見た。

「能垣さん……いまの何だよ」

能垣はただ顔を硬くして二美男を見返している。誰も口をひらかない。いや、汐子が何か言おうとしている。二美男は待ち、その状態がしばらくつづいた。やがて汐子が無理に頬を持ち上げて言った。

「みんな、知ってんねん」

何を——と訊き返すことはできなかった。わかりきっていたからだ。

「あたしが喋ってん」

二美男も努力して頬を持ち上げた。

「いつだよ?」

去年の三国祭りのあとだと汐子は答えた。

「だってほら、ああいうこと、もしアパートの中であったら嫌やろ。ああいうあの、壬生川さんとのこととみたいなやつ。だから、あたしいろいろ考えて、みんなに話すことにしてん。そのほうがええと思ったから。そんで、たとえばマジックとかシン——そういうやつのにおいに気をつけてって、頼んで回ってん。でも、おいちゃんに訊かんとやってもうたから、あとであたし、もう一回みんなのとこ回って、あたしが話したことおいちゃんに言わんといてって頼んでん。いや、ほんまはそれもあわせて、ちゃんとおいちゃんに謝らなあかんかったのやけど、なんかそういうタイミングがなかったし、それに——」

二美男が唇をひらくと、何かに備えるように、汐子は身体を硬くした。

「気い遣ってくれたわけか」

「気い遣ったいうか——」

「マジックとかシンナーとか、危ねえもんな、俺に嗅がせると」

そんな言い方をするつもりはなかった。でも言葉が勝手に口から出てしまった。そして、それに引っ張られるように、つぎの言葉が出てきた。

「備えあれば憂いなしって言うしな」

「そういうんやないって」

「余計な騒動はねえほうがいいってことだろ」

「ちゃうて」

「そうだろ」

「ちゃう」

「そうだろ！」

恥ずかしくて、どうしようもなく恥ずかしくてたまらなかった。怒鳴りつけた相手は汐子ではなく自分だった。みんなに気を遣ってもらいながら、それに気づきもせず過ごしてきた自分に怒鳴り声を上げたのだ。しかしそんなことは汐子にわかるはずもなく、唇に力をこめ、こめすぎてへの字になり、やがて顔全体がくしゃっと歪んだかと思うと、それでも頑張って見ひらかれたままの両目から、ぽろぽろと涙がこぼれはじめた。

本物の馬鹿だなと思った。自分が馬鹿だとは知っていたけれど、ここまでだとは驚きだった。これほどいろんなことに後悔してきても、またやってしまう。しかもその馬鹿さ加減が、どんどん大きくなっていく。取り返しのつかない後悔が増えていく。大事な汐子に怒鳴り声を上げた。自分のことを思ってやってくれたことなのに。汐子の優しさだったのに。みんなの顔や部屋の景色が薄らいで消えていき、自分を見つめながら涙をこぼす汐子だけがそこにいた。胸の中に砂でも詰まっているみたいに、声が出てこず、そのくせ呼吸は速まっていった。でも、どれだけ息を吸っても、吐いても、苦しかった。

「……二美男ちゃんよ」

老原のじいさんが、自分の膝をのろのろ撫でる。

「大丈夫だよ、そんな声出さないでも」

恥ずかしくて、逃げ出したくて、でも身体が動かない。

「気い遣うとか、遣わねえとか、そんな難しいことじゃなくてさ、ただ知ってるってだけだよ。単純にさ、嫌なことってえか、よくないことってさ、みんなが知ってたほうが心強いだろ？　だから、汐子ちゃんは、いいことしたんだよ」

「わかってるわよねえ二美男ちゃん」

香苗さんが隣で笑顔をつくる。

「だって汐子ちゃん、大好きな二美男ちゃんのこと考えて——」

言葉をつづけようとした香苗さんの腕に、じいさんは手を載せた。喋ろうとする香苗さんをじいさんが止めたのを、二美男は初めて見た。じいさんの手は、年老いてしょぼしょぼだ。

「みんなそれぞれ、いろいろあるよ。二美男ちゃんだけじゃなくて、みんな、つらいことあるよ。もちろん二美男ちゃんほどじゃないけどさ、それでもみんなあるもんだよ。そういうの、近くにいる人に知っててもらうと、少し楽になるだろ？　そりゃ半分になるとはいかないけどさ、三分の一くらいにはなるだろ？」

三分の一だと半分よりむしろ少なくなってしまうので、たぶん三分の二と言おうとしたのだろう。いずれにしても言葉の意味は伝わり、二美男はぐっと顎に力を入れて首を折った。上からのしかかってくる恥ずかしさに、そのまま顔を上げられなかった。ひっくひっくと汐子がしゃくり上げている。菜々子が布団の上で膝をずらしてそこへ寄り添う。汐子はいよいよ声を上げて泣き出し、まるで胸の底のほうにある哀しみのかたまりのようなものを、なんとか掘り出して身体から出そうとしているように、何度も大きく嗚咽(おえつ)した。もう誰も何も言わず、ただその泣き声だけが、部屋の隅々に、くたびれた布団に、二美男の胸に染み込むばかりだった。

七

全員、各自の布団に入っていた。
部屋は暗く、天井の豆電球だけが灯されている。

「しー坊、しー坊」

寝息が入りまじって聞こえる中、二美男は隣で寝ている汐子のほうへ顔を寄せた。

「……なんやねん、ひつこい」

「俺と暮らしてんの、ほんとに嫌じゃねえか？」

「嫌やないって、さっきから何べんも言うてるやろ。だいたい何でいまさらそんなこと訊くねん」

「嫌かと思って」

「嫌やったら別んとこ行くわ」

「え、どこ」

「秘密」

汐子は面倒くさそうに掛け布団を首まで引っ張り上げ、あっちを向いてしまう。二美男はさらに身を乗り出し、上になったほうの耳に囁きかけた。

「別んとこって、どこだよ」

「ええやろそんなん、どこでも」

「よくねえよ」

「うるせえな、寝ろよ」

暗がりの中で老原のじいさんが舌打ちした。悪（わり）い、と謝ってから二美男は、さっきまでよりも小声でつづけた。

「いま、誰かのこと想像して言ったのか？　〝別んとこ〟って言ったとき」

「べつに想像なんてしてへんわ」

「そう？」

「そう」

本当かもしれないし、嘘かもしれない。

が、二美男は、自分をこうして邪険にしている汐子を見ていると、どんな心理が働きかけたのか知らないが、本当だろうが嘘だろうがどちらでもいいような気がしてきた。妙な自信に裏打ちされたその感覚を、もう少ししっかりと味わいたくて、さらに身を乗り出し、ほとんど覆い被さるようにして訊いた。

「なあ、しー坊。〝別んとこ〟行きたい？」

「行きたかったら行ってるわ」

「しー坊、俺さ――」

「うるっさい」

後ろ手でばちんと頭をはたかれたので、二美男は仕方なく退散した。暗がりの中で、いくつかの忍び笑いが聞こえ、二美男もへへへと笑いながら、くさい枕に頭をのせた。

あのあと、しばらくして汐子は泣き止んだ。菜々子が渡したティッシュペーパーで右と左の鼻を交互にかみ、最後に両方いっぺんにかみ、ゴミをきちんとゴミ箱に入れてから、一転してふてくされ、二美男がいくら謝ってもぶすっとして答えず、笑わせようとしても舌打ちが返ってくるばかりだった。それでもだんだん、その舌打ちがわざとらしいものに変わっていき、やがては「ひつこい」「いらち」「どがいしょなし」など、罵倒の言葉ばかりではあったが、声も返ってくるようになり、最後にはちょっと機嫌が悪いだけの汐子に戻ってくれた。「いらち」が怒りっぽい人、「どがいしょなし」が「ど」がつく「甲斐性なし」のことだと、これまで汐子と暮らす中で二美男は知っていたが、そのとおりなので、神妙に頷くことしかできなかった。寝る支度をしながら、汐子は能垣の尻を蹴飛ばしていた。能垣が暗然とした顔のまま何もやり返さず、言い返しもしなかったので、汐子は二度とない機会と思ったのか、素早くしゃがみ込んで浣腸をした。かなりの強さと見えた。能垣は苦痛に顔を歪めながらも、やはり何も言わなかった。

近くにいる人に知っていてもらうと、少しは楽になる。

老原のじいさんが言ったその言葉がきっかけだったのだろうか、布団に入って電気を消してから、みんな口々に自分の話をしはじめた。

まず驚いたのが、RYUがいまの仕事から足を洗おうとしていることだ。

——けっこう前から、潮時かなとは思ってたんです。

暗がりに淡々と響くRYUの声は、まるでずっと昔に観た退屈な映画の話でもしているようだった。

——テレビのモノマネ番組とか観ると、なんかもう僕なんかが永久に敵わないような人たちばっかりで、きっと自分はこのままずっと下町の小さな演芸場とかバーで歌ってるんだろうなって。収入も増えないで、それどころかだんだん減っていって、その日のご飯も食べられなくなるかもしれないって。僕の家、子供の頃に父親がどっかに出ていっちゃったもんで、仙台に母親が一人で暮らしてるんですよ。

その母親は、RYUよりもさらに貧乏な生活を送っているのだという。

——一発逆転してやろうっていう思いで、母親を残して東京に出てきて、一時期はけっこうなお金を送れてたんですけど、いまは自分の生活だけで精一杯になっちゃって。僕、いつかすごく売れて、テレビの仕事をたくさんやって、スターになれるって自分で信じてたんです。でも、その夢が叶いそうにないこと、最近でははっきり実感しちゃってるんですよね。

そんなことないよとは、誰も言わなかった。互いの声が届くほどの距離で暮らしてきて、みんな無責任な言葉をかけられるような関係ではなくなっていた。

——自信がなくなったというより、もともとあった自信が勘違いだったんですよね。だから、この前の作戦のときに壬生川さんのモノマネするの、じつは凸貝さんが考えてた以上に僕、怖かったんです。まあ、凸貝さんがどう考えてたかわかりませんけど。

はっきり言って深く考えていなかったので、申し訳なく思った。

う。

——前の晩、大変でした。

三国祭りの前日、RYUは遅くまでアパートの部屋で壬生川のモノマネを復習い、もうこれで大丈夫だろうと思えるようになってから布団に入ったが、本番が怖くてどうしても眠れず、けっきょくあの日は一睡もせずに公衆電話の前に集合し、モノマネを実行したのだという。

——そのあとも、本当に上手くいったのかどうか不安で不安で、そんなこと考えてたら自分の持ちネタにもいっそう自信がなくなってきて、ステージのリハーサルはぼろぼろでした。けっきょく雨で本番はなくなりましたけど、もし中止にならなかったら、ステージで物笑いの種になってたと思います。

抑揚のない口調とうらはらに、豆電球の微かな明かりの下で、RYUの童顔は歪み、汐子が泣き出しそうなときの顔にそっくりだった。

——いつまでもいまの状態じゃどうしようもないんで、踏ん切りつけて仙台に帰って、ちゃんとした仕事探して、お母さんのこと助けなきゃと思ってるんですけど……その勇気もなかなか出なくて。こういう、ここの弱さが駄目だって、自分でもわかってるんですけどね。

RYUはTシャツの胸を弱々しく叩いた。

しばらく誰も言葉を返せずにいると、RYUは本物かどうかわからないあくびをして、壺ちゃんのほうに顔を向けた。

——でも、実家が金持ちなら金持ちで、それなりに大変なんでしょ？

——うん？　ああ……まあね。

壺ちゃんの苦笑いに含まれた暗い響きが、二美男には意外だった。二美男だけでなく、みんな意外に思ったことだろう。壺ちゃんの家は、七、八年前に父親が不動産で大当たりし、もともと金持ちだったのがさらに金持ちになった。その生活に面白味を感じられず、壺ちゃんはコーポ池之下で趣味の貧乏暮らしをはじめたと聞いている。

二美男がそのことを言うと、

——じつはあれ、嘘なんです。

壺ちゃんはまた同じ声で笑った。

——あそこで暮らしてるの、趣味でも何でもないんですよ。うちの親父、もともと細々とやってた会社が、その大当たりででっかくなったもんで、それまでは俺に会社を継がせるつもりだったのに、急に心配になったんですね。俺があんまり頼りないもんだから。で、会社の経理やってる、ずっと親父の右腕だった人の息子に、将来的に経営を任せたいって言い出したんです。俺はその息子の下で働けって。

話が違うじゃないかと、壺ちゃんは父親と大ゲンカし、しかし相手の話には理屈が通っていたので、最後には何も言えなくなり、勢いで家を飛び出したのだという。ところが、それまで貯金というものを一切してこなかったものだから、金がなかった。しばらくのあいだ野宿をしたり漫画喫茶に泊まったりして日々をしのいでいたところ、父親がコーポ池之下に部屋を用意し、そこで暮らすよう命じたのだという。

——みっともないからって。

柔和な物腰のあの父親にも、二美男たちが知らない厳しい一面があったらしい。もっとも、そうでなくては会社の経営者など務まらないのだろう。

——俺、悔しかったけど、ちょうど冬だったもんで、言われるがままあそこに住んじゃって、住んだらもう出ていく金も度胸もなくて……そのままずるずると。

——モラトリアムやん。

汐子が二美男の知らない言葉を冗談めかして言うと、そうそうそう、と壺ちゃんは頷いた。

——でも汐子ちゃん、俺ただフリーターやってるわけじゃなくて、職探してるんだよ。ハローワークとか行って。でも正社員はやっぱり採用が厳しいんだよね。大学出て何年もフリーターやっちゃうと、どこも使ってくれなくて。いつも生活ぎりぎりで、じつは俺けっこう家賃払えてないんだけど……親父がみんなの家賃の滞納に寛容なの、そのせいじゃないかって思うんだよね。ほら、自分の息子だけ贔屓しちゃ具合が悪いんじゃないかって。だから真面目な話、このまま俺、家賃ちゃんと払わないほうがいいのかななんて思ったりもして。

——馬鹿言うんじゃねえよ。

老原のじいさんがかたちばかりの声を飛ばしたが、壺ちゃんは何も聞かなかったように、今度はみんなに向かってつづけた。

――俺、恰好つけてスマートフォンなんて持ってるけど、通信料払えなくなって、じつは電話もメールもできないんですよ。こないだの寝言録音アプリみたいに、通信が要らない機能しか使えないんです。ここ来るときも、スマホで地図見てるふりしてたけど、あれもじつは、事前に本屋さんで地図見て調べてきただけで。

三国祭りでの作戦に壺ちゃんを引き入れようと、汐子と二人で部屋へ行ったときのことが思い出された。あのとき壺ちゃんが、作戦が成功したら金が手に入るかもしれないと聞いて急に参加を承諾したのは、そういうわけだったのかもしれない。死体を探していたはずの道陣がじつは生きていて、その金が手に入らないと知ったとき、最後まで嶺岡家を立ち去ろうとしなかったのも、そのあと真実を知ろうとスマートフォンの盗聴器を仕掛けたのも、壺ちゃんだった。貧乏暮らしはみんないっしょだが、壺ちゃんはまだ、チャンスを探しているのだろう。

――いまから経営の勉強をして、父親に認めてもらえばいいじゃないか。

当たり前のように言う能垣に、わかってますよと壺ちゃんはふてくされた声を返した。

――わかってますけど、もしそれが上手くいったらいったで、今度はその経理の息子さんのほうが、話が違うじゃないかって怒るでしょ？　まあこんなの、贅沢な悩みっていうか、悩みでも何でもないって思われるかもしれませんけど……人と比べてどうこうじゃないんすよ。悩みの種類とか大きさじゃなくて、ああもうどうにもならないって一回思っちゃったら、なかなかそこから抜け出せないんすよ。それに、正直なこと言っちゃうと――。

小さく溜息を挟み、壺ちゃんはぽつりとつづけた。

――楽なんです、いまが。

案外冷静に、壺ちゃんは自分のことを理解しているらしい。

――なあ、訊いてもええ？

汐子が身体を反転させ、枕に顎を載せて壺ちゃんに顔を向けた。

――あたし、前から疑問に思っとったのやけど、大家さんって会社が持ってる全部のアパートにああして家賃の集金に行ってはるん？

暗がりで、壺ちゃんはかぶりを振った。家賃手渡しのアパートはほかにもいくつかあるが、それらはすべて従業員が集金に行っており、自分でわざわざ家賃を取りに行っているのはコーポ池之下だけらしい。しかも、それをやるようになったのは、壺ちゃんがあのアパートに住みはじめてからなのだとか。

――やっぱり、気になるのやろかね。壺ちゃんのこと。

――どうだろね。

――お父さんと、ちゃんと話せえへんの？

――親父とは、あのアパートに住みはじめてからほとんど口利いてない。家賃も、払えるときは、集金日に封筒に入れて郵便受けの中に置いとくようにしてるし。この前の作戦で使ったあの、鍵がかかってない部屋のことも、会社が休みで誰もいないときにこっそり入って、勝手に資料見て知ったんだよね。家を飛び出したときに俺、預かってた会社の鍵を返さなかったから、いまだに持ってて。

そういえばあの部屋の存在を教えてくれたとき、どうしてそんなことを知っているのかと二美男が訊くと、壺ちゃんは言葉を濁していた。

——人生のことは、若いうちにきちんと考えたほうがいい。

能垣が独り言のように呟きながら、身体を回してみんなに背中を向けた。

——時間が経つと、もう取り返しがつかなくなる。

能垣に龍の絵を描いてもらっていた日のことはよく憶えている。憧れの女優を描いた「生涯の傑作といってもいい絵」を見せてやると言い、能垣は部屋のあっちの隅、こっちの隅と移動して、キャンバスをひっくり返したり段ボールを開けたりしてそれを探した。しかしけっきょく見つからず、最後には、床を見つめて立ったまま、じっと動かなかった。あのとき能垣は、本当に絵を見つけようとしていたのだろうか。本当は、見つけたくなかったのではないか。上手く言い表せないが、なんとなくそんな気がした。

龍神が持つ珠、如意宝珠は、何でも願いを叶えてくれるのだという。その珠を手放すことさえできれば、龍はすぐにでも悟りをひらけるのだが、それがどうしてもできず、天空で暴れている。スターになるというRYUの夢。壺ちゃんのいまの生活。若いときに開花したという能垣の才能。みんな、ずっと手放せずにいるものがあるらしい。それを手放せというのは、二美男が言えた義理じゃない。しかし、こうしてそれぞれが抱えた葛藤を知ってみると、みんながこんな馬鹿げた出来事にわざわざ首を突っ込んでくれた理由が、ようやく少しわかった気がするのだった。

自分にとって、手放せないものとは何だろう。

「……なあ、おいちゃん」

暗がりを見つめて物思いにふけっていると、寝たと思っていた汐子が、顔を近づけて囁いた。

「なんか、変やない？」

「何がだよ」

「なんか……いろいろ」

その曖昧な言葉に、しかし二美男は頷いた。

「うん……そうなんだよな。変なんだよな」

昼間、鉱山博物館で将玄に会ってから、坑道を歩いたり将玄のアパートへ行ったり、頭蓋骨に粘土が貼りつけられていくのを眺めたりしながら、ぼんやりとした違和感が、どんどん頭の中に積み重なっていくのを、二美男も感じていたのだ。ただ、何が変なのか、何に違和感をおぼえているのかは自分でもわからない。

「ま、なにせ乗りかかった船だ」

このまま道陣たちと行動をともにし、やがて何かが起きて違和感を一掃してくれるのを期待するしかなさそうだ。

「もう寝ようぜ」

一応アラームをかけておこうと、二美男は枕元を探ったが、携帯電話が見つからなかったので、諦めて目を閉じた。

八

翌朝一番で、とんでもないことが起きた。

もっとも、それが〝とんでもないこと〟になったのは、しばらくしてからのことだったが。

「トイレは？」

「見ました」

「風呂とか」

「いま覗いてみたら、おばあさんが掃除してたから、わたし訊いてみたんです。でも、見てないって」

寝癖のついた髪を押さえながら、菜々子は首をひねる。

「あいつ、散歩にでも行ったのかな……」

汐子がいないのだ。

みんなの中で一番に起きた能垣も、姿を見ていないらしい。もちろん全員がちゃんと部屋に揃っているかどうかをわざわざチェックしたわけではないが、布団で寝そべったまま文庫本を読んでいるあいだ、誰も部屋から出ていかなかったというから、汐子はその前にいなくなったのだろう。能垣が起きたのは五時半。いまは七時過ぎなので、短くても一時間半以上は部屋にいないことになる。

「将玄さんのアパートにでも行ったんじゃねえか？」

ウエストポーチを装着したまま寝ていた老原のじいさんが、中から仁丹の箱を出してぺろっと一粒口に入れた。

「またあの頭蓋骨に、粘土でもくっつけによ。子供ってのはやっぱし、ものをつくるのが好きだから」

「でも、人ん家に行くにはさすがに時間が早くねえか。まあ、一応連絡してみっか。電話、電話……ん」

それは二美男が寝ていた布団の枕元にあった。

ゆうべ寝るときに、アラームをかけようとしてそこを探ったときは、見つからなかったのに。

「あいつ、もしかして……」

二美男は携帯電話を確認してみた。すると、セットした憶えのない5:00に、アラームのメモリーが残っていた。

「さては、こっそりこれで早起きして、出ていきやがったな」

マナーモードでアラームをかけ、携帯電話を手に握るか腹に載せるか、とにかく自分だけ気づくようにしておいたのだろう。

「あら、じゃあ何も心配いらないじゃないの。自分で出ていったのなら」

香苗さんが笑い、さっきまで寝ていた布団を丁寧にたたみはじめる。

「まあ、そうだけど……おっと」

手の中で電話機が振動した。表示されているのは知らない番号だ。二美男は通話ボタンを押した。

『おはようございます』

武志だった。

「あどうも。あの、しー坊――」

『そちらに猛流が行ってませんか？』

「え？」

いないのだという。

訊いてみると、どうやら汐子と同じように、今朝起きたときには部屋から姿を消していたらしい。

「あーなるほど」

ようやくわかった。汐子と猛流は早起きして二人で待ち合わせ、どこかへ遊びに行ったに違いない。早朝デートとは、なかなかやってくれる。

「いや、それ聞いて安心しましたよ。じつはうちのしー坊もね――」

二美男は説明した。

「だからまあ、そろそろ帰ってくるんじゃないすかね。ゲームセンターだの遊園地だの、近くにあるわけじゃないし」

『ではたぶん、二人でどこかにいるんですね』

「ええ、ええ」

と返しながら二美男は、内心で首をひねっていた。電話の向こうの武志の声が、依然として緊張感を持ったままなのだ。

「まだ心配っすか？」

『いや、その……』

しばらく迷うような間があって、武志の声がふたたび聞こえた。

『猛流と汐子ちゃんがいなくなったのは、これから言うことと関係はないと思うのですが……そう信じたいのですが……じつは昨夜自宅のほうから連絡がありまして……私だ』

いきなり道陣の声に変わった。

『深夜に松代から連絡があった。自宅に見知らぬ者どもが押し入り、松代と芳恵さんを脅しつけた後、何かを探すように家や道場を荒らし、出ていったそうだ』

何だそれは。

「見知らぬ者どもって――」

『パンダだ』

「は？」

『人数は四人。いずれも顔にパンダの面をかぶっておった』

家を荒らした後、男たちは何も持たずに出ていったのだという。

「ってことは」

『探しているものが家になかったということだ』

「もしかして」

『頭蓋骨やもしれん』

いったい何がどうなっているのだ。去年の春に将玄が命を奪ったという〝親の仇〟。その人物の頭蓋骨を奪いに来た、正体不明の四人組。嶺岡家に押し入ったということは、男たちは道陣が三国祭りの日に頭蓋骨を奪い去ったのを知っていたということだ。

「それ、警察には？」

『将玄のことがあるので、警察の介入は避けたい。家の者には絶対に通報せぬよう私が命じた』

「将玄さんは何て——」

『何も言わん！』

道陣はいきなり吼えた。

『いまもここにおるが、昨夜から終始黙りこくったままだ』

その言葉も、先ほどの大声も、どちらかというと二美男ではなく将玄に向けられたもののようだ。

『昨夜松代から連絡がきたとき、将玄はアパートにおらず、原付バイクに乗ってどこかへ出かけておった。その行き先も頑として説明しなければ、襲撃について私が何を訊いても、黙ったまま何も答えようとせん。昨夜の時点では事態がまったく把握できていなかったので、敢えてお前さんがたには連絡せんかった。その後、猛流を寝かせ、私や武志も仮眠をとったのだが、起きてみると猛流がどこにもおらん。もしやお前さんがたのところへ行ったのではないかと、武志に連絡をさせたしだいだ』

「俺すぐ、そっち行きます」

みんなに早口で事情を説明し、二美男は部屋を飛び出した。階段を駆け下りると、風呂場の外で、宿のばあさんがデッキブラシ片手に立っていた。急接近してきた宿泊客を見て目を丸くするばあさんに、もし汐子が戻ってきたら電話してくれと言って二美男は自分の携帯電話の番号を伝えた。しかしばあさんは、ぽかんと頷くばかりでメモを取ろうとしない。仕方なく二美男は勝手に居間に入り、仏壇のそばの卓袱台に置かれたチラシを掴み、隣に転がっていた太いペンを取ってキャップを外した。それがマジックだということに、電話番号を書き殴ってから気づいた。鼻へ届いたにおいは、しかし六年前の後悔を連れてくるより早く、現在の汐子への心配を何倍にもふくらませた。二美男は飛び跳ねるように立ち上がり、ばあさんのもとへ戻ると、皺くちゃの手にチラシを押しつけて宿を飛び出した。左右を木々に囲まれた小径へ走り出たところで、背後からほかのみんながばたばたと玄関を出てくるのが聞こえた。国道に出てガードレールのない歩道を走る。そのとき自分がまだマジックを右手に握ったままでいることに気づいたが、投げ捨てるわけにもいかず、舌打ちしてポケットに突っ込んだ。道の角にさしかかった。将玄のアパートがあるほうから、道陣と武志と将玄が近づいてくる。道陣は右手に松坂屋の紙袋を提げている。

「あいつら見つかりましたか？」

道の駅いしとみの脇で、三人と合流した。

「さっきのいままで見つかるわけがなかろう！」

大声を出された二美男は、道陣ではなく将玄に大声を返した。

「ちょっとあんた、なんか教えてくださいよ！　とりあえず、関係ないんすよね？　それだけ教えてください、しー坊と猛流がいなくなったのは、将玄さんがやってることとか、ゆうべ嶺岡家をあれしたやつらとかと関係あるんすか？　ないんでしょ？」

将玄は顔中に力を込めて二美男を見返していたが、やがてその目を力なく伏せた。

「……わからない」

「わからない？　え、関係あるんすか？」

将玄は唇だけを動かしてもう一度答える。

「……俺にはわからない」

ぶん殴ってやりたい衝動を、やっと抑え、二美男は道の駅のほうを見た。土産物屋はまだ開店前のようで、シャッターが閉まっている。汐子と猛流はいったいどこへ行ったのだ。近くには、この道の駅と鉱山博物館くらいしか建物はない。博物館のほうも、まだ開館前だろう。いや、今日は定休日だと、ゆうべ将玄が言っていた。

そのとき、あるものが二美男の目を捉えた。

駐車場の隅に、グレーのワンボックスカーが停まっている。いま道陣たちがやってきた道に面した列の、一番奥、つまり将玄のアパートに最も近い場所に、ぽつんと停めてある。前進駐車で、こちらには車体の右側が見えていた。ガラスにはスモークがかかっていて、中はよく見えない。近づいていこうとした瞬間、まるでその足がスイッチでも踏んだように、ぶるんとエンジンの音が響いた。ワンボックスカーは尻を奥に振ってバックし、フロントガラスがこちらを向く。やはりスモークのせいで中はよく見えない。しかし運転席と助手席にどちらも人間が乗っていることは見て取れた。エンジンがうなり、車はいきなりスピードを出して駐車場を横切ると、そのままウィンカーも出さず、右折で国道に出て走り去っていく。

「練馬ナンバーだ」

いや、もちろん珍しいものではないが、それは東京で暮らしているからであり、岐阜県の、しかもそれほど有名な観光地でもないこの場所で、平日の早朝に練馬ナンバーというのは——。

「え、菜々子さん、何すか？」

菜々子がこめかみに片手をあてながら、じっと地面を見つめている。

「何か思い当たるんすか？」

「思い当たるような、当たらないような……」

「どっちすか？」

訊いても菜々子は地面を見つめるばかりなので、二美男は道陣に向き直った。

「道陣さん、警察に連絡しましょう。頭蓋骨がどうのこうのとか、ゆうべ道陣さんの家を荒らしたやつらのこととか、そういうのは言わないでもいいから、とにかく子供が二人いなくなったって」

「だが」

「だがじゃねえっすよ！」

「あ、鍵！」

菜々子が胸の前で手を打った。

「やっと思い出した、鍵！」

「何の？」

「鉱山博物館の鍵です。憶えてませんか？　ゆうべ将玄さんのお宅で晩ごはんを食べてるとき、猛流くんが鍵のことを訊いたじゃないですか。やっぱり石でできてるのかって。あれってちょっと不自然でしたよね。猛流くん頭いいのに、そんな変なこと考えるのはおかしいじゃないですか。わたしあれ、何か目的があって訊いたのかなって思ってたんです」

「目的？」

「鍵があの部屋のどこに置いてあるのかを知りたかったんじゃないでしょうか」

「何で？」

「こっそり博物館に入り込もうと思って。今日は木曜日で施設がお休みだって言ってましたよね。だから猛流くん、朝早く起きて、入り口の鍵を借りて、博物館に入ったのかもしれません」

いったい何のために――と訊こうとしたとき、二美男は汐子の「めっちゃ奇麗……」を思い出した。採鉱アドベンチャーで坑道の奥へ入った際、ブラックライトに青く浮き出した蛍石を見て、汐子は夢見るような声を上げていた。

「あいつら……」

舌打ちをして、将玄に訊いた。

「博物館の鍵は部屋にありました？」

「確認していない」

「して！　早く！」

将玄は菜々子の言ったことがよくわかっていないのか、目を泳がせながら背を向けてアパートのほうへ急ぐと、やがて戻ってきて、鉱山博物館の鍵がどこにもないと言った。

九

「データは常に過去三日分が保存されているんだが、今朝の映像なら、巻き戻せばすぐに出てくる」

鉱山博物館の事務室はひどく狭かった。昨日の午後、山田十和子さんが煎餅を片手に出てきたあの部屋だ。その狭い部屋の端に、おしくらまんじゅうのような状態で全員が集まっていた。将玄が操作するパソコンのディスプレイを、後ろからみんなで覗き込んでいるのだ。

画面は縦二段、横三列に六分割されている。そこには採鉱アドベンチャーの施設内で監視カメラが撮影した映像が映っている——はずなのだが、どれも真っ暗だ。

「壊れてんじゃないっすか？」

しかし将玄は首を横に振った。

「中の明かりをつけていないときは、何も映らない。赤外線カメラじゃないからな」

先ほど二美男たちが駆けつけたとき、鉱山博物館の玄関は鍵が開いていた。やはり猛流たちがこっそり入り込んだらしい。入り口を抜け、全員で口々に猛流と汐子の名を呼んでみても、声は無人の展示室に虚しく響くだけで、返事はなかった。坑道の中へ急ごうと二美男は奥へ走りかけたが、後ろから将玄に腕を摑まれた。将玄いわく、監視カメラのデータを先に確認したほうがいいとのことで、だからこうして事務室に集まったというのに——。

「映ってなきゃ意味ないじゃないすか！」

二美男は画面に指を突きつけた。

「みんなでこんな真っ暗なもん見てどうするんすか！」

「明かりさえあれば映る」

「だから、その明かりが消えてるからカメラに何も映らないって話でしょ！」

二美男の大声に顔をしかめながら、将玄はマウスを操作した。

「真っ暗な場所に、明かりも持たずに入っていくわけがないだろう」

「誰がだよ！　あそうか」

猛流と汐子が懐中電灯か何かを持って入れば、その光が映るというわけか。

「ついでに言うが、そこにいつもぶら下げてある職員用の懐中電灯が消えている」

将玄が親指で示した壁を見ると、そこにはプラスチック製のフックがとりつけてあったが、確かに何もかかっていない。

「そんなの先に言えよ……」

将玄は無言でマウスを操作し、画面のどこかをクリックする。何も変化はない。いや、右上に白く表示された数字が動いている……7:58……7:53……7:48……二美男と将玄のあいだに菜々子が頭をねじ込んだ。

「汐子ちゃんがアラームをかけたのが五時だから、そのくらいの時間から早送りして見ていったほうがいいと思います」

将玄は時刻の部分に矢印を合わせてクリックした。画面に四角いウィンドウが現れ、三十分刻みで時刻が表示される。5:00の部分をクリックすると、六分割された真っ暗な画面が短く振動した。どうやらその時刻の画面に切り替わったようだ。将玄が早送りのボタンをクリックすると、画面右上に表示された時刻がちかちかと切り替わっていき——。

「ストップ！」

二美男が声を上げるより僅かに早く、将玄は画面を一時停止させていた。

「何だよこれ……」

ほとんど声にならなかった。

六つに分割された画面の、左上の一つに、髑髏が浮かび上がっている。

将玄が再生ボタンをクリックすると、真っ白なその髑髏は、画面上に向かって動きはじめた。じわじわと移動しながら、しだいに小さくなっていく。やがて画面の上端に出ていったと思ったら、今度はその右隣の画面下端に、ふたたび大きくなって現れる。そしてまた上のほうに向かってゆっくりと移動していく。

「ここは昨日歩いた、あの直線路だ。奥へ向かっている」

「将玄さん、何で髑髏が――」

「髑髏？」

「凸貝さん、これ懐中電灯です」

菜々子が教えてくれた。

なるほどそれは確かに懐中電灯の光だった。監視カメラが二人の進行方向と同じ向きに設置されているせいで、地面を照らす丸い光の手前に、頭のシルエットが並び、顎のない髑髏のように見えていたのだ。二美男は画面に顔を近づけた。頭のシルエットは、どうやら左が猛流、右が汐子らしい。懐中電灯の光は上段中央の画面を上に向かって移動しながら、ときおり歪にかたちを変え、マッシュルームのように見えたり豚の鼻のように見えたりした。懐中電灯の向きによっては、光の中にちらりと二人の全身が浮かび上がることもあった。

「いちゃいちゃしてんじゃねえぞ……」

猛流と汐子は手をつなぎ合っていた。

「将玄、早送りしてくれ」

武志が言い、将玄は画面を操作した。二人はチャップリン映画のように素早く動きはじめ、上段中央から上段右端、ついで下段左端、下段中央と移動していく。やがて下段右端の画面に懐中電灯の光が現れると、将玄は早送りをやめて再生に切り替えた。この場所のカメラは、撮影している角度がほかのものと違うらしく、汐子と猛流は画面左端から現れ、ゆっくりと右に向かって移動していく。懐中電灯の光がさっきまでよりもずっと小さくなっているところを見ると、カメラからある程度の距離があるようだ。

「ここどこっすか？」

「一番奥の、昨日、明かりを消してブラックライトをつけたエリアだ」

蛍石を見た、あの袋状に広がった場所か。

猛流と汐子は画面中央あたりまで進んだあと、しばらくそのへんをうろつき、懐中電灯の光は大きくなったり小さくなったり、ぴたりと止まったり左右に動いたりした。しかし、やがてその光がカメラの真下に向かって近づいてきたと思うと、画面の下方向に出て行ってしまった。といっても、光の輪郭はぼんやりと残り、そこで静止している。二人はどうやらカメラの真下で、何かしているらしい。

「あそこにはブラックライトが置いてある」

将玄の言葉が終わる前に、また光が動きはじめた。だんだん小さくなりながら、上のほうへ向かっていく。そして画面の上端ぎりぎりまで近づくと、ふっと消えた。画面からはみ出したのではなく、画面の中で光が消えたのだ。

「立ち入り禁止のエリアだ……」

将玄の声は、それまでで一番硬かった。

あの場所の奥にあった、入り口に赤い三角コーンが置かれていた穴に、猛流と汐子は入っていったらしい。昨日の説明によると、崩落の危険があり、空気が薄かったり、硫酸銅が流れていたりして、全体では野球場くらいの広さがあるという場所に。二美男は画面の時刻を確認した。5:42——いまから二時間も前だ。

「やべえぞ！」

身体を反転させた瞬間、また将玄に腕を摑まれた。二美男はその手を振り払おうとしたが、何倍もの力で引っ張り返され、パソコン画面が鼻先に近づいた。

「このあと出てきたかもしれないだろう」

「誰がだよ！　ああそうか」

確かにその可能性はある。

将玄は映像を早送りした。時刻がちかちかと進んでいく。しかし画面は真っ暗になったまま変化せず、とうとう表示時刻が現在時刻に追いついてしまった。

「出てきてねえじゃんか馬鹿！」

二美男はふたたび身をひるがえした。今度は制止されなかった。みんなの身体のあいだを抜けて事務室を飛び出すと、そのまま展示室を突っ切って採鉱アドベンチャーのほうへ急ぐ。後ろからみんなの足音が追いかけてくる。

「そこにあるヘルメットをつけて行け！」

将玄が声を飛ばした。

「うるせえ！」

叫び返しながらも二美男はラックに並んだヘルメットの一つを摑み、頭をねじ込んだ。通路を走る。ヘッドライトのスイッチを入れると、歩調に合わせて光ががくがくと上下し、まるで一瞬ごとに消えたり現れたりする床の上を駆けているようだった。やがて前方に坑道の入り口が見えてきた。パイプやトロッコのレールがすぱっと切断されている、あの場所だ。背後からたくさんの足音が響き、みんなのヘッドライトが二美男の前方を照らす。その光に助けられて二美男はさらにスピードを上げたが、いくらも走る前にレールの枕木に足をとられて転倒した。

「ってぇ……あれ」

周囲にいきなり壁と天井が現れた。

重たい足音に振り返ると、将玄が駆け寄ってくるところだった。

「明かりつけられるんなら、最初から言ってくれよ！」

「いきなり飛び出すのが悪いんだろう。俺が先に行くから、あんた、ついてこい」

言い方にむっときたが、将玄の顔にありありと焦燥が浮かんでいたので、何も言い返せなかった。家族の安否を心配しているのは彼も同じなのだ。

二美男は将玄のあとにつづいた。視界が利くようになった通路の中を、全員で奥へ急ぐ。石が積まれたトロッコの脇を過ぎ、右手に猫の目のような出口が見える箇所を過ぎ、二両編成の、空っぽのトロッコのそばを行き過ぎる。そのままどんどん走りつづけていくと、やがて袋状になったあのエリアにたどり着いた。一番奥にある、立ち入り禁止の穴の前まで急ぐと、三角コーンが脇にどかされていた。将玄が中に首を突っ込む。ヘッドライトの光は、数メートル先で闇にのみ込まれて消えた。

「猛流！」

将玄が穴の奥に向かって声を放ち、片耳を突き出したので、すぐさま隣で二美男も叫んだ。

「しー坊！」

「声を出すな！　いま返事を待っているんだ」

「だってしー坊――」

「しっ」

将玄はふたたび穴の奥へ片耳を突き出す。

何も聞こえてこない。

「入っていくにも、全員でというわけにはいかないな。俺と……」

将玄が二美男を見て顔をしかめた。

「彼と、ほかは？」

「俺も行く」

「私も行こう」

武志と道陣が進み出た。

「誰か、これを頼む」

道陣が松坂屋の紙袋を差し出し、一番手前に立っていた壺ちゃんがそれを受け取った。

将玄を先頭に、二美男、武志、道陣の順で狭い坑道の中に入り込む。

その穴はまるで、巨大な生き物の胃へと通じているように、左右にゆるくうねりながら、奥へ奥へ延びていた。四人の足音と呼吸音が反響し、後ろからも前からも聞こえてくる。ときおり左右に枝道が延びているように見えるのだが、近づいてみると、それらはみんなただの凹みだった。いや、右手に現れた何番目かの枝道は本物で、将玄はそこで立ち止まって奥を照らした。枝道は十メートルほど先で左に向かってカーブしており、その向こうは見えない。

「猛流！」

つづいて叫ぼうと思ったが、やっとのことで我慢した。将玄の声は「……ける……る……」と反響しながら暗闇に吸い込まれていく。

「しー坊！」

二美男の声も「……ぼう……おぅ……」と消えていき、しばらく待ってみても返事はない。

「こっちじゃない。真っ直ぐ進もう」

将玄につづいてふたたび本道を進んだ。前を行く将玄の首もとは汗だくで、二美男の顎先からも汗が垂れていた。暑いわけではなく、むしろ坑道の中はかなり涼しいのだが、焦っているせいで汗が止まらないのだ。左手にまた枝道が見えた。そこでも四人で立ち止まり、今度は武志が息子の名前を呼び、そのあと二美男が汐子を呼んだ。やはり返事はない。

「将玄さん、この先はどうなってんだ？」

ふたたび奥へ向かって進む。

「昨日説明した、壁や天井に蛍石がいくつも顔を出している場所と、その先は鉱毒水が流れている場所につづいているはずだ」

「その鉱毒水のとこまで、あいつら行ってなきゃいいけど……はず、だ？」

……ずだ……だ……？

「あんた行ったことないの？」

ない、と将玄は振り返りもせずに答える。

「展示室にある写真で見たことがあるだけだ。ついでに言えば、そこまでの道がどうなっているかもわからん」

「勘弁してくれよ、あんたここの人だろ！」

「従業員も立ち入り禁止になっているほど危険な場所だということだ」

その声に割り込むようにして武志が訊いた。

「地図はないのか？」

「明治時代のものが展示室にあるんだが、ガラスケースの中だ。ケースの鍵はどこにあるのか知らん」

まったく予想していなかったことが立てつづけに起きたのは、そのときだった。

まず背後で男の声が響いた。声の主は能垣でも、老原のじいさんでも、壺ちゃんでもＲＹＵでもない。言葉の内容は聞き取れなかったが、まるで誰かに向かって何かを宣言でもするような、やけにはっきりとした抑揚だった。

「いまの……誰だ？」

背後を振り返る。道陣と武志も後ろにヘッドライトを向ける。

重なり合った悲鳴が響いた。どちらも女性の声だ。

ほんの短い静寂のあと、足音が一気に近づいてきた。まるで遠くで鳴りはじめた雷が急速に迫ってくるような音だった。坑道の先がぼうっと光ったかと思うと、その光はどんどん強くなって上下左右にぶれはじめ、足音が最大限に大きくなり、

「やばいっすやばいっすやばいっす」

早送りのような壺ちゃんの声が聞こえた。

「変なやつらが来て、これよこせって！」

壺ちゃんは松坂屋の紙袋を突き出した。ほかのみんなも後ろから追いついてくる。壺ちゃんは鼻から血を流し、顔の下半分がてらてら光っている。

「やられたのか！」

「やられました！」

叫び返した壺ちゃんの唇から血が飛び、二美男の顔にまともにかかった。どけ、と道陣が二美男と壺ちゃんを押しのけ、坑道の入り口方向を睨む。ほかの面々はその視線の先を塞がないよう左右の壁に身体を押しつける。

「いったい何者だ」

「パンダのお面かぶった五人組です！」

壺ちゃんの血が、今度は道陣の頬にかかる。

「どう見ても腕に憶えがある感じで——」

「武装はしておったか」

「してないけどゴツいっす！」

「壺ちゃん、心配いらねえ、こっちにゃ武道の達人が三人もいるんだ」

自分に言い聞かせるつもりで、二美男は言ってみた。

「誰だか知らねえけど、ぶっとばしてやりゃいい」

「私一人で十分だ」

道陣がヘルメットのへりごしに闇の向こうを注視する。

「たとえ相手に多少格闘の心得があろうとも、五人程度であれば私一人で問題ない」

「な？」

「竹刀か木刀さえあればの話だが」

「え！」

驚いて道陣を振り返ってから、武志と将玄の顔を確認した。

「もしかして……三人ともそんな感じ？」

全員揃って顎を引く。

「やばいじゃないっすか、追ってきたらどうするんすか、とりあえず逃げましょう、壺ちゃん、そいつら追ってきそうだったか？」

「俺たちが穴の中に逃げたとき、追ってこようとしたんですけど、リーダー格みたいなやつが、焦るなとか言って止めたんです。そのあとデブちんがどうのこうのって――」

「出口はここしかないと言ったんだ」

能垣が訂正する。

「口ぶりからして、連中は坑道の構造を把握しているか、地図を持っているようだった」

「誰か、電話は？」

訊きながら二美男は自分の携帯電話を確認した。圏外だ。電話を持っている者は全員確認したが、どれも電波を受信していない。もっとも、こんな場所で使える携帯電話があるほうが驚きだが。

「奥に逃げて、まずはしー坊と猛流を見つけて――」

二美男の言葉を、道陣がさっと片手を上げて制した。

耳をすます。

入り口方向から靴音が聞こえてくる。しかし、五人全員で入ってきたのか、一人なのか二人なのか、音が反響するせいでまったくわからない。

「進むぞ」

道陣の言葉と同時に将玄が駆け出し、二美男たちもそれを追いかけた。坑道は相変わらず左右にゆるやかなカーブを描きながら奥へ奥へとつづいていたが、さっきまでとは明らかに違う点があった。平坦だった道に上下の起伏が現れはじめたのだ。それに伴って穴の幅も狭まり、天井も、背を屈めなければ頭を岩に擦ってしまいそうな高さに変わった。壺ちゃんの鼻血はもう止まっていたが、口で呼吸をしなければならず、ひどく苦しそうだ。岩肌にもところどころ、血でも流れたような赤茶色の液体の跡があった。地下水に鉄分でも溶け込んでいるのだろうか。十メートルから二十メートルほど進むごとに、坑道の左右にぽっかりと影が現れ、そのほとんどはただの凹みだったが、いくつかは枝道になって奥へ延びていた。声を出して汐子と猛流に呼びかけることができず、そうした枝道を見つけるたび、誰か一人が素早く奥へ入って確認し、ほかの全員がその場で待機しながら戻ってくるのを待った。一つ目と二つ目の枝道はほどなく行き止まりになっていて、待機している時間もほんの三十秒ほどですんだが、三つ目の枝道に入った武志がなかなか帰ってこなかった。

「――中でまた二叉に分かれている」

ようやく戻ってきた武志の報告により、初めて二美男たちは進行方向の決断を迫られた。

「どちらもかなり先まで延びていて、奥まで確認できなかった」

その奥だって道が分かれているかもしれないのだから、不見転で進むわけにはいかない。

「やっぱし地図だったんすよ、将玄さん、地図が大事だったんすよ」

二美男の言葉に重なって、菜々子が「あ」と声を洩らした。

「壺倉さん、写真」

「え」

「展示室のガラスケースの中に、坑道の地図があったじゃないですか。壺倉さん昨日、展示室でたくさん写真撮って叱られてましたよね。撮った写真の中に、あの地図が写ってるやつないですか？」

壺ちゃんは勢いをつけるように腕で鼻血を拭い、スマートフォンを出して写真をチェックした。残念ながら地図そのものを写したものは一枚もなかったが、

「あ、待って、いまのやつ――そうそれ、おじいさんの」

菜々子が画面の左端を指さし、全員で壺ちゃんのスマートフォンに顔を近づけた。何のために撮ったのか知らないが、つるっぱげの老人の横顔が写っていて、その左に真四角のガラスケース、その中に黄ばんだ紙が寝かされている。地図だ。しかしピントが手前にいる老人のはげ頭に合っていて、ガラスケースやその中の地図は、ひどくぼやけている。壺ちゃんはその部分を拡大した。画面一杯に地図が表示されたが、それはまるで水性ペンで描いたものを水に浸け込んだような不鮮明さで、二美男は目を細めて顔を近づけてみたが、余計にぼやけるばかりだった。坑道がものすごく広く、縦横無尽に広がったメジャー級の迷路であることくらいしかわからない。

「いや、これでも役には立つ」

将玄いわく、展示室にある地図の実物を毎日のように目にしているので、ぼやけて角度の

悪いこの地図でも、その記憶を補う役には立ってくれるかもしれないとのことだった。

「いまいるのは、おそらく手掘りエリアの半ばあたりだ。この枝道の先がY字に分かれていたということは……」

将玄が画面を睨みながら記憶をたどるあいだ、二美男たちはそれぞれじっと耳をすました。物音は聞こえてこない。いや、ときおり音の余韻というか、音が音でなくなる直前の、空気の揺れのようなものが、微かに耳に届いてくる。

「二人が蛍石を見に行ったのだとしたら、そこに通じているのは本道の右側でなく左側の枝道のどれかだ。ただ、二人は蛍石がそこにあることを知らないわけだから……」

そのとき二美男の耳の奥に、いつかの汐子の息遣いが聞こえた。

それは、方向音痴の汐子が浅草寺の近くで道に迷った夜、シャワーの水音にまぎれて聞こえてきた、あの必死に抑えた息遣いだった。もしかしたら——。

「右手壁つき作戦！」

訊ね返すような視線が集まった。

「右行こう、右。あいつ絶対そうしたはずだから。間違いない、右だ右」

誰の返事も待たず、二美男は右の枝道に入り込んだ。最初は自分のヘッドライトが地面を照らしているだけだったが、やがて後ろから足音がたくさん追いついてきて、行く手が明るくなった。武志の言うとおり道は二叉に分かれていた。右の道を選んでさらに進んでいくと、上下の起伏をともないながら、手掘りのその穴は左方向にカーブを描き、またY字の分岐点にぶつかった。そこでも右を選び、背をこごめて先へと急ぐ。天井が低くなったり高くなったりしながら、穴はどこまでもつづく。我武者羅に両足を動かして進んでいくうちに、息が切れてきた。行く手がしだいに暗くなっていくのは、後れをとる者が出はじめたからだろう。右。右。右。——もうずいぶん進んだ。しかし汐子と猛流の姿はどこにもない。ひょっとして自分たちは同じところをぐるぐると回っているのではないか。やっぱりこの探し方は間違っていたのではないか。そう思いはじめたとき、二美男の耳が微かな泣き声を聞き取った。それと同時に、道がT字の横道にぶつかった。そこをまた右に折れる。首を前に突き出し、両手で空気を掻くようにしながら進んでいくと、坑道が行く手でぐるんと左へ折れ、その先へ飛び込んだ瞬間、二人の姿が見えた。

十

しゃがみ込んだ二美男の足に顔をくっつけて、汐子は大泣きに泣いた。両手でジーンズの布地を摑み、関節が白くなるほど握り締めているのだが、その手は二美男の足をもっと自分のほうへ引きつけたがっているようにも、頑張って遠ざけたがっているようにも見えた。

自供によると、やはり二人は蛍石を見たくてこの坑道に忍び込んだのだという。

「ほんまはすぐに帰るひっ、でも道がひっ、みひっ……」

「当たり前だ馬鹿、近所の道も憶えられねえやつがお前、こんな蟻の巣みてえな場所で……」

二美男は汐子の側頭部をまずぺちんと叩き、その手の痛みが自分の胸に届く前に、頭を摑むようにして撫で、そのことで一気に感情がこみ上げて、気がつけば大根をおろすような勢いで猛烈に汐子の頭を撫でていた。汐子の息遣いは扇風機に向かって息を吐いたように細切れにされ、あたたかい涙が、さっきまでよりもたくさんジーンズの布地に染み込んだ。

いっぽう猛流は壁際に正座をして虚空を見つめ、その口が「お」「う」「あ」の順番で謎の動きを繰り返していた。この世で一番恐ろしいお仕置きを待ち受ける子供のように、ヘッドライトの光の中でもわかるほど、顔面が蒼白になっている。猛流の傍らには懐中電灯が転がっているが、明かりはついていない。スライド式のスイッチが前のほうに動いたままだったので、もしやと思って手に取ってみると、懐中電灯は使いものにならなくなっていた。電池か電球か、どちらかが切れたらしい。どうやら二人は真っ暗闇の中を、ここまで進んできたようだ。あるいはここへ来た時点で懐中電灯が使えなくなり、途方に暮れて座り込んでいたのだろうか。いずれにしても、こうして無事に見つかったいま、もはやどうでもいいことだ。

「……くが」

やっと猛流が声を出した。

「僕が言い出したんです……伯父さんの鍵を借りて、ここに」

「借りてはいない」

猛流の正面に膝をついていた武志が、落ち着いているが厳しい声で訂正した。

「お前は将玄から鍵を借りてはいない」

また泣き出しそうになるのを必死に堪えながら猛流は頷き、そのまま顔を上げなかった。

「武志、そんなことはどうでもよかろう」

道陣が言うが、武志は毅然として首を横に振る。

「よくない。やってしまったことを誤魔化すんじゃない」

猛流はうつむいたまま、ほとんど聞き取れない声で謝った。つぎの瞬間、武志の右手が猛烈な勢いで猛流の顔に向かって飛んだので、二美男は咄嗟に目を閉じたが、何の音も聞こえてこない。目を開けてみると、武志の腕は猛流の首にぐるんと巻きつき、ヘッドロックをきめるような恰好で頭を抱き寄せていた。ぐいぐい首のあたりを締めつけられながら、猛流は戸惑い半分、苦しさ半分の顔で、父親のなすがままになっている。しかしそのうち苦しさのほうが勝ってきたらしく、両手を使って相手の腕から逃れようとしはじめたが、武志はそれに気づかず力を込めつづけ、猛流の顔が赤くなり、両手の動きがいっそう激しくなった。もう少しで逆に動かなくなってしまうのではないかというときになって、ようやく武志は息子を解放した。猛流はぐはあと大きく喘ぎ、そのあとえずいた。武志はほんの短く慌てたが、大丈夫そうだと見ると、急に将玄に顔を向けた。

「おい」

だしぬけに呼びかけられた将玄は、どこか子供のような、ぽかんとした顔を武志に向けた。反対に、武志のまなざしは真っ直ぐで、それまで目の前にあった余計な幕を取り払い、長い付き合いの相手を、いま初めてしっかりと見ているという印象だった。

何か、とても大事なことを言おうとしている。

ヘッドライトの曖昧な光に照らされた武志の顔に、いつのまにか全員が注目していた。

「お前も、そろそろ話せ」

諭すような、相手に寛大さを示すような声だった。

「お前が話してくれないと、どうしようもない。いったい何がどうなってるのか、俺たちにはまったくわからん。こんな場所に閉じ込められても、手の打ちようがない」

「俺が……何を話すんだ」

「何かをだよ。具体的には、俺にはわからない。誰にも——お前以外にはな。でも、いいか、二十何年も家族をやってきて、これだけは自信を持って言える。お前は、俺たちが来てからずっと、嘘をつきつづけている。何かを隠してるんじゃない、お前は嘘をついている」

将玄は眉に力を込め、挑むように顎を心持ち上げた。その表情を見て二美男は、いまの武志の言葉は的を射ていたのかもしれないぞと思った。何故かといえば、将玄の顔が、二美男自身が痛いところを突かれたとき、ついやってしまう顔に似ていたからだ。

が、将玄の親代わりである道陣の目には、同じその表情が別のものに映ったらしい。甥の気持ちを代弁するように、断固とした口調で言った。

「将玄は嘘をつくような男ではない」

「父さんにはわからないんだよ」

武志の言葉に、道陣はすっと表情を失くし、しかし両目だけは相手を見据えたままだった。

――そう、これが、人が本当に心外なことを言われたときに見せる顔だ。

「本当の親じゃないからという意味じゃない。父さんは将玄にとって、本当の親も同然だ。亡くなった伯父さんと伯母さんと、父さんと母さんと、将玄には親が四人いるようなもんだ。でも親ってのは、ときによっちゃ世の中で一番子供のことを誤解しているものなんだよ。親だからこそ、わからないことがあるんだ。俺だってついこのあいだまで、猛流のことをきちんと理解できていなかった。猛流が――自分の息子が、あんなふうに大の大人を騙して、大勢の人間を思い通りに動かして……そんなことができるやつだなんて思ってなかった。今朝もそうだよ。猛流が将玄の鍵を勝手に持ち出して、こんな危ないところに子供たちだけで忍び込んだと知ったとき、俺はものすごく驚いた。まさか猛流がそんなことをって思った。でもそれを言い当てたのは、親である俺よりもずっと付き合いの浅い、この人たちだっただろう？」

自分の言葉を相手が理解するのを待つように、武志はしばらく黙った。そして、もう充分だと思ったのだろう、諭すように繰り返した。

「親だからこそ……わからないことがあるんだよ」

ない、と道陣はきっぱり言い返す。武志は驚いた顔をしたが、小さく溜息をつくと、父親に訊いた。

「じゃあ、俺が小六から中一にかけて、友達ともっと遊びたくて、剣道をやめたいと思ってたことを知ってるか？」

道陣はがばりと口をあけた。

「将玄が中二くらいのとき、好きだった女の子がプロレスのファンだったというだけの理由で、プロレスラーになるための方法を真剣に調べていたことも知らないだろ？」

道陣の顎ががくんと落ちた。さらに、武志と将玄の二人が中学三年生のときにそれぞれの小手がどこまで臭くなるかを競い合い、練習前にあらかじめ腋(わき)の下に自分の両手をこすりつけたり、ときにはまんべんなく舐めてから小手を装着していたと知ると、〝驚愕〟というタイトルの一コマ漫画のように、口をあけたまま両手を中途半端に持ち上げて動かなくなった。

「……親にはわからないものなんだよ」

そう言うと、武志は将玄に顔を戻し、気安さと信頼のこもった声をかけた。

「ぜんぶ話せ、将玄」

しかし、さすがの武志にとっても、それから将玄が発したひと言は想像の範囲外だったに違いない。

十一

「……あ？」

それが、将玄の言葉に対する武志の反応だった。

つづく説明を待ち、彼は将玄の顔をまじまじと見つめていたが、相手が頭を抱えたまま何も言わないので、ゆっくりと何度か瞬きしてからまた口をひらいた。

「もう一回、言ってもらっていいか」

将玄は咽喉の奥から絞り出すような声を返す。

「嘘は、全部だった」

「嘘が全部ってのは……どういう意味だ？」

すると将玄は、頭を抱えていた両手を前へずらして顔を隠しながら一気に言葉を並べた。

「俺は人を殺してなんかいない。この町に来たのは親の仇を討つためなんかじゃない。そもそも親の仇なんてどこにもいない。叔父さんが持ってきた頭蓋骨が誰のものなのかなんて知らないし、妙な男たちがそれを追ってきている理由もまったく見当がつかない」

全員が声を失い、坑道は完璧な静寂に包まれた。それぞれが将玄を見つめながら瞬きする、その音さえ聞こえてきそうだった。

「ほんとにわからない……何が起きてるのかなんて俺にはわからない……玉守池から人間の頭蓋骨が出たと聞いて……それが……いや、あの人がそんな……」

「あの人って――」

二美男を含めた数人の声が重なった。このわけのわからない状況を理解するための、最初のきっかけらしきものに、まるで肉を見つけた腹ぺこの犬のように同時に飛びついたのだ。それぞれ言葉を切って互いの顔に目をやり、二美男が手ぶりで武志を促すと、彼が代表して将玄に向き直った。

「あの人というのは、いったい誰だ」

「三国公園でお前が見た人だ……名前は知らない」

「だから誰だ！」

追っ手の存在も忘れているらしい武志の大声は、坑道の前後にわんわん反響した。将玄は相変わらず顔を覆ったまま、両手の奥で切れ切れに呟く。

「俺は……あの公園に住んでいた人に、五千円を渡して……お前に見せるために……俺の話を信じさせるために」

「あああ？」

「え、え、もしかして」

菜々子が将玄のほうへ膝を進める。

「違ってたら申し訳ないんですけど、将玄さんは、武志さんを騙すために、見ず知らずの人にお金を渡して死体役をやってもらったんですか？　それで、ご両親が事故じゃなくて殺されたんだとか、自分は親の仇を殺したんだとか、ほかにも親の仇がいるとか、その人たちのところに行くとか嘘ついたんですか？」

という質問に対し、驚くべきことに、将玄はこくんと頷いた。

「俺は人なんて殺していないんだ……なのに」

全員がぽかんと口をひらいていた。その口を最初に道陣がぴしゃっと閉じ、鼻から猛烈に息を吸い込んで吼えた。

「なのにどうして死体がある！」

「い、い、い、い、い」

松坂屋の紙袋を相手の鼻先に突きつける。

「何故ここに頭蓋骨がある！」

「道陣さん、声、声――」

二美男は思わずその口をふさごうとしたが、怒鳴られた将玄が同じくらいのボリュームで怒鳴り返した。

「わからないんだよ！」

顎を小刻みに震わせた将玄は、両手を顔に叩きつけ、いないいないばあのようにすっかり顔を隠し、うわごとのように呟く。

「もしかしたら……もしかしたらほんとに死んだのかもしれない……あの人、すごく酒臭かったから……たぶん、かなり飲んでたから……水に落ちたせいで……俺のせいで……でも、冬でもないのにそんな……」

二美男は思わずのけぞった。

「うっわ、まじか」

昨日のあの言葉。

――でもあれは……冬じゃ……。

玉守池で頭蓋骨が見つかったと知ったあと、将玄がひどく動揺しながら呟いていたのは、そのことだったのか。

「あの、あのですね、もう一つ、もしかしてなんですけど」

菜々子がさらに膝を進めて訊く。

「ゆうベアパートで粘土を使って頭蓋骨の顔を復元しようとしていたとき、将玄さん、じっと見入ってましたよね。あれは単に、出来上がる顔がその人に似てるかどうかを知りたかったからですか？」

この質問にも、将玄は顔を隠したまま頷いた。

「理由は何だ、将玄！」

道陣はもう殴りかからんばかりの勢いだったが、それに対する相手の返答を聞いた瞬間、一転してぽかんとした顔になった。

「……家を出たかった」

いや、道陣だけではない。二美男も菜々子も壺ちゃんもＲＹＵも、能垣も老原のじいさんも香苗さんも武志も、さっきまで泣いていた汐子も、正座したまま反省の態度をとりつづけていた猛流も、一斉に同じ顔になった。そしてその顔は、将玄がつぎの言葉をつづけるあいだ、ずっと維持された。

「武志が道場の後継者になることが決まって絶望したんだ。俺たち二人のうち、どちらかが道場を継いで、それがきっと武志だということは予想できていた。でも、実際にそれが決まってみると、まったく想像していなかったほど苦しかった。どうしようもなく哀しかった。俺は剣道の実力で武志に負けていたとは思わないし、いまでも思っていない。でも……それでも、親子関係にはやっぱり敵わないんだって思った。俺が叔父さんの立場でも、きっと同じようにしていた。いくら小さいときに引き取られて、親子同然に家族として暮らしてきても、甥っ子は甥っ子だ。ただの親戚だ。その事実をあらためて突きつけられて、苦しくて、哀しくて、もうあの家にいるのが嫌になって——」

「あの……あのねえ、将玄さん？」

言葉が途切れるのを待ち、香苗さんが割り込んだ。

「そういう理由で家を出たくなったっていうのはいいとして、え、でもあなた、どうしてあんなことしたの？　人に死体の役をやってもらったり、武志さんを玉守池に呼び出して騙したり」

たぶんそれは、みんなの頭の中にある疑問だった。

全員の視線の中心で、将玄は唇をひらいたり閉じたりしながら、しばらく言葉を探したあと、ほとんど聞こえないほどの声で呟いた。

「……理由がほしかった」

「は？」

と二美男を含めた何人かの声が周囲に響いた。

「何か、でかい理由がほしかった。そうしないと悔しすぎた」

だからあんな嘘をついたと言いたいのだろうか。——いや、しかし。

「あの、将玄さん、香苗さんが訊いたのは」

というか自分たちが知りたいのは、

「そこじゃなくてですね、何であんな大袈裟なことやったのかってところなんすよ。そのね、家を出るのに何か理由づけがほしかったってのは理解できなくもないですよ。そういう、なんか自分がやりたくないことすんのに、まわりの人に嘘の理由を説明するってのはまあ、誰でもよくやることですし、少なくとも俺はたまにやります。でもそれを、人に金を渡して池に沈んでもらって、武志さんに見せて、両親は事故じゃなくて殺されたんだとか、この男が親の仇なんだとか、だから殺したんだとか……何でそんな大袈裟なものにしたのかってところを知りたいんすけど」

いちおうみんなの顔を見ると、全員うんうんと頷いていた。

将玄はさっきまで顔を覆っていた両手を力なく膝に落とし、誰の目も見ずに言う。

「あれは、俺が子供の頃から……親がいっぺんに死んだときから、いつも考えていた話だった。親に死なれて、叔父さんの家に引き取られたときから、いつの間にか考えるようになってた。親は事故死なんかじゃなくて、何かの陰謀で、二人いっぺんに殺されて、自分はいつかその仇を討ちに行く……それをずっと想像してた」

困惑顔の武志が将玄に膝を寄せた。

「何でお前、そんな――」

だって、と将玄は子供みたいな涙声で呟くと、歯を食いしばり、食いしばったまま説明する。

「あの家で俺は、みんなに可哀想だと思われるばっかりで……最初のうちは叔父さんも叔母さんも、武志でさえも、いちいち俺のことを気遣いながら話しかけてきて、可哀想だ可哀想だって思って……誰もそれを口には出さなかったけど、いっしょに暮らしてればわかる。みんなが俺に同情してるってことはわかる。俺にはそれがつらくて……もちろん親が死んだのはつらかったけど、二番目につらいのがそのことで、だから頭の中でいつも、嘘の話を考えてた。そうしないと……」

将玄は言葉を探したが、けっきょく何もつづけず、くしゃっと顔のパーツを真ん中に集めて黙り込んだ。

そうしないと——やりきれなかった。生きているのがつらかった。生きる気力がわかなかった。何とつづけようとしたのかはわからないが、当時の幼い将玄が、新しい家族たちと暮らしていくための手段として、意識的ではないにしても、頭の中にそんな妄想を抱いたということは二美男にも理解できた。

きっと道陣も理解できたのだろう、急に怒りの矛先を変えた。

「武志！　お前は将玄が嘘をついたらわかると、さっき言ったじゃないか！　玉守池で将玄がその血まみれの男の姿を見せたとき、何でお前、嘘だとわからなかった！」

「いや、こいつ嘘ついてる感じじゃなかったんだよ。俺は将玄が嘘をついてるときはわかる。それは自信を持って言える。だからこそあのとき俺は、こいつが本当のことを喋ってるんだと思ったんだよ」

将玄が語ったのは嘘だが、嘘をつくその気持ちは本当だったのかもしれない。だから武志はまんまと騙されてしまったのかもしれない。かつて猛流が二美男たちについた嘘のことを、二美男は思い出した。祖父の道陣が行方不明で、いとこ伯父の将玄がその行方不明に関係している可能性があると、猛流は言った。将玄が道陣を殺して玉守池に沈めたのではないかと。それは猛流が考え出した大嘘ではあったが、ところどころは本当だった。実際に家族の一人である将玄が行方不明になり、父親の武志がその行方不明に関係しているのではないかという不安を、猛流は抱いていたのだ。だからこそ話に真実味があった。そして、猛流が抱えていた不安が本物だったからこそ、二美男は話を信じ込んでしまった。

将玄の横顔を覗いてみる。嶺岡家に引き取られた当時、将玄は、作り話で哀しさを誤魔化さなければ普通の顔をして生活することができなかった。その嘘は、いつのまにか心の奥で、真実とほとんど変わらない色を帯びていたのだろう。そうでなければ、生きるための役には立たなかったに違いない。将玄が大人になったとき、いったんそれは、単なる幼い頃の妄想として胸の中で色を薄れさせたかもしれない。ところが、道陣が道場の後継者を息子の武志に決めたことによって、ふたたび色濃く頭をもたげたのではないだろうか。

しかし、いっぽうで二美男は、こんなふうにも思う。本人は言わなかったし、気づいてさえいないのかもしれないが、ひょっとすると、将玄が武志に大袈裟な嘘を聞かせたのには、なんというか、マウンティングのような意味もあったのではないか。自分と同じほどの実力でありながら道場を継いだ武志に対し、俺のほうがすごいのだ、俺のほうがでかいことをやっているのだという、子供じみた反撃の意味もあったのではないか。これは同じように精神年齢の低い人間ならではの共感だったが、歯を食いしばって地面を睨みつける将玄の横顔を見ているうちに、案外当たっているかもしれないぞと二美男は思った。

それにしても、汐子の将来がいっそう心配になってしまう。両親がいなくなり、二美男という叔父のもとに引き取られて暮らしている汐子も、いつかこんなふうにねじれたものを胸に抱くようになるのだろうか。もしかして、もう抱いているのだろうか。

「ま、わからんでもないわな」

さっきまで泣いていた汐子はいつのまにか地面に胡座をかき、しかめっ面で顎を撫でていた。

「しっかし、勘弁したってやほんま。さんざん人に迷惑かけといて、けっきょくただの中年の家出かいな」

あまりに当を得たひと言だった。

将玄は何も言葉を返さず、ひたすら顎に力を込めて地面を睨んでいる。その様子を眺めているうちに二美男は、以前に道陣から聞いた、将玄が大人になってもよくレゴをいじっていたという話を思い出した。いったいレゴでどんなものをつくっていたのだろう。なんとなく、ロケットや、戦車や、ロボットといった、本人の日常から離れたものだったのではないかという気がした。

いずれにしても、ここにきていっそう不可解になったのは、この頭蓋骨だ。

将玄の話を聞いたいま、頭蓋骨を追ってきている男たちがいったい何者なのか、ますますわからない。これがもし本当に、将玄が頼んで死体の役を演じてもらったホームレスの頭蓋骨だったとして、あの連中がそれを欲しがっているとは、どうにも考えづらい。するとこの頭蓋骨は、誰か別人のものなのだろうか。いずれにしても、ホームレスの頭蓋骨である可能性が否定できない以上、道陣たちとしては頭蓋骨を連中に渡すわけにはいかず、また警察に相談することもできない。なにしろこれがホームレスの遺体の一部で、水死だった場合、直接的ではないにしても、殺したのは将玄なのだ。とにかくそこがやっかいだった。もし自分が政治家なら、頭蓋骨に必ず名前と連絡先を書かせる法律をつくってやりたいところだ。

「この町へ来たのはどうしてだ」

道陣が訊くと、将玄は疲れ切った声で答えた。

「家を出るなら、ここに帰ると決めていた。東京にいるあいだから、就職情報は探してたんだ。そうしたら、この施設でちょうど募集があったから……」

要するに将玄は、平たく言うと、職場で思うように出世できなかったことに絶望し、仕事を辞めて地元で就職し直した人というわけだ。

「お前は昨日、敵の懐に飛び込んだなどと言っていたが、あれは何だ」

まさかという思いで返答を待ったが、そのまさかだった。

「あの場で考えた嘘だ。売り言葉に買い言葉というか……いまさら叔父さんに、自分が指導したことが身についていないなんて言われたもんだから……」

——こちらが聞きたい説明を、してもらおうか。

確かにあの直前、道陣は将玄に言っていた。

——持久戦に持ち込んで相手の隙を待つという作戦は、格下の相手にしか通用せん。何度も指導したはずだが、どうやら最後まで身についていなかったらしいな。

「あんたの家系、嘘つき男ばっかりなん？」

汐子が猛流の耳に口を寄せて囁いた。しかし全員に聞こえた。

「私は嘘などつかん」

「俺もだ」

道陣と武志が揃ってむきになり、汐子は「そかそか」と適当に頷く。

「ほんなら二分の一やね」

嘘つき男と言われたからか、将玄が珍しく自分から口をひらいた。

「いつかは本当のことを話すつもりだった。こっちに来てからは、なんて馬鹿なことをしたもんだと後悔していた。でも、引っ込みがつかないし、打ち明けるきっかけも見つけられなくて……気がつけば一年以上も経って……」

「言い訳は無用だ。お前はつまり、真っ赤な嘘で家族を騙し、私たちが心配しているあいだ、ただこの町で、のうのうと一人暮らしをつづけていたという、それだけのことだ」

道陣の言葉に、将玄はしばし黙り込んだあと、曖昧な角度で首を振る。

「ただ暮らしていたわけじゃない。俺にはやりたいことがある。去年の九月からは夜間大学にも通ってるし、ゆうべ家を空けたのも、夏休みの集中講座があったからだ」

「え、将玄さん、大学生かいな」

汐子がぎょっと首を突き出す。

「お前のやりたいことというのは――」

道陣の声と重なるようにして、別の声が微かに聞こえた。すぐそばにいる誰かに対してかけた声が、反響してここまで届いたような印象だった。全員、頭をぴんと立てて耳をすました。

もう何も聞こえてこない。

「仕方がない、話はあとだ」

道陣が膝を立て、坑道の奥へと向かう。二美男は汐子の手を取ってそのあとにつづいたが、地面に転がっていた懐中電灯のことを思い出して拾い上げ、ジーンズの尻ポケットにねじ込んだ。使いものにはならないが、なるべく落とし物はしていかないほうがいい。

全員で坑道を進む。聞こえるのは自分たちの足音と息遣いだけだった。ヘッドライトに照らされた岩肌が、淡々と後ろへ流れていく。気づけば天井がまた低くなっており、背筋を伸ばすと頭がついてしまうほどだ。ときおり古い木材が、地面と天井のあいだに、つっかえ棒のように嵌め込んである。支えのつもりなのだろうが、じっさい役に立っているのかどうかは怪しかった。それでもみんな、木材には触れないようにして先を急いだ。やがて分かれ道に行き着くと、道陣が立ち止まって将玄を振り返った。しかし将玄は首を横に振る。

「このへんは入り組んでいるから……」

「右手壁つき作戦をつづけましょう」

二美男の言葉に、道陣は短く迷ってから、右の道を進んだ。坑道がどんなふうに入り組んでいるのかはわからないが、こうして右へ右へと進んでいけば、いつかは必ず出口へたどり着くことができる。もちろん、前方から敵がやってきた場合は話が別だが。

やがて道陣が足を止め、右の岩壁に開いている穴の奥をヘッドライトで照らした。その穴は大人がしゃがみ歩きでやっと通れるほどの大きさで、地面の凹凸も激しく、もしみんなで入っていったとしても、行き止まりだったときにリスクが高い。しかしそれが右手にあるので厄介だった。

「おいちゃん、それかして」

汐子が二美男の頭からヘルメットごとヘッドライトをかっさらった。

「こら馬鹿、しー坊！」

そのまま背をこごめ、穴の中へ入っていってしまう。慌てて止めようとした二美男の手は届かず、汐子は障害物競走みたいに素早く奥へ進んでいき、左方向へつづくカーブの先に消えてしまった。

いや、尻から戻ってきた。

「奥、ちょっと広くなってんで」

目だけで素早く協議した結果、みんなでその穴に入ることに決めた。

汐子に追いつくと、二美男はまずヘルメットを取り返し、もう勝手に持っていかれないよう、顎紐をしっかり締めた。汐子の言ったとおり、左方向へのカーブを抜けた先から、穴はだんだんと広くなり、身体を起こして進めるようになった。全員ペースを上げ、先を急ぐ。これは地下水だろうか、地面は水浸しで、足音がびちゃびちゃと周囲に響いた。道はさっきまでと違い、右へ左へ曲がりくねっている。いったいどこまでつづいているのか。だんだん膝が重たくなってきた。

「あなた、大丈夫？」

香苗さんの声に振り返った。老原のじいさんはしきりに頷いているが、まったく大丈夫ではなさそうだった。そうだ、老人がいることをすっかり忘れていた。同じく老人である道陣が、あまりにきびきび動きつづけているせいだ。

「いっぺん止まろう」

二美男の言葉で、全員が足を止めた。それとほぼ同時に、老原のじいさんが、まるで膝の関節が蝶番にでもなったように、くたりと地面にへたり込んだ。香苗さんがしゃがみ込んでじいさんの身体を支え、しかしその香苗さんもかなり呼吸が荒くなっている。ほかの面々も息を切らしながら座り込み、二美男も壁際に尻を落とした。

「あんた……すげえな……」

老原のじいさんがぜえぜえいいながら道陣を見る。道陣だけは息も切らさず、泰然とそこに立っている。

「あら、道陣さん、ヘッドライトが」

香苗さんが、まるで髪の毛がはねているのを見つけたかのような気軽さで、道陣の頭を指さした。ヘッドライトが消えている。さらに、そう言う香苗さんのヘッドライトも消えていた。将玄がすぐさま二人のヘッドライトを確認する。

「電池切れだ」

一同、ぎょっとした。とくに、ついさっき真っ暗闇を経験している汐子と猛流は目玉がこぼれそうなくらい両目を広げて怯(おび)えた顔をした。

「毎日客を案内していると、電池はもって十日やそこらだから、いつも休館日明けの金曜日に電池を交換することになっていて、いまがいちばん切れやすいタイミングなんだ。さすがにぜんぶのヘッドライトが消えることはないと思うが」

と言いながらも、あまり自信はなさそうだった。

「ぐずぐずしてると危ねえな。少し休んだら、さっさと進もう」

なるべく体力を回復しておこうと、二美男は岩壁に背中をあずけた。染み出してくる地下水で、Tシャツの背中が冷やされて気持ちがいい。いや、気持ちがいいだけではない。上手く言えないが、とても不思議な感覚だ。何だこれは。

「あちぃ！」

二美男は前方に跳んだ。いまのは何だ。まるで背中を濡らしていた地下水が、いきなり熱湯に変わったかのようだった。二美男は四つん這いのまま背後を振り返った。岩壁から染み出しているのは透明な――いや、少し赤みがかった――。

「希硫酸（きりゅうさん）だ」

将玄が壁に鼻を近づけた。

「鉄か何かが溶け込んで、赤くなっているらしい」

「え、やばいやつ？」

「甚大な害はないだろうが、そのシャツは脱いだほうがいいだろう」

二美男は大急ぎでTシャツを脱いで岩壁に投げつけた。ひどい日焼けをした翌日のように、背中が痛い。両の拳を握って痛みに耐えていると、壺ちゃんがほっと息を洩らした。

「俺、いまこの水で顔洗おうと思ってたんすよ。鼻血が乾いて、顔がカピカピしてきたから」

そのとき、将玄が「ん」と声を洩らした。

「待てよ。もしかして――」

何もない暗がりを見上げ、しばらく何事か考える。そうかと思えば急に立ち上がって坑道の奥へ向かい、どたばたと足音が遠ざかり、しかしすぐに戻ってきた。

「あんた、壺ちゃん、さっきの地図を見せてくれ」

「スマホの電池、あんまりないんすけど」

「すぐすむ」

壺ちゃんはスマートフォンを取り出し、例の、ほとんど役に立たない地図の写真を見せた。将玄はディスプレイを睨みつけ、何かのかたちをイメージするように、目をつぶって両手を曖昧に動かしていたが、やがて急に目を見ひらいた。

「いまいる位置が把握できた。この地図でいうと、左の、少し奥側あたりだ。坑道の外周に沿って、もう全体の半周以上は進んでいる。このまま右手の壁に沿って進んでいけば出口にたどり着く」

その言葉だけでもう元気が出て、背中の痛みもぱっと消え失せた。いや、本当はまだひりひりしていたが、二美男は勢いよく立ち上がり、すでに奥へ向かって進もうとしている将玄の後ろにつづいた。

ところで、将玄は先ほど自分たちがいる場所を把握するために坑道の奥を確認しに行ったが、その理由を、ほどなくして全員が知ることとなった。

そこが、ひどく特徴的な場所だったのだ。

「うっわ、池やん」

まさに池だった。これが地図に載っていたのを、先ほど将玄は思い出し、見に行ったのだろう。展示室にあった地図は明治時代のものだと言っていたから、この池は百年以上前からここにあるようだ。

地面が大きく凹み、そこに水が溜まっている。先へ進むには両足を濡らして歩くしかなさそうだ。その距離は六、七メートル、水の深さは二十センチほどなので、まあ濡れたところでせいぜいふくらはぎの下あたりまでだろう。しかし、問題は池の水が赤い色をしていることだった。

「もしかしてこれ……」

恐る恐る確認すると、将玄は頷いた。

「希硫酸だ」

「じゃあ進めないじゃないすか。足溶けちゃいますよ」

「溶けやしないが、絶対に入らないほうがいい」

「ほんならどうすんの？」

汐子が二美男のズボンを摑み、こわごわ池を覗き込む。

「おいちゃん、あたしのことおぶれる？」

ふざ、と言いかけて思い直した。

「……当たり前だろうが」

二美男が覚悟を決めて汐子に尻を向けたとき、隣で将玄が自分のヘルメットを外した。付属のヘッドライトをもぎ取ると、ヘルメットだけを慎重な手つきで池に放り投げる。ヘルメットは亀のように、赤い水の中に沈んでいき、背中が水面から出るか出ないかというところで沈みきった。

「何人か、頼む」

そうか、なるほど。同じようにもう三つほどヘルメットを投げれば、その上を渡って向こう岸までたどり着けるというわけだ。道陣と武志、二美男がすぐさまヘルメットを外し、同じように放り投げた。二美男のヘルメットだけが、ぼこっと泡を吐いて反転し、死んだ亀みたいに腹を見せて沈んだ。手前から、将玄のヘルメット、二美男のヘルメット、武志のヘルメット、道陣のヘルメット——二番目だけがひっくり返っている状態だ。

全員、誰かの言葉を待つように沈黙した。

「しゃあねえ、責任とるか……」

二美男は赤い池のへりに立った。

「行くぜ」

一つ目のヘルメットに向かって右足を踏み出す。靴底はヘルメットの中心を捉えた。前後に股をひらいた状態で、いったん身体のバランスをとる。ここで左足を伸ばし、逆さまになっているヘルメットを靴先で上手いこと反転させればいいだろう。

「……よし」

ようやく身体が安定したので、二美男は左足で地面を蹴った。しまった、強く蹴り過ぎた。余計な勢いがついた身体は止まってくれず、余儀なく二美男はそのまま左足を、逆さまになったヘルメットへ伸ばした。手前のふちと向こうのふちに、踵とつま先を合わせれば、ぴたっと足を乗せることができると思った。思ったが駄目だった。足の伸ばし具合が足りず、ヘルメットの手前側だけを踏んでしまい、二美男は素早く足を引いたが、すでに身体は前へ傾いてしまっていた。駄目だ、このままでは水の中に倒れ込んでしまう。赤い水面がぐんぐん顔に近づいてくる。そのとき、さっき踏んだ勢いで、ヘルメットがぐるんと回って背中を見せた。一瞬の隙を逃さず、二美男はその中心を踏みつけた。成功した。かなり危なかったし、おならが出てしまったが、とにかく踏みとどまることができた。ここで落ち着いて、またバランスをとろう。——が、そのとき身体がぐらりと右へ傾いたので、危ういところで左へ戻した。しかし行き過ぎたので、わっと声を上げて右へ戻し、ぎゃっと叫んで左へ戻し、二美男は前後に股をひらいたまま無茶苦茶に両腕を振り回した。

「前に行きや！　前！」

汐子の声に従い、後ろのヘルメットを蹴る。身体は勢いよく前方へ向かったが、足がすくんで動かず、全身が前倒しになり、赤い水がまた鼻先に急接近した。しかしここで、飛猿として龍の背に乗った経験が役に立った。二美男の両手は無意識のうちにつぎのヘルメットを捉え、足が後ろのヘルメットを蹴り、その勢いのまま四つ足の動物のように残りのヘルメットの上を一気に渡りきった。

四つん這いのまま背後を振り返ると、ヘッドライトが一様にこちらへ向けられ、まるで未知の生物でも見たかのように、みんな息をのんで動かなかった。

「おいちゃん……平均台とか苦手やった？」

無様な姿を見せてしまったことも悔しかったが、もっと悔しかったのは、そのあと順番にヘルメットを渡ったとき、誰一人それほど苦労せずにこちら側へたどり着いたことだった。唯一、香苗さんだけは危なっかしかったが、壺ちゃんが先に進んで上手いこと手を引いていたので、一度もバランスを崩さずにヘルメットを渡りきった。しんがりをつとめた菜々子にいたっては、あとから追いかけてくる男たちがヘルメットを渡れないよう、後ろの足で器用にヘルメットを一つ一つ蹴り上げ、すべて反転させた。

「この部分の地図は特徴的だから憶えている。つぎの右の枝道は行き止まりだ。無視して進もう」

将玄が先導し、ペースを上げながら先へ向かう。

「しばらく行くと、また希硫酸が溜まった広い場所に出る。でもそこは——もし明治時代から変わっていなければだが、歩いて進めるはずだ。展示室の地図では、水溜まりみたいに、地面が凹んだ場所にだけ希硫酸が溜まっている感じだった」

やがて急に道がひらけ、その場所にたどり着いた。

ヘッドライトの中に浮かび上がったのは、これまでで最も不気味な光景だった。

幅二十メートル、奥行き四十メートルほどの一帯で、反対側は胃の出口のようにすぼまって、穴が一つ、ぽっかりと口をあけている。一帯のあちこちには確かに赤い水が溜まっていた。ただ、さっき将玄はそれらを〝水溜まり〟と呼んだが、その表現はまったく正しくない。これまでのエリアと岩の性質が違うのか、凹みの部分はどれもゆるやかな傾斜ではなく、縦に深く抉られ、一気に深々と落ち込んで、そこに赤い水がなみなみと溜まり、しかもそれが大小無数に散らばっているのだ。いったいどのくらいの深さがあるのだろう。覗き込んでみたが、水が赤く濁っているせいで、まったくわからない。

が、幸いにして、二美男たちがいる場所と出口とを結ぶ直線上にはその凹みはなく、要するに、ただ真っ直ぐ進んでいけば何の問題もなさそうだった。

将玄を先頭に、一列縦隊になって直進する。

しかし、一帯の出口へと行き着いたとき、将玄は立ち止まった。まるで見えない壁にぶち当たったような、唐突な止まり方で。

「明かりを消せ」

鋭く囁き、自分のヘッドライトのスイッチを切る。何だかわからないが、二美男を含め、まだ使えるヘッドライトを持っていた面々は素早くスイッチを切った。周囲は一瞬で完全な暗闇に包まれた。

足音、のようなものが聞こえる、気がする。

「……前からだ」

将玄がぎりぎり聞き取れるほどの声で言う。そう、足音らしきその音は、確かに前方から聞こえてくるように思えるのだった。

はっと誰かが息をのんだ。

目の前にある穴が、曖昧に光っている。息を殺して凝視しているあいだに、その光は少しずつ強くなっていく。光源がだんだんと近づいているのだ。まずいと思ったその瞬間、すぐそばでぱっと明かりがついた。強い光ではなかった。将玄が、ヘッドライトを片手に持ち、もういっぽうの手で覆うようにしてスイッチを入れたのだ。将玄は素早く踵を返し、弱い光で慎重に地面を照らしながら、来た道を戻っていく。確かに引き返すしか手はなさそうだ。二美男は汐子の腕を取って将玄の背中につづいた。左右の池に落ちないよう、這いつくばるようにして進みながら後ろを振り返ると、エリアの出口に見える光がさらに明るくなっていたので、将玄の背中をぐいぐい押して急がせた。足音と衣擦れの音。全員の息遣い。それにまじって、ときおり何か硬いものが地面に転がるような音が聞こえてくる。やがて一帯の反対側まで戻ると、将玄はライトを消して囁いた。

「誰かの服を摑め」

言いながら手探りで二美男の腕を取り、自分のシャツを摑ませる。汐子が後ろから二美男のベルトを摑んだ。

「みんな摑んだか？　摑んだな？」

将玄は左の壁に沿って進んだ。それに引っ張られる恰好で二美男たちも闇の中を前進する。やがて将玄は急に左方向へと曲がった。どうやらさっき通りすぎた、行き止まりになっている枝道へと入っていくらしい。その枝道の中を少し進んだところで将玄が立ち止まったので、全員、前の者に身体を押しつける恰好で足を止めた。

「前から来たの、追いかけてきてたのとは別の人たちやろか」

真っ暗闇に汐子の囁きが聞こえ、将玄の声がそれに答えた。

「いや、同じ連中かもしれない。別のルートから先回りした可能性もある」

そうであってほしかった。なにしろ、もし別のやつらだとしたら、前後から挟まれていることになってしまう。

どこからか微かな水音が響いてきたので、全員、息を殺して耳をそばだてた。ある程度離れた場所から聞こえてくるらしいその水音は、長くつづき、やがてふっと消えたかと思うと、複数の男の呻き声が重なり合って聞こえた。いったいどこで何が起きたのか。

「追いかけてきてた人たちが、さっきヘルメットで渡った池みたいなとこ、無理やり歩いてきたのかもしれへん」

あり得る。いや、おそらくそのとおりだ。後ろから追ってきた男たちが、何も知らずにあの赤い川をざぶざぶ渡り、希硫酸にやられて呻いたのではないか。ということは、やはり先ほど行く手に見えた光は、追ってきていた男たちのものではなく、別の人間のもので——。

「将玄さん、やばいっすよ、挟まれてますよ」

距離的に、ちょうどこの枝道の入り口あたりで、後ろから来ていたやつらと前から来ていたやつらが合流することになるかもしれない。そうすると、どうなるか。二手に分かれていた追っ手たちが鉢合わせしたら、どうするか。普通に考えて、この枝道を確認しようとするに決まっている。

将玄は先ほどと同じように手の中でヘッドライトを灯し、ぎりぎりまで弱めた光で周囲を確認した。二美男も目を皿のようにして、状況を打開してくれるかもしれない何かを求めて薄暗がりを睨みつけた。枝道の途中、右側に、壁が切れているように見える箇所がある。あれはこの枝道の、さらに枝道だろうか。将玄も同じものを見つけたらしく、素早くそちらへ向かった。二美男たちもついていく。将玄は枝道の枝道に入り込み、さらに奥へ向かおうとして、ぴたっと立ち止まった。そこが完全な袋小路だったからだ。

「しょ——」

しっと鋭く制された。

将玄が手元のヘッドライトを消す。真っ暗闇の中、全員沈黙した。どうすればいい。いま自分たちは、たとえば「上」という字でいうと、右上についた線の中で身を縮こまらせているることになる。横棒が本道、縦棒が枝道。横棒の左右から歩いて来た二グループはすぐにでも鉢合わせし、縦棒を探りに入ってくるだろう。かといって、いまから二美男たちが縦棒を戻って横棒に出ていこうとしても、それこそ二グループどちらとも鉢合わせしてしまう。逃げられない。動けない。何か方法はないかと、いくら頭を働かせても、進退きわまったという、たぶん実際には使ったことがない難しい言葉が浮かぶばかりだった。

と、そのとき、とんでもないことが起きた。

すぐ背後で、強い光が灯ったのだ。ぎょっとして振り返ると、猛流がヘッドライトを手にし、その隣で老原のじいさんが自分の頭に手をやって驚いた顔をしている。どうやら猛流がライトを奪い取ったらしい。つぎの瞬間、将玄が血相を変え、猛流が持つヘッドライトに手を伸ばしたが、猛流が素早く後ろへステップを踏んだので、その手は空を掻いた。猛流は身体を反転させ、止めようとする何人かの手をつづけざまにかわしながら袋小路の入り口まで走ると、ヘッドライトを枝道の奥へ向かって投げた。ヘッドライトは派手な音を立てて岩にぶつかりながら遠ざかっていく。

「馬鹿お前――――！」

いや。

ファ、イ、ン、プ、レ、イ、だ。

二美男は猛流の狙いをようやく理解した。音と光で、枝道の奥に敵の注意を引きつける。そして連中がそこへ向かってなだれ込んだ隙に、この場所を抜け出して本道を目指す。二美男は猛流の機転に舌を巻いたが、それはほんの三秒間ほどのことだった。

「消えたぞおい」

猛流が投げたヘッドライトの光が消えたのだ。岩にぶつかった衝撃で壊れてしまったのだろうか。最悪だ。これでは単に、いま二美男たちがいる袋小路を含めた枝道全体に、敵の注意を引きつけたに過ぎない。

将玄が動いた。自分のヘッドライトのスイッチを入れて袋小路の入り口に走り、手榴弾でも投げるように腕を振る。ヘッドライトはからん、かん、かんと音を立てながら、先ほど猛流が投げたものと同じように枝道の奥へ遠ざかっていく。確かに、連中の注意を引きつけてしまった以上、猛流の作戦に再挑戦するしか手はなかった。――が、恐ろしいことに、将玄が投げたヘッドライトもまた消えた。どうしてもっと高級なやつを揃えておかないのか。

「誰か、早くっ」

将玄の声に、二美男を含めて何人かが袋小路の入り口に集まり、身体を押しつけ合いながらそれぞれヘッドライトを投げた。地面で弾み、壁で跳ね、派手な音を立てながら、まるで光る野生動物たちみたいに、ライトは一斉に遠ざかっていく。その途中で一つの光が消えた。しかし残りは明るいままま、左へ向かってゆるくカーブした道の先まで飛び、そこで止まった。いま見えているのはヘッドライトそのものではなく、それが発する光だけで、なるほど上手いことカーブの先に人がいるように見える。二美男たちはすぐさまザリガニのように後退して袋小路の奥へ戻った。ここで息を殺して男たちを待ち、連中が枝道に入って光源のほうへ向かったその瞬間、みんなで飛び出して本道まで戻る。完璧だ。ところで、たったいま将玄の声で動いた〝何人か〟というのは、二美男のほかに武志、ＲＹＵ、菜々子、壺ちゃんの四人だった。

「おい、誰かちゃんとライト持ってるか？」

袋小路の外に耳をそばだてながら、二美男は訊かずにはいられなかった。

「私が持っている」

能垣のほかに誰も答えない。

「一個かよ……」

足音が近づいてきた。男たちが低く言葉を交わすのも聞こえる。

「この枝道を飛び出したあとは、どうするんすか」

将玄に確認した。

「一つだけ残ったヘッドライトをつけて、全力で走るしかない」

「でも」

二美男は言い淀んだが、老原のじいさんが察した。

「限界になったら、そう言うよ」

申し訳なさそうに呟く。

「走れるとこまでは、走るから」

足音がどんどん大きくなってくる。二美男は無意識のうちに息を止めていた。誰の呼吸音も聞こえなかったので、みんなも同じだったのかもしれない。足音は響き合いながら、さらに接近し、やがて二美男たちがいる袋小路の入り口がぼうっと明るくなった。連中が枝道に入ってきたのだ。足音が近づいて——近づいて——また遠ざかっていく。袋小路の入り口が、しぼんでいくように暗くなる。

どうやら連中は、上手いこと奥の光源のほうへ向かってくれたらしい。

行くぞ、と将玄が囁いた。

「ただしライトはまだつけるな」

互いに前を行く者の服を摑み、足音を殺し、一列になって袋小路を出る。本道へと急ぎながら振り返ると、枝道の奥に、前方をライトで照らして進む男たちの姿があった。シルエットになった男たちは、どんな服装をしているのかもわからず、また人数も、四人なのか五人なのか判然としない。二美男たちはしだいにスピードを上げながら枝道を進み、やがて本道に戻った。真っ暗闇の中を岩壁に沿って右へ折れ、先ほど引き返してきた、あの希硫酸の池が点在する場所へと向かう。そこに近づいてきたと思われる頃、背後でいくつかの男の声が入りまじって聞こえた。言葉は聞き取れなかったが、その抑揚からして、どうやら連中は枝道の奥にヘッドライトだけが転がっているのを見つけたらしい。騙されたことを知り、慌てて枝道を引き返してこちらへ出てくるまで、あと何秒だろう。

「ライト!」

将玄が鋭く囁く。しかしどうしたことか、能垣はなかなかライトをつけようとしない。

「……つかない」

まじか。

「叩いてくれ!」

将玄の声についで、ばん、ばん、とヘッドライトを叩く音がし、ぼわっと周囲が明るくなった。——が、すぐに消えた。

「どうすんねんっ」

汐子の声に重なって足音が響いた。いま出てきたばかりの、枝道の入り口が明るくなっている。いまにも連中が出てこようとしている。二美男たちはまたも進退きわまった。前へ進めば、無数に点在する希硫酸のプールにきっと誰かが落ちてしまう。後ろに戻れば連中とぶつかってしまう。

「みんな静かに」

猛流の声だ。

「僕が照らすから」

照らす？

しかし懐中電灯もヘッドライトも、使えるものは一つも残っていないはずだ。猛流が身じろぎをし、なにやら取り出す気配がした。カチッという音。しかし何も起きない。あたりは暗闇に包まれたままだ。いや——。

目の前に、青く輝く光が並んでいる。

一つ、二つ、三つ——全部で十個近くの青い光が、だんだんと小さくなりながら、暗闇の中で真っ直ぐ縦に連なっている。この光はどこかで見たことがある。そうだ、蛍石。それに思い至ると同時に、先ほどこの場所を引き返してきたとき、自分たちの足音や息遣いにまじって、何か硬いものが地面に転がる音が聞こえていたのを思い出した。

ふたたびの、猛流によるファインプレイだった。

「ついてきて」

ブラックライトを手にした猛流につづき、全員同時に走り出す。蛍石を信じて、足下を確かめもせず、連なった光の上を前へ前へ走る。途中で誰かの靴が蛍石を蹴ったらしく、視界の隅を流れ星がかすめて前方へ行き過ぎ、何度か細かく弾んでからふっと消えた。赤い池のどれかに落ちたのだろう。

「汐子さん、ごめん。せっかくいっしょに集めたけど」

どうやら二人は二美男たちに発見されるまでのあいだに、蛍石がたくさん埋まっている場所にたどり着いていたらしい。

「ええて」

最後の蛍石を越えたとき、猛流はブラックライトを消した。後ろを見ると、あれだけ鮮やかに光っていた蛍石たちはもうどこにも見えない。そのかわり、離れた場所に丸い光が浮かび、ふくらんだり縮んだりをせわしなく繰り返している。連中が、ライトをてんでの方向へ動かしているらしい。その動きから、二美男たちがどこへ向かったのかわからずにいることが察せられた。

いま二美男たちは、希硫酸のプールが点在するエリアの出口に立っている。あとはもう、坑道をくねくね進んで鉱山博物館まで戻るのみだ。

「さっきみたいに誰かの服を摑んで、右手の壁に沿って行こう」

言いながら二美男は闇に手を伸ばした。意図したわけではないが、さっき菜々子の声が聞こえたあたりだった。右手の指先があたたかいシャツの背中に触れた。ぐっとそれを摑むと、薄い布地ごしに、何か横一直線に延びた、細い帯状のものをいっしょに握り込んでしまったのがわかった。はっと相手が息をのんだ。二美男は慌てて指をひらき、シャツを摑んだまま、その帯状のものだけを離した。反動で、ぱちんとそれが相手の肌にぶつかった。シャツごしの肌の温度を生々しく感じながら、二美男はすみませんと謝った。

「気にしないで」

香苗さんだった。

ふたたび一列になり、右手壁つき作戦で闇の中を進む。いくらか前進したところで、先頭の将玄から順に右へ角を折れ、そのまましばらく歩いたあと、今度はぐっとUターンしてまた戻った。どうやらいまのは、さっき二美男たちが隠れていたような、短い袋小路だったらしい。また本道へ戻って進みはじめたとき、背後から足音が響いてきた。二美男たちのものとはまったく違う、遠慮のない足音だ。振り返ると、暗闇に曖昧な光がまじりこんでいる。相手は徐々に近づいてきているらしい。明かりさえあれば、もっとスピードを上げられるのだが。

「老原さん、老原さん」

囁いたのはRYUだ。

「煙草吸いますよね、ライター持ってないですか?」

「おうおう、ライターじゃねえけど、マッチがある」

いままで誰も思いつかずにいた光源の存在だった。ウエストポーチのファスナーを開ける音。かさこそとマッチ箱をいじる音。

「あっくそ、二本しかねえ」

それではほとんど役に立たない。ほかに何か光源になるものはないだろうか。ヘッドライトも懐中電灯も、使えるものはもう残っていない。ブラックライトをつけても意味がない。何か——あ。

「おい、携帯電話」

どうしていままで思いつかなかったのだろう。携帯電話のディスプレイを光らせれば、行く手を照らせる。二美男はジーンズのポケットから旧式の二つ折り電話機を取り出したが、それをひらいた瞬間に愕然とした。ディスプレイが光らない。どうしてだ。いや、簡単なことだ。バッテリーが切れたのだろう。ゆうべ充電器につないでおかなかったせいだ。

「誰か、携帯」

二美男のほかに、携帯電話を持っていたのは武志と壺ちゃんだけだった。菜々子とRYUは慌てて宿を出てきたため部屋に置きっ放しで、老原夫妻と能垣はそもそも所有していない。

「駄目だ」

武志が舌打ちをした。なんと武志の携帯電話もバッテリーが切れていたらしい。

「何でこんなに早く……ああくそ、電波か」

そうか、バッテリーが切れたのは、坑道にいるせいだ。長いこと圏外の場所を歩き回っていたせいで、電話機がひたすら電波を探しつづけ、電力を消耗してしまったのだろう。

「俺のはもともと電波受けてないから大丈夫だけど――」

壺ちゃんがスマートフォンのディスプレイを光らせ、周囲の岩壁がぼうっと白く照らされた。

「もうほとんど電池ないっす。昨日から充電してないから」

「急ごう」

将玄が歩くペースを上げた。壺ちゃんは隣に並ぶかたちで前方を照らす。二美男たちはそれを追いかけ、右手壁つき作戦をつづけながら出口を目指した。しかし、ときおり「ああ」とか「わあ」という追い詰められたような壺ちゃんの声が聞こえていたかと思うと、まるでいきなり目隠しをされたように、視界が真っ暗になった。早くもバッテリーが尽きたのだ。けっきょくその光によって進むことができたのは、おそらく五十メートルにも満たない程度の距離だった。なんとか自分の携帯電話が息を吹き返してはくれないものかと、二美男はふたたびジーンズのポケットに手を突っ込んだ。そのとき指先に、別のものが触れた。円筒形の、親指ほどの太さのもの。何だこれは。自分の持ち物だというのに、それが何なのか二美男にはわからなかった。

「あれか――」

マジックだ。今朝、宿を飛び出すときチラシの裏に携帯電話の番号を殴り書きして、ばあさんに押しつけた。そしてマジックを持ったまま玄関を飛び出してしまったので、そのままポケットに突っ込んだのだ。

「待てよ」

マジックは、有機溶剤にインクを溶かしている。

有機溶剤は揮発性で、可燃性だ。

いいいいいい、いいいい

ためしてみる価値はある。

「じいさん、マッチ擦ってくれ」

「二本しかねえんだぞ」

「一本でいい」

老原のじいさんがシュッとマッチを擦ると、ストロボでも焚いたように周囲の岩壁の凹凸が一瞬だけ浮かび上がった。ゆらぐ炎が全員の姿を浮き上がらせる。二美男はマジックのキャップを外した。有機溶剤のにおいが鼻を突き、咄嗟に息を止める。マジックの先端を炎に近づけると、パチパチッと極小の火花が光ったあと、先端部分が松明(たいまつ)のように燃えはじめ、二美男たちの周囲が明るく照らされた。

「どれだけ燃えつづけるかわからねえけど、行くぞ」

有機溶剤のにおいが自分に届かないよう、二美男は腕を上に伸ばしてマジックを掲げ、先頭に立って走り出した。みんなの足音が後ろをついてくる。右手の壁に沿って、前へ、前へ、前へ、分かれ道では右へ。背後を振り返ると、やってきた坑道の先が明るい。追われている。

おそらくこのままいけば逃げ切れるだろう。しかしそれは、右の道のどれかが行き止まりになっていないという前提でのことだ。もし袋小路に突き当たってしまったら、そこで追い込まれてしまうかもしれない。そのとき目の前にＹ字路が迫ってきた。もし右を選んで行き止まりだったら――。

「左だ！」

背後で将玄の声がした。

「ここを通ってきたのは憶えてる。出口が近い、左だ！」

「よし全速力で走るぞ。じいさん、ついてこられるか？」

「おかげさまで問題ねえ」

何がおかげさまなのかと振り返ると、じいさんの身体は宙に浮いていた。右肩を香苗さんが、左肩を武志が持ち上げている。二美男は前に向き直り、左の道を選んで突っ走った。壁の幅がしだいに広がってきたので、将玄が隣に並んで走りはじめた。マジックの炎はだんだんと勢いが弱まりつつある。周囲の岩壁が輪郭を崩し、闇がふたたび二美男たちを包囲しようとしている。そうなったことで初めて二美男は、自分たちの影が行く手の地面にうっすらと伸びていることに気づいた。背後からライトで照らされているのだ。しかし振り返っている暇などなく、我武者羅に足を動かしつづけた。マジックの炎がとうとう消えた。それを地面に投げ捨てると同時に、前方に明かりが見えた。出口だ。あそこを抜ければ、裸電球がぶら下がった、袋状になった場所に出る。もう少し――あと少し――二美男は穴から飛び出した。周囲に広々としたスペースが広がった。大きく喘ぎながら、袋状になったその一帯の反対側を目指す。あそこまでたどり着けば、あとは一本道を走るだけだ。そこを抜けて施設の外に飛び出してしまえば、さすがに追ってはこないだろう。

どん、と左肩に大きなものがぶつかって身体がねじれた。走っていた勢いのまま回転し、視界を裸電球が光の尾を引いて流れた。背中が地面を打ち、濁った声とともに肺から息が叩き出された。ぶつかったのは将玄の身体だった。二美男と前後しながら走っていた将玄が、いきなり立ち止まったのだ。二美男は急いで起き上がろうとしたが、右足に力を込めた瞬間、鋭い痛みがくるぶしの内側に走った。まずい、足首をひねった。二美男は這いつくばりながら顎を持ち上げた。

二美男以外の全員が、ひとかたまりになっていた。

それと向き合うように、一人の男が立っている。スーツ姿の男。しかしネクタイは締めておらず、顔はパンダで、右手にシャベルを持っている。男はシャベルの〝握り〟の部分ではなく、柄を摑んでいて、どう見ても土を掘ろうとしている様子ではない。

なるほど、ここに一人残っていたらしい。

入り乱れた足音とともに、たったいま二美男たちが出てきた坑道から、ヘッドライトをつけたパンダがつづけざまに飛び出してきた。その数四人。パンダたちは素早く状況を見て取ると、左右に散って二美男たちを取り囲んだ。天井の裸電球に照らされたその姿は、最初に立っていたパンダとそっくり同じだ。全員、ノーネクタイのスーツ姿に、パンダの面。四人のパンダは最初に立っていたパンダに顔を向けている。指示を待つような様子から、そいつがリーダー格だとわかった。二美男は這いつくばったまま汐子のそばへ行こうとしたが、右足首にふたたび痛みが走った。そのとき、リーダーパンダが右手のシャベルを持ち上げた。まるで小枝のように軽々と動かし、尖った先端を道陣に向ける。いや、道陣が右手に提げた松坂屋の紙袋に向けていた。

「それを渡せ」

若くもない、年老いてもいない、全身から響いてくるような声だった。

いや、とぼけることはできないだろうか。それってどれですかとか言ってみたら、どうにかならないだろうか。——いや、無理だ。何故なら連中はパンダの面を被っているからだ。どうして被っているのかは知らないが、とにかく被っているということは、三国祭りの日に玉守池の頭蓋骨を奪い去ったパンダが嶺岡道陣だと知っているということだ。誤魔化しはききそうにない。道陣も同じように思ったのか、とぼけることは端(はな)から諦めて、心身ともに真っ正面から相手と対峙した。

「理由も聞かずに渡すことなどできん」

落ち着いた声ではあるが、さすがの道陣も坑道を駆け抜けたあとで呼吸が乱れていた。もちろん二美男を含め、ほかの面々も息を切らしており、まじり合ったその荒い息遣いが、岩壁に囲まれた薄暗い場所全体に反響していた。

「理由を知りたいのはこっちだ」

リーダーパンダが声を返す。

「お前たちはそれをどうするつもりだ」

道陣は答えなかった。答えようがないのだ。どこから説明すればいいのかもわからないし、そもそも他人に聞かせて問題がなさそうな箇所なんてない。ましてや相手は正体不明のパンダ集団だ。

しかし、一つだけ確実なことがあった。このパンダ集団は、道陣が持っている頭蓋骨が何なのかを知っている。知っているから欲しがっている。

「ここにあるこれは——」

道陣が紙袋を持ち上げた。

「いったい誰のものだ?」

相手はただ沈黙で答えた。顔はもちろん表情を変えなかったが、道陣を見返しながら、リーダーパンダは何事かをじっと考えているようだ。そうして黙られているかぎり、この頭蓋骨が、将玄が五千円で雇ったホームレスのものである可能性は消えてくれないので、道陣としては相手に渡すわけにはいかない。

と、そのときパンダの一人が道陣に近づいた。道陣は素早くそちらに身体を向け、その左右に武志と将玄が進み出る。パンダは足を止めた。道陣たちとパンダは互いに相手の顔を睨みつける静止画のようになった。

勝てない、と二美男は思った。もし物理的な攻撃を仕掛けられてしまったら、絶対に勝てない。人数ではこちらが勝っているかもしれないが、そのメンバーは小学生二人と老夫婦、モノマネ芸人とフリーターと絵描き、元人力車の俥夫で現在は梱包材店の事務員、そして、たったいま足首をひねって地面に這いつくばっている自分。道陣と将玄と武志は剣道の達人とはいえ、いまは丸腰だ。何か硬い棒状のものでもあれば別だが、素手ではきっと勝負にならない。最初にこの連中が現れたとき、壺ちゃんが「どう見ても腕に憶えがある感じ」と言っていたが、まさしくそのとおりで、いったい何者なのかは皆目わからないが、いかにも荒事に慣れているといった落ち着きが全パンダから感じられた。しかもこの連中は、ぐずぐずしていると、いますぐにでも実力行使に出てきそうな様子だ。

この状況を打開できそうな方法は、二つしか考えられなかった。

優先順位は容易に決まり、まず一つ目を、二美男は実践してみた。

「道陣さん、それ、渡しちゃったら——」

「渡さん」

駄目だった。では二つ目の方法しかない。そうと決まった途端、心臓がどかどか鳴りはじめた。四つん這いのまま、右足首をそっと回してみる。刺すような痛みが走った。この足で、はたしてドロップキック三発は可能だろうか。

そのとき、先ほど道陣に一歩近づいていたパンダが、何か許可を求めるように、リーダーパンダに顔を向けた。相手はそれに頷き返す。許可を得たらしいパンダは、道陣との距離を詰めようとした。まずい、はじまる。

もうやるしかない。

二美男は両手で身体を跳ね上げると同時に無傷のほうの足で地面を蹴った。そのまま岩壁のほうへ猿のように手足を使って走り、岩壁に立てかけてあるツルハシにドロップキックをかます。両足が金属部分のすぐ上を捉え、重たい衝撃とともに木製の柄が粉砕された。考えていたとおり、長いことこの場所に置かれていたため、強度が下がってくれていたのだ。弾け飛んだその柄を摑み、二美男は道陣、将玄、武志が立っている場所に勢いよく投げつけた。摑んだのは武志だった。その瞬間、敵味方の双方が、二美男の意図を理解した。いや、意図というほど上等なものではなく、要するに——。

「ぶっとばして逃げるぞ!」

先に動いたのはパンダだった。武器を手に入れた相手に先手を打とうと、猛烈な勢いで武志に摑みかかろうとする。しかし武志の動きのほうが何倍も速かった。サイドステップを踏むと同時に武志はツルハシの柄を振り上げ、鈍い音とともにパンダの左腕が撥ね上がり、くぐもった悲鳴が響いた。ほかのパンダたちが一斉に動く。二美男はふたたび猿のように走って跳び上がり、岩壁に立てかけてあった別のツルハシに二発目のドロップキックをかました。首尾よく折れて転がった柄を、今度は将玄に向かって投げる。将玄はそれをはたき落とすように引っ掴むと、そのままひとつづきの動きで身体を反転させ、武志に向かって駆け寄ってきていた二人のパンダのうち一人の胴を薙ぎ払った。パンダの身体が二つに折れて地面に転がる。すかさず別のパンダに向かって柄を振り上げると、相手は身体をひねるようにして急ブレーキをかけ、ばたばたと後退して距離をとった。

二美男はみたび身体を跳ね上げ、岩壁に立てかけてあったシャベルに向かってドロップキックを放った。しかし、今度は柄が脆くなっていなかったのか、あるいは二美男の足に限界が来ていたのか、ずん、と靴裏に鈍い衝撃が走っただけで、折れてくれない。再チャレンジしようと、地面に転がったシャベルに手を伸ばしたら、誰かの足音が急接近し、革靴が乱暴にそのシャベルを踏みつけた。つぎの瞬間、もう一方の足が猛烈なスピードで二美男の腹に放たれ、まるで丸太をフルスイングされたような衝撃が内臓を突き抜けた。

「おいちゃん！」

汐子が叫び、入りまじった悲鳴が響く。息ができない。二美男を蹴飛ばしたパンダはシャベルを拾い上げ、こちらへ近づいてくる。どこを狙うか迷うような、短い間のあと、パンダは身体をねじってシャベルを大きく引くと、ちょうどゴルフボールを打つような動きで、二美男の足に向かって振り抜いた。がん、と鼓膜が震え、シャベルの先端が両足をほんの少しかすめて空を切った。

将玄が二美男の傍らに立っていた。ツルハシの柄でシャベルを弾いてくれたのだ。パンダはひるまず、ふたたびシャベルを振りかぶると、今度はそれを将玄の顔面へ振り下ろす。しかし将玄が素早くバックステップを踏んだので、シャベルは地面を打って火花を散らした。

「後ろ！」

二美男は叫んだが遅かった。将玄の背後に別のパンダが駆け寄っていたのだ。将玄が振り返ろうとしたときにはもうタックルを決められ、その身体は吹っ飛ばされて、這いつくばった二美男の上を越えて落下した。その落下地点にいたさっきのパンダが、薪割りでもするようにシャベルを振り上げる。狙っているのは、恐ろしいことに、将玄の頭だった。二美男は将玄が落としたツルハシの柄を摑み、夢中でパンダの顔面に向かって投げつけた。咄嗟だったので、きちんと狙いを定めることもできなかったのだが、

「まじかっ！」

命中した。

パンダは短い呻き声を上げて体勢を崩し、その隙を逃さず、倒れ込んでいた将玄が足払いをかける。パンダはシャベルを握ったまま前のめりに転がった。

「汐子ちゃん！」

菜々子の悲鳴に二美男は振り向いた。パンダの一人が汐子の後ろ襟を摑み、獰猛な動きで岩壁のほうへ引き摺っていく。それに気づいた武志がツルハシの柄を構えて駆け寄ろうとしたが、一瞬早く動いたのはあのリーダーパンダだった。両手で握ったシャベルを振り上げ、武志の顔面に向かって躊躇ない動きで振り抜く。武志はそれを防ぎきれず、金属部分が両腕と頭を同時に打った。地面に転がる武志に見向きもせず、リーダーパンダは汐子を捕まえているパンダのほうへ向かう。小学生を人質に、二美男たちを大人しくさせようとしているのだ。そのときになって初めて二美男は喧嘩を仕掛けたことを後悔した。三国祭りでの作戦を決行したときと、まったく同じだった。ここまでとんでもないことになるなんて思っていなかった。馬鹿だ俺は馬鹿だ。剣道の達人である嶺岡家の三人に硬い棒さえ握らせれば、その時点で勝ちだと思っていた。相手が道陣や武志や将玄の力を知っているなら、棒状の武器を持った三人に挑んでこようとは思わないかもしれないし、もし知らなかったとしても、ひと目その剣さばきを見せつけてやれば、身をすくませて動かなくなるか、上手くすれば退散してくれるのではないかと考えていた。――武志の手を離れたツルハシの柄が、二美男のそばに転がっている。咄嗟に飛びついて摑もうとしたが、右足に力が入らないせいで、伸ばしたその手は僅かに届かず、そこに生じた一瞬の隙をつき、誰かがそれを奪い去った。

その人影は、柄を摑むと同時に風のように走ると、汐子に近づいていくリーダーパンダの背中へ急接近した。相手は気配に気づいて振り返り、素早くシャベルを持ち上げたが、その瞬間、人影は柄を一閃させた。ぱしっと乾いた音がして、リーダーパンダの身体が静止する。握っていたシャベルが落下して地面を打ち、その音と重なって、リーダーパンダは動物のような呻きを洩らした。

小柄な人影は、猛流だった。猛流は瞬間移動のようにステップを踏み、返す刀でもう一人のパンダの腕を下から上に斬り裂いた。本当に斬り裂いたように見えた。乾いた音がふたたび響き、汐子の後ろ襟を摑んでいたパンダは金切り声を上げて飛びすさり、岩壁に背中を激突させ、腕を押さえて沈み込む。

「撤収！」

道陣が声を飛ばすと同時に全員が動いた。たったいまシャベルの強烈な一撃を受けた武志も、起き上がってぎくしゃくと走り、猛流が汐子の手をとってそのあとにつづき、先ほどタックルで吹っ飛んだ将玄も立ち上がり、二美男の脇を抜けて出口を目指す。

「おいちゃん！」

汐子が叫ぶ。その声で気づいたらしく、将玄が急ブレーキをかけて振り返った。

「立てるか！」

「立たせろ！」

将玄が駆け寄ってきて二美男の身体に腕を回し、ほとんど抱きしめるようにして立ち上がらせた。そのまま二美男を出口のほうへ引っ張っていく。二美男は左足だけで必死に跳ね、その動きについていこうとしたが、駄目だ、こんなスピードでは逃げ切れない。

「武志、手伝え！」

将玄が叫び、武志が反対側から二美男を支えたかと思うと、二人で身体ごと抱え上げて走り出した。すぐ背後からパンダたちが追ってくる。坑道を走る。走る。走る。しかしこのままでは確実に追いつかれる。そのとき行く手に、先を行く仲間たちの姿が見えた。どうしたことか、みんなでひとかたまりになって立ち止まっている。

「何やってんだ！　早く逃げろ！」

「おいちゃんのためやがな！」

「ああ⁉」

よく見ると、みんな少しずつ前へ進んでいる。のろのろと——いや、それほど遅いスピードではない——いや、むしろ速いかもしれない——どんどん速くなっていく——二美男たちが近づいたときにはもう、みんなの背中は追いつくのが難しいほどになっていた。一団の中心にあったのは、二両編成のトロッコだった。全員でそれを押していたのだ。

「みんな乗って！」

そう声を飛ばしたのは、トロッコの前にいる菜々子だ。何をしているのかと思えば、トロッコを引いている。昨日、トロッコの中に入っているのを見かけた網を、腰に巻きつけ、その網の反対側はトロッコの鼻っ面、ライトか何かに引っかけてあるらしい。

全員同時に飛び乗った。二美男は武志と将玄に放り込まれた。菜々子が引くトロッコはスピードに乗り、真っ直ぐな線路をぐんぐん進んでいく。頭上を裸電球がつぎつぎ流れ、裸の上半身にびゅうびゅう風があたる。背後を見た。パンダが二人追ってきている。そのうち一人との距離は少しずつ広がっているが、もう一人との距離は、だんだんと縮まっている。手前にいるのはリーダーパンダだ。距離はぐんぐん縮まる。すぐそこまでパンダの面が迫ってくる。リーダーパンダは片腕を伸ばし、トロッコのへりを摑もうとした。二美男はその腕をばんばん引っぱたいたが、何の効果もなかった。相手の手がとうとう荷台のへりを摑み、二美男はわあああああと声を上げながらその手をまたばちばち叩いてから、遠慮している場合ではないと気づき、拳で殴り直した。それでも相手はまったくひるまず、妖怪みたいに大股で地面を駆けながら、いまにも飛び乗ろうとしてくる。

が、その姿がいきなり目の前から搔き消えた。

同時に、猛烈な勢いで身体が右へ持っていかれた。

トロッコが方向転換したのだ。放り出されないよう、互いが互いの身体を摑み合う。行く手にあるのは巨大な猫の目だった。——あの出口だ。昨日見た、坑道が分岐した先にある、もう一つの出口。眩しく広がる光の中心に、縦長の看板か何かの影が生じ、猫の目のように見える場所。どうやらトロッコが走るレールのポイントが、こちらに切り替わっていたらしい。二美男は後ろを見た。パンダたちはまだ走りつづけていたが、どうやらもう追いつかれる心配はなさそうだ。

「猛流！」

車輪と風の音に負けないよう二美男は怒鳴った。

「お前、剣道やったことないって言ってただろうがよ！　また嘘ついてたのかよ！」

「この子は本当に剣道をやったことがないんだ！」

武志が怒鳴り返し、その隣で猛流が頷く。驚きだった。天性の力も、ここまでくると超能力みたいだ。

「お前、さっきのが初めてだったのか？」

「初めてです」

猛流の声は震えていた。なるほど、女の子を守るために、生まれて初めて闘ったというわけだ。かけ声が恐くて剣道の試合も見ることができないような男が。

「ブレーキ！」

武志が叫ぶ。見ると、猫の目の黒目にあたるものが、すぐそこに迫っている。

「わかっとるけど見つからへんねん！　ブレーキどこにあんのこれ！」

汐子があちこちの出っ張りやレバー状のものをやたらと押したり引いたりしているが、何も起きない。菜々子がトロッコの脇に回り、へりを摑んで止めようとしているが、一人の力ではどうにもならない。トロッコはスピードをキープしたまま走りつづけ、光の中へと突っ込んでいく。猫の黒目がどんどん近づいてくる。それが何なのかはわからないが、問題は、さすが鉱山というべきか、石でできていたということだ。そこそこ立派な墓くらいある、石製の何かが、どっしりと行く手をふさいでいるのだった。

「足下だ！」

将玄が身を乗り出して叫んだ。

「ハンドルに見えるやつがブレーキだ、右に回せ！」

汐子がそれを摑んで回すと、ギャアアアアアと甲高い金属音が鳴り響き、身体が一気に前へ引っ張られた。

「みんな降りろ！」

二美男は汐子の身体を抱きかかえて飛び降りた。両足が地面に吹っ飛ばされ、そのまま縦にぐるんと一回転して尻で着地した。汐子の身体は無事だったが、地面をスライドした二美男の尻は燃えるように熱かった。ほかの面々もつぎつぎ飛び降りる。何人かは上手く着地してばたばたとそのまま地面を走ったが、何人かは足をもつれさせて転倒した。

轟音（ごうおん）とともに、石の〝何か〟にトロッコが激突する。無人のトロッコは〝何か〟を吹き飛ばして跳ね上がったあと、〝何か〟の名残である台座のようなものに乗り上げて止まった。二美男は背後を見た。パンダたちはまだ追いかけてくる。しかし、ここはもう屋外だ。大声を出して叫べば、きっと誰かが聞き取ってくれる。二美男は素早く息を吸い込んだが、そのとき眩しい外光の向こうから人影が駆け込んできた。ジーンズにポロシャツ姿の――。

「動くな！」

人影はパンダたちに声を飛ばす。

一瞬後、その姿が鮮明になった。

「何やってんだ剛ちゃん！」

剛ノ宮はこちらを一瞥もせず、握り合わせた両手を坑道の奥に向かって突き出す。いや、何か持っている。

「ちょっ」

二美男は汐子を抱きかかえたまま脇へ転がって逃げた。地面を鳴らして駆け寄ってきたパンダたちは、剛ノ宮が構えている拳銃を見てばたばたと立ち止まった。

「池之下警察の者だ」

リーダーパンダが、知らない言語でも耳にしたように首を傾けた。剛ノ宮の声は、まるでずっと前からこの事態を予想していたかのように落ち着いていた。

「応援を呼んである」

終章

一

「おい来た来た来た、カーテン閉めろ！」

汐子に指示を飛ばすと同時に、敷きっぱなしの布団へ片足でダイブする。煎餅布団は畳の感触をじかに背中へ伝え、うっとむせつつ、二美男は玄関を指さした。

「しー坊、頼んだ」

呼び鈴が鳴り、汐子が「はーい」と玄関へ向かう。

「しーちゃん、こんにちは。叔父さんいるかな？」

「おるのやけど……いま足を怪我して、銀行に行かれへんのです」

ああ足を、と大家の壺倉が心配そうな声を返す。

「そいじゃ、また今度でいいや。叔父さんに、お大事にって伝えてくれるかい」

「えらいすんまへん」

夏休みの宿題頑張るんだよみたいなことを言い、壺倉はいったん去ろうとしたが、少し迷うような間があってから大きな声が飛んできた。

「おうい凸貝さん！」

「え、あはい？」

「あのねえ、うちの息子が、このアパートを出るかもしれないんだ」

「……そうなんすか？」

両腕で身体を引き摺り、二美男は廊下のほうへ首を出した。

「そう。ゆうべ家に来てさ、なんか凸貝さん、あんたのおかげで目が覚めたとか言って」

目を覚まさせるようなことを、はて自分はしただろうか。岐阜から帰ってきたのが一昨日の夜。その時点では何も思い当たることがないし、それからは一度も顔を合わせていない。なにしろ右足が利かないので、昨日の朝一番で病院に行ったとき以外、部屋を出てもいないのだ。

「俺、何かしました？」

「なんかね、あんたを見てて、こりゃ駄目だって思ったんだと」

「……は？」

「わけのわかんないことに巻き込まれたり、知らない連中に追いかけられたり、ぶっとばされたり、凸貝さんあんた、最近大変だったみたいじゃないか。うちの息子もそれに引っ張り込まれて、まあ詳しいことは訊かなかったけど、ずいぶん危ない目に遭ったようなこと言ってたよ」

「ああ……いや……」

「だから、ちゃんと働かなきゃなって思ったんだと。凸貝さんはいい反面教師だって、あいつ言ってたよ。なんにしても、礼は言わしてもらう。ありがとう」

一方的に喋り終えると、壺倉は去っていった。

二美男はすぐさま起き直り、両の拳を左右のこめかみに押しつけた。

「あのアスパラガス……」

「ま、ええやないの。人の役に立てたのやから」

汐子がぽんぽんと肩を叩き、壁の時計を見上げる。

「それより、もう四時やけど、晩ごはんどうする？　捻挫してるときって何食べたらええのやろ」

「やっぱしタンパク質か？」

「そやろな。卵はなんかもう、あのメレンゲのせいで見るのも嫌な感じやし、肉野菜炒めにしよか。あたしお肉買うてくるわ」

「俺も行くよ」

「足があれやし、大家さんに会うたら気まずいやろ。まだそのへんにおるかもしれへんで」

「でも、一人で歩かせんのはなあ……」

剛ノ宮から連絡が来るまでは、汐子だけで外出させるのは心配だ。

「ほんまに、あれからけっきょく、どうなったのやろね」

汐子が腕を組んで首をひねる。

「さあ……剛ちゃん、ぜんぜん連絡よこさねえな」

二美男も同じポーズで考え込んでみたが、そうして二人で考えたところでどうしようもない。

昨日、汐子といっしょに病院へ行くついでに交番に寄ってみたのだが、詰めていたのは別の若い警察官で、剛ノ宮の姿はなかった。下手に訊くのもまずいと思い、二美男は交番の前を素通りして病院へ向かった。帰りがけにも覗いてみたが、やはり同じ警察官がいるだけだった。首をひねりひねり歩く帰り道には、二美男たちが体験した騒動と無関係に、いつもどおりの町の風景が広がっていた。

二

一昨日、あの騒ぎのあと、二美男たちは狸穴荘の大部屋に集まった。

玄関に入ってきた二美男たちを、狸穴荘の老女将は目を丸くして迎えた。朝一番でばたばたと出ていった客たちが、午後になって戻ってきたと思えば、人数が増えていて、しかもみんな泥だらけで傷だらけな上、二美男は上半身裸だったのだから無理もない。玄関口で二美男は、借りたマジックを失くしてしまったことを謝り、風呂場でみんなの傷を洗わせてもらった。チェックアウトの時間は過ぎているけれど部屋を使わせてもらえないかと頼んでみたところ、女将はぽかんと口をあけたまま頷いたが、あとから追いかけてきて、あんたは服がないのかと二美男に訊いた。ないと答えると、彼女は一階に取って返し、死んだ亭主のものだという「HAWAIIAN HEY!」とプリントされた黄色いTシャツを二美男にくれた。

そして二美男たちは、あの大部屋で車座になって剛ノ宮の話を聞いたのだ。

自分があの場に現れて拳銃を構えたことは誰にも喋らないでくれと、まず剛ノ宮に言われた。

「やっぱりピストル出すと、あとで書類とかいろいろ大変なのか?」

訊いてみると、返ってきた答えはまったく予想外のものだった。

「いやそれ以前に、偽物なんだよこれ」

剛ノ宮はリュックサックから拳銃を取り出した。それはプラスチック製の、よくもこれを本物だと思い込めたものだというくらい安っぽい、たぶん銀玉が飛び出すやつだった。

「俺、今日は非番だし、本物持ってこようとしたって無理だったから。まあ非番じゃなくても無理なんだけどさ」

「しかし、あいつらも、よくこんなもんにびびって退散したな……」

剛ノ宮は制服を着ていたわけでもないのに。

「それに関しちゃ理由があるんだけどな。まあそれはひとまず置いといて、とにかく誰にも喋らないでくれ。みなさんも、どうかひとつ」

剛ノ宮が頭を下げると、それぞれ困惑げな顔をしながらも、ばらばらのタイミングで頷いた。

「さっそくだけどよ、剛ちゃん、あんた何で俺たちがあの鉱山にいるの知ってたんだ？　そんで、パンダ男たちとか、頭蓋骨とか、何がどうなってんだよ？」

勢い込んで訊くと、まずそっちが説明してくれと言われた。

「先にそれを聞かねえと、悪いけど話せねえ」

言葉を強調するように、剛ノ宮は唇を結んで胸を反らした。二美男は困った。何をどう話していいのかわからず、道陣や将玄の顔に視線を投げながら頭を掻くしかなかった。すると剛ノ宮は、きっかけを投げたほうが早いと思ったのか、道陣の傍らに置いてある松坂屋の紙袋を顎でしゃくった。

「まず、何であんたたちが、それを持ってる？」

口調からして、剛ノ宮は袋の中身が何であるのかを知っているらしい。もっとも、この状況で剛ノ宮がそれを知らないとは思っていなかったが。

「それは……」

ふたたび道陣の顔色を窺うと、相手はその視線を受け、意を決したように紙袋を摑み上げた。

「一つだけ教えていただきたい」

袋の中身と剛ノ宮の顔とを慎重な目つきで見比べる。

「これは……誰の頭蓋骨なのだ」

剛ノ宮はしばらく迷ってから答えた。

「八年前に死んだ、ある男の頭蓋骨です」

そのひと言で、道陣をはじめ将玄や武志や猛流が一斉に安堵した。もちろんそれぞれの顔に戸惑いは浮かんだままではあるが、少なくともこの頭蓋骨が、将玄が金で雇ったホームレスのものでないことが、ようやくはっきりしたのだ。

「そんなら、道陣さん、喋っちゃっていいですかね。喋らないと、この人、何も説明してくれなそうだし」

「構わんが？」

さっきまで狼狽えていたくせに、当たり前のように言う。

「じゃ、剛ちゃん、これから話すことで、ちょっとその、人に知られるとあれな部分もあるんだけど、俺たちもあんたが銀玉鉄砲を出したこと黙ってるから、そのかわりあんたも――」

「わかったから話せよ」

面倒くさそうに先を促す剛ノ宮を信用することにして、二美男はこれまでの経緯をすべて説明した。剛ノ宮は顔色ひとつ変えず、いや、たぶん意識してそうしながら、話を聞いた。

「……な、る、ほ、ど、なあ」

すべてを聞き終えた剛ノ宮は、二美男の話を頭の中で復習するように黙り込み、ふんふんと頷いた。しばらくそのまま宙を睨んでいたが、やがてぱしんと両手で胡座の膝を叩くと、二美男たちの顔を順繰りに見る。

「よし、約束どおり、こっちの番だ」

全員、唇を結んで剛ノ宮に注目した。

「いまから、ちょっと嘘みたいな話をするぞ」

「もう慣れたよ」

ところが剛ノ宮が話して聞かせたのは、本当に嘘みたいな話だった。

「まず凸貝ちゃん、玉守池で六年前に起きた事故のこと知ってるか？」

六年前の事故――。

「あれか？　男の子の？」

「そう。親父さんと二人で遊びに来てた男の子が、池に落ちて死んじまった事故」

なんとも意外な出だしだった。

「ちょっと目を離して、親父さんが売店にかき氷とビール買いに行ってるあいだに、池で溺れて死んじまったんだよ。友口健也(ともぐちけんや)くんっていう、四歳の男の子だったんだけどな。俺じつは、その健也くんの父親のこと、子供の頃からずっと知っててさ」

「そうなの？」

どうやら剛ノ宮には、似たような知り合いが二人もいたらしい。友口健也くんの父親と、二美男。どちらも六年前に四歳の子供を亡くした。もっとも二美男が剛ノ宮と知り合ったのは、そのあとのことだが。

「今日も、そいつから連絡を受けてここへ駆けつけたわけよ」

「うん……？」

「凸貝ちゃん、あんた、まなざし、、、、の会のこと知ってるって言ってたよな」

「うん知ってる」

六年前、りくが死んだあとで酒浸りの生活を送っていた時期、唐突に家を訪ねてきた中年の女は、二美男への悔やみを述べたあとで、その団体を名乗った。

——まなざしの会と申します。

その団体について、以前剛ノ宮が交番で説明してくれたのを憶えている。まなざしの会の本部は三国公園を越えたあたりにあり、一時期は会員がいなくなって消滅しかけたのだが、ここ数年また会員を増やしてきているのだとか。会員は全員、死んだ誰かの遺族か、友達や恋人などで、つまり大事な誰かを亡くした人のもとへ行っては会員にし――。

「凸貝ちゃん、あんた、ふを見せられただろ。ふって、符な」

剛ノ宮は畳に指で漢字を書いた。

――このふを差し上げるように申しつかって参りました。

「見せられた。はたき落としたけど」

あのとき女がバッグから取り出した白い紙には、墨絵で坊主頭の老人の顔が大きく描かれていた。

「あの符を、なんだ、大事な人が死んだ場所に貼ると、その顔が死んだ人の哀しみを見つめて、その力が死者を再生させるとかなんとか、そういうことになってるらしい」

――お亡くなりになった方の、心が残されたその場所に、これをお貼りください。

――このまなざしが死者の哀しみを見つめ、その力が死者を再生へと……。

「死んじまった人のことが可哀想で仕方ない、その人が世間からだんだん忘れられていくのに耐えられない、自分の中で薄れていってしまうことに耐えられない、許せない……そういう気持ちを持った人たちに、要するに、あの符を配って回ってるんだ。そんで、あとから本物を売りつける」

「本物って？」

「あんたがはたき落としたのは、印刷されたやつだっただろ？　あれはただで配ってるんだけど、実際に墨で描かれたものは、けっこうな値で売りつけるんだよ。しかもその絵にもグレードがあって、何が違うのか知らねえけど、高いやつは二十万円くらいするらしい。一枚一枚、団体の代表者が描いてるんだと」

「教祖みたいな？」

「いや、教祖は死んでるから、二代目会長だな。でも符に描かれてるのは、その教祖ってえか、まあ、会の創始者の顔だ」

創始者である初代会長は、山岡泰侑というらしい。

「で、その山岡泰侑の顔が墨で描かれた原画を買うと、会員になることができて、会員になると、さらに効果のある符を買えるようになって……こうやってざっと説明すると、なんかもう詐欺感満載だけど、それでも会員数はどんどん増えててさ。たぶん、遺された人の哀しみじゃなくて、死んじまった人の哀しみに対してどうこうするってのが、まあ実際の需要に合ってたんだろうな」

剛ノ宮はポロシャツの肩を揺らして笑い、ちらっと二美男の顔を見て、すぐに目をそらした。

二美男は想像してみた。金を払ったら、自分の哀しみがやわらぐ——金を払ったら、あんなに早く人生が終わってしまった娘の哀しみがやわらぐ——どちらかに実際に金を払うとすれば、きっと自分も後者だろう。

「もともとは、初代会長の山岡泰侑が、遺族の依頼に応じて人が死んだ場所に行って、そこをじーっと見つめてさ、死者の再生がどうのこうのって話をして金をもらってたんだよ。その初代会長の顔を描いた符を配りはじめたのは、山岡泰侑が病気んなって自由に歩けなくなったあと、当時幹部だった冨田時範ってやつが会長になってからだ」

そのまなざしの会やら符やらが、いったい何だというのか。

「で、その紙袋に入ってる頭蓋骨だけどな」

「うん」

「まなざしの会から盗まれたものなんだ」

「うん？」

「初代会長、山岡泰侑の頭なの」

何かの比喩かもしれないと思い、二美男はいったん「ああ」と頷いてみたが、やはり聞いたとおりの意味らしい。

「え何、まじで？」

二美男だけではなく、ほかのみんなも遅れて驚きがやってきたようで、ここにきて急にどよめきつつ、道陣の膝に置かれた紙袋に注目した。何人かは尻を引き摺って後退り、何人かは身を乗り出し、香苗さんと菜々子は揃って目を見ひらきながら口を覆う。最初から頭蓋骨は頭蓋骨だったわけで、これはおかしな反応ではあったが、正体がわかったことにより、それぞれの頭の中で頭蓋骨がモノから死体へと変わったのだ。

剛ノ宮が説明をはじめたのは、全員の動揺がおさまってからのことだった。

「きっかけは、一部の会員の中での噂だった」

八年前、会の創始者であり初代会長である山岡泰侑が病死したとき、その頭部だけを火葬せず、会が保管したという〝噂〟が、以前からあったのだという。

「山岡泰侑が入院してた港区の病院も、死んでから遺体が運ばれた火葬場も、経営者がまなざしの会の会員でな、それはまあ変なことでも何でもないんだけど、どっからはじまったのか、そういう噂が以前からあったらしい。会が、山岡泰侑の頭蓋骨をこの世に残して大事にしてるって。そんで結論を言うと、その噂は本当だったわけ。八年前に山岡泰侑が病死したとき、まなざしの会はその頭部を火葬せず、こっそり別個に焼いて頭蓋骨を保存したんだと。秘密でやったその行為が、要するに、どっかから漏れちまったんだな。俺は今朝、さっき言ったその友口ってやつから聞いたばっかりなんだけどさ」

「ええと、山岡なんとかの頭を保存したって――」

二美男は当たり前のことを訊いた。

「何で？」

「そうするように、本人が死ぬ前に言い残したんだ。現会長の冨田時範に」

「何で？」

二美男がまた訊くと、

「自分の力をこの世に残すため」

剛ノ宮は二美男の顔を正面から見据えて答え、そのあとで、ふっと息を洩らした。

「――だとさ」

二美男はつづく言葉を待ちながら、ちらっとほかの面々を見た。みんな一様にきょとんとして剛ノ宮に注目している。

「俺はもちろん信じちゃいないけど、ああいう何だ……まあ、宗教団体をつくるような連中は、非現実的な力をほんとに信じてるんだな。団体をつくった本人も、それに従ってる人らも。だからこそ宗教団体ってのは成立するんだろうけど」

たとえばな、と剛ノ宮は人差し指を立ててから、天井を見上げてしばらく思案した。

「たとえば不思議な力を持った……そうだな……水晶玉があって、その水晶玉を使うと、死んだ人があの世で救われて、またこの世に生まれ変わるとする。凸貝ちゃん、あんたはそれを持っている。そんで心から信じてる。その水晶玉の力を」

「うん」

「あるときあんたが病気になって、もう長くないことを医者から告げられる。そしたら凸貝ちゃん、あんたその水晶玉を捨てるか?」

「捨てない」

「で、誰かに託す」

「だろうな」

「たぶん、そういうことだったんだと思うよ」

剛ノ宮は寄り目になって前髪をいじりながら、半笑いでつづけた。

「もちろん水晶玉と人間の頭じゃ大違いだけど、山岡泰侑にとっての水晶玉が自分自身だったんだから仕方ない。さすがに全身を保存するわけにはいかないとしても、頭だけならどうにかなると思ったのかもしれねえな。実際のところは、なにしろ本人が死んじまってるもんだから、わからねえけどさ」

「世のため人のために……自分の頭を残したわけか」

「そう。それと――」

剛ノ宮はいったん言葉を切った。たぶんあれは、喋っていいものかどうかを迷っていたのだろう。

「たぶん、山岡泰侑がまなざしの会をつくった事情と絡んでるんじゃねえかと思うんだ。これは、まなざしの会の会員ならみんな知ってることなんだけど、山岡泰侑はかみさんを亡くしてるんだよ。冬に起きた、まあよくある、暖房器具が原因の火事で」

自宅の二階で、消し忘れた石油ストーブの火が布団に引火したのだという。ストーブのせいで部屋が暑くなり、夫婦二人のうちどちらかが、布団をはねのけたのではないかというのが消防署の見解だった。

「ストーブが置いてあったのは山岡泰侑の布団のそばだったっていうから、たぶんまあ、引火したのはそっちの布団だわな」

そして本人も、そのことはわかっていた。

山岡泰侑が目を覚ましたときにはもう畳に火が回り、部屋が煙につつまれていた。彼は隣で寝ていた妻を引っ張り起こし、二人で必死に消火しようとしたが、火の勢いは強まるばかりで、もう逃げるしかないと悟ったときには、廊下に出る襖とのあいだに炎が立ちふさがっていた。窓から脱出するという選択しか残されておらず、最初に山岡泰侑が、腰窓を開けて庭に飛び降りた。先に下へ行き、あとから飛び降りる妻の身体を受け止めようと思ったのだという。

しかし妻は飛び降りてこなかった。

妻の遺体は窓のそばにあった。夫につづこうとしたとき、煙を吸い込んで意識を失ったのではないかと、消防署の担当者は説明したらしい。

山岡泰侑がまなざしの会をつくったのは、そのあとのことだった。

「いまある会の本部は、火事で燃えた自宅があった場所なんだと。それで、会長室は二階の、もともと寝室があったあたりで、死ぬときに自分の頭部を保管するよう言い残したときも、頭はその部屋に置いてくれって頼んだらしい」

「じゃあ……」

山岡泰侑が自分の頭部を保管させたのは、もともと妻のためだったのだろうか。自分が死んだら、あの世でふたたび妻といっしょになれる——普通の人はそう考えるかもしれないが、山岡泰侑は違っていたのかもしれない。妻が命を落としたその場所を、いつまでも自分が見つめつづけ、死んだ妻の哀しみや苦しみをやわらげたいと考えたのではないか。

「そんなわけで、その紙袋の中にあんのは、まなざしの会の初代会長、山岡泰侑の頭蓋骨。そんで、会が配ったり売りつけたりしてる符は、要するに何だ、その頭蓋骨のポータブル版みたいなものだな」

将玄のアパートで頭蓋骨に粘土を貼りつけていたとき、その顔をなんとなくどこかで見たような気がしたが、あれは、まなざしの会に見せられた符に描かれていた顔と似ていたからだったのか。どちらも山岡泰侑の顔だったというわけだ。

「で、その頭蓋骨が、いろいろあった末、いまここにあって、さっきのパンダたちはそれを取り戻しに来たってわけ」

「しかし——」

道陣が自分の顎を摑むようにして首を突き出した。

「先ほどのパンダたちは、新興宗教の信者にしては荒事に慣れておるように見受けられたが」

そこなんですがね、と剛ノ宮は道陣に向き直る。

「あいつらはヤクザなんですよ。暴力団員。大沢(おおさわ)興業っていう、浅草をシマにしてる、まあそれほど大きな組じゃないんですけど」

「まなざしの会の会員はヤクザ者なのか？」

「いえ、会員はみんな普通の人たちです。道陣さん、宗教舎弟(しゃてい)って言葉は？」

道陣は答えず、黙って相手を鋭く睨みつけた。どうやら知らない言葉のようだ。

「凸貝ちゃんは知ってる？」

「もちろん知らねえ」

「暴力団に牛耳られて利用されている宗教団体がそう呼ばれる」

嬉々として説明しはじめたのは能垣だ。

「信者が減った宗教団体や、信者がいなくなって休眠状態の宗教団体を、暴力団が乗っ取って商売をすることがある。暴対法の施行以来、日本でときおり見られるようになった構図だ。信者と書いて儲けると読むが、宗教法人は物品の販売利益や信者からの寄付金が非課税になり、そこを利用して、団体を資金源として利用するわけだ。何らかの方法で団体を支配下に置き、やつらは利益を吸い上げる」

後半、何故か能垣は少しドスの利いた声になっていた。

「まなざしの会がそうなの？」

二美男が訊くと剛ノ宮は頷く。

「もちろん会員たちはそんなこと知らずにいるけどな。そんで、そもそもまなざしの会が宗教舎弟になっちまった理由も、そこにある頭蓋骨だった」

山岡泰侑の死後、まなざしの会は会員が激減した。二代目会長の冨田時範は、符を配って会員を増やそうとはしていたのだが、やめていく会員のほうが圧倒的に多く、やがて会は消滅寸前まで追い込まれた。

「そのせいで、まあ簡単に言えば二代目会長さん、自暴自棄になったらしい。アルコールに頼って、夜な夜な町に出ちゃあ、会に残ってる金を使い果たしてやろうってんで、高い店で飲み倒してたんだと。で、あるクラブでがばがば飲んでたところ、中年の男が寄ってきて、ずいぶん荒れてるじゃないですかみたいな感じで話しかけてきて――」

その男というのが大沢興業の人間だったのだという。

「金遣いが荒いところを見て、何かに利用できるって、最初から考えてたんだろうけどさ」

二人は同じテーブルで飲みはじめ、男が冨田時範にどんどん酒をおごって泥酔させ、相手の素性を含めてあれこれ訊き出した。その話の中で冨田時範は、あろうことか、自分たちが頭蓋骨を所持していることを喋ってしまった。

「犯罪だって自覚が薄かったんだろうな」

「犯罪なのか？」

「当たり前だよ。たとえ遺体の一部だけでも、埋葬しなかったり、火葬の場合は焼かなかったりしたら、違法だ。まあ献体した場合とか、いろいろ例外はあるけど、個人的な理由で焼きも埋めもしなかったとなりゃ、明らかにアウト。そもそも死体から首を切り取ってんだから、その時点で死体損壊罪だろ」

まなざしの会が初代会長の頭蓋骨を所持していることを知った大沢興業は、それをネタに、すぐさま動いた。

「そのへんの経緯は詳しく知らねえんだけど、なにしろヤクザ連中は脅しのプロだからな」

大沢興業が冨田時範の首根っこを掴み、まなざしの会がいわゆる宗教舎弟になってしまうまで、それほど長い時間はかからなかったらしい。

「でも、暴力団ってのはなかなか商売が上手いもんでさ、会の経営を動かして、会員をどんどん増やして高い符をどんどん売りつけて……消滅寸前だったまなざしの会は、いまやすっかり成長してけっこうな規模になったってんだから、皮肉なもんだよ」

まったくだ。もちろん利益はほとんど大沢興業の資金として吸い取られているのだろうから、会が成長しているというよりも、大沢興業の財布がでかくなっているといったほうがいいのかもしれないが。

「そんで剛ちゃん、何でその、山岡なんとかの頭蓋骨が玉守池から出てきたの？　さっき、盗まれたって言ってたけど」

「そう、盗まれた」

犯人は会員の一人だったのだという。

「それが、さっき言った友口って男。六年前に玉守池で死んだ友口健也くんの父親」

その事故のことを、剛ノ宮は説明してくれた。

夏の出来事だった。その日、父親は健也くんを、玉守池から遊歩道を挟んで少し入った場所にある、遊具の設置されたエリアで遊ばせていた。去年の秋、汐子と菜々子と三人でボートに乗った日、汐子が怒ってずんずん歩いていった、あの場所だ。あそこにはコンクリートの大きな滑り台や、砂場や、ロープでできたジャングルジムなどがある。

午後三時を過ぎた頃、父親は咽喉が渇いたので、健也くんをその場に残して売店に向かった。買ったのはビールと、健也くんのためのかき氷だった。しかし、戻ってみると息子の姿が見えない。平日だったので公園に人は少なく、健也くんがそのエリアにいないことは明らかだった。そばで遊んでいた母子に、健也くんの背恰好を伝え、どっかに行ったのを見かけませんでしたかと訊いてみたが、知らないと言う。

しかし父親は、それほど大ごととは考えずに、ビールを飲みながらその場で息子が戻ってくるのを待った。ところがそのまま時間が経ち、健也くんのかき氷が半分ほど溶けてしまったときになって、さすがに不安になり、遊具エリアの周囲を歩き回って健也くんを探しはじめた。どこにもいなかった。公園内をあちこち走り回って探しつづけても、見つからなかった。

「玉守池のすぐそばで遊んでたわけじゃねえから、水に落ちてどうこうって可能性を、まるっきり考えてなかったんだな」

夕刻を過ぎたとき、父親はとうとう警察に連絡し、すぐさま健也くんの捜索が開始された。

「その捜索には俺も参加したよ」

だが、すでに日が落ちつつあったので、健也くんが遊んでいた時間帯に公園にいた人々は、もうみんな姿を消していた。目撃者はおらず、翌日になっても出てこなかった。いや、二人ほど、健也くんの姿を目撃したかもしれないという人物がいたのだが、どちらも、健也くんに似た感じの男の子が遊具エリアのそばを歩いているのを見たという程度のものだった。

「玉守池の周辺でも聞き込みしたし、張り紙とか立て看板とかで情報を募ったんだけど、けっきょく役に立つような話はぜんぜん入ってこなくて」

二日後の夕刻、人間のようなものが玉守池に浮かんでいるのを、ボートに乗っていた若いカップルが見つけた。連絡を受けて警察が駆けつけてみると、健也くんの遺体だった。

「……ってな。そんな事故があったわけよ。あの池で」

「あった、これだ」

剛ノ宮の話を聞きながらスマートフォンをいじっていたRYUが、当時のニュース記事を見つけた。何人かずつで回し読みしてみると、友口健也くんの遺体が玉守池で発見された当日の記事で、いま剛ノ宮が話したような内容が、それほど詳細にではないが書かれている。父親は公務員で友口真人（まこと）というらしい。六年前の記事に三十歳と書いてあるから――。

「俺と同い年か」

本人の年齢も、子供の年齢も、その子供を亡くした時期までも、友口真人は二美男と同じだったらしい。

「で、その友口真人って父親んとこに、凸貝ちゃんのときとおんなじように、やっぱりまなざしの会が来た」

例によって、山岡泰侑の顔が描かれた符を持参して。

「友口ってやつは、凸貝ちゃんと違って、そういうの信じやすかったんだな。符をもらったり、そのあと買ったりして、要するにまなざしの会の会員になっちまったんだ。そんで、健也くんが死んだ玉守池の、まわりに生えてる木の幹なんかに、会から買った符を貼りはじめたんだと。ちょうどあの顔が池を見てるような感じで。公園の掃除やってる業者が剝がしたり、子供が悪戯で剝がしたりするたびに、また会から新しい符を買って、それを貼って、剝がされて、貼って、その期間、じつに五年数ヶ月」

「そりゃまた……ずいぶん」

「額も、かなりのもんだったんじゃねえかな。符を剝がされるのはあっという間だし、あいつ、さっき言ったグレードのいい符を買いつづけてたらしいから、相当な散財だったと思うよ。まあ本人は散財だとは考えてなかっただろうけどさ」

それでな、と剛ノ宮は声を低くした。

「今年の夏、その友口が、まなざしの会から頭蓋骨を盗み出したわけだ」

「……何で？」

「池に沈めるために」

何で、とまた訊いてから、相手が答える前に二美男は気づいた。

「ひょっとして、ポータブル版より、本物のほうが効果があると思ったから？」

「あいつはそう言ってたよ。いやポータブル版とかそういう言葉は使わなかったけど、前から会の中で噂になってた創始者の頭蓋骨ってのが、実際にあると信じて、それがどうしても欲しかったらしい」

「そしたら、ほんとにあったと」

「そう。でもいま思うと、理由はただ本物が欲しかったっていうだけじゃなかったのかもしれねえな。会の金儲け主義に気がついて、いままで金を払わされた仕返しとばかりに、なんか奪い返してやりたかったっていう気持ちもあったのかもしれねえ。……しかしまあ、心の真っ芯に通ってたのはやっぱり、死んだ息子に対する思いだったんだろうよ。だって、仕返しなら、べつに現金盗んだってよかったわけだから」

ほんまやな、と汐子が頷く。

剛ノ宮が言うには、事実、頭蓋骨があった会長室にはいくらか現金も置かれていたが、それにはまったく手はつけられていなかったらしい。

「で、友口真人はある夜、まなざしの会の本部に、ガラスを割って忍び込んで、会長室へ入ってあちこち引っ繰り返しているうちに、その頭蓋骨を見つけた。笑っちゃうのがさ、金庫に入れるでもなし、会長の机の下に木箱が置かれていて、そこに入ってたんだと」

彼はそれを盗み出し、三国公園の玉守池に向かった。そして手漕ぎボートの舫い綱を解いて池に漕ぎ出すと、健也くんの遺体が発見されたあたりに沈めた。

「——これまで貼ってきた、符のかわりにな」

翌朝、会長の冨田時範は、室内が荒らされて頭蓋骨が消えていることに気がついた。そして同じ日、会の本部にやってきた大沢興業の人間もそれを知ることとなった。

「本部の出入り口に防犯カメラがあってさ、それを大沢興業の人間が確認したら、あいつが映っちまってた。そんですぐに自宅で絞り上げられたんだと。それであいつ、頭蓋骨を盗んだことを白状したんだけど、その頭蓋骨はもう池の中だったわけだ」

それが今年の三国祭りの、二日前の夜だったのだという。

「もちろん大沢興業の連中はすぐに玉守池から頭蓋骨を回収しようとした。なにしろその頭蓋骨は、まなざしの会を牛耳るための大事なネタだからな」

ところが公園は祭りの準備が大詰めになっていて、玉守池から頭蓋骨を回収することはできなかった。

「そんで、三国祭りが終わったあとで回収しようと思ってたところに、凸貝ちゃん、あんたたちの起こしたあの騒ぎだ」

祭りの最中、人々が担いだ龍神がいきなり玉守池に躍り込み、飛猿が宝珠を池に投げ込んで、その宝珠を探していた群衆の一人が頭蓋骨を掴み上げ、さらにそれを謎の和服パンダが奪っていったというわけだ。

「パンダが頭蓋骨をかっさらってったところを、玉守池を見張りに来てた大沢興業の連中が見てたんだけど、追いかけてる途中で見失ったらしい。でも、そのあと、服装だの身のこなしだのから、あのパンダは嶺岡道陣だったんじゃねえかって話になった。とはいえ大沢興業にしてみりゃ、いったい何だって剣道場の師範が山岡泰侑の頭蓋骨を持ち去ったのか、見当もつかなかった」

「無理もない」

道陣が他人事（ひとごと）のように頷く。

「そこで連中は、何が何だかわからない状態で、でもとにかく頭蓋骨を取り戻そうってんで、嶺岡家を監視していた。普通の家ならすぐにでも飛び込んで家捜ししたんだろうけど、なにしろ家に二人も剣道の達人がいるわけだから、脅して静かにさせるのは難しいだろ」

「不可能だ」

「ええまあ、そうかもしれません」

剛ノ宮はぞんざいに道陣をあしらい、また二美男に向き直る。

「で、そんなとき、嶺岡家の三人――道陣さん、武志さん、猛流くんが連れ立って家を出ていった。それを大沢興業の若いやつが一人、上に言われて尾行してったんだけど、三人とも大きなバッグやなんかは提げてないし、まさか頭蓋骨を持って出かけたとは思わなかった。家にあると思ったわけだ」

岐阜に泊まり込むつもりではなかったので、二美男たちも含め、ここへ来るときはみんな大した荷物は持っていなかった。唯一の大きな荷物は、道陣が持っていた松坂屋の紙袋だったが、よもやそんなものに頭蓋骨を入れてカジュアルに持ち歩くとは思わなかったのだろう。

「夜になっても道陣さんたちが戻ってこなかったから、周囲に人目のなくなる深夜を待った上で、大沢興業の連中は家に押し入った」

しかし頭蓋骨はどこを探しても見つからない。さらに、家にいた松代や芳恵は頭蓋骨のことを知っている様子もなかった。

「こりゃ出ていった三人組が持っているに違いないってんで、連中は尾行してた若いやつと連絡をとった。いっぽうその若いやつは馬鹿正直に道陣さんたちのあとをつけつづけて、岐阜まで来ていた。で、場所を説明して、東京から車で向かった連中と、今朝になってこっちで合流したと」

なるほど。新幹線の中で誰かがこちらを覗いてる気がしたが、どうやらあれはその尾行係だったらしい。

「友口のほうはずっと大沢興業の連中にとっつかまったまま、事務所から出してもらえなかったらしいんだけど、今朝になってやっと解放されて、すぐ俺に相談してきたんだ。警察沙汰にはしたくなかったみてえだから、個人的にな。自分がしでかしたことのせいで、何だかわかんねえけどとんでもないことになってるって。事務所で大沢興業の連中がやりとりしてるのを、あいつ断片的にだけど聞いてて、すっかり混乱しちまってる状態でさ。そんで、なんとか落ち着かせて、話聞いてみりゃあ凸貝ちゃん、あんたの名前とか、嶺岡道陣さんの名前が出てくるじゃねえか」

「びっくりしはったやろ」

汐子がからかうような声を挟むと、剛ノ宮は眉を吊り上げた。

「当たり前だよ！　あいつが宗教団体から盗んだ頭蓋骨を、何でか知らねえけど剣道場の嶺岡道陣さんが持ち歩いてて、そこに凸貝ちゃんだの、同じアパートの住人だのが絡んでて、何だ、みんなして岐阜に行って？　鉱山博物館がなんとかかんとか……なにせあいつも断片的にしかわかってなかったんだけど、俺、思い出したんだよ。凸貝ちゃんがほら昨日の朝、これから岐阜の鉱山博物館に行くけどお土産いるか？　なんて言ってたじゃんか」

三国祭りのあとの顚末を訊き出そうと、岐阜へ向かう前に交番へ寄ったときだ。

「そんで急いで調べてみたら、岐阜に確かに鉱山博物館って施設があった」

そして剛ノ宮は、鉱山博物館を目指して大急ぎで新幹線に飛び乗ったのだという。

博物館に到着してみると、練馬ナンバーをつけたグレーのワンボックスカーが停まっていたので、剛ノ宮は抜き足差し足で建物の中に入ってみた。すると「採鉱アドベンチャー」の奥から声が聞こえてきた。廊下を進んでいくと、袋状になったあの場所に、男たちが五人、パンダの面をかぶって立っていた。

「そのうち四人が坑道の奥に入っていって、どうも凸貝ちゃんたちのあとを追いかけようとしてる感じだったから、俺も入っていきたかったんだけど、連中の一人が入口に待機したまま動かなかったもんで――」

仕方なくいったん引き返し、鉱山博物館を出て、坑道へ入り込む別のルートはないかと周囲を歩き回っていたところ、さっきの入り口を見つけたらしい。しかし中で何が行われているのかさっぱりわからなかったので、ちょっと入ってみたり、また引き返したりしながら、どうしたものかと迷っているうちに、いきなりトロッコが猛烈な勢いで走ってきて石碑をぶっ壊したのだという。

「あれ、やっぱり石碑だったのか」

二美男が思わず呟くと、将玄が重々しく頷いた。

「あそこが閉山になったときに建てた、文化的で値の張る石碑だ」

「あの連中……」

二美男は舌打ちをして宙を睨みつけた。

「訊いてもええですか？」

汐子が手を挙げる。

「ヤクザさんたち、道陣さん家を襲ったときも、坑道の中でも、何でみんなしてパンダのお面かぶっとったんです？」

「そうそう、何でだよ？」

二美男もいっしょになって訊くと、剛ノ宮は寄り目になって首をひねった。

「一番の理由は、まあ顔を隠すことだったんだろうな。なにせ昔と違って、いまは暴対法のおかげで、ヤクザが素人相手に暴力なんて揮（ふる）ったら一発で逮捕だから」

「そやかて何でパンダなん？」

「顔を隠せりゃ、どんなもんでもよかったんだろうけど、たぶんちょっとしたハッタリのつもりだったんだと思うよ。三国祭りでの一件から何から、自分たちはぜんぶ知ってるんだぞっていう。実際にはあいつら、何で道陣さんが山岡泰侑の頭蓋骨を奪い去って岐阜まで持ってきてるのか、見当さえついてなかったわけだけど、道陣さんと同じようにパンダのお面を被ってたら、なんか事情を知ってる感じがするじゃんか。そうすると、相手が白を切る確率が減りそうだろ？」

確かに連中があの面をかぶっていたせいで、頭蓋骨を渡せと迫られたとき、二美男たちはとぼけることができなかったのだ。ずいぶん拍子抜けのする、パンダの面の理由ではあったが、実際に効果を上げていたのだからなんとも言えない。

「と、いうわけで」

いままで喋った内容を思い返すように、剛ノ宮は天井を見上げた。

「それが今回の出来事だったわけ」

銀玉鉄砲を握り、剛ノ宮は天井板に向かってカチッ、カチッと空撃ちをした。二美男たちは全員でなんとなくそこを見上げながら、それぞれに黙り込んだ。網戸の外からは油蟬にかわってツクツクボウシの声が聞こえ、一匹が二匹になり、すぐにたくさんの声がまじりはじめたが、鳥でもやってきたのか、やがて急にぴたっと鳴きやんで静かになった。

「そんで……これからどうすんだ？　その頭蓋骨、まなざしの会に返すのか？」

二美男が訊くと、剛ノ宮は股のあたりで銀玉鉄砲の銃口を上に向け、カチッとまた引き金を引いた。

「これから考えるよ」

三

剛ノ宮からひととおりの話を聞き終えたあと、女将に挨拶をして狸穴荘を辞した。まなざしの会の創始者、山岡泰侑の頭蓋骨は、松坂屋の紙袋ごと剛ノ宮に手渡され、二美男たちはようやく重たい荷物から解放された。

剛ノ宮がそのまますぐに東京へ戻るというので、二美男たちも同行することに決め、みんなでバス停へと向かった。

「鉱山博物館の中、あんなになっちゃって大丈夫すかね」

大丈夫ではないだろうと思いつつ訊いてみると、やはり将玄は首を横に振った。

「これから、大急ぎで後始末をしなけりゃならん」

「俺らも手伝います?」

「いや、いい」

すげなく断られたが、じつのところヘトヘトだったし、ひねった右足の痛みは増しているし、少しでも早く帰りたかったので、二美男は素直に引き下がった。

「でも後始末って、どうやって?」

「坑道の奥に置いてきたヘルメットとライトは、ホームセンターで新しいものを買ってくる。

壊れたツルハシだのシャベルだのは、ほかの場所にあるものを適当に移動させて誤魔化すつもりだ。監視カメラのデータも消しておく。問題はトロッコと石碑だが……」

将玄は深々と溜息をついた。

「遊び半分で、一人でトロッコを動かしてみたら、止まらなくなって石碑にぶつかったとでも説明しておく」

「それ、信じますかね」

「信じてもらうしかない」

嘘が上手いのだか下手なのだかわからない将玄なので、心配だった。とはいえ二美男たちにはどうすることもできない。「一人で動かしてみた」を「みんなで動かしてみた」に変えてみても、博物館が休みの日なので余計にまずいことになりそうだし、二美男たちだけが勝手に入り込んで荒らしたことにしたら、それこそ警察沙汰にされてしまう。

「将玄さん、クビになったりしないすか？」

「なるやもしれんな」

横から道陣が口を挟んだ。

「そのときは将玄、すぐに連絡をしなさい。私でも武志でもいい。ただし松代は駄目だ。お前たちはまた内緒でやりとりせんともかぎらんからな」

「クビにはならないから心配無用だ」

しかめっ面で言い、将玄はまた小さく溜息をついた。

「入り口の鍵は、もう俺に預けてもらえなくなるかもしれないけどな」

隣で猛流がうつむいたので、将玄はその背中をぽんと叩いた。

バス停にたどり着くと、運がいいのか悪いのか、バスはすぐにやってきた。

慌ただしく将玄に別れを告げ、みんなでバスに乗り込み、ローカル線と新幹線を乗り継いで東京へ戻った。最寄り駅で電車を降り、剛ノ宮とはそこで別れた。別れ際、何かあったときのためにと、二美男と剛ノ宮はいまさら携帯電話の番号を教え合った。路地をしばらく歩いたところで菜々子や嶺岡家の三人とも別れ、二美男は壺ちゃんとRYUと能垣と香苗さんの肩を順番に借りながらコーポ池之下に帰った。廊下の壁に手をついて、片足でよたよたと居間に向かう二美男の脇を、汐子が急いで通り抜け、居間の虫かごを覗き込んだ。そこにいるはずのカブト虫は消えていた。汐子は驚きと哀しみの入りまじった声を上げたが、ためしに二美男が割り箸で土をほじくってみたら、奥から出てきた。思いのほか元気だったので、二人して喜んだ。

四

二美男は汐子の仕度が終わるのを待っていた。

「あたし盆踊りって、もしかしたら生まれて初めてかもしれへん」

「俺も子供んときに親と行ったくらいかなあ」

「東京の盆踊りって、早いんやね」

あれから四日が経った。

盆踊り大会の会場は、かっぱ橋商店街から路地を入ったところにある、神社の境内だ。

「おいちゃん、なんで急に盆踊り行きたくなったん？ 踊るどころか、まだ歩くのも大変やのに」

ちょっと迷ってから、二美男は嘘を答えた。

「こないだの三国祭り、味わいそこねたからな」

汐子と過ごす最後の夏だからとは、言えなかった。

盆踊りには、菜々子も猛流も壺ちゃんもRYUも、老原夫妻も能垣も誘ってあり、アパートの前で待ち合わせている。あと少しで集合時間の六時半だ。

汐子は座卓に置いた鏡を覗き込み、髪をゴムで留めている。以前に菜々子からもらった、寄せ木細工のような菱形の飾りがついたゴムだった。座卓の窓には西日があたり、カーテンを明るい橙（だいだい）色に染めている。去年の三国祭りの日、二日酔いでのびていたとき、ちょうどこんな感じでカーテンが光っていたのを憶えている。その光の手前に、浴衣姿の菜々子が座っていて、二美男は驚いて跳び起きたのだ。その夜のニュースで菜々子が龍神の宝珠を手にしているところを見て、祭りから帰ってきた汐子と二人でお好み焼きや焼きそばを食べ、眠気に襲われたと思ったら夢を見て、夢の中で能垣があの倉庫の絵を描いた。眠ることができなくなり、深夜の町を歩いていたところ、若者二人組にタコ殴りにされ、へろへろになって三国公園で倒れ込んでいたら、道陣と武志が玉守池にやってきた。

あれから一年と少し。長かったのだか短かったのだか、わからない。汐子との最後の時間を、そうしてバタバタと過ごしたことも、よかったのか悪かったのかわからない。

ゆうべ二美男は、汐子が風呂に入っている隙に、財布の札入れをひらいた。千円札のあいだに挟んである、メモ紙が必要だったのだ。メモ紙には、二美男がくしゃくしゃにしたときの皺が残っていたが、小さな丸文字で書かれた電話番号はきちんと読めた。晴海が最初にアパートにやってきた夜、玄関で渡された、彼女の携帯番号だった。二美男は並んだ数字を何秒間か見下ろしてから、携帯電話を手に取った。

いまと、将来の、汐子の幸せを考えたからだ。

本当は、もっと前に考えていなければいけなかったのかもしれないが。

晴海はすぐに電話に出た。近日中の都合を訊くと、昂ぶる感情を抑えているような声で、二日後に東京へ行くと答えた。

二日後というのは、つまり明日だ。

電話ごしの会話の中で、晴海は二美男に一つの告白をした。成長した汐子のことを、彼女はまだ目にしたことがないと言っていたのに、じつはこれまで二度ほど、その姿を見ていたのだという。一度はアパートの網戸ごしに、二度目は三国祭りの人混みの中から。

——ああ……あんただったんすか。

視線を感じたことは、いずれの場合もはっきりと憶えていた。

——どうしても、この目で見てみたかったんです。

そのあと晴海は、汐子への素直な思いを、初めて二美男に吐露した。

——アパートの窓から見たときは、みんなでお料理の話をしていて、あの子、すごく楽しそうでした。

どうやらニセ宝珠をつくる相談をしていたのを勘違いしているようだが、二美男は何も言わなかった。

——窓にてるてる坊主を吊るしているときから、見ていたんです。あの子、お祭りをとても楽しみにしてたんですね。お祭りの当日も、あの子、すごくわくわくした顔をしていました。

要するに晴海はすべてを上手いこと勘違いしてくれていたわけだが、もしかしたら、勘違いしないでくれていたほうが、二美男にとってはよかったのかもしれない。何故なら、晴海に対する二美男の気持ちが大きく変わったのは、その勘違いがきっかけだったのだから。

——いろんな人に囲まれて、あの子、ほんとに楽しそうでした。

だからどうだとは、晴海は言わなかった。しかし、汐子を引き取るという決意に、揺らぎが出はじめているのが、二美男には感じられた。いまの汐子が、とても楽しそうだからという理由で。

それが、二美男の気持ちを動かした。

この人は、本当に汐子の幸せを考えてくれている。

「祭りの途中で、また雨にでもならねえだろうな」

二美男は橙色に染まったカーテンを見た。もし降られたら、盆踊りは一週間順延となってしまう。一週間後は、きっと二美男は汐子といっしょにいられない。

「ほんまやな。そのてるてる坊主、縁起悪いから外しとこか」

三国祭りの前に、汐子と猛流で大量生産したてるてる坊主は、まだカーテンレールに並んでぶら下がっている。汐子は座卓の上に乗り上がってそこへ手を伸ばした。

「ぜんぶ取ってまうで」

「ほい、そっからシュート」

ゴミ箱を持ち上げて胸に構えると、汐子は座卓の上から狙いを定め、フリースローの要領でてるてる坊主を放ったが、

「あかん、力んでもうた」

二美男の頭にぽすんとぶつかった。

「一投目失敗。汐子選手、さあ緊張の二投目です」

二美男は畳に落ちたてるてる坊主を拾ってゴミ箱に入れた。

そのとき何かが二美男の意識を捉えた。

「ん」

ゴミ箱。

「え？」

「ゴミ箱」

「なんて？」

「いや」

ゴミ箱。

そう――ゴミ箱。

「あ、来たんちゃう？」

汐子がカーテンを手でよけると、みんなが集まっているのが見えた。網戸の向こうで笑う七つの顔を眺めながら、二美男はまだゴミ箱のことを――そして、去年の夏と、秋と、つい四日前のことを思い出していた。

「俺……訊かれたよな」

「わ、菜々子さんの浴衣、むっちゃ可愛いやん。え、おいちゃん何？」

「そうだ、急に訊かれた……」
「なんやねん、ぶつぶつ」

五

盆踊り会場は露店がたくさん並んでいて賑やかだった。三国祭りとは比べるまでもない、小さな規模の祭りだが、箱庭のような可愛らしさがある。境内の中央に組まれた櫓の上では、赤い半被の男女が太鼓を叩き、汐子は両目を大きくひらいてそれを見上げていた。ねじ式サクラボールのライブに行ったときのような、わくわくした横顔だった。頭の中では、汗だくになった半被姿の自分が、櫓の上で太鼓を叩いているのかもしれない。

四方の木々から櫓に向かってケーブルが張り渡され、そこにたくさんの提灯がぶら下がっている。焼きそばや広島焼き、クジ引きやスーパーボールすくいの露店に立つ売り子たちは、三国祭りで見る売り子のようなアクの強さはなく、いかにも町の人々が協力して祭りをつくり上げているといった様子だ。

「お前、剣道やらねえの？」

Tシャツを着たマッチ棒のような、相変わらずの猛流の姿を眺めながら訊いてみた。
「やったら、すげえ強くなるんじゃねえ？」

「ありゃあすごかったもんな。鬼平もびっくり」

老原のじいさんが剣を構える恰好をしながらズバッ、ズバッと空を切り、振り回しすぎた手が菜々子の浴衣の帯にぶつかった。じいさんが謝り、菜々子は笑い返し、香苗さんがじいさんを叱り、叱られたじいさんは、しゅんとしてウェストポーチから仁丹を出して食べた。

「いえ、僕はやりません。やっぱり怖いので」

「怖いときは汐子ちゃんが声援送ってくれるわよねえ？」

香苗さんが肘で汐子をつつく。

「なんやそれ。意味わからん」

でも、少しはわかっているようで、汐子はぷいとそっぽを向いてしまった。

ＲＹＵと壺ちゃんが仲良くクジ引きをするのを、二美男は後ろからぼんやり眺めた。景品棚には、三国祭りのクジ引きで見るような高額商品は並んでおらず、値が張りそうなのはせいぜいペアのビールグラス、ハンディークリーナーくらいで、あとはプラスチック製のちゃちなおもちゃばかりだ。しかしどうやら二人とも、そのおもちゃのほうが欲しかったらしく、ＲＹＵはパトカーのチョロＱを、壺ちゃんは手のひらサイズのボウガンを手に入れて喜んだ。

「おもちゃで思い出したんですけど、そういえばあれ何だったたんですかね」

隣に立っていた菜々子が声を抑えて言う。

「ほら、岐阜の宿で、剛ノ宮さんが言ってたじゃないですか。大沢興業の人たちが、おもちやのピストルに騙されたのには、理由があるって」

――しかし、あいつらも、よくこんなもんにびびって退散したな……。

ほとんど感心したような気分で二美男が言ったとき、剛ノ宮はこんな言葉を返していた。

――それに関しちゃ理由があるんだけどな。

「ほんと、何だったんでしょうね」

二美男は適当に首をひねった。

その後、露店でトウモロコシやかき氷やラムネを買ったり、老原のじいさんと猛流がヨーヨーすくいで競争するのを観戦したり、香苗さんが踊る「東京音頭(おんど)」の手さばき足さばきに感心したり、いつのまにかいなくなった能垣が櫓の反対側でこっそり踊っているのを発見したりしているうちに時間は過ぎた。

八時が近づくと、近隣住民への配慮もあるのか、盆踊りの音楽はやみ、神社の境内は急に静かになった。

「あそうだ。僕、いいもの持ってきたんです」

猛流が斜めがけのポシェットから何かを取り出す。それは小指の爪ほどの大きさの小石と、懐中電灯だった。いや、懐中電灯ではない。

「ブラックライトです。この石、ズボンを洗濯したらポケットの奥に入ってました。ほんの欠片(かけら)だけど」

二美男たちは境内の隅に生えている大きなクスノキの下に集まり、みんなで輪になってしゃがみ込んで、中心に蛍石の欠片を置いた。猛流がブラックライトを灯すと、蛍石はみんなの真ん中で真っ青に光った。都会の神社の境内で見るその光は、坑道で見たあの光よりもずっと弱く、小さかったが、やはり奇麗だった。

将玄から電話があったのだと、蛍石を眺めながら猛流が教えてくれた。

「お祖母ちゃんが出て、しばらく話したあと、僕に電話をかわってくれって言って」

「将玄さん、あのあと大丈夫だったか?」

二美男が訊くと、猛流は曖昧に首を振り、そのあたりのことは聞かなかったと答えた。

「なに喋ったんだ?」

自分がやりたいことというのを、将玄は聞かせてくれたのだという。

「ほら、坑道の中で、みんなが僕と汐子さんを見つけてくれたとき、将玄さん話してたじゃないですか。自分はただこの町で暮らしてたわけじゃない、やりたいことがあるんだって」

「そういえば言うてたな。あれ何やったん?」

「新しいおもちゃを売る仕事をはじめたいんだって。なんか、レゴみたいなやつを、自分でオリジナルでつくって、インターネット販売するとか」

「ほんまかいな」

「もともと起業するつもりで家を出て、鉱山博物館で働きながら、いろいろ準備を進めてたみたい。夜間大学で経済のこと勉強してるのも、そのためだって言ってた」

「何でおもちゃなん？」

「こっちで暮らしてたときのことを、将玄さん、話してくれてね」

将玄は猛流に打ち明けたらしい。道陣のもとに預けられてから、剣道の練習がないときは、武志が飽きて使わなくなったおもちゃを部屋の隅っこに並べ、いつも遊んでいた。中でも好きだったのはレゴで、大人になってからも、ときおり取り出しては、一人でいじくっていたのだという。

「あ、前に道陣さんがそんなこと言うてはったな」

「レゴでトンネルつくって、そこにトロッコ走らせて人間を歩かせて、伯父さん、あの岐阜の町に住んでたときのことを思い出してたんだって。鉱山まで自転車で行って、お父さんとか仲間の鉱夫さんたちが働いてるのを眺めたり、ちょっと離れた場所にある、廃坑になった穴に、友達といっしょに忍び込んで遊んだりしたときのこと。レゴでつくると、写真を見るよりはっきり思い出せて、まるでほんとに自分があの町に戻ったような気分になれたって言ってた」

いまの子供たちにも、何かつらいことが起きたとき、それを忘れてワクワクできるようなものがあってほしい。将玄はそう願うようになったのだとか。

「だから、レゴみたいな、ああいうブロックの新しいやつをつくろうって考えたんだって。

実際、日本で成功した例もあるみたいで、けっこう伯父さん自信満々だった。いまほら、知育が流行ってるし」

「ちいく」

汐子はその言葉を知らなかったようだが、それでもなんとなく意味はわかったのか、うんうんと頷いた。

「上手くいくとええな」

「ね」

上手くいくのではないかと、二美男は思った。たったの二日間だが、将玄と過ごした時間を思い出し、そんな気がした。

やがて、しゃがみ込んでいたみんなの足が疲れてきた頃、猛流が立ち上がった。遅くなると心配されるから、そろそろ帰るという。それを機会にみんな立ち上がり、神社の鳥居を出た。猛流は菜々子が家まで送ることになった。

「これは汐子さんにあげる」

分かれ道まで歩いたとき、猛流は汐子に蛍石とブラックライトを手渡した。

「ええの？」

「いいよ」

汐子はもう一度訊かず、蛍石とブラックライトを受け取ると、斜めがけにした小さなバッグに仕舞った。

猛流と菜々子は左の路地、アパート組は右の路地だった。手を振って歩き去る猛流と菜々子を見送ってから、残った面々がふたたび歩き出したとき、二美男は汐子の耳に口を寄せた。

「お前、みんなと先に帰っててくれよ」

「え、何で？」

「俺ちょっと用があるから」

汐子は二美男の顔をじっと見てから、思わぬ強い声を返した。

「あたしも行く」

そして予想外の言葉をつづけた。

「おいちゃん、人に会うんちゃう？」

「……何でだ？」

「なんとなく」

言葉は曖昧だが、声にはやはり、しっかりとした芯がある。

「誰に会おうとしてるのか、もしかしてお前、わかってるのか？」

汐子はしばらく迷うような顔をしてから、こくっと顎を引いた。

「……なんとなく」

六

祭りの日、龍神の背に乗って通過した石階段を、汐子と二人で上った。

別世界に入り込んだように、三国公園は静かだった。自分たちが砂利を踏む音が周囲に響き、風が吹くと、そこに葉擦れの音が重なった。明るい時間には、いつも鳩がうろうろしているが、夜はどこにいるのだろう。

ぽつぽつと灯された常夜灯の下に、輪郭のぼやけた光が広がっている。しかし、それ以外の場所も真っ暗というわけではなく、木々の様子や、隣を歩く汐子の横顔が、ある程度は見えている。

「ああ……満月か」

二美男は空を見上げた。

「いまごろ気づいたんかいな。あたしなんて神社にいるときから気づいとったで」

「そっか」

会話が途切れると、また自分たちの足音だけが聞こえた。

曲がりくねった細道を進み、いくつかベンチを過ぎ、シャッターが閉まった売店の前を通る。湿った木々のにおいがする。玉守池へ向かって歩いていくと、植え込みの中に、段ボールを敷いて寝転んでいる人影がときおり見えた。将玄が金を渡して死体のふりをしてもらったホームレスは、まだこの公園にいるのだろうか。

「水が光ってんで」

玉守池に満月が映っている。少し風があるせいで、月はばらばらに千切れて水面に散らばり、その一つ一つが光っている。

二美男と汐子はボート小屋に向かった。

さっき電話したばかりなので、まだ相手は来ていないらしい。

ボート小屋は手前と奥の壁がなく、こちら側から水面の輝きがすっかり見えた。スワンボートが並んで眠り、その隣で手漕ぎボートが、やはり眠っているように、じっと浮かんでいる。小屋の中には丸椅子と机が置かれ、それらがうっすらと砂埃をまとっているのが、反射した月明かりの中で微かに見えた。丸椅子の脇には、百円ショップで売られているような安っぽいゴミ箱。二美男はちらっとその中を覗いてみたが、丸めたティッシュペーパーと、のど飴の小袋がぽつんと入っているだけだ。

「俺が会おうとしてるのが誰なのか、何でわかったんだ？」

訊くと、汐子は背後でしばらく黙ってから、また同じ答えを返した。

「なんとなく」

しかし今回は、言葉がつづいた。

「似てる気がしててん」

「誰と？」

汐子は二美男の胸を指さした。

「話し方いうか、声の感じいうか、目の感じいうか……おいちゃんがりくちゃんのこと思い出して、ほんまはつらいのに、大変やのに、頑張って笑ってくれてるときと、なんか似てる気がしててん」

「ずっと？」

少し考えてから、汐子は頷いた。

「ずっと」

そのとき背後で声がした。

「おう、汐子ちゃんも来たのか」

ジーンズにTシャツ姿の剛ノ宮が歩いてくる。二美男は軽く片手を挙げて応え、相手が笑っていたので、笑い返した。

「わりいな、剛ちゃん。今日は非番だったのか？」

「いや夕方まで。勤務終わってから、あそこの神社のほら、盆踊りでも覗こうと思ったんだけど、めんどくさくなって。さっき電話もらったときは、家でぼけっとテレビ観てた」

「俺たち、その盆踊りに行ってたんだよ。な、しー坊」

「うん、ちっちゃいけど、賑やかで楽しかったで」

あそこの盆踊りは昔から賑やかでいいんだと言いながら、剛ノ宮はボート小屋に入ってきた。二美男が小屋を抜けて池のほうへ出ていくと、そのままついてきて、桟橋の手前に汐子と三人で並んだ。いつのまにか風がやんだようで、水面にはまん丸の満月が映っている。

「しー坊が言うんだけどさ」

いくら考えても、答えが出なかった。

切り出しかたは決めていなかったのだ。

「俺と似てるんだと」

「ああ？」

「俺が、死んだ娘のこと思い出して、頭ん中ぐるぐるしちゃってるようなときと――」

二美男は自分と剛ノ宮を交互に指さした。

「似てるんだと」

剛ノ宮はふいと眉を上げ、何か言おうとした。しかし目をそらし、夜空の月を見上げて唇を閉じる。そのまま長いこと黙っていた。二美男は待った。やがて剛ノ宮は小さな、笑いに似た息を吐いた。

「そうかね」

「わかんねえだろ？　俺も、わかんねえんだよ。でも、しー坊が言うんだから、そうなのかもな。こいつ、けっこう気がつくから」

「女やからね」

ふわっと玉守池のほうから風が吹き、水のにおいがした。

どこから話をはじめればいいのか、相変わらずわからなかったが、まずやるべきことがある。

「ごめんな。剛ちゃん」

自分は剛ノ宮に謝らなければならない。

「あんたが沈めた頭蓋骨、俺たちのせいであんなことになっちまって」

剛ノ宮は顎を掻きながら、すぐには答えなかった。ずいぶん経ってから、鼻を鳴らして首を横に振り、池のちょうど真ん中あたりを眺める。今年の三国祭りが行われる前、剛ノ宮が山岡泰侑の頭蓋骨を沈めたのは、そのへんだったのかもしれない。

狸穴荘の大部屋で剛ノ宮が説明した内容は、おおむね本当だったのだろう。ただし、根本的なところに大きな嘘があった。それは、六年前にこの池で死んだ友口健也という少年の件を、他人事として話したことだ。

あのときの説明の中で、剛ノ宮は「友口という知人」についてこう話していた。

——ずっと大沢興業の連中にとっつかまったまま、事務所から出してもらえなかったらしいんだけど、今朝になってやっと解放されて、すぐ俺に相談してきたんだ。

しかし、今年の三国祭りの翌朝、交番に探りを入れに行ったとき、唐突にまなざしの会のことを訊ねられたのを憶えている。

――凸貝ちゃん、あんた、まなざしの会って聞いたことないか？

あの時点ではまだ、剛ノ宮は「友口という知人」から、まなざしの会に関する話など何も聞いていなかったはずだ。事務所から頭蓋骨が盗まれたことも含めて。なのに、玉守池から頭蓋骨が奪われた直後、二美男にまなざしの会のことを訊いてきた。まるで何かを探ろうとでもするように。

「まあ、実際……似てるもんな」

水面を見つめながら、剛ノ宮は世間話のような調子で喋る。

「若いうちに結婚して、子供つくって、たぶんどっちも幸せで……でもあるとき大事な子供が死んじまって、そのせいで離婚して……しかも子供の年齢も、死んだ時期も似てるってんだもん、まいっちゃうよ」

「剛ちゃん、あれか、婿養子（むこようし）だったのか？」

剛ノ宮は前を向いたまま頷く。

「七年間ちょっとだったな。俺、友口って苗字だった」

以前から二美男は不思議に思うことがあった。この町に来て以来、亡くした娘の話を自分から打ち明けた相手は剛ノ宮だけだった。その理由がずっとわからなかったのだが、いまは少しわかる。汐子が言うように、自分と似ていたのだろう。

「剛ちゃんの話も、聞かせてくれよ。俺たち、せっかく友達なんだし」

剛ノ宮は汐子に視線を投げた。

「こんな話、聞かせていいのかね？」

「ええよ」

汐子が答える。

「長い人生、何でも知っとくのはええことやもん」

「まあ、たしかにね」

剛ノ宮は短く笑った。

その笑いが呼び水になったのか、剛ノ宮は話してくれた。二美男や汐子に話すというよりも、目の前に広がる玉守池か、そこに映る月に聞かせているように、ほとんどこちらを見ることなく。

六年前の、非番の日。

剛ノ宮は息子の健也くんと、この三国公園で遊んでいたのだという。ところが売店にビールとかき氷を買いに行き、目を離しているあいだに、健也くんはいなくなった。そして数日後、遺体が玉守池に浮かんでいるのが発見された。

「売店に行ったりしなきゃ……目を離したりしなきゃって、いくら後悔しても、そんなの意味ねえんだよな」

いつもどおりの、間延びした声だった。

「後悔なんてものはみんな、言い訳なんだよ。思い出して、哀しんで、悔しがって、苦しんで……ちょっとでも死んだ相手のつらさに自分のつらさを近づけようとしてるだけなんだよ」

すぐ隣に立ちながら二美男は、剛ノ宮の横顔を見ることができなかった。

「そんでも、やっぱり後悔ってのはしちまうもんでさ」

健也くんの死後、剛ノ宮は仕事場である警察署や交番に向かうことができなくなり、休職した。家で酒ばかり飲んだ。やがて妻が離婚を切り出し、剛ノ宮はそれを承諾して書類にハンコを捺した。聞くほどに、二美男と似ていた。酒と後悔にのまれていたときの顔まで、よく似ていたのではないだろうか。

一年前、剛ノ宮と二人で嶺岡家の剣道場を訪ねた朝のことを思い出す。嶺岡道陣の死体が玉守池に沈んでいるのではないかと主張する二美男に、剛ノ宮はこう言った。

——いずれ必ず死体は浮いてくるんだよ。

あのとき剛ノ宮は、両目を妙に見ひらいて笑っていた。近くで見るとちょっと気味が悪いくらいの笑顔だった。きっと、健也くんが発見されたときのことを思い出しながら、こみ上げる感情を隠そうと、必死で笑顔をつくっていたのだろう。

「どうせ凸貝ちゃんと似てるんなら、とことん似てればよかったんだけどな」

言われたことの意味がわからず、二美男は相手に目を向けた。夜空の月と、水面の月、二つをどちらも視界におさめようとするように、剛ノ宮は軽く胸を引き、視線を宙に向けていた。

「ほら、まなざしの会が家に来たときのこと」

「ああ……」

差し出された符を、二美男ははたき落とした。しかし剛ノ宮は受け取った。

その後、剛ノ宮が送った日々は、岐阜の宿で「子供の頃からずっと知っている男」の話として二美男たちに聞かせたとおりだった。まなざしの会の会員になり、何度も符を買って、玉守池の周囲に貼った。死なせてしまった健也くんのために。しかしその符は、公園を掃除する業者や、遊びに来ている子供たちにすぐに剝がされ、そのたびまた新たな符を買って貼った。

――その期間、じつに五年数ヶ月。

岐阜の宿で、剛ノ宮はそう言っていた。

「そうしてるうちに、疑問を感じはじめてさ」

自分がやっていることには本当に意味があるのか。こんな紙切れに、本当に効果があるのか。

「金がなくなって、だんだん目が覚めてきたってのもあるんだろうけど」

こんなことはもうやめたいという気持ちが、剛ノ宮の中で大きくなっていった。やがてその気持ちはふくらみきり、ある非番の日、とうとう心を決め、剛ノ宮はこの池にやってきた。自分が貼った符を、剝がしに。

「それが去年の秋。そんとき、あんたたちに会ったよな？」

憶えている。汐子と菜々子といっしょに、玉守池のへりを歩いていたときのことだ。しばらく四人で立ち話をしたあと、剛ノ宮はぶらぶらと歩き去っていった。そして、このボート小屋のゴミ箱に紙くずを放り込んだのを、二美男は見た。

「あの符が最後だったよ」

符を丸めて捨てたときの感触が、まだそこに残っているように、剛ノ宮は自分の右手を眺めた。

「もうほとんどなくなってた貯金を下ろして買った、ありがたい初代会長の顔。俺、まだ完全に決心しきれてなかったから、ああやってくしゃくしゃにしてゴミ箱に放り込んだんだ。思い切って。まあ、それでも……けっきょく退会の決心まではつかなくて、そのあとも例会にはちょこちょこ顔出してたけどな。なにせほら、同じような境遇の人らばっかりだから、居心地がよくてさ」

二美男がりくのことを剛ノ宮だけに打ち明けたのも、きっとその居心地のよさのようなものを、どこかで感じていたからなのだろう。

「そんなとき、会長の冨田時範に呼ばれたんだ。例会のあと、個人的に」

冨田時範は、剛ノ宮に相談を持ちかけたのだという。

「岐阜で俺が喋った、まなざしの会と大沢興業の関係とかは、みんなほんとの話でさ。俺が警察官だからってんで、こっそり呼ばれて、そのことを相談された。まあ、ヤクザに会を動かされて、何年も何年も金を吸い上げられつづけて……もう限界だったんだろうな。自分じゃどうにもできなくなっちまってたんだ。洗いざらい喋って、俺を通じて警察に動いてもらって、初代会長の頭蓋骨を隠し持ってることもばらして……要するに、ぜんぶ清算したかったらしい。それで会が消えることになっても、もう仕方ないと思ってたみてえだな。まあ実際、もし俺がまともな警官だったら、そうなってたんだろうけど」

「ところが、まともじゃなかったと」

「残念ながらね」

ちょっとした短所でも指摘されたように、剛ノ宮はきまり悪そうな顔をする。

警察の担当部署に連絡をつけてくれという冨田時範の頼みを断り、剛ノ宮は別の提案をしたのだという。

それは、まなざしの会が持っている山岡泰侑の頭蓋骨を、自分にくれないかという提案だった。

「そんで、健也が死んだこの池に沈めさせてくれって頼んだんだ。だって、それまでずっと俺、ヤクザに金払ってたんだぜ。ぜんぶ無意味だったんだぜ。自分のせいで殺しちまった健也に、少しでも詫びたくて、あの世で苦しんでるんなら少しでも助けたくて、ずっと会から符を買いつづけてたってのにさ。なあ凸貝ちゃん、無意味だろ?」

頷くことも、首を横に振ることもできなかった。初めて剛ノ宮の声に強い感情が滲んでいた。本人もそれに気づいたのか、ぐっと顎に力を込めて顔をそむける。

「まなざしの会にしたって、そもそも頭蓋骨さえなけりゃいいんだ。俺に渡したあとで、大沢興業に、もうあんたらの言うことは聞けねえってタンカ切ればいい。それでも連中が手を引かなかったら、警察に相談するって言えばいい。暴対法があるから、もし警察が動いたら、大沢興業はまなざしの会から手を引くしかねえ。そのとき大沢興業の人間が腹いせに、あの会は初代会長の頭蓋骨を隠し持ってるぞって喋るかもしれねえけどさ、その頭蓋骨はもう俺が池に沈めてるわけだから、見つかりようがねえ。シラを切っちまえば、それで通る可能性はかなり高い。そしたら会はつぶれないし、悪い方法じゃねえだろ?」

しかし、冨田時範はその提案を受け容れなかった。

頭蓋骨を密かに処分するという解決方法は、冨田時範もそれまで何度も考えたことがあったらしい。しかし、自分の頭部を会長室に——愛する妻が死んだその場所に残してくれという山岡泰侑の願いを、どうしても裏切ることができなかったのだという。同じ理由で、剛ノ宮の提案に従って自ら頭蓋骨を渡すこともできないと言われた。

「だからこそ、警察にやってもらおうと思ったんだろうな。もうぜんぶ警察にまかせて、逮捕されるなら逮捕されて、とにかくいまの状態から解放されたかったんだろ。自分で頭蓋骨を処分することはできないけど、警察に相談することならできる。そんなとこだったんじゃねえかな」

「だったら、べつに剛ちゃんを巻き込むことなかったじゃんか。最初から剛ちゃんに相談なんてしねえで、警察署に行けって話だよ」

剛ノ宮は曖昧に首を揺らした。

「同じ境遇の相手に、まず相談してみたかったんだろ」

「同じ境遇って?」

「あの人も、もともと自分が運転する車で交通事故起こして、妊娠中の奥さん亡くしててさ……それがきっかけで、まなざしの会に入会したらしいから」

自分の頭部を保存してくれという山岡泰侑のとんでもない頼みを、冨田時範が受け容れ、その後も裏切ることができなかった理由が、ようやくわかった気がした。彼もまた、いろんな思いにがんじがらめになっていたのだろう。

「で、そのあと、あんたは会の本部から頭蓋骨を盗んだわけか」

「そういうこと」

「何でそんな、思い切ったことしたんだよ」

訊くと、剛ノ宮は自分の胸に聴き耳を立てるように首をひねった。

「なんていうか……ぜんぶ、どうにかできると思ったんだよな。ヤクザに金を払いつづけてきた悔しさと、腹立ちと、連中への仕返しと、会長を解放してやりたいっていう思いと……ぜんぶいっぺんに……」

遠い何かに向かって話しているように、輪郭のぼやけた声だった。

「もちろん一番は、ここで死んだ健也のためだったよ。それまでみたいな嘘っぱちじゃなくて、今度こそほんとに自分で何かしてやれるんじゃないかって……」

その遠い何かが、言葉をつづけるごとに、だんだんと近づいてくる気がした。二美男は自分が剛ノ宮といっしょにそれを見ているように思った。

「それに……」

と言ったあと、剛ノ宮はしばらく言葉を切り、やがて暗がりですっと両目を見ひらいた。まるで、近づいてきていた何かが、とうとう鼻先まで迫ったように。

「罰は、やっぱり受けつづけなきゃならねえんだよ。凸貝ちゃん、そう思うだろ？」

暗がりに両目をさらしたまま剛ノ宮は言う。

「だから、あんただってそうやって、ろくでもねえ生活送ってんだろ？」

明確に意識したことはない。

でも、どこかでずっと気づいていた。

自分はりくを死なせてしまった。明るい、眩しい人生を、丸ごと消し去ってしまった。生き返らせるのが不可能な以上、できるのは、罰を受けつづけることしかない。自分の人生を、明るい、まともなものになんてしてはいけない。幸せな日なんてあってはいけない。布団に入り、ああ今日も楽しかったなんて思いながら眠りにつく夜なんかあってはいけない。

「前にあんた、茶筒の話を聞かせてくれたよな。夜逃げしてきたとき、前のアパートに、大金入れた茶筒を置き忘れてきたって。でもあんたは取りに戻らなかった」

戻りますかと菜々子に訊かれ、首を横に振ったのだ。

「俺、その話を聞いたとき思ったんだよ。ああ凸貝ちゃんも同じなのかもしれねえなって」

自分はどんな気持ちで、あの茶筒を置いてきたのだろう。

もう、よく思い出せない。

しかし、ああして借金取りから逃げ出しながらも、逃げてはいけないという正反対の言葉がずっと胸の中に響いていたのを、おぼろげに記憶している。

自分と剛ノ宮は、たしかに似ているのだろう。警察官の制服と汐子を取り去ったら、きっと見分けがつかないくらいに。この六年間、二美男はろくでもない日々を送りつづけ、剛ノ宮は警察官というまっとうな仕事をしながらも、まなざしの会に金を払いつづけてきた。かたちは違うけれど、どちらも自分への罰だった。誰もそれを与えてくれないから。自分で罰にしがみつくしかないから。

しかし剛ノ宮は、払いつづけてきた金がヤクザに流れていたことを知った。まがりなりにも信じてきた符の価値が消え去ってしまった。それでも何かのかたちで罰を受けつづけなければならなかった。符にかわる何かが必要だった。それが、警察官でありながらヤクザがらみの宗教団体から頭蓋骨を盗むという、あの馬鹿げた行為だったのではないだろうか。

「三国祭りの二日前、俺、夜中に会の本部に行って――」

ガラスを割って侵入し、会長室から頭蓋骨を盗み出した。

そして翌朝、大沢興業の人間がそれを知った。

「こないだ俺、防犯カメラのせいで犯人が見つかったって言ったけど、そんなもん、ほんとはなくてさ」

実際には大沢興業の連中が、何か事情を知っている様子でうろたえている冨田時範から、剛ノ宮の名前を訊き出したのだという。

「さすがに交番に押しかけてくることはなかったけど、会長から俺の住所を訊き出したみたいで、夕方に勤務終えてアパートに帰ったら、並んで待ち構えてたよ。相手はもちろん名乗らなかったけど、大沢興業の連中だってすぐにわかったね。ああこりゃばれたなって」

探しているものがあるので部屋の中を見せてくれないかと、男たちは言った。

「まあ、俺の反応を見たかったんだろうな。いま思えば失敗しちまったけど、俺そのとき、いくらでも見てくれって言っちゃったんだよ。だって頭蓋骨はもう、この池の中だったから。夜中のうちに、そこにあるボートの綱解いて、健也が見つかったあたりに沈めちゃってたから。ところが連中、俺が以前に会長に持ちかけた提案まで把握してたらしくて——」

池に沈めたのかと訊かれた。

それでも剛ノ宮はシラを切った。

「そしたら、俺がやっぱり警官なもんだから、あいつらも頭蓋骨だの何だのの具体的な話は出せなくて、けっきょくその場は帰ってった。そのあと、連中としては、すぐにでもこの池をさらって頭蓋骨を見つけたかったんだろうけど、なにせ三国祭りの準備がはじまってたもんで、それができなかったんだ。宵宮で、夜中になっても公園に人がいたからな。だから連中、祭りが終わってから頭蓋骨を回収するつもりだったんだと思う。そのときになったら、きっとまた俺んとこ来て、池のどこに沈めたのかを訊き出そうとでもしてたんじゃねえかな。だって、この池の底、全部さらうのは無理だもんな」

「……普通はな」

「そう、普通は」

ところが祭りの当日、この池に龍神が突っ込み、無数の人々がいっせいに水の底をさらいはじめ、剛ノ宮が沈めた頭蓋骨を見つけてしまった。さらにそれを謎の和服パンダが奪い去り、どこかへ消えた。

「ほんとのこと言うと俺、あれ凸貝ちゃんたちがやったことだって知ってたんだよ。龍神を池に突っ込ませたり、飛猿と入れ替わって宝珠を水ん中に放り投げたりしたの。あの日は三国祭りの警備に駆り出されてたって言っただろ。龍神が公園の入り口の石段を上っていくとき、俺その場にいたんだ。そしたらほら、あのバイオリン弾いたじいさん……老原さんか。あの人がでかい声で飛猿に向かって、〝二美男ちゃん〟って呼んだのが聞こえて」

「あれには俺もまいったよ」

「俺、もうわけがわかんなかったね。俺が沈めた山岡泰侑の頭蓋骨を、何で凸貝ちゃんたちが、あんな大がかりな仕掛けでかっぱらっていったのか、それをどこに持ってったのか、そもそも何で頭蓋骨のことをあんたらが知ってたのか」

そう、わかるはずもない。

「つぎの日、あんた交番に来ただろ。そんでいろいろ龍神とか飛猿のこと訊き出そうとするもんだから、やっぱりあれは凸貝ちゃんたちの仕業だって確信したし、急に嶺岡道陣さんの話するから、ああ和服着たパンダは道陣さんだったのかって気づいたんだよ。でも、なにせこっちも下手に喋るわけにもいかねえじゃんか、だからけっきょく、わけのわかんないままでさ。そのあとずっと、一人で考えて、考えて――」

そうこうしているうちに、また二美男が交番へやってきたかと思うと、岐阜の鉱山博物館に行ってくるなどと言い出した。

「もう頭ん中、はてなマークだらけだよ。何だよ鉱山博物館って」

そのはてなマークがどうにもならなかった剛ノ宮は、探りを入れようと、翌朝一番で二美男のアパートへ向かったのだという。しかし二美男も汐子もいなかった。剛ノ宮はいったん自宅に戻ったが、そのあと、もしや二美男は池で手に入れた頭蓋骨を持って岐阜の鉱山博物館とやらに行ったのではないかと考えた。理由はもちろん、さっぱりわからなかったが。

「凸貝ちゃんたち、あの頭蓋骨にヤクザが絡んでることを知らねえんじゃねえか。大沢興業の連中、もしかして頭蓋骨を追いかけて岐阜まで行って、いまごろ凸貝ちゃんたち危ない目に遭ってんじゃねえか。そんなふうに考えはじめたら、俺、心配でどうしようもなくなっちゃってさ、とうとう我慢できなくなって、新幹線に飛び乗ったんだ」

「銀玉鉄砲持ってか」

「息子のやつが家にあったから、御守りがわりにな。大沢興業の連中は、俺が警官だって知ってるから、あんなおもちゃでも、真剣な顔で突きつけたら本気にしてくれるんじゃねえかと思って」

そして、見事に本気にしてくれたわけだ。

「ひでえ警官だな」

二美男が言うと、剛ノ宮は薄く笑った。

「ひでえ警官だよ」

一年前の、三国祭りの翌朝のことが思い出された。嶺岡道陣が殺されて玉守池に放り込まれたかもしれないといって交番へ行ったとき、剛ノ宮のデスクには薄い冊子が伏せてあった。にこにこ笑った人々の絵の上に、『見つめられるしあわせ』というタイトル。帯には「あなたが本当に会いたい人を見つめさせてください」と、よくわからないことが書いてあった。それからちょうど一年後、今年の三国祭りの翌朝に交番へ行ったときも、号違いの同じ冊子があった。剛ノ宮はそれをデスクの下のゴミ箱に突っ込み、さらにそのゴミ箱を靴先で蹴り飛ばしていた。

「あれ、会報誌か何かだったのか？」

訊いてみると、やはり剛ノ宮は頷いた。

「不思議なもんだよ。入会してからずっと、へえへえふむふむ、ありがたいありがたいって、夢中になって読んでたものが、いまはただのゴミにしか見えねえんだから」

「ほんと、不思議なもんだな」

風が水面の月を揺らす。

「なあ凸貝ちゃん。俺、あそこで……岐阜のあのぼろい宿で、嘘ばっか喋ってたとき、なんか気持ちがちょっと楽になったんだ」

「そっか」

「この六年間で、初めてそんな気持ちになった」

やがて水面の月は、またまん丸に戻り、夜空の満月とほとんど同じかたちになった。しかし、片方ははるか高い場所から町や人々や木々を照らし、もう一つは泥を枕に横たわっている。それでも、目に届く光には違いがない気がするし、どちらが奇麗かと訊かれてもわからない。

「でも、けっきょく何も変わらねえんだよ」

剛ノ宮の顔を、二つの月が照らしている。

「変わらねえんだよ。死んだのは俺の息子で、殺したのは俺で……」

もし六年前、健也くんと二人でこの三国公園に来ていたとき、剛ノ宮が売店にビールとかき氷を買いにいかなかったら。もし六年前、風呂場に隠れていたりくに、わっと驚かされたとき、二美男がげらげら笑わなかったら。もしその数日後、二美男がシンナーの蓋をしっかりと閉めていたら。

「あんたのせいじゃねえよ」

ずっと言えなかった言葉を、二美男はやっと咽喉の先へ送り出した。

「あんたに言いたいね」

剛ノ宮はこちらを見ずに声を返した。

どこかで、オケラが鳴いている。喋っているときは気づかないのに、言葉が途切れると、途端に聞こえはじめる。それとも、こちらが喋っているときは、黙っていたのだろうか。

「剛ノ宮さん、あの頭蓋骨、どうしはるんですか？」

汐子が訊いた。

「またここに沈めはるの？」

「さあ……どうしようかな。そんなことしても、意味ないもんな。まなざしの会に返すのもいいかもしれない。そうすれば、一件落着するわけだし」

「でも、また会がヤクザの手下になってまうやないですか」

「そうなったら、きっとそのうち会長がちゃんと自分で警察に行って、ぜんぶ白状するよ。洗いざらい、ぜんぶ。もしそのとき俺の名前も出されたら、警察辞めなきゃならないだろうけど……まあ、わかんないね。いまは、わかんない」

剛ノ宮は言葉を切り、ふいと眉を上げて汐子を見た。まるで、自分が喋っていた相手が小学五年生であることを、いま思い出して驚いたような顔だった。その表情を残したまま、二美男に視線を向けて言う。

「凸貝ちゃん、あんた、この子大事にしたほうがいいぞ」

半笑いだが、しっかりと実感のこもった声だった。

「この子がいりゃ、あんたも安心だ」

「わかってるよ」

言葉が途切れると、またオケラが鳴きはじめる。その鳴き声の中、剛ノ宮は両手の指を組んでひっくり返し、ぐっと上に持ち上げて伸びをした。

「そいじゃ、そろそろ俺、行くかな」

いつもと同じ、何気ない別れだった。

「明日、早朝から勤務だし」

「忙しいな」

「そうでもねえよ」

「なんかあったら連絡してくれよ」

「あんたもな」

「うん。じゃ」

「おう」

剛ノ宮は軽く片手を上げ、二美男たちに背中を向けた。そのままボート小屋を抜け、ぶらぶらと小径のほうへ歩いていく。その背中が、小屋の壁がつくる四角い枠の中で、少しずつ小さくなる。途中で立ち止まって、こちらを振り返り、冗談めかして敬礼でもしてみせるかと思ったら、そんなこともなく、ただ同じ歩調で歩きつづけ、やがて暗がりに吸い込まれるように消えてしまった。

汐子と二人、動くもののなくなった景色を、並んで眺めた。

オケラも鳴きやみ、風も吹かず、ただ静かだった。

「そや」

汐子がぱちんと手を打つ。

「これ、ここで光らしたろ」

斜めがけにしたバッグの中を探り、汐子が取り出したのは、盆踊り会場で猛流からもらった、蛍石の欠片だ。

「ここなら、かなり奇麗に見えると思うで」

汐子は蛍石を桟橋の上に置き、またバッグに手を突っ込む。

「いま思ったのやけど、あの頭蓋骨、池に沈めて、取り出したいときだけ取り出すいうのもええかもしれへんな。一つのアイディアとして。蛍石をくくりつけといたら、ブラックライトで上から照らせば、どこにあるかすぐわかるんちゃう？」

「わかんねえだろ」

汐子の右手はバッグ中を探っている。ブラックライトを探しているらしいが、そんなに大きなバッグでもないのに、なかなか見つからない。いや、よく見ると汐子の手は、バッグの中で単純な円を描いているだけだ。

「おいちゃん」

ぐるぐると、時計回りに。

「うん？」

「あたしのお母さんに会おうとしとるんちゃう？」

突然の質問だった。

二美男は言葉を返せず、しかしそれでは肯定したのと同じことだ。

「やっぱりな。そんな気がしててん。何回か、うちに来た女の人がそうやろ？　あたし、お母さんが出ていったとき、まだ赤んぼやったから、声なんて憶えてへんはずやのに、なんでか知らんけど、玄関から聞こえてきた声聞いて、気づいてん。……ああ、ちゃうのかな。おいちゃんの態度で気づいたのかもしれへんな。まあええわ、どっちでも」

汐子の手はバッグを掻き回しつづける。

「……いつなん？」

明日だと、正直に答えた。

「何を話すねん」

「わかんね」

それも正直な答えだった。

岐阜の宿で、自分にとっての宝珠とは何だろうと考えたのを憶えている。龍が抱えている如意宝珠のように、自分にとって絶対に手放せないものは何だろうと。それはたぶん、この人生そのものだ。娘を死なせてしまった罰。ずっと受けつづけなければいけない罰。娘を生き返らせることができないかわりに、詫びることができないかわりに、自分はこのろくでもない人生を送りつづける。汐子を手放そうとしているのも、晴海といたほうが本人が幸せだからという理由だけではないのかもしれない。汐子をこんな人生に付き合わせるわけにはいかないから。そして、自分の人生に、光が灯ってしまいそうだから——そんなことになったら、死んだ娘に申し訳が立たないから。汐子を手放したそのとき以降、汐子がテレビを観ながらけらけら笑うときも、学校で面白くないことがあってぶすくれているときも、楽しいことがあってお喋りになっているときも、もう自分はそこにいない。髪をもっと伸ばそうかと悩んだり、何かにくじけたり、そこから立ち直ったり、新品の中学校の制服に袖を通したり、初めて友達同士で飲食店に入ったことを、何でもないような顔をしながら自慢するときも、そこにいない。それでいい。そうでないといけない。

「あたしも行ってええ?」

「へ?」

「実物見て喋ったら、こんなんいらんわー思うかもしれへんやろ」

汐子はバッグを掻き回しつづける。ただただ時計回りに。

「おいちゃん、しー坊をとられるって思っとるかもしれへんけど、あたしモノちゃうねんで」

「俺、そんなふうに思ってねえよ」

「そういう意味ちゃうて」

ゆるい風が吹く。

「あんな、おいちゃん。モノやったら、誰かが持っていこうとしたら持っていけるけどな、あたしには手も足も口もあるねんで。気持ちもあるねんで。嫌やったらそう言うし、どこか連れていかれそうになったら踏ん張るし、もし連れていかれても、自分でいくらでも戻ってくるわ」

風になぶられた満月が揺れる。離れた場所で木々の葉が鳴る。

「そんなこともわからへんのやね。おいちゃん、アホなんちゃう」

「そうだよ。アホだよ」

「アホ丸出しや。剛ノ宮さんかてそうや。どっちもアホやし、自分勝手や」

「何でだよ」

「あんな、おいちゃん」

初めて、汐子が顔を上げてこちらを見た。

「幸せになってもええねんで」

両目に夜を映しながら、真っ直ぐに二美男を見ていた。

「毎日楽しくしててもええねんで。変わらへんもんは変わらへんねん。自分が苦労したかて、そんなんおんなしやろ。何も変わらへんやろ。そしたら、楽しいほうがええやん。まわりも楽しくなるやん」

そのまましばらく黙り込み、二美男も何も言えず、しかしやがて汐子がバッグの中からブラックライトを摑み出した。

「さ、光らしたろ。おいちゃんやりたい?」

「いいよ、しー坊やれよ」

「何やの、そのいじけた言い方」

「いじけてねえ」

「アホで自分勝手でいじけで、困ったもんや」

汐子はいきなりブラックライトを二美男の顔に向け、カチッとスイッチを入れた。思わず顔をしかめて目を細めたが、ブラックライトなので、べつに眩しくない。

「……何だよ」

「やってみただけ」

小さく笑い、今度は蛍石にブラックライトを向けた。桟橋の上で、小さな蛍石が光る。それほど強い光ではないのに、汐子は眩しそうに目を細める。

「なあ……しー坊」

二美男は桟橋の上に胡座をかいた。汐子も隣で胡座をかいた。二美男が蛍石に顔を近づけると、汐子もそうした。

何を言えばいいのだろう。

「足が治ったら、どっか遠くに遊びに行くか？」

「どこ？」

「どっか。自転車で」

「持ってないやん」

「買えばいいよ」

汐子は鼻を鳴らして笑った。

「ほんまやな。単純な話や」

「だろ」

「うん」

蛍石の光は目の中で弾け、にじんで広がった。胸の底からわき上がる、新しい力のような、何かにぶつかっていこうとする対抗心のようなものに、唇を固く結んで耐えながら、二美男は青い光を見つめつづけた。汐子にいてほしい。汐子のそばにいたい。人のそばにいたい。オケラも鳴かず、風も吹かず、自分の左胸が鳴る音と、すぐそばに座る汐子の呼吸だけが聞こえていた。

解説

タカザワケンジ
（書評家）

あの小説の主人公はどうしているだろうか、と思うことがある。

フィクションだから、当然、存在はしていない。しかし、たとえ架空の人物であっても、強い印象は焼き付いた影のように長く心に残る。そして、その後を想像してみたくなる。『満月の泥枕』は私にとってそういう魅力のある小説の一つだ。

『満月の泥枕』の単行本が発売されたのは二〇一七年。私はある文芸誌に書評を寄せた。「生きることのおかしみと哀しみが薫る極上ミステリ」と題し、「道尾流エンターテインメントの新たな収穫」と書いた。その印象は今も変わらない。だが再読して新たな発見もあった。それが何なのかはのちほど書くとして、まずは物語の紹介から始めよう。

凸貝二美男は、池之下町の安アパートに、姪の汐子と二人で暮らす中年男だ。発端は、彼が三国祭りの晩、人が殺されて池に放り込まれるのを見たと交番に駆け込んだことである。

旧知の警官、剛ノ宮は凸貝の話を本気にしようとしない。酔っ払って公園で寝ていた人間の証言だからだ。とはいえ、殺された人物が地元の剣道師範、嶺岡道陣だとまで言うから、たしかめないわけにはいかない。二人はさっそく剣道場を訪れるが、そこには稽古をつける嶺岡先生の姿があった。

凸貝が見たのは夢だったのか。それとも殺人は起きていて、人違いだったのか。

たしかに、彼には夢とうつつの間を行き来しているようなところがある。酒に飲まれるし、悪夢を見る。祭りの前の晩には運営委員会の人たちと喧嘩沙汰になり、祭りの晩には公園の前の歩道で見知らぬ男たちにタコ殴りにされた。信用されないのもいたしかたない。しかし、凸貝がそうなってしまったのには理由があった。

その理由について述べる前に、凸貝の同居人を紹介しよう。小学校四年生の汐子である。彼女は大阪出身で、凸貝の前では大阪弁をしゃべる。父を亡くし、母は生さぬ仲ということで、叔父のもとにやってきた。一年前の話である。「物心ついてから、たいていの局面で判断ミスをしてきた」凸貝を補ってあまりあるしっかりした子供で、二人の軽妙なやりとりはこの小説を読む大きな楽しみである。

だが、二人には光だけでなく影もある。凸貝にとって汐子は生きるよすがなのである。だから、彼女の実母が訪ねてきても会わせようとしない。実母に引き取られてしまったら、自分はどうなるだろうという恐怖があるからである。つっかい棒をなくしたようにバタンと倒れてしまうかもしれない。なぜなら、凸貝は汐子と同じ歳の娘を五年前に亡くしているからだ。それも自分の不注意で。

ペンキ屋として一人前の仕事をしていた男が娘を失い、妻に出て行かれ、酒浸りになった。ひょんなことから借金を清算し、夜逃げをした先が池之下町である。生きる気力を失っていた凸貝が、汐子を引き取ることで、かろうじて、人としての輪郭を取り戻すことができた。手放すわけにはいかないのだ。

凸貝は不器用だが憎めない人間だ。誤解されやすいが根はまっすぐである。そういう男だから、小学生からもちかけられた突拍子もない作戦に協力しようと考える。大の大人なら洟も引っかけないような話でも、社会からずり落ちかけながら、かろうじて手をかけている人間なら一か八かに賭けてみてもおかしくない。

作戦とは、一年後の三国祭りを利用し、凸貝が殺人現場を目撃したあの池から死体を見つけ、引き上げようというものだ。立案者は、嶺岡道陣の孫、猛流。汐子と同じ学校で同学年の少年だ。彼は、凸貝が目撃した殺人は本当にあったと主張し、死体が沈んでいるはずだと言い切る。

この少年もまた印象深い。まずその外見。「綿棒が眼鏡をかけたような少年」である。漢字でどう書くかがわかった時には「名前と見た目がここまで違うやつも珍しい」。たしかに。

しかし、見た目とは裏腹に、彼の作戦は冴えている。凸貝は協力者として自分たちが暮らすアパート「コーポ池之下」の面々を巻き込むことにする。この作戦、死体を見つけるという大義こそあれ、公共のお祭りを利用した、法に触れかねないものだ。「大の大人なら湊も引っかけない」のはそのせいでもある。しかし、失うものなどない安アパートの住人は、報酬が期待できるというだけで心がぐらつく。凸貝がおどかしたりすかして説得し、汐子の懇願がダメ押しになった。

参加するのは、大家の息子でありながら、趣味で貧乏暮らしをしている壺倉光司。三〇すぎても売れる気配のないモノマネ歌手、ＲＹＵ。能書きの多い画家の能垣。加えて、凸貝の夜逃げを手伝った縁から交流がある菜々子へと広がり、大がかりなものになっていく。目撃したはずの殺人がなかったという首をひねるようなできごとから、殺人は実際に起こっていて、死体があるという展開へ。

道尾作品の読者なら、ここまでの説明で、にやりとするであろう。

「ルビンの壺」という騙し絵がある。ご覧になったことがあるはずだ。壺に見える人もいれば、向かい合う二人に見える人もいる。意識すればどちらにも見える。それと同じように、道尾作品では、作者と同じ文章を読んでいるのに、まるで違う世界をイメージしていたということがしばしば起こる。道尾ファンは、作者のミスリードにはまらないように、慎重に注意深く読み進めるのが楽しみなのだ。さて、殺人は本当にあったのだろうか。

道尾秀介は、二〇〇四年に『背の眼』で第五回ホラーサスペンス大賞特別賞を受賞して作家デビュー。唯一無二の傑作『向日葵の咲かない夏』で作家としての個性を確立し、以来、道尾秀介にしか書けない世界を着実に広げてきた。近年は音楽活動にも力を入れ、二〇二〇年二月、作詞作曲した「HIDE AND SECRET」でアーティスト・デビューを果たした。その曲の内容は、長篇小説『スケルトン・キー』と共通する世界観を持っているから、小説の可能性を広げる挑戦ともとらえられる。同時代の作家の中で、小説の未来をシリアスに考えている一人だろう。

デビューからすでに一六年。初期作品は陰鬱で重厚なムードが特徴で、その独特な世界観がコアなファンをつくりだした。だが、その世界にとどまらず、二〇〇七年の『片眼の猿』あたりから、軽いタッチの作品にも才能を発揮し始める。とくに『カラスの親指』から始まる、家族を亡くしたり、はぐれたりした者たちが社会の底辺で結びつき、時には裏切ったり、裏切られたりしながらも、事件の真相へと迫るという枠組みを持った作品は、現在まで大きな流れになっている。その系譜に連なる作品には、『カササギたちの四季』『笑うハーレキン』『透明カメレオン』などの作品が挙げられる。この『満月の泥枕』もその一つだ。

しかし系譜を形成しているとはいえ、一作ごとに新しい挑戦をするのが道尾秀介という作家である。『満月の泥枕』の場合、作中にも登場するエッシャーの騙し絵の滝が、物理的にはありえないのに、視覚的にはありえてしまう――それほど私たちの眼は騙されやすい――ように、見ていること自体の不確かさが、一度ならず暴露される。

さらに、前半の山場である三国祭りのシーンを盛り上げたうえで、後半では廃鉱山の坑道で追っ手から逃れようとする、『八つ墓村』の鍾乳洞に匹敵するクライマックスが用意されている。『満月の泥枕』は、読者の先入観を複数回くつがえし、二つの山場を持つエンターテインメント小説なのである。

しかし、再読して「発見」したのは別のことだ。先ほど述べた、「家族を亡くしたり、はぐれたりした者たちが社会の底辺で結びつき」という部分、つまり「コーポ池之下」の住人たちのエピソードが胸に染みたのである。凸貝をはじめとする登場人物たちの息づかいがより濃く感じられたのだ。

「コーポ池之下」には先ほど紹介しそこねた住人がいる。老原のじいさんと、その妻の香苗さんである。若いころ交響楽団でバイオリンを弾いていた老原さんは、おならと声をハモらせるという特技を持っている。香苗さんはそのハモりを聴いて「おならが少し高かったわ」と鋭い指摘をする。なんと素敵な夫婦だろう。

しかし、この二人のささやかな暮らしは、コンビニでお釣りを多くもらいすぎたことを申告しなかった、という罪で危機にさらされる。たしかに犯罪かもしれない。しかし、政治家たちの犯罪に比べればなんとささやかか。そしてお金をポケットに入れてしまった時の老原さんの気持ちを考えると、なんと哀しい犯罪だろうか。

「コーポ池之下」は、まるで熊さん・八っつぁんが暮らす落語の貧乏長屋である。ロシアの戯曲、ゴーリキーの『どん底』の世界にも似ている。『どん底』はタイトルからして夢も希望もない真っ暗闇のお話のようだが、読んでみるとそうでもない。地下室に吹きだまってい る貧しい人たちは、四六時中大声で言いたい放題だ。演出によっては喜劇にもなるだろう。彼らが住む木賃宿の主は皮肉たっぷりにこう言う。

「(嘲るように笑いながら)まったく口の悪いやつだ! だがな、おれはおまえたちがみんな大好きさ……おまえたちが不幸せで、役立たずで、落ちぶれた連中だってことはわかってるけどな……」(ゴーリキー作 安達紀子訳『どん底』群像社)

道尾秀介は『光媒の花』で第二三回山本周五郎賞を受賞しているが、山本周五郎にも貧しい人たちを描いた名作がある。都会の片隅に吹きだまった貧しい人びとのエピソードを連ねた『季節のない街』である。山本周五郎はあとがきでこんなことを書いている。

「私がこれらの人たちに、もっとも人間らしい人間性を感ずるのは、その日のかてを得るため、いつもぎりぎりの生活に追われているから、虚飾で人の眼をくらましたり自分を偽ったりする暇も金もない、ありのままの自分をさらけだしている、というところにあると思う」(新潮文庫版)

『季節のない街』で私がもっとも哀切に感じたのは、乞食の父子の話だ。二人は息子がもらいしてきた食事を摂って、激しい腹痛に襲われる。息子がしめ鯖に火を通そうとしていたのを父が止め、そのまま食べたことが原因かもしれない。父は快復したが、まだ幼い息子は死んでしまう。父親はその現実を受け入れることができず、拾ってきた仔犬相手に、ずっと息子に語って聴かせていた将来建てる家の話をするのである。凸貝の境遇に、このエピソードを思い出したのは言うまでもない。

今挙げた作品はいずれも古典である。『季節のない街』は一九六二年初版、『どん底』に至っては一九〇二年初演である。社会状況や価値観が変わっても長く読まれ、演じられている。そこに、むき出しの、裸の人間の姿が描かれているからだろう。時代や境遇は違えど、彼らのある部分は、必ず私たち自身や、その周囲の人びとの中にも存在する。

私が『満月の泥枕』に見出したのも、時代を超えて普遍性を持った人間たちの姿である。私が凸貝二美男のことをときどき考えるのは、彼が虚飾のない、素のままの人間だからだ。

闇夜に天高く輝く満月は美しい。まんまるで欠けるものなく、すべてに満たされた幸せの象徴にも見える。しかし、道尾秀介はその満月をあえて泥を枕に横たわる池の水面に映してみせる。

二つの月のどちらが本物で、どちらが偽物だろうか。どちらかが美しくて、どちらかは醜いのだろうか。

私たちの眼は騙されやすい。注意深く、念入りに、眼を凝らす。それでも本当の世界は見えていないかもしれない。しかし、それでも、前を向いて歩くしかない。私にとって凸貝二美男はいまもどこかで歩き続けている人なのである。

この作品は、毎日新聞出版より二〇一七年六月に刊行された
『満月の泥枕』を文庫化したものです。
初出　「毎日新聞」二〇一六年一月四日～十二月二十八日

光文社文庫

満月の泥枕

著者　道尾秀介

2020年8月20日　初版1刷発行

発行者　鈴木広和
印刷　萩原印刷
製本　ナショナル製本

発行所　株式会社 光文社
〒112-8011　東京都文京区音羽1-16-6
電話（03）5395-8149　編集部
8116　書籍販売部
8125　業務部

ISBN978-4-334-79064-6　Printed in Japan

組版　萩原印刷

いつまでも白い羽根　藤岡陽子
トライアウト　藤岡陽子
ホイッスル　藤岡陽子
晴れたらいいね　藤岡陽子
波風　藤岡陽子
オレンジ・アンド・タール　藤沢周
ボディ・ピアスの少女　新装版　藤田宜永
探偵・竹花　潜入調査　藤田宜永
探偵・竹花　女神　藤田宜永
命に三つの鐘が鳴る　古野まほろ
現実入門　穂村弘
小説　日銀管理　本所次郎
ストロベリーナイト　誉田哲也
ソウルケイジ　誉田哲也
シンメトリー　誉田哲也
インビジブルレイン　誉田哲也
感染遊戯　誉田哲也

ブルーマーダー　誉田哲也
インデックス　誉田哲也
ルージュ　誉田哲也
ドルチェ　誉田哲也
ドンナ ビアンカ　誉田哲也
疾風ガール　誉田哲也
春を嫌いになった理由　誉田哲也
ガール・ミーツ・ガール　誉田哲也
世界でいちばん長い写真　誉田哲也
黒い羽　誉田哲也
クリーピー　前川裕
クリーピー　スクリーチ　前川裕
クリーピー　クリミナルズ　前川裕
クリーピー　ラバーズ　前川裕
アトロシティー　前川裕
死屍累々の夜　前川裕
アウトゼア　未解決事件ファイルの迷宮　前川裕